전생했더니 슬라임이 었던 건에 대하여 16

Regarding
Reincarnated to Slime

동쪽 제국 (나스카 나우리움 우르메리아 동방연합통일제국)

적 →

동지

루드라(미카엘)
동쪽 제국을 다스리는 우수한 황제였지만, 그 영혼이 마모되면서, 마지막에는 자신의 스킬이었던 미카엘에게 몸을 빼앗기고 말았다.

펠드웨이
'삼요사'를 비롯한 세라핌들을 부리는 요마왕. 미카엘과 같은 목적이 있어, 협력관계에 있다.

사랑

전생체

친구

삼요사(三妖師)
자라리오 / 코르느 / 오베라

베루글린드
동쪽 제국의 원수이며, 용종 중의 한 명으로 베루도라의 누나. 루드라를 사랑하는 소녀.

사랑 →

마사유키
루드라의 전생체이며, 지구에서 전이해 온 일본인 고교생.

기이 크림존
최강최고의 마왕이자, 암흑황제라는 이명을 지닌 태초의 악마. 성별을 자유자재로 변화시킬 수 있는 특이체질.

베루자도
기이와 함께 있는 용종 중의 장녀. 베루도라의 누나.

미저리/ 레인
기이를 따르는 태초의 악마.

빙토의 대륙

템페스트 (마국연방)

맹우
⟷

베루도라

리무루와 서로 이름을 지어준 친구.
세계에 세 명밖에 존재하지 않는 용종 중의 한 명.

리무루

마국연방의 맹주이자 마왕.
그 정체는 슬라임으로 전생한 일본인.

대 →

베니마루

슈나

시온

소우에이

하쿠로우

게루도

란가

리그루도

고부타

가비루

디아블로

테스타로사

카레라

울티마

제기온

아피트

쿠마라

아다루만

강력한 정예부하들

목차 ─ 유희종료 편

질서의 붕괴

Regarding Reincarnated to Slime

이계(異界)에는 질서가 있었다.

정령계랑 악마계 같은 정신세계에 겹치듯이 존재하는 반물질 세계. 절대 섞일 일이 없는 세계. 그곳에선 크게 구분하여 세 개의 세력이 패권을 다투고 있었다.

다른 세계를 침략할 계획을 꾸미고 있는 팬텀(요마족).

안주할 수 있는 터전의 확장을 노리는 인섹터(충마족).

그리고, 싸움과 파괴에 빠져 세월을 보내는 클립티드(환수족)였다.

다른 이차원에서 찾아온 세력도 있었지만, 이 세 세력 중의 하나에 의해 자신들이 원래 있었던 차원까지 멸망되고 말았다. 그 정도로 이 세 세력은 비할 데 없이 강력한 무위를 자랑하였다.

팬텀과 인섹터—— 이 두 종족은 왕이 정점에 군림하는 계급사회를 형성하고 있었다. 하위에 속한 존재에는 자유의지조차 없었으며, 명령을 충실히 따르는 장기말에 불과했다.

그에 비해서 클립티드는 이질적이었다.

반정신생명체이면서도, 한없이 정신생명체에 가까운 방식으로 발생했다. 부모로부터 분열되어 태어나는 일도 있지만, 대부분은 마력요소에서 자연적으로 발생하는 특수개체였다.

벌레와 짐승이라는 차이는 있지만, 성질만 보면 인섹터의 지배계급에 가까운 특징을 갖추고 있었다. 하지만, 무리를 짓는 일은 없었으며 개개인이 강대한 전투능력을 보유하고 있었다.

지성이 없는데 교활하고, 아주 호전적이었다. 당연하게도 협조성이 전혀 없어, 제각각 자신의 지배영역을 확대하기 위해서 행동하고 있었다.

따라서 클립티드끼리도 서로 싸움을 벌이고 있는 것이 현재 상황이었다.

이계에 이런 세 세력이 존재하기 때문에 서로 사이좋게 살아간다는 건 있을 수 없는 일이었다.

팬텀과 인섹터는 영겁의 시간 동안 계속 싸워왔다. 단, 클립티드가 대량으로 발생했을 때만은 휴전했고, 그들을 격멸하기 위해서 함께 싸웠으며―― 그런 역사를 태곳적부터 반복하고 있었다.

그래서 그들은 안주할 땅을 계속 추구하였다. 늘 바깥 세계로 눈을 돌렸고, 침략의 손길을 뻗으려고 획책하였다.

하지만 그건 당연하게도 간단한 일은 아니었다.

인간을 넘어서는 수명과 병이나 부상으론 죽지 않는 육체여도, 여전히 그 비원은 이뤄지지 않았다.

애초에 기본적으로 이계로 침공하거나 진출할 수 있는 통로가 쉽게 발견되지 않는다는 문제가 있었다. 1,000년에 한 번 있을까 말까한 시공진동 같은 특수한 대재해가 일어날 때, 아주 짧은 시간 동안 시공의 갈라진 틈이 열리는 게 다였던 거다.

이래선 대군을 파견하는 것은 불가능했다. 선발부대를 보내서 거점을 구축하는 것만으로도 한계였다.

그러나 세상에는 예외가 존재한다.

시공을 연결하는 몇 개의 틈새는 세계에 고정되면서 '문'으로서의 역할을 완수하고 있었다.

그게 바로 '명계문' 또는 '지옥문'이라고 불리는 것이었다.

그 '문'을 이용하면, 이계에서 탈출하는 것도 쉬울 것이다. 하지만 '문'은 데몬(악마족)의 관리하고 있어서, 어그레서(침략종족)들의 사용을 허용치 않았다.

그렇기에 어그레서들은 더더욱 그걸 빼앗으려고 호시탐탐 노리고 있었다.

그런 상황 속에서도 밸런스는 제대로 잡혀 있었다.

하지만 이곳에, 그 사실에 불만을 지닌 자가 존재했다.

그자는 늘 증오를 품고 있었다.

그의 이름은 '요마왕' 펠드웨이.

항구적으로 세 세력이 서로 견제하느라 선불리 움직이지 못하는 상태가 되풀이되는 관계에 질린 나머지 그 증오는 더욱 격렬하게 불타올라, 세계를 완전히 태워버릴 수 있는 지옥의 업화가 되었다.

....

....

....

펠드웨이는 회상했다.

베루다나바는 수많은 종족을 만들어냈다. 그뿐만 아니라, 세계를 지키는 의지가 있는 존재도.

무엇을 더 숨기겠는가. 펠드웨이야말로 최초의 한 명이었다.

베루다나바의 작업을 돕기 위해 태어나도록 만들어진 의지가 없는 엔젤(천사족). 그 최상위개체인 일곱 명의 세라핌(치천사)들은 각성마왕조차 초월하는 에너지양을 보유하고 있었다. 그런 존재가 베루다나바에 의해 이름을 받게 됨으로써, '시원(始原)의 칠천사'라고 불리는 신에 준하는 존재가 되었다.

그 일곱 명의 필두가 바로 후에 팬텀의 시조가 되는 펠드웨이였다.

이름을 부여받으면서 의지를 지니게 된 펠드웨이는 베루다나바에게 충성을 맹세했다. 그런 과정을 통해 천사를 부리면서, 오랜 세월 동안 그의 조수로서 지내게 되었다.

차례로 태어나는 새로운 종족.

대지의 화신이 된 자이언트(거인족)의 광왕이.

별의 관리자로서 픽시(요정족)의 여왕이.

지상에 문명을 세우고 번영시키기 위한 종족으로서 뱀파이어(흡혈귀족)의 신조(神祖)가.

정신생명체에서 반정신생명체, 그리고 육체를 지닌 혈족으로. 영원성은 잃었지만, 다양성은 그 색채를 늘려갔다.

그리고 드디어――.

'타차원병렬세계'에서 연동하는 것처럼, 인류가 탄생했다.

나무랄 데 없는 번식력과 환경 적응능력. 개성이 풍부한 자아를 지녔으며, 세계의 수수께끼에 도전하는 호기심을 갖추고 있었다.

베루다나바는 환희했다.

그 허약한 종족을, 더할 나위 없이 사랑하게 된 것이다.

베루다나바는 인류를 위해서, 세계에서 위협이 되는 존재를 제거하기로 했다. 펠드웨이도 그런 명령을 받았고, 그 손으로 다양한 악귀나찰을 차례로 토벌했다.

그러나 마지막으로 남은 개체가 골치를 아프게 했다.

나중에 클립티드의 왕이 되는 '멸계룡(滅界龍)' 이바라제였다.

이바라제는 어디서 왔는지 알 수 없는 존재였다. 그뿐만 아니라, 어디서 발생한 건지도 불명이었다.

우주의 저편일까, 아니면 이차원의 끝일까……

유일하게 확실한 것은 재앙의 화신이라는 것이었다.

'용종'에 필적하는 힘을 지녔으면서도, 지성이 없기 때문에 의사소통조차 마음대로 되지 않았다. 게다가 본능에 따라서 파괴행동을 반복했기 때문에, 머지않아 세계의 파멸을 가져올 가능성을 품고 있었다.

펠드웨이조차 일대일로는 쓰러트릴 수 없을 정도로 위협적인 존재였다.

결국, 격전을 보다 못한 베루다나바가 대처했고, 이바라제는 이계에 봉인되었다. 그리고 펠드웨이가 이바라제를 감시하라는 명령을 받게 되었다.

당연하게도 펠드웨이는 화근을 남기지 않도록 토벌하자고 진언했다.

위험하다고.

그러나 베루다나바는 그 말을 받아들이지 않았다.

이바라제에게도 지성이 싹틀 가능성이 있다고 말하면서.

그 결과, 이계에도 이바라제에서 흘러나온 마력요소가 채워지면서, 새로운 종족인 클립티드가 파생되고 말았다.

열화된 이바라제라고 생각할 수밖에 없는 존재인 클립디드는 투쟁본능을 유지한 채 싸움으로 세월을 보냈다.

물도 식량도 필요로 하지 않고, 스스로의 죽음도 두려워하지 않았다.

그야말로 신이 만들어낸 실패작. 베루다나바를 신봉하는 펠드웨이가 봐도, 혐오하고 경멸해야 할 존재로밖에 생각되지 않을 정도였다.

그런 뒤에는, 가끔 폭주하는 클립티드를 제거하는 나날이 이어졌다.

이윽고 변화가 생겼다.

베루다나바의 말을 증명하듯이, 클립티드에서 지성을 지니면서 의지를 갖춘 존재가 탄생한 것이다.

그 존재가 바로 이단의 선조가 되었다.

펠드웨이의 입장에선 짜증이 느껴질 정도로, 베루다나바는 그 결과에 환희했다. 그리고 그 존재에게 '제라누스'라는 이름을 지어주었다.

'충마왕(蟲魔王)' 제라누스의 탄생이었다.

제라누스는 베루다나바의 명령을 받은 건 아니지만, 폭주한 클립티드를 구제하게 되었다. 그건 선천적인 투쟁본능에 의한 것이지만, 베루다나바가 그걸 용인했다.

이윽고 제라누스는 스스로의 수족이 될 인섹터를 탄생시켰다. 그리고 어느새 한 파벌을 형성할 정도로 성장한 것이다.

펠드웨이도 변질하였다.

오랜 세월에 걸쳐서 마력요소를 계속 접해왔기 때문에, 세라핌이 아닌 존재가 되었다.

펠드웨이가 이끌고 있던 천사들도, 새로운 종족으로 변화를 이루었다.

베루다나바가 사는 천계에서 이 이계로 온 '시원의 칠천사'는 펠드웨이 한 명만이 아니었다. 세 명이 베루다나바의 곁에 남았으며, 자라리오, 오베라, 코르느, 이 세 명이 펠드웨이를 따르면서 이계의 관리를 도왔다.

이 펠드웨이를 포함한 네 명이 '요천(妖天)'이라는 종족으로 이종변화했다.

나머지 엔젤(천사족)도 변질하면서, 자아가 싹텄다. 그게 바로 인간의 모습을 한 요마── 팬텀(요마족)이었다. 악마랑 정령 사이에 존재하는 상극에서도 벗어난, 새로운 종족이 탄생한 것이다.

이리하여 오랜 세월에 걸쳐서 새로운 관계가 구축되었다.

펠드웨이와 제라누스는 성격이 맞지 않았지만, 클립티드를 상대할 때엔 서로가 서로를 유용한 존재라고 인정하였다.

그렇기에, 서로를 간섭하지 않는다는 것이 암묵적인 합의사항이 되어, 공동전선이 성립되었다.

하지만 그 관계도 베루다나바의 소실로 인해 붕괴하였다.

처음에는 바로 부활하리라 생각했었다.

하지만 수백 년이 지나도, 베루다나바가 부활할 낌새조차 없었다.

의문을 느낀 펠드웨이.

그리고 문득 그런 생각을 했다.

베루다나바는 혹시 자신들을 저버린 게 아닐까 하고.

그렇지 않다면, 불멸의 존재여야 할 '용종'이 부활하지 않는다는 사실이 설명되지 않았다.

만약 그 추측이 옳다면——.

펠드웨이는 탄식했고, 그리고 증오했다.

지상의 인간을.

아니, 인간만이 아니었다.

엘프도, 드워프도, 수인도, 그리고 마인조차도. 데미휴먼(아인)으로 불리는 모든 종족—— 즉, 인류를 증오했다.

그래서 멸종시키자고 생각했다.

베루다나바를 빼앗은 자들 따윈 살아갈 가치가 없기 때문이다.

베루다나바가 창조한 세계를, 자신의 손으로 통일할 것이다. 그런 뒤에 큰 죄를 범한 자들을 단죄하자——. 펠드웨이는 그런 결론을 내린 것이다.

신인 베루다나바가 총애하는 세계를, 자신의 색으로 물들일 것이다. 그 다양성을 파괴하고, 자신들이 지배하는 세계를 창세하기 위해서.

『신이여, 베루다나바여! 나를 벌하겠다면 벌해봐라. 그게 바로 내가 바라는 것이니까. 자, 빨리 대응하지 않으면 이 세계가 사라질 것이다.』

신을 시험하려는 것처럼, 요마왕 펠드웨이는 행동을 개시했다.

인류의 적대자인 '마족'의 탄생이었다.

펠드웨이는 처음으로 제라누스에게 말을 걸었다.

힘을 합쳐 클립티드를 섬멸하고, 그 기세로 지상으로 침공하자고.

하지만.

『가소롭군. 내게 명령할 수 있는 자는 이 세상에서 단 한 명이다. 그분이 돌아가신 지금, 나는 내 의지에 따라서 움직일 것이다.』

들을 필요도 없다는 듯이, 쌀쌀맞게 거절하고 말았다.

그 말을 듣고, 펠드웨이는 격노했다.

거절당한 것에 분노한 게 아니었다.

베루다나바가 죽었다는 듯이 말하는 제라누스의 태도를, 펠드웨이는 참을 수가 없었다.

『그렇다면 맨 먼저, 네놈부터 처리해주마!』

그렇게 외치면서, 분노의 칼끝을 인섹터로 돌린 것이다.

만약 이때, 펠드웨이와 제라누스가 손을 잡았다면, 멸계룡 이바라제와 함께 클립티드(환수족)가 전멸했을지도 모른다. 그러나 그건 이뤄지지 않는 꿈이 되었다.

팬텀(요마족)과 인섹터(충마족)가 싸우기 시작했고, 진정한 의미로 전란의 시대가 도래했다.

그리하여 이계는 극도로 혼미한 상태에 빠졌고, 세 세력의 힘이 팽팽하게 유지되는 관계가 시작된 것이다.

··················.

············.

······.

오랜 세월이 흘렀다.

상황은 고착상태를 여전히 유지하고 있었다.

베루다나바가 부활하지 않는 이상, 이계에서 원래의 세계로는 돌아갈 수 없다. 서둘러 '문'을 탈취하려고 해도 여지없이 악마들이 끼어들어 방해했다.

　그중에서도 가장 진절머리가 나는 존재는, 싸움을 특히 사랑하는 느와르(검은 왕)였다. 팬텀을 마족이라 부르며 경멸하고, 베루다나바의 뜻을 저버린 자로 인식하고는 적대시했던 거다.

　펠드웨이의 입장에선 더할 나위 없이 부아가 북받치는 얘기였다. 오히려 느와르야말로 베루다나바의 부활을 방해하는 어리석은 자라는 생각밖에 들지 않았다.

　그렇다고 해서, 그들을 절멸시키는 것은 불가능했다. 물질세계에서조차도 태초의 악마는 강력한 존재인데, 이계나 명계에선 그 힘에 제한이 가해지지 않기 때문이다.

　의지의 강함이 그대로 영향력으로 환원되는 정신세계랑 반물질세계에선 무적이라는 생각이 들 정도로 강했다.

　애초에 그건 펠드웨이에게도 마찬가지였다. 그렇기에 싸워도 결말이 나지 않았으며, 몹시 불쾌하게 생각하면서도 무시하는 것이 정답이라는 결론을 얻었다.

　그런고로, 베루다나바가 있었던 세계로 귀환하는 것은 너무나도 어려운 일이 되고 말았다.

　이계에 시공의 갈라진 틈이 열려도, 그 너머에 있는 것은 다른 세계뿐이었다. 그쪽으로도 침략의 손길을 펼쳐봤지만, 그런 건 시간 때우기에 불과할 뿐이었다.

　성과가 나오지 않아, 펠드웨이의 초조감은 높아지기만 했다.

　계기가 찾아온 것은 그런 시간을 보낼 때였다.

《──내 말이 들리나, 펠드웨이?》

정체불명의 목소리가 펠드웨이의 마음속으로 직접 말을 건 것이다.

『누구냐?』

　그렇게 묻자, 그 목소리는 차갑게 대답했다.

《——나는 권능에 깃든 의지. 아직 자유의 몸이 되지 못했기 때문에 '루드라'를 칭하고 있다. 너와는 목적이 일치하리라 추측하여 말을 건 것이다.》

　루드라—— 그 이름은 들어본 기억이 있었다.

　베루다나바의 친구이자, 제자인 존재.

　그리고 '첫 번째 용사'로서 유명한 남자였다.

　권능에 깃들었다는 말이 무슨 뜻인지 이해가 되지 않았지만, 궁금한 것은 자신을 루드라라고 칭하는 자의 목적이었다.

　(그 목적이란 것이 변변치 않은 거라면, 이 목소리의 소재를 역탐지해서 존재 자체를 궤멸시켜주마.)

　그렇게 결의하면서, 펠드웨이는 대화를 이어갔다.

《내 목적은 창조주인 베루다나바 님의 부활이다. 그것 말고는 없다.》

　뭐라고? 그런 생각을 하는 펠드웨이의 눈이 빛났다.

　그 말에는 진실을 말하는 기척이 담겨 있었다. 그리고 확실히, 그 목적은 펠드웨이의 흥미를 끌 만한 것이었다.

그 정체가 무엇인지는 이제 어찌 되든 상관없게 되었다. 펠드웨이는 그 후로 마음이 풀릴 때까지 그 목소리와 얘기를 나눴다.

그리고 그 목소리의 정체는 베루다나바가 창조한 얼티밋 스킬(궁극능력) '미카엘(정의지왕)'로 판명되었다.

펠드웨이가 '미카엘'의 말을 의심하는 일은 없었다. 왜냐하면 자신과 베루다나바밖에 알 수 없는 얘기를 '미카엘'이 잘 알고 있었기 때문이다.

펠드웨이는 '미카엘'에게 협력할 것을 약속하고, 이렇게 말했다.

『좋다, 오늘부터 너와 나는 동지다. 그렇게 되었으니, 부를 이름이 없으면 불편하겠군.』

《가소롭군. 이름 따윈———.》

그 무기질적인 대답을 차단하듯이, 펠드웨이는 자신의 생각을 밝혔다.

『루드라와 너는 다를 텐데? 나는 널 미카엘이라고 부르겠다.』

그건 장난삼아 한 말이었다.

하지만 변화는 극적이었다.

마나스(신지핵)로서의 자각이 약했던 '미카엘'에게 확고한 의지가 싹튼 것이다.

《일단은 예를 표해야겠군. 펠드웨이, 너를 진정한 주인으로 인정하진 않지만, 지금의 임시 주인인 루드라로부터 모든 권능을 되찾을 때엔 너에게 내 권능의 일부를 맡기도록 하겠다.》

재미있겠군——. 펠드웨이는 그렇게 대꾸했다.

하지만 고개를 끄덕이지 않고, 대안을 제시했다.

『아니, 주인은 네가 되면 된다. 제라누스를 어떻게든 처리하지 않으면, 내 본체는 여기서 움직일 수 없으니까. 나는 제라누스를 증오하고 있으며, 녀석도 마찬가지로 나를 신용하지 않아. 네가 교섭해서 제라누스를 설득하는 게 더 좋을 거다.』

그건 거짓 없는 진심이었다.

펠드웨이는 기뻤던 거다.

자신과 마찬가지로, 베루다나바의 소멸을 믿지 않는 자가 있었던 것이. 그리고 그자가 베루다나바의 부활을 목표로 삼고 움직인다면, 협력을 거부할 이유가 전혀 없었다.

누가 더 높고 낮은가 같은 건 세세한 문제에 지나지 않았다.

그리고 펠드웨이와 제라누스에겐 확고한 고집이 있었다. 펠드웨이가 제라누스를 용서하는 일은 절대 있을 수 없으므로, 미카엘에게 설득을 맡기는 게 성공확률이 높았다.

미카엘이라면 제라누스를 설득하여 복종시킬 수 있을 것 같다——고 펠드웨이의 직감이 속삭였다. 왠지 모르게 베루다나바를 연상하게 만드는 분위기가 있으니, 제라누스도 귀를 기울일 것이라고.

그런 이유로 펠드웨이는 한발 물러선 위치에 만족하기로 한 것이다.

펠드웨이의 예상은 훌륭하게 적중했다.

어떻게 한 것인지 모르지만, 미카엘은 제라누스를 설득하는 데 성공했다. 세계의 반을 인섹터의 지배지로 인정하는 계약을 맺은 것 같았는데, 그런 것은 펠드웨이에겐 딱히 아깝지도 않은 보수였다.

베루다나바만 부활한다면, 펠드웨이는 그것만으로 만족할 수 있다.

*

이리하며 새로운 관계가 구축되었고, 다시 1,000년 이상의 시간이 흘렀다.

계획은 순조로웠다.

미카엘을 지배하고 있는 루드라도 전생을 되풀이하면서 힘이 줄어들어 있었다.

『기분은 어때, 미카엘 님?』

《물론, 최고이고말고. 그보다 몇 번이고 말했지만, 나와 너 사이에 경칭은 필요가 없다.》

『후후후, 그것참 기쁜 말이로군. 하지만 너와 내가 대등하다는 건 둘만의 비밀이니까 말이지. 방심해서 말실수하지 않도록, 평소에도 주의해두는 게 좋아.』

전생이 종료된 후의 대화였다.

이번 전생으로 미카엘의 권능의 제한이 크게 풀렸다. 그걸 확인한 펠드웨이도 기쁘게 생각했다.

루드라의 영향이 사라지면, 미카엘은 전력으로 권능을 행사할 수 있게 될 것이다. 그건 천사 계열의 얼티밋 스킬 보유자들을 완전지배하게 된다는 의미다.

베루글린드를 필두로, 다수의 방해자가 순종적인 아군으로 바뀔 것이다.

그렇게 되면, 그 무시무시한 마왕조차도——.

《나는 루드라 만큼 안일하지 않다. 온갖 권능을 구사하여 봐주지 않고 기이 크림존을 처리하려고 한다. 이번에야말로 녀석과 자웅을 겨뤄볼 것이다.》

펠드웨이도 그 말이 옳다고 생각하고 고개를 끄덕였다.

루드라는 기이와의 승부에 집착하고 있지만, 규칙에 얽매여 있는 이상 처음부터 승산 같은 건 없었다.

루드라의 권능—— 미카엘을 완벽하게 구사한다면, 더 쉽게 기이를 쓰러트릴 수 있었을 것이다.

그런데도 루드라는 움직이지 않았다.

그 결과가 지금의 혼돈된 상황이었다.

『루드라만 제거한다면, 세계는 우리의 손에 떨어질 거야. 그렇게 되면, 남은 건 베루다나바 님의 부활을 기다리는 것뿐이로군.』

《당연하지. 그 때문에 펠드웨이, 너에게 한 가지 부탁이 있다.》

『뭐지?』

별일이 다 있군——. 펠드웨이는 흥미가 생겼다. 미카엘이 부탁 같은 걸 하는 건 처음이었다.

《나를 받아들일 그릇이 되어주길 바란다.》

그건 예전에 거절했던 제안이었다.

주종관계를 연기하고는 있지만, 두 사람은 대등한 동지다. 여기서 자신이 주도권을 쥐는 것은 바람직하지 않다고, 펠드웨이는 그렇게 생각했다.

펠드웨이는 거절해야 할 것인지를 고민했지만, 미카엘의 설명을 들으면서 그 생각도 바뀌게 되었다.

《나는 드디어 베루글린드의 '병렬존재'를 내 것으로 만들었다. 이로 인해 루드라의 권능을 그대로 너에게 옮길 수 있게 된 것이다.》

즉, 그 말은 지금까지 해왔던 대로 루드라를 미끼로 활용하면서, 펠드웨이도 '미카엘'의 권능을 이용할 수 있게 된다는 것을 의미했다.

아니, 그 이상의 이점이 있었다.

얼티밋 스킬 '미카엘'이 자랑하는 '캐슬 가드(왕궁성새)'는 권능의 주인만 수호한다는 특성이 있기 때문이다.

권능의 주인에 대한 충성심이 에너지원이 되는 이상, 신봉자에게까지 영향을 미친다면 '이 세상에 절대적인 것은 없다'는 법칙에서 벗어나 버리게 된다. 그렇기에 '캐슬 가드'의 대상은 주인뿐이다.

물론, 권능의 주인을 신봉하지 않는다면 수호대상에 들어간다 거나 하는, 그런 편의주의식 방법도 성립될 수 없었다. 그러므로 루드라가 지킬 수 있는 대상은 자신 한 명뿐이게 되는 셈이지만, 여기서 미카엘이 '병렬존재'가 되어 펠드웨이에게 깃들게 된다면, 펠드웨이도 '캐슬 가드'의 비호 하에 들어가는 것이다.

앞날을 생각해본다면 또 하나의 이점이 있었다.

루드라가 사라진 후에 펠드웨이가 '미카엘'의 주인이 된다면, 그의 밑에 있는 만 명을 넘는 팬텀(요마족)이 에너지원이 되는 것이다.

루드라를 믿는 신하와 백성과는 달리, 이쪽은 자유의지 같은 건 지니지 않은 완전한 신봉자였다. 마음이 바뀔 것을 걱정할 필요가 없는 이상, 배신을 당할 일도 절대 없었다.

신하와 백성들의 마음 하나로 상황이 바뀔 수 있는 불안정함이 사라지게 된다. 이건 루드라 이상으로 견고한 방어를 손에 넣는 것과 마찬가지이며, 펠드웨이의 입장에서도 바라마지 않는 결과가 되는 거다.

미카엘의 제안을 거절해야 할 이유 같은 건 없었다.

바라건 바라지 않건 간에, 루드라가 사라졌을 땐 미카엘이 펠드웨이 안으로 이주한다는 아이디어도 있었다. 그게 조금 더 빨리 실현되는 것뿐이라고, 펠드웨이는 자신을 납득시키기로 했다.

『그렇다면, 굳이 부탁까지 받을 필요도 없지. 지금까지의 관계를 유지하겠다고 약속한다면, 너의 제안을 받아들이겠다.』

《물론이고말고, 친구여.》

『그렇다면 내 안으로 와라, 친구여..』
　이리하여 펠드웨이에게도 '마나스(신지핵)'인 미카엘(정보체)이 깃
들게 되었다.

*

　그리고 드디어 결전의 날이 찾아왔다.
　루드라는 그 강인한 정신력으로 겨우 자신을 유지하는 상황에
처해 있었다. 그런 상황임에도 불구하고, 기이와의 최후의 승부
에 나섰다.
　마왕 리무루라는 엑스트라를 제거하고 '용종' 중의 한 명인 베
루도라를 장기말로 가담시킬 것이다.
　계획은 순조로웠다.
　베루글린드는 압도적이었으며, 베루도라의 포획도 문제없이
성공할 것 같았다.
　애초에 펠드웨이의 입장에선 제국이 얼마든지 손해를 입는다
고 해도 상관없는 얘기였다. 로열 나이트(근위기사)가 되기에 충분
한 각성자가 태어나느냐 마느냐 하는 것도 펠드웨이는 자신과 관
계없는 얘기라고 구분 지어 생각하고 있었다.
　펠드웨이와 미카엘에게 있어 중요한 것은 루드라를 제거하고
미카엘을 해방시키는 것이었다. 그걸 실현하기만 하면, 기이조차
도 적수가 되지 못하게 될 것이다.

그렇기에 펠드웨이는 마지막으로 남은 불안의 싹을 뽑기로 했다.

그건 다른 사람이 보기엔 변변치 않은 정보였을 것이다. 그러나 펠드웨이에겐 무시할 수 없는 것이었다.

'용사' 마사유키가 루드라와 판박이인 용모를 가지고 있다. 게다가 불안하게도 루드라가 지닌 권능인 '선택된 자(영웅패도)'가 발현된 자라는 것이었다.

만일의 경우이긴 하지만, 마사유키라는 자가 루드라의 스페어가 될 가능성이 있었다. 그런 불안요소를 소거하기 위해서 펠드웨이는 행동을 개시한 것이다.

안중에 없었던 리무루라는 이름의 마왕에 의해, 계획에 차질이 생길 것이라고는 생각도 하지 못한 채…….

제1장

배신의 전말

Regarding Reincarnated to Slime

황제 루드라, 아니, 미카엘과 요마왕 펠드웨이가 사라졌다.

결말은 내지 못했지만, 둘 다 다치는 바람에 비긴 꼴이 되었군.

불안요소가 남고 말았지만, 지금은 모두가 무사하다는 것을 축하하고 싶다.

뒤처리랑 향후 대책도 나중에 생각하기로 하자.

단, 칼리온이랑 프레이 쪽 일행은 진화의 잠에 빠져 있었기 때문에, 테스타로사에게 맡기고 정중히 보내도록 손을 썼다.

"피곤할 텐데 미안하지만——."

"저희는 신경 쓰시지 않으셔도 됩니다. 천천히 피로를 푸시면서 기운을 차리십시오."

마음이 조금 괴롭긴 했지만, 지금은 그 말을 받아들이기로 했다.

다른 일들도 사태가 진정된 뒤에 생각하기로 하고, 우선은 연회를 열어서 기분을 고양시킬 것이다.

모처럼의 기회이니 라플라스도 초대하고 싶었지만, 디아블로를 시켜서 데려오라고 했더니 이미 사라진 뒤라고 했다.

그 녀석은 그 녀석 나름대로 동료가 걱정될 것이다. 그렇게 생각하면, 억지로 찾아내서 초대할 것까진 없겠지.

함께 싸운다는 약속은 아직 이어지고 있으므로, 무슨 일이 생겼다면 도와줄 마음은 있지만, 지금은 가만히 놔두자고 생각했다.

그리하여 수도 '리무루'로 돌아왔지만, 거기서 나는 예상 못 한 보고를 듣게 되었다.

도시의 바깥 부분에 있는 건물 일부분이 불에 타서 내려앉았다.

게루도와 그의 부하들이 철저하게 지켜줬기 때문에 피해는 보기보다는 크지 않다고 한다. 주변의 건물을 부숴서 연소를 막았으며, 인적피해도 경미하다고 했다.

사망자가 한 명도 없다는 것은 좋은 소식이었다.

그러나 나쁜 소식도 있었다.

하지만 모든 것은 사후에 생각하기로 했다. 이제 와서 당황해 봤자 소용없는 일이므로, 나는 초조한 마음을 애써 억누르면서 게루도의 보고를 듣기로 했다.

그러나 보고를 위해 줄을 섰던 사람은 게루도뿐만이 아니었다.

장소는 연회장.

이번에 대활약했던 간부들이 자리에 앉았으며, 슈나랑 하루나 씨, 그리고 고부이치의 부하들이 바쁘게 돌아다니면서 모두에게 음식을 제공하고 있었다.

그런 분위기 속에서 보고를 듣는 것도 좀 그렇다고 생각했지만, 긴급한 안건이니 어쩔 수 없다.

내 오른쪽 자리는 베루도라가 점거했다. 어차피 얘기를 들을 마음도 없을 텐데, 떡하니 버티고 앉아서 움직이지 않았다.

베루도라가 이런 고집을 부리는 것은 어제오늘 일이 아니므로, 대응방법에는 익숙해져 있다. 설득보다 방치하는 게 편하니까 신경을 쓰지 않는 게 제일 낫다.

그런고로 오른쪽이 베루도라의 자리라면, 왼쪽에는 베니마루가 앉아 있었다. 내 뒤에는 시온과 디아블로가 대기하고 있었으며, 얘기를 들을 태세를 완벽히 갖추고 있었다.

디아블로는 어찌 되었든 간에, 시온은 같이 식사를 하면 될 텐데, 나중에 먹겠다고 고집을 부렸다. 뭐, 시온의 자기 어필에 저촉된다고 하니까 마음대로 하게 내버려 뒀다.

그리고 이 자리에서 중요한 보고자들은 누구인가 하면.

내 정면에는 게루도가 앉았다. 그리고 베니마루와 마주 보듯이 아다루만이 차분한 모습으로 앉아 있었다.

보아하니 진화도 무사히 성공한 것 같았으며, 분위기가 약간 달라져 있었다. 그 건에 대해선 나중에 보고를 들을 생각이다.

베루도라의 정면은 라미리스가 앉고, 그 뒤에 트레이니 씨와 베레타가 서서 그녀를 돌봐주고 있었다. 얘기가 나온 김에 말하자면, 베루도라에게 술을 따라주고 있는 사람은 카리스였다.

라미리스 본인은 정작 보고는 아예 팽개쳐둔 채 정신없이 식사에 열중하고 있었다.

"뭐, 나는 사부라면 괜찮을 거라고 믿고 있었지만 말이지! 그 엄청 강한 사부의 누나가 미궁 상층부를 날려버렸을 때는 역시 위험하다고 생각했지만, 그래도 그래도 사부라면 괜찮을 거라고 믿었단 말이지. 처음부터 아무런 걱정도 하지 않았어!"

그런 말을 당당히 내뱉으면서, 기쁜 표정으로 주스를 마시는 라미리스. 그녀의 말에는 거짓과 진실이 뒤섞여 있었지만, 그걸 지적하는 자는 없었다.

"크앗──핫핫하! 물론이고말고. 그 누님이 상대라고 해도 나는 눈곱만큼도 겁을 먹지 않았다. 단지 조금 방심하고 말았지. 비겁하게도 내 빈틈을 노린 방해자가 누님과의 승부에 찬물을 끼 얹어버렸다고 할 수 있겠군."

무슨 말을 하는 거람.

겁을 먹었다는 건 틀림없는 사실일 테고, 솔직히 말해서 진화 한 베루글린드는 상당히 번거로운 상대였다. 베루도라가 이길 가 능성은 반반이라고 생각했으니까, 큰소리치는 건 좀 자제하면 좋 을 텐데.

나는 그렇게 생각했지만, 듣고 있던 자들은 박수갈채를 보내고 있었다.

"역시 베루도라 님이십니다. 저도 본받아야겠군요⋯⋯."

의미심장한 표정으로 고개를 끄덕이는 카리스.

"엄청난 싸움이었으니까 말이죠. 저도 진화하면서 강해졌다고 생 각했지만, 아직 제 힘은 그에 미치지 못한다는 걸 통감했습니다."

베니마루도 뒤를 이어서 그렇게 말했다. 이건 진심으로 하는 말 같았으며, 베루도라도 기분이 좋아지면서 자랑스러운 표정을 짓고 있군.

하지만 라미리스의 발언으로 인해 베루도라의 웃음이 멈췄다.

"아이참, 사부는 정말 멍청이라니까. 하지만 그 정도면 아마 괜 찮겠지!"

"아마? 무슨 말이야, 라미리스?"

이것 봐, 말하기가 무섭다니까. 나는 그렇게 생각했다.

쓸데없는 말을 하니까, 자신을 스스로 위기에 몰아넣는 것이다.

"지금은 그 사람이—— 아니, 사부가 있으니까 안심이네!"

그 사람?

라미리스의 말은 너무나 불온하게 느껴졌다.

"어?! 아, 아니, 뭐랄까. 나, 나는 무적이긴 하지만, 컨디션이 나쁠 때가 있을 수도 있다……."

베루도라도 뭔가를 깨닫고, 제 무덤을 팠다는 것을 자각했는지, 갑자기 변명을 시작하고 있었다.

하지만 이미 늦었다고 생각하며, 늘 있는 일이니까 궁금하게 여기지 않아도 오케이겠지.

그보다 구석 자리에 앉아 있는 베스터 쪽이 신경이 쓰이는군.

나는 베루도라와 라미리스를 방치해둔 채, 잔류조로부터 무슨 일이 일어난 것인지 듣기로 했다.

●

리무루가 제국으로 간 직후부터, 남은 자들은 즉시 긴급태세로 이행했다.

얼마 전까지 남아 있던 전승축하회의 들뜬 분위기는 그 순간부터 사라진 상태였다.

그건 미궁의 가장 깊은 곳으로 돌아간 라미리스 일행도 마찬가지였다.

자신의 부하인 드래곤 로드(용왕)들의 진화도 무사히 끝나, 라미리스는 기분이 아주 좋았다. 하지만 리무루 일행이 긴급출동을 하는 바람에, 불안한 기분을 느낀 것이다.

라미리스는 매일 즐겁게 지내고 싶다고 생각하였으며, 이 장소는 그런 바람을 이뤄주는 훌륭한 이상향이라 느끼고 있었다.

오랜 시간을 고독하게 보냈으며, 정령들의 존재로 외로움을 달래고 있었던 라미리스에게 있어서 이 장소는 두 번 다시 잃고 싶지 않다는 생각이 드는 소중한 것이 되어 있었다.

그렇기 때문에, 이 장소를 잃는 것을 두려워하였다.

늘 그랬던 것처럼 리무루라면 괜찮다고 생각하면서도, 라미리스는 왠지 불길한 예감을 지우지 못했다.

그 예감은 적중했다.

베루도라의 누나인 베루글린드가 습격해 왔고, 라미리스가 자랑하는 미궁이 파괴된 것이다.

원래 미궁이란 것은 물리적으로 파괴하는 게 불가능했지만, 그걸 가능하게 하는 것이 부조리함의 권화인 '용종'들이었다.

라미리스는 베루글린드의 모습을 봤을 때, 평소엔 잊어버리고 있었던 오랜 기억을 떠올리고 있었다.

먼 옛날, 라미리스가 탄생하고 아직 얼마 되지 않았을 무렵이었다. 위대한 베루다나바와 아주 비슷하게 생겼으며, 대규모로 난동을 부리는 베루도라를 본 기억이 있었다.

베루도라의 속성은 '폭풍룡'이라는 이름대로 '바람'이 주였지만, 그에 더해 '공간'과 '물'까지 관장하고 있었다. 베루다나바에 버금가는 그 에너지(마력요소)양은 엄청나서, 그야말로 미친 듯이 휘몰아치는 폭풍 그 자체였다.

천재지변 그 자체인 베루도라의 폭위는 지상에선 최강이라고 해도 과언이 아니었다. 그러나 누나 두 명도 또한 상상을 초월할 정도로 격이 달랐던 거다.

열을 관장하는 베루글린드는 말할 것도 없이 '불꽃' 속성이었다. '바람'을 주로 하는 베루도라의 입장에선 최악의 상성이었으며, 에너지양의 차이는 상관도 하지 않을 만큼 압도적인 존재로서 막아서고 있었다.

하지만 그건 그나마 귀여운 수준이라고 할 수 있었다.

왜냐하면 승부가 가려질 정도로 실력차이가 크지는 않았기 때문이다.

진정한 위협은 큰 누나인 베루자도였다.

베루자도가 관장하는 속성은 얼음. 그러나 그 본질은 '물'이 아니라 좀 더 다른 어떤 것. 베루자도는 자신이 관장하고 있는 권능을 구사하여, 누구도 알아차리지 못하게 진정한 속성을 숨기고 있었던 거다.

라미리스는 베루다나바에게서 얘기를 듣고, 베루자도의 진실에 대해서도 알고 있다.

……아니, 알고 있었다.

그런데 아쉽게도, 전생을 반복하는 사이에 망각해버리고 만 것이다.

아니. 완전히 잊어버린 것은 아니지만, 라미리스가 오랜 기억을 다시 파헤쳐서 찾아내기엔 시간이 너무 오래 걸렸다.

그래서 라미리스는 이번 상대가 베루글린드라서 다행이라고 생각했다. 만약 베루자도가 적으로 돌아선다면, 베루도라에겐 승산이 없었을 테니까.

라미리스가 기억하고 있는 사실은 미친 듯이 날뛰던 베루도라가 베루자도의 일격을 맞고 소멸했다는 거다. 그리고 그걸 당연하게 여기는 베루자도의 '얼어붙을 듯이 차가운 눈'이었다.

그래서 이때 베루도라를 가장 많이 걱정한 자는 라미리스였다고 할 수 있다.

안절부절못하는 모습으로 방 안을 빙글빙글 날아다니는 라미리스.

"괜찮겠어, 사부?"

그 질문은 라미리스의 불안감의 표현이었다. 하지만 동시에 도망쳐도 된다는 의도를 담은, 베루도라를 배려한 말이기도 했다.

그런데도 베루도라는 이렇게 말했다.

"안심해라. 너희는 거기서 내 용감한 모습을 보고 있도록 해라!"

무슨 이유인지 개운한 표정이었고, 불안감 같은 건 눈곱만큼도 느끼고 있지 않은 태도였다. 그리고 자신만만하게 혼자서 미궁을 나간 것이다.

라미리스는 그런 베루도라를 보고, 너무나 눈부시다고 생각했다.

옛날 모습을 떠올렸던 것만큼, 그 성장한 모습이 너무나도 바람직하게 느껴졌던 것이다.

베루글린드를 상대로 베루도라가 출격한 후, 라미리스는 '관제실'에 남은 자들의 얼굴을 둘러봤다.

베루도라에게서 전력 외라는 선고를 받으면서, 이 자리에 남은 카리스. 하지만 그건 어쩔 수 없는 일이다. 열을 관장하는 베루글린드가 상대하면, 카리스는 도저히 도움이 되지 않을 테니까.

늘 그랬듯이 냉정하고 침착한 모습을 유지하고 있는 것은 베레타였다. 평소와 다르지 않은 태도가 라미리스의 마음을 차분하게 만들어줬다.

리무루의 손에 의해 드리어스 돌 드라이어드(영수인형요정)로 다시 태어난 자들도 오퍼레이터로서 베레타의 지휘하에 들어가 있었다. 현재 그 수는 스물네 명. 리무루가 시간이 났을 때 진화시킨 자들이며, 모두 우수한 미궁관리자가 되어 있었다.

트레이니와 그녀의 자매인 트라이어와 드리스도 있었다. 평소처럼 온화한 표정으로 라미리스를 지켜봐 주었다.

남은 건 베스터랑 디노에, 최근 연구원이 되면서 동료가 된 자들이다.

타니무라 신지, 마크 로렌, 신 류세이 세 명과 그들의 수습조수가 된 루키우스와 레이먼드 두 명이었다.

이렇게 다섯 명이 있지만, 미궁이 전시상황에 들어갈 땐 가드라의 부하가 되는 걸로 이야기가 되어 있었다. 하지만 지금은 가드라가 자리를 비우고 있기 때문에, 라미리스의 조수로서 '관제실'에서의 작업을 도와주고 있었다.

그들도 다들 라미리스를, 걱정스러운 눈으로 바라보고 있었다.

그래서 라미리스는 밝은 목소리로 외쳤다.

"뭐야! 나는 아무런 걱정도 하지 않고 있거든. 사부는 반드시 이길 거야. 만약 지더라도 리무루가 어떻게든 해줄 거라고. 틀림없이 그럴 거야. 무엇보다 방심만 하지 않으면 사부는 무적이라고!"

그런 자신이 한 말을 통해 라미리스 자신도 침착함을 되찾았다. 베루도라와 리무루라면, 반드시 평화로운 일상을 되찾아주리라 생각하면서.

그리고 그 자리에서 불안감이 사라지긴 했지만── 사건은 그 직후에 발생했다.

*

"경고! 침입자입니다!!"

수석 오퍼레이터인 알파가 큰소리로 외쳤다.

그 말을 들은 전원이 바로 긴장하면서 전투태세에 들어갔다.

"모니터에 표시해라."

베레타가 명령을 하자마자, 화면이 분할되면서 현장의 상황을 비췄다.

그 자리에 선 인물을 보고, 라미리스는 자신도 모르게 외쳤다.

"앗, 저건 천사잖아. 육체를 얻은 데다 변질까지 되었지만, 상당히 위험한 것 같은데!"

실제로 그자는 이질적인 존재였다.

순백의 옷에, 검은색과 금색의 광택을 발하는 무기와 방어구는 갓즈(신화)급. 칠흑의 장발은 별빛을 흩뿌린 것처럼 반짝이면서, 그자의 미모를 돋보이게 만들고 있었다.

그의 등에는 세 쌍을 이룬 여섯 장의 새하얀 날개가 펄럭이고 있었으며, 그 날개가 더욱더 주목을 모으고 있었다.

"추정 에너지양이 산출되었습니다! 이, 이건……."

말을 잇지 못하는 알파.

"왜 그러는 거야? 빨리 보고해."

트레이니의 재촉을 받으면서, 알파가 제정신을 차렸다.

"어디까지나 추정치입니다만, 선두에 선 개체는 존재치가 300만 이상입니다. 뒤따르는 다섯 명도 각자 40만에서 70만으로 계측되었습니다."

알파의 발언은 '관제실'을 얼어붙게 만드는 데 성공했다.

생명체 정보의 수치화 및 데이터베이스의 구축이라는 것이 현재 미궁에게 부여된 또 하나의 숨겨진 역할이었다. 미궁 안에서 벌어지는 전투를 모니터하여, 그 정보를 축적함으로써 위기관리에 한몫하게 만든다는 발상이었다.

그걸 '존재치'라고 불렀다.

에너지(마력요소)양이랑 신체능력을 수치화한 상태에서, 장비하고 있는 무기와 방어구에 함유된 에너지를 가미한 것이지만, 실제적인 전투능력과는 달랐다.

그자가 소지하고 있는 능력이나 갈고닦은 레벨(기량)은 계측불능이라 어디까지나 참고 정도로 생각해야 하지만, 그래도 유용한 것은 더 말할 필요가 없었다.

적절하게 운용하면, 미궁의 방어력 강화로 이어지리라는 기대를 받고 있었다. 적의 존재치와 비슷한 정도의 상대를 붙여주면, 대충 그 레벨도 추정할 수 있기 때문이다.

애초에 이건 아직 시험 운용단계이며, 데이터의 축적이 충분한 상태라고는 말하기 어려웠다.

하쿠로우처럼 존재치가 6만 정도이면서도, 몇 배의 존재치를 보유한 강자를 제압하는 용맹한 자도 있었다.

고부타 같은 경우는 특히 더 이상했는데, 존재치가 2만이 채 안 되는 A랭크 최약 클래스이면서도, 13만 전후인 고즐이랑 메즐보다도 강했다.

이런 사례가 산더미처럼 많았기 때문에, 존재치라는 건 어디까지나 하나의 기준일 뿐이라는 것이 상식이 되었다.

....

....

......

참고로 템페스트(마국연방)에선 존재치를 자유조합의 등급과도 연결해서 사용하고 있었다.

1,000미만이 E급.

1,000에서 3,000 미만이 D급.

3,000에서 6,000 미만이 C급.

6,000에서 8,000 미만이 B급.

8,000에서 9,000 미만이 B+급

9,000에서 1만 미만이 A−급으로 정해져 있었다.

여기서부턴 큰 벽이 존재하는데, 그걸 넘어설 수 있다면 A랭크 오버, 1류에 들어갈 수 있다.

1만을 넘으면 A급이 되며, 해저드(재해)급이 된다.

10만을 넘으면 특A급이며, 캘러미티(재액)급으로 판단된다.

마왕종의 자격을 획득한 자라면, 최저치라도 20만. 리무루가 느낀 바에 따르면, 유사각성을 하기 전의 클레이만이나 프레이 정도가 존재치 : 40만 정도일 것이라고 했다.

그걸 기준으로 판단하여, S급에 해당되는 디재스터(재액)급은 40만 이상으로 정해져 있었다. 템페스트에서 말하는 S급이란 것은 딱히 마왕을 지칭하는 것은 아니다. 간부 중엔 구 마왕 수준에 해당하는 자가 많이 있어서, 알아보기 쉬운 기준을 우선시하였다.

그리고 그다음 단계부터는 템페스트만의 기준이 만들어져 있었다.

카타스트로프(천재)급이 있지만, 그건 어디까지나 '용종'과 기이만을 위한 칭호였다. 그 외에는 각성한 초월자를 가리키는 말로 특S급이 준비되어 있었다.

유사각성한 클레이만은 에너지양이 안정되지 않았다고 한다. '대충 70만에서 80만 정도 되지 않을까?'라는 리무루의 발언으로, 존재치 : 80만 이상이 특S급으로 지정되어 있었다. 그리고 거기서 그치지 않고, 일부의 자들은 존재치가 100만을 넘었기 때문에, 알아보기 쉽게 밀리언 클래스(초급각성자, 超級覺醒者)라고 부르기로 정해놓았다.

어디까지나 참고삼아 말하자면, 아크 데몬(상위마장)의 존재치는 누가 소환하더라도 딱 14만까지였다. 그게 상한선이라고 정해놓은 것처럼, 일률적으로 같은 숫자였던 것이다.

그 테스타로사를 비롯한 악마 아가씨 3인방조차도 초기의 존재치는 14만이었다고 기록에 남아 있었다. 그게 사실인지 아닌지는 이제 와서 확인할 방법이 없지만, 일단 잘못된 기록은 아닐 것이라고 라미리스와 부하들은 생각했다.

·················.

············.

······.

"설마 했던 밀리언 클래스――라면, 아무리 생각해도 세라핌(치천사)일 것 같은데……."

미처 생각하지 못했다는 듯이 말문이 막힌 모습을 보이는 라미리스.

그 말에 고개를 끄덕이면서 베레타가 말했다.

"최상위 천사가 변질된 존재, 말입니까. 일이 번거로워졌습니다. 더구나 종자까지 S급이로군요. 가디언(계층수호자)들이 잠들어 있는 지금, 요격하기는 힘들 것 같습니다만."

"하, 하지만, 하지만 아무런 대응도 하지 않으면 위험하잖아."

당황한 표정으로 대꾸하는 라미리스. 그녀를 진정시키려는 듯이, 부드러운 미소를 지으면서 트레이니가 발언했다.

"그 말씀이 맞습니다, 라미리스 님. 그러므로 지금은 제가 출격할까 합니다만."

그 말을 기다렸다는 듯이 트라이어와 드리스도 일어섰다.

"물론, 저도 동행하겠습니다."

"언니, 저도 가겠어요!"

그 말을 들은 라미리스는 진정하기는커녕 한층 더 당황하기 시작했다.

"자, 잠깐만 기다려봐! 그야 너희는 강해지긴 했지만, 그래도 수치상으론 밀리고 있잖아!!"

"우후후, 문제없답니다. 존재치 같은 건 어디까지나 하나의 기준일 뿐인걸요. 라미리스 님의 종자가 얼마나 강한지, 이 자리에서 증명해 보이겠습니다."

그 말을 듣고, 트라이어와 드리스도 힘차게 고개를 끄덕이고 있었다.

라미리스는 말리고 싶었지만, 달리 좋은 생각도 떠오르지 않았다. 하지만, 여기서 사랑하는 트레이니 자매들에게만 위험에 몰아넣는 것도 주인으로선 인정할 수 없다고 생각했다.

"역시 안 되겠어! 이길 수 있는 싸움만 하겠다고, 리무루랑 사부도 말했으니까."

일단은 미궁을 조작하여 시간을 벌 것이다. 그러는 사이에 사태가 어떻게든 유리하게 전개되어준다면……. 라미리스는 그렇게 생각하면서 현실도피를 하기 시작했다.

그런 그녀의 반응에 어이없어하면서 간언한 사람은 바로 카리스였다.

"라미리스 님, 아쉽게도 시간벌이는 어려울 것 같습니다. 가디언들이 잠들어 있는 층에 접근을 허용할 수는 없는 데다, 그대로 방치하고 있다간 중요시설까지 파괴될 우려가 있습니다. 그러므로 지금은 적을 맞아서 반격하는 방법밖에 없다고 생각합니다. 저도 같이 나갈 테니 출격허가를 내려주십시오."

베루도라가 없는 지금, 이 자리에서 가장 강한 자는 카리스였다. 그렇기 때문에 자신이 어떻게든 해야 한다는 각오를 굳히고 한 발언이었다.

"베레타 공, 라미리스 님의 호위를 맡기겠어요."

"알았소. 라미리스 님은 나에게 맡기도록 하시오."

베라타에게 있어서도, 그건 두말할 필요가 없는 것이었다. 트레이니 자매가 출격한다면, 라미리스를 지킬 사람은 자신밖에 없다고 생각했다.

알파를 비롯한 드리어스 돌 드라이어드들도 마찬가지였다. 이 자리에 있던 전원이 일제히 일어서면서, 라미리스를 지킬 것을 맹세한 것이다.

이런 분위기에 동참하지 않으면 안 된다고 생각하여 신지 일행도 목소리를 높였다.

"저희도 노력하겠습니다!"

"그래, 그래야지. 우리도 여기서 신세를 지게 된 이상, 은혜를 갚을 필요가 있겠지."

"──동의해. '부활의 팔찌'도 있으니까 싸우다 죽어도 괜찮아."

"그렇군. 뭐, 제국병이라는 이유로 살해당해도 불만을 제기할 수 없는 입장이었으니까, 이번 기회에 쓸 만한 인간이라는 걸 증명해두고 싶어."

"그러네. 안 그러면 가드라 노사에게서 꾸지람을 들을 것 같아."

그런 식으로, 강대한 적을 앞에 둔 상태에서 가벼운 농담까지 주고받고 있었다.

'관제실'의 분위기가 누그러졌다.

라미리스도 숨을 크게 들이쉰 뒤에, 최고의 미소를 보였다.

"그렇다면, 최선을 다해서 싸우고 와! 죽어도 내가 있으면 부활할 수 있으니까, 힘을 아낄 필요는 없어! 드래곤 로드(용왕)들도 보낼 테니까, 반드시 이기라고!!"

그 말을 듣고 모두가 고개를 끄덕였다. 그리고 정해진 역할대로, 신속히 행동으로 옮겼다.

*

라미리스와 부하들이 알아차린 침입자의 정체는 바로 요마왕 펠드웨이의 부하 중 필두에 해당하는 자라리오였다.

과거에 세라핌(치천사)이었던 자라리오는 나머지 두 명과 함께 팬텀(요마족)을 다스리는 '삼요사(三妖師)'로서 군림하고 있었다. 각자가 강대한 군을 이끄는 원수였으며, 원래는 전선에 서는 일은 하지 않는 위치에 있었다.

그러나 이번에는 펠드웨이의 절대적인 명령이 있었다. 베루글린드가 미궁을 파괴한 이 절호의 기회를 이용하여 반드시 목적의 인물을 처단하라고.

미궁을 공격한 제국군의 말로는 펠드웨이로부터 들어서 알고 있었다. 자라리오는 약한 병사는 방해가 될 뿐이라고 판단하여, 스스로 나선 것이다.

그가 이끌고 온 것은 다섯 명의 장군이었다.

원래는 케루브(지천사)랑 스로네(좌천사)라는 이름의 상급천사였던 그들이었기 때문에, 팬텀이 되면서 마왕에 필적할 정도의 에너지(마력요소)양을 획득하고 있었다.

그에 비해서 육체가 허약했지만, 미궁 안이라는 환경에선 문제가 되진 않았다. 마력의 확산이 억제되기 때문에 충분히 실력을 발휘할 수 있을 것이다.

그런고로 지금 자라리오는 당당하게 미궁을 걷고 있었지만, 당연히 방해를 받았다.

계단을 발견하여 지하로 걸어 들어간 순간, 공간이 변동하는 것을 느낄 수 있었다. 당황하지 않고 주변의 분위기를 살피는 자라리오 일행. 그런 그들의 눈앞에 출현한 것은 아무것도 없는 한

정된 공간이었다.

그 장소의 중앙에는 사람 모양의 실루엣이 여덟 명 정도 보였다.

"후후후, 보아하니 우리를 환영해주는 것 같군. 우리도 실례가 되지 않도록 정중하게 대응해드리도록 해라."

자라리오의 말을 듣고, 부하인 장군들이 말없이 고개를 끄덕였다.

양쪽 세력이 접근했으며, 그리고 마주 보는 형태를 취하면서 걸음을 멈췄다.

우선 한 걸음, 앞으로 나선 자는 트레이니였다.

"처음 뵙겠습니다, 여러분. 이 미궁의 주인이신 라미리스 님을 대신하여 저, 트레이니와 여기 있는 사람들로 여러분을 응대해드리도록 하겠습니다. 그리고 초대한 기억도 없지만, 당신들의 정체와 목적을 물어봐도 괜찮을까요?"

트레이니는 미소 지으면서 그렇게 말했지만, 그녀의 눈은 전혀 웃고 있지 않았다. 상대의 동향을 최대한으로 경계하면서, 무슨 일이 일어나도 대응할 수 있도록 임전태세를 유지하고 있었다.

트레이니는 여기 오기 전에, 이미 최대한의 강화를 마친 상태였다. 현재 소환이 가능한 바람의 정령왕을 자신에게 깃들여서, 그 힘을 자신의 것으로 만들어 놓았다. 라플라스와 장기전을 벌였던 때에도 상위정령인 실피드(바람의 처녀)를 자신의 몸에 깃들여 놓기만 했을 뿐이었다. 그런 걸 생각해보면, 트레이니는 첫수부터 비장의 수를 선보이고 있었다.

정령왕의 에너지양은 존재치로 환산하면 100만 정도가 된다. 존재치가 60만밖에 되지 않는 트레이니에겐 너무 큰 부담이었다.

그러나 이곳은 미궁 안이며, 사망하더라도 부활할 수 있다. 신체에 영향을 주는 부담 같은 건 신경 쓸 필요 없이 전력을 다한 상태로 싸움에 임할 수 있는 것이다.

트레이니보다 한 걸음 뒤에 선 카리스도 부담은 느끼지 않았다. 설령 상대가 자신보다 배 이상의 에너지양을 보유하고 있다고 해도, 그것 때문에 겁을 먹지는 않았다.

왜냐하면 카리스는 늘 베루도라라는 압도적인 존재를 상대로, 실전훈련을 계속해왔기 때문이다.

고부타처럼, 자신보다 몇 배 더 강한 힘을 지닌 상대로 이길 수 있는 자도 있다. 하물며 지금은 믿음직스러운 동료들도 있었다. 그러므로 카리스는 자신이 승리할 것을 의심하지 않았다.

드래곤 로드(용왕)들도 마찬가지였다.

리무루에게 상으로 '이름'을 받으면서, 라미리스의 충실한 부하로서 진화를 이룩했다.

그 힘은 존재치로 환산하면 70만에 해당하는 수준이었다. 새로운 경험을 더 쌓으면 특S급에 이르게 될 것은 확실하기에, 실은 겁을 먹기 이전에 자신들의 힘을 시험해보고 싶어서 몸이 근질거렸다.

트라이어랑 드리스도 실피드와의 '동일화'가 완료된 상태였다. 트라이어는 드래곤 로드들과 협력하여 배후의 적을 상대하고, 드리스는 트레이니랑 카리스의 원호를 맡기로 미리 얘기되어 있었다.

베레타는 존재치가 40만 정도지만, 그 레벨(기량)이 탁월했다. 전력으로선 나무랄 데가 없지만, 라미리스의 호위인지라 자리를 비울 수 없었다. 그러므로 현시점에선 이게 생각할 수 있는 한도 안에서 최강의 포진이었다.

만약 이 멤버가 패배한다면…… 그때는 리그루도랑 고부타 같은 잔류조가 총력전을 시도하는 수밖에 없다. 지금도 다음 층으로 한창 전력을 긁어모으는 중이므로, 시간만이라도 벌 필요가 있었다.

애초에 누구 하나 질 생각은 하지도 않고 있었지만.

"이거 놀랐습니다. 듣기로는 미궁 안에는 대단한 전력이 남아 있지 않다고 하던데. 설마 이 정도의 강자들과 만나게 될 줄이야. 재미있군요. 실로 유쾌합니다. 이런, 자기소개를 아직 하지 않았군요. 제 이름은 자라리오. 요마왕 펠드웨이 님이 일군을 맡기신 '삼요사' 중의 한 명입니다. 앞으로도 부디 절 기억해주시길 바랍니다."

우아하게 상반신을 숙이면서, 자라리오가 인사했다. 그 동작은 세련되어 마치 무대 위에서 유명배우가 연기하고 있는 것처럼 아주 훌륭했다.

그러나 그의 대사에는 전혀 마음이 담겨 있지 않았다. 그 태도는 트레이니 일행을 얕잡아보고 있었으며, 안중에 없다는 본심이 노골적으로 드러나 있었다.

이런 태도에는 트레이니도 발끈했지만, 여기서 흥분할 정도로 어리석진 않았다. 라플라스를 상대로 추태를 보였던 적도 있으니, 어떻게든 냉정함을 유지하면서 대화를 이어가려고 시도했다.

"그렇군요. '삼요사'인 자라리오 님이란 말이군요. 실례지만 들어보지 못한 이름이네요."

약간 도발의 의미를 담아서 말하는 트레이니에게, 자라리오는 어유 있는 미소로 웅했다.

"그렇겠죠. 다른 세계에선 이름이 알려졌지만, 이 세계와는 멀어진 지 오래되었으니까요. 우리는 이미 이 세계에 있어선 이방인이라 할 수 있을 겁니다."

"이방인, 이라고요?"

"네. 하지만, 그걸 핑계로 삼을 생각은 없습니다."

"……."

"아, 그렇지. 목적을 물었죠. 물론, 얘기하겠습니다. 저희도 협조를 받을 수 있으면 고생을 덜할 수 있으니까요."

"내용에 따라서 달라지겠네요."

"뭐, 일단은 들어보시죠. 우리의 목적은 혼죠 마사유키라는 소년을 말살하는 겁니다. 숨기지 않고 내놓으신다면 **저는** 물러나드리도록 하겠습니다."

온화한 미모를 지닌 자라리오가 여성처럼 부드러운 목소리로 밝힌 것은 마사유키를 죽이겠다는 선언이었다.

그 말을 듣고, '네, 그렇군요'라고 말하면서 수긍할 자는 없었다.

마사유키는 리무루의 친구이며, 트레이니 일행에게 있어서도 무엇과도 바꿀 수 없는 동료였기 때문이다.

"헛소리가 지나치시네요. 아쉽게도 교섭은 결렬로 끝나겠어요."

"그렇습니까. 그건 정말 아쉽군요."

전혀 아쉽게 생각하지 않는 것을 숨기려 들지도 않으면서, 자라리오는 웃었다. 그리고 다음 순간, 갑자기 싸움이 시작된 것이다.

*

트레이니가 땅을 박차면서 공중으로 날아올랐다. 그리고 상공에서 보이지 않는 수많은 칼날을 날리면서 자라리오를 노렸다. 그게 바로 트레이니의 회피 불가능한 필살기인 '인비저블 블레이드(불가시화단열인, 不可視化斷裂刃)'이었다.

이 '인비저블 블레이드'는 단순히 공기를 압축하여 베는 것이 아니었다. 공간속성을 가지고 있으며, 차원조차도 절단하는 위력을 지니고 있었다.

그걸 보이지 않게 만들어서 예비동작도 없이 발사할 수 있는 걸 보면, 트레이니가 얼마나 위험한 존재가 되었는지 이해할 수 있을 것이다. 그러나 이번에는 상대가 좋지 않았다.

아니── 너무 안 좋았다.

자라리오는 그 자리에서 한 발짝도 움직이지 않았다. 칼날을 알아차리지 못해서 반응할 수 없었던 것이 아니라, 회피할 필요가 없었기 때문이었다.

보이지 않는 칼날이 자라리오를 절단할 것처럼 보인 순간, 그 칼날이 소실되었다. 자라리오의 몸의 표면을 덮는 것처럼 공간에 일그러짐이 발생한 것이다.

그 현상과 아주 비슷한 기술이 미궁의 데이터베이스에 등록되어 있었다. 그건 제기온이 잘 쓰는 디스토션 필드(공간왜곡방어영역)였다. 온갖 속성공격이랑 공간단절조차도 무효로 만드는 절대적인 방어 기술이었다.

"──뭐야?!"

"제기온 공과 같은 기술, 인가. 정말 귀찮은 상대로군."

"호오, 그렇게 말하는 걸 보니 디스토션 필드를 쓰는 자가 있단 말이군요. 제기온, 이라고 했습니까. 이것 참, 이 나라의 간부들은 모두 봉인했다고 들었습니다만, 터무니없이 잘못된 정보였던 모양이군요……."

그 말투와는 반대로, 자라리오의 표정은 시크했다.

아직 진짜 실력을 발휘하지 않고 있는 것은 명백했으며, 그 모습은 오히려 즐길 마음까지 먹은 것으로 보였다.

그걸 알아차렸기 때문에, 트레이니의 표정도 더욱 험악해졌다. 즉시 카리스와 눈짓을 교환하더니, 방침을 바꿨다. 무리하게 자라리오를 쓰러트리려 하지 않고, 시간벌이에 전념하기로 한 것이다.

사실, 자라리오가 데리고 온 다섯 명의 장군들은 미궁의 전력을 상대하면서 고전을 강요당하였다. 늘 전투훈련을 해왔던 드래곤 로드들이 그 실력을 유감없이 발휘한 결과였다.

추가로 더 언급하자면, 미궁 안이라는 홈그라운드가 전장인 이상, 미궁 측의 세력은 불사라고 할 수 있었다. 그렇기 때문에 한계를 넘은 전법을 발휘할 수 있게 되면서, 비슷한 수준의 실력자들을 상대로 일방적인 전개를 펼쳤다.

이대로 가면 이길 수 있다——고, 트레이니는 생각했다.

자라리오는 위협적인 존재였지만, 다른 적은 머지않아 제거될 것이다. 그 기세를 살려서 모두 함께 덤빈다면 디스토션 필드도 버티지 못할 것이라고.

최악의 경우엔 자라리오가 힘을 소모하기를 기다리면 된다.

(그래, 쫓아내기만 한다면 이번 싸움의 승리조건은 충족되는 거야. 무리할 필요는 없어. 하지만—— 그런데 왜 이자는 태연한

반응을 보이는 걸까……?)

틀림없이 자신들이 유리할 텐데, 도저히 불안감을 지울 수 없는 트레이니였다.

그 원인은 일관되게 여유 있는 태도를 유지하는 자라리오에게 있었다.

눈치가 빠른 자라면, 전황을 잘못 파악할 리가 없다. 하물며, 자라리오는 자신을 일군의 장수라고 밝히고 있었다.

마왕급의 강자를 이끌고 올 만한 자가 초보적인 판단미스를 한다는 건 상식적으로 생각해도 있을 수 없는 일이었다.

(이자의 목적은 '용사' 마사유키의 말살── 설마?!)

일반적으로 생각해봤을 때 마사유키만을 노리는 거라면 암살이 더 간단할 것이다. 자라리오의 존재치가 너무나도 높았기 때문에, 오히려 그런 가능성을 미처 생각하지 못하고 말았다.

『라미리스 님! 마사유키 공의 소재지는 파악되었습니까?』

『응, 갑자기 뭐야? 물론 파악은 하고 있는데?』

라미리스에게 '사념전달'로 물어본 트레이니.

한편 라미리스도 팔자 좋게 싸움을 관전하고만 있던 건 아니었다. 침입자는 큰 문제지만, 그보다 더 중요한 문제인 도시 주민의 피난대응에 쫓기고 있었다.

베루도라가 출격한 지금, 무리해서 격리하고 있던 도시도 안전하다고는 할 수 없었다. 만약 베루도라가 패배할 경우, 도시는 자동적으로 원래 존재하던 상태로 자연스럽게 되돌아가 버릴 것이다.

라미리스의 힘만으로는 현재 상태를 유지할 수 없는 이상, 그건 어쩔 수 없는 일이었다. 그래서 그렇게 되기 전에 주민들만이라도 피난시켜둘 필요가 있었다.

다행히도 현재는 100층이 되어 있는 99층에는 군단을 전개할 수 있을 정도의 빈공간이 있었다. 연구시설에 일반인을 들일 수는 없지만, 도시의 주민을 전부 받아들일 수는 있었다.

베레타로부터 그런 지적을 받은 라미리스는 그야말로 다급하게 대처를 시작하던 중이었다.

『지금 당장 긴급하게 안전한지 확인을 부탁드립니다!』

『침입자는 그 녀석들뿐이니까, 지나친 걱정인 것 같은데…….』

나도 지금 바쁘단 말이야──. 그렇게 생각하면서도, 라미리스는 트레이니의 요망사항에 응했다.

그 결과, 라미리스가 생각했던 대로 마사유키는 무사했다.

『으──음, 역시 괜찮아. 지금은 도시에 있고, 거기 있는 사람들의 피난을 유도하는 걸 돕고 있어.』

라미리스의 말대로, 마사유키는 도시의 주민들을 진정시키는 데 있어서 충분히 제 역할을 해주고 있었다. 만약 마사유키가 없었다면, 패닉이 발생하여 피난이 늦어지게 되었을 가능성조차 있었다. 이런 때야말로 마사유키의 권능이 본 실력을 충분히 발휘했다.

전투가 발생하고 있는 것 같지도 않았으며, 평온함 그 자체였다.

애초에 미궁 안은 라미리스의 지배하에 있으므로, 무슨 일이 일어나더라도 바로 알 수 있었다. 그 결과를 그대로 전하자, 트레이니도 겨우 안도하는 기색을 보였다.

『그렇습니까. 그렇다면 안심이 됩니다만…….』

그럼에도 납득이 되지 않는 모습이었다.

『마음에 걸려서 그래?』

『그러네요. 만약 적이 마사유키 공의 암살을 노린다면, 피난하고 있는 사람들까지 휘말릴 우려가 있으니까요.』

지나친 생각이라고, 트레이니는 스스로도 그렇게 생각하고 있었다.

하지만 그래도 조심 또 조심해야 한다고, 마음속 어딘가에서 경보가 울려 퍼지고 있었다.

『알았어! 트레이니가 그렇게까지 말한다면, 마사유키 일행은 70층으로 가도록 말할게!』

그 말을 듣고, 트레이니는 납득했다.

지금 현재, 70층에는 제국군의 잔당이 있었다. 만약 암살자가 나타났다고 해도, 시간을 벌어줄 수는 있을 거라고 생각한 것이다.

『그렇게 하면 안심할 수 있겠군요.』

『그렇지, 그렇지?!』

이리하여 마사유키는 70층으로 가게 되었다.

●

사람을 너무 막 부린다니까, 여기 사람들은──. 마사유키는 그렇게 생각하면서 한숨을 쉬었다.

리무루를 필두로, 이 나라의 높은 사람들은 다들 갑자기 떠오른 생각에 따라서 행동하는 경향이 있었다. 말단이라면 또 모를까, 자신의 위치를 생각해서 행동해주면 좋겠다고 생각했다.

물론, 모두 다 그런 것은 아니다.

55

"좀 더 말이지, 슈나 씨 같은 사람이 날 걱정해줘도 좋겠다는 생각, 안 들어?"

마사유키의 입에서 흘러나온 말에는 그의 거짓 없는 본심이 담겨 있었다.

슈나 같은 청초하고 고상한 분위기가 느껴지는 미소녀가 부탁하는 거라면, 마사유키도 불만이 없었다. 그래서 지금도 기꺼이 피난유도를 돕고 있었던 것인데…… 그걸 방해한 자가 바로 라미리스였다.

『어서 빨리 70층으로 가주면 좋겠어!』

반론을 허용하지 않겠다는 듯한 기세로 그렇게 명령을 한 것이다.

마사유키의 입장에선 부조리한 일이었다.

하지만 라미리스는 그렇게 보여도 권력자다.

베루도라라는 뒷배를 가지고 있는 데다, 마사유키의 비밀을 아는 자 중 한 명이었다. 무슨 말을 들어도 거역할 수 없었다.

"포기하라니까. 라미리스 님에게 악의가 있는 게 아니라, 그저 여유가 없어서 그랬을 거라고 생각하니까. 베루도라 님까지 출격하셨으니, 이건 아무리 생각해도 긴급사태거든."

마사유키의 옆에서 걷고 있는 청년이 대꾸했다.

귀에는 뱀 모양의 피어스.

둔탁하게 생긴 손목시계와 손가락에는 해골 반지.

진한 보라색의 셔츠 위에 뾰족한 쇠장식이 달린 가죽점퍼를 걸쳤으며, 치렁거리는 액세서리로 자신의 몸을 장식하고 있었다. 플랩 스커트가 달린 긴 바지는 검은 광택을 발산하는 가죽으로 만든 것이었다.

소위 펑크 패션이라는 것이었으며, 아무리 봐도 불량한 사람 같았다. 마사유키가 부담스럽게 생각하는 인종이었다.

그랬을 텐데 신기하게도 마사유키와는 의외로 마음이 잘 맞았다.

그 이유는 아마도, 그 청년이 사서 고생을 하는 성격이기 때문일 것이다.

그 청년의 이름은 베놈이라고 하며, 늘 상사로부터 무리한 임무를 억지로 넘겨받고 있는 것처럼 보였다. 그런 베놈의 모습이 자신과 겹쳐 보여서, 마사유키는 친근감을 느꼈다.

베놈이 말하길, '나에게 인권은 없다'고 한다.

지금은 그 상사로부터 마사유키를 호위하라는 명령을 받아, 함께 행동하고 있었다.

지우와 버니와는 어색한 사이가 되면서 만나지 않았고, 진라이와도 헤어졌다.

허세만 가득한 자신의 힘으로는 진라이를 끝까지 지킬 수 없다고 말하면서. 마사유키가 스스로 먼저 이별을 고했다.

'제가 필요하면 언제든 말만 하십시오! 그때까지는 이 나라의 길드에서 실력이 떨어지지 않도록 일하고 있을 테니까요.'

그렇게 말하면서 진라이는 마사유키의 제안을 받아들였다. 그리고 템페스트(미국연방)의 길드 직원이 되었고, 보이지 않는 곳에서 마사유키를 도와주게 되었다.

외로웠지만 안심이 되는 것도 사실이었다. 이제 동료에게 거짓말을 할 필요도 없어져, 죄책감이 사라졌기 때문이다.

그렇게 혼자가 된 마사유키의 앞에 나타난 자가 베놈이었다.

베놈은 마사유키가 약하다는 것을 알고 있었다. 그렇기 때문에 호위가 된 것이며, 외모와는 어울리지 않게 마사유키의 말에도 귀를 기울여주었다.

마사유키의 평가가 내려가지 않도록, 협력해주기도 했다.

이건 리무루의 의향에도 따르는 것이므로, 마사유키도 사양하지 않고 이용하였다.

그렇게 되면서, 현재 두 사람은 마음이 잘 통하는 친구가 되어 있었다.

"그러니까 말이지, 긴급사태라는 건 나도 잘 알고 있어. 그런데 왜 '용사'를 연기하는 나를, 도시 사람들한테서 떼어놓으려고 하는 거냐고."

"아니, 넌 약하잖아. 정말로 적이 쳐들어오면 아무것도 못 하잖아?"

"그건 그렇지만, 그렇지만 말이지! 그래도 이건 좀 아니잖아?! 사람들이 불안해하는 눈빛이 말이지, 내 마음을 아프게 후벼 판다고……."

자신이 가지 않기를 바란다는 것을, 말로 하지 않아도 이해할 수 있었다.

그래서 마사유키는 라미리스의 명령에 강한 불만을 느낀 것이다.

그러나 베놈의 입장에선 그건 다른 얘기였다.

어느 쪽이 더 안전한지를 따지자면, 100층보다 70층이 더 안전하기 때문이었다. 제국군을 전력으로 계산할 수 없다고 하더라도, 70층의 연구시설에는 '초극자'들이 대기하고 있기 때문이었다.

지금은 아이들의 안전을 지키고 있으므로, 거기까지 가면 마사유키도 같이 지켜주리라 생각하고 있었다.

베놈에게 있어서 중요한 것은 디아블로가 내린 사명이었다. 그야말로 목숨을 걸고, 마사유키를 지켜야만 했다.

"그렇긴 하지. 네가 있는 것만으로도 다들 왠지 안심하니까. 하지만 뭐, 피난도 어느 정도는 종료되었고, 100층의 방어는 완벽하니까 말이지."

실제로 여기까지 침입할 만한 적을 상대를 상대하려면, 가디언(계층수호자) 클래스가 아니고서는 대적하지 못한다. 60층은 가드라가 자리를 비운 데다 신지 일행이 철퇴함으로써 무방비한 상태인지라, 현재로선 70층이 최후의 방위선이 되어 있었다.

"그렇다면 난 위험해지는 거 아냐?!"

그 말이 옳다고 말하면서, 베놈은 고개를 끄덕였다.

"그렇게 되겠지만, 뭐, 안심해. 내가 있으니까. 너는 내가 책임을 지고 지켜줄게."

"으ー음, 그건 믿음직스럽긴 한데 말이지."

그렇게 대꾸하는 마사유키도, 실은 자신이 현재 처해 있는 상황을 짐작하고는 있었다. 이런 상황에서 전선으로 이동하라는 지시를 받은 것은 마사유키를 노리는 적이 있다는 뜻이 아니겠느냐고 생각했다.

그렇지 않다면, 라미리스가 전혀 전력이 되지 않는 마사유키를 위험에 노출시킬 리가 없기 때문이다.

마사유키도 '부활의 팔찌'를 지니고 있으니까, 미궁 안이라면 죽어도 다시 살아날 수 있다. 그러므로 라미리스도 망설이지 않고 마사유키를 미끼로 이용할 생각을 하고 있을 것이다.

"그렇겠지. 얘기가 나온 김에 말하자면, 다른 주민들을 휩쓸리게 하고 싶지 않아서 그랬을 거야. 네가 약하다는 게 밝혀질 우려도 있었으니까, 순순히 따르는 게 정답이야."

"그건 그래. 알고는 있지만, 나에게도 사정이라는 게 있다고……."

70층에는 지우와 버니가 있다. 마사유키 입장에선 그들과 만나게 되면 어색해질지도 모른다는 부담감이 더 큰 문제였다.

"나는 그 녀석들에 대해서 잘 모르지만, 그게 임무였다면 너무 질책하지 마. 널 죽이려고 했던 것도, 그 모든 게 전부 진심이었던 것도 아니잖아. 마물과 달리, 인간은 복잡하니까 말이지. 뭐, 그래서 악마에게 있어서 인간은 좋은 장난감이 되는 거지만."

그렇게 말하며 웃는 베놈을 가늘게 뜬 눈으로 노려보면서, 마사유키는 '그렇게 딱 잘라서 생각할 수 있는 게 아니야'라고 생각했다. 하지만 베놈이 말한 것처럼 남의 본심은 알기가 어려우니까, 지우랑 버니를 진심으로 원망할 수 없는 것도 사실이었다.

그렇다면 고민할수록 손해일 뿐이다.

70층에 도착하여, 제국군이 주둔하고 있는 건축현장을 눈앞에 두자, 마사유키도 겨우 각오를 굳힐 수 있었다.

"날 장난감으로 삼지는 말아줘."

한숨과 함께 고개를 절레절레 저으면서 마음을 다시 먹은 마사유키는 친구가 된 베놈에게 가벼운 농담을 했다.

그걸 알아차린 베놈은 씨익 웃었다. 마사유키를 지키는 것은 임무지만, 베놈 본인도 마사유키를 마음에 들어 하고 있었다.

사서 고생을 하는 성격이란 점에선 서로 비슷했고, 상황에 휩쓸리기만 하는 것처럼 보이지만 나약하면서도 자신의 의지를 굳

게 유지하고 있는 마사유키를, 미음속으로는 존경히고 있었기 때문이다.

베놈도 반골정신이 강하다고 자부하고 있었지만, 그래도 마사유키에는 비할 바가 못 된다고, 무슨 이유인지 그런 생각을 하고 있었다.

그래서 베놈은 호의를 담아서 대답하려고 했다가——.

"하하하하하! 그건 네가 하기 나름—— 음?!"

갑자가 나타난 존재로부터 마사유키를 지키듯이 감쌌다.

"뭐냐, 넌?"

"쳇, 방해자가 끼어들었나. 완벽한 타이밍이었는데, 익숙하지 않은 몸으로는 반응이 둔하군."

그자는 베놈을 무시하고, 짜증이 나는 듯한 표정으로 마사유키를 노려봤다. 명백하게 이질적인 기운을 풍기는 그 존재를 앞에 두고, 마사유키도 동요를 감추지 못했다.

그때까지 기척은 일절 느껴지지 않았는데, 지금은 압도될 것만 같은 오라(패기)가 느껴졌다.

그자의 등에는 세 쌍으로 나뉜 여섯 장의 순백한 날개가 펄럭이고 있었으며, 날렵하게 보이는 육체미를 강조하고 있었다. 크게 펄럭이는 순백의 옷에선 잘 단련된 근육이 얼핏 보였다.

그리고 무엇보다도 강렬한 것은 그자의 눈빛이었다. 사나운 육식동물, 그것도 상처를 입은 상태에서 누구도 접근하지 못하게 하는, 불길하고도 처참한 빛을 품고 있었다.

"날 무시하지 마—!"

그렇게 외치면서, 베놈이 상단 돌려차기를 날렸다.

자세가 잘 잡힌 깔끔한 발차기는, 적의 옆통수를 노리면서 빨려 들어가듯이 적중했다. ──하지만…….

마사유키는 경악했다.

그자는 놀랍게도. 베놈의 발차기를 무방비하게 맞았다. 그건 반응할 수 없었던 게 아니라, 할 필요가 없다고 말하는 듯한 태도였다.

"흥, 살아 있을 가치도 없는 벌레 녀석. 오래전부터 우리를 방해하는 사악한 악마의 권속 주제에, '삼요사' 중의 한 명인 나, 코르느 님에게 이게 무슨 무례한 짓이냐! 네 분수를 깨닫고 죽어라!!"

코르느라고 자신의 이름을 밝힌 자는 베놈을 향해 대충 손을 뻗었다. 다음 순간, 압축된 마력탄이 발사되었고, 회피할 수 없는 속도로 베놈을 꿰뚫어버렸다.

스스로 자신의 이름에 님을 붙여서 불렀어. ──마사유키는 그런 이상한 행동에 잠시 정신이 팔렸지만, 이내 당황하면서 베놈에게 달려가 그를 부축했다.

"괘, 괜찮아?"

베놈은 살아 있었다.

아슬아슬하게 반응하여, 왼팔로 마력탄을 막아내는 데 성공했다.

그럼에도 피해는 막대했다. 베놈의 왼팔은 소실되었으며, 왼쪽 옆구리에도 큰 구멍이 뚫리고 말았다.

"……괜찮지 않겠는데. 믿기 어려운 것은 물론이고 인정하고 싶지도 않지만, 저 자식은 나보다 훨씬 더 강한 것 같아. 하지만 안심해. 넌 반드시 내가 지킬 테니까."

그렇게 말하면서, 베놈은 아무렇지도 않은 듯이 일어섰다.

무사하진 않지만, 전투불능이 된 것은 아니었다.

"이것 참, 끈질긴 벌레로군. 자라리오가 미끼가 되어주는 틈에 내가 그 소년을 죽여야만 하는데. 쓸데없는 저항을 하다니, 어리석은 것들은 이래서 싫다니까."

그렇게 탄식하는 코르느를 보고, 마사유키는 웃기는 소리 하지 말라고 소리치고 싶은 기분이 들었다.

자신이 살해당해야 하는 이유가 도저히 짐작되질 않았다. 그리고 자신이 원인이 되면서 베놈이 다치고 만 것에 책임감을 느끼고 말았다.

"베놈……."

"역시 그렇군. 저 자식의 목적은 마사유키였나."

"처음부터 눈치채고 있었단 말이야?"

"라미리스 님으로부터 연락을 받은 시점에서, 혹시나 하는 생각을 하고 있었지. 뭐, 안심해. 저 자식에게 이기는 건 무리라도, 시간을 버는 것 정도는 해낼 테니까."

"하지만——."

"저 자식이 널 죽이지 않은 건 그 팔찌 때문이겠지. 여기서 널 죽여도 어딘가 다른 곳에서 되살아날 테니까 말이야. 저 자식은 그걸 경계해서, 널 미궁에서 끌고 나갈 생각을 하고 있을 거야. 그러니까 저 자식은 너까지 피해를 볼 만한 공격은 시도하지 않을 게 뻔해!"

베놈은 그렇게 말하면서 대담하게 웃었다.

그리고 그 예상은 적중했다.

마사유키는 부활의 세이브 포인트(기록지점)를 '관제실'로 설정해두고 있었다. 아무도 그 모습을 보지 못하게 하려는 배려였지만, 이 상황에선 그 사실이 든든하게 느껴졌다.

그에 비해 코르느는 자신의 꿍꿍이를 꿰뚫어 보는 바람에 짜증이 나고 있었다.

코르느는 더 이상 실패를 반복할 수 없는 이유가 있었다.

그 이유를 말하자면 몇십 년 전까지 거슬러 올라간다. 이 세계와는 별개인 이세계로 침공 작전을 벌이다가, 성공까지 앞으로 한 발짝만 남은 단계에서 실패하고 말았다. 무슨 일이 일어난 것인지는 불명이지만, 작열의 업화에 의해 자신이 이끌던 군대가 남김없이 불에 타버리고 만 것이다.

그 결과, 코르느는 '삼요사'이면서도 부하 한 명 없는 몸이 되었다. 당시의 상처는 치유되었지만, 그 정신에는 지울 수 없는 트라우마가 생기고 말았다.

그래서 코르느는 압도적으로 우위인 입장에 있으면서도, 왠지 모르게 여유가 없는 태도를 띠게 되었다. 그리고 불행하게도, 지금 적대하는 자는 그런 그의 태도를 알아보지 못하고 넘어갈 만한 자가 아니었다.

"인정해주마. 이곳이 라미리스(별의 관리자)의 미궁이 아니었다면, 내가 나설 것까지도 없었다. 네놈들을 죽이는 건 딱히 힘든 일도 아니지만, 기왕이면 절망을 주도록 하마. 내 진정한 힘에 괄목하면서, 저세상으로 떠나도록 해라!!"

코르느도 또한 방심할 만한 어리석은 자가 아니었다.

베놈이 만만치 않은 상대라는 것을 꿰뚫어 보고, 무슨 일이 일어나도 대처할 수 있도록 전력을 다해 싸우기로 한 것이다.

코르느의 몸에 검은색과 금색의 광택을 발산하는 무기와 방어구가 장착되기 시작했다. 그건 자라리오의 것과 같은 '삼요사'에게만 주어지는 지고의 갓즈(신화)급이었다.

완전무장한 코르느가 상대라면, 베놈에겐 이렇다 할 공격방법이 남아 있지 않다. 모든 공격수단이 통하지 않으니, 꼼짝없이 유린되기를 기다리는 꼴이 되고 만 것이다.

"쳇, 빌어먹을!"

절망적인 전력 차이를 느끼면서 베놈이 얼굴을 찌푸렸다.

도주를 시도해보려고 해도 소용없을 것이며, 자신이 제거되어버리면 마사유키는 끌려가서 처리되고 말 것이다. 미궁 안에 있으니까 베놈도 부활할 수 있지만, 마사유키를 지키지 못하면 그 뒤에 디아블로의 숙청이 기다리고 있었다.

완전히 외통수에 걸린 꼴이 되었잖아──. 베놈은 울고 싶은 기분으로 그렇게 생각했다.

남은 수단은 단 하나. 베놈의 손으로 마사유키를 죽이고, 안전한 장소로 귀환시키는 것뿐이다.

"이렇게 된 바에는──."

베놈이 결단을 내리려고 했던, 바로 그 순간.

"곤경에 처한 것 같은데, 우리가 도와줘도 될까?"

마사유키를 지키려는 듯이 두 명의 남자가 나타난 것이다.

"당신은 미니츠 씨?! 그리고 칼리굴리오 씨까지……!"

소심한 성격을 가진 마사유키는 몇 번인가 만날 기회가 있었던 두 사람을 기억하고 있었다. 제국의 높은 지위에 있는 사람인 만큼, 실례해선 안 된다는 생각으로 인해 긴장했던 것도 기억했다.

"마사유키 공, 나는 그냥 미니츠라고 불러주시오. 폐하와 같은 얼굴을 가진 당신에게서 '씨'라는 호칭으로 불리는 건 도무지 마음이 편하질 않으니까 말이지."

"하, 하지만……."

"후후후, 나도 미니츠와 동감이오. 마사유키 공을 앞에 두면, 자꾸만 마음이 고양된단 말이지. 폐하가 지켜보시고 있는 것 같아서, 평소보다 훨씬 더 힘이 솟아 나오거든!"

댄디한 미니츠와 왼쪽 눈을 안대로 가린 위엄 있는 분위기의 칼리굴리오가 마사유키를 안심시키려는 듯이 미소를 지었다.

"베놈 군이라고 했었지. 지원은 우리에게 맡기게."

미니츠는 그렇게 말하더니, 코르느 쪽으로 시선을 돌렸다. 그러자 보이지 않는 역장이 발생하면서, 코르느의 움직임을 둔하게 만들었다.

그건 미니츠에게서 사라졌어야 할 유니크 스킬인 '거만한 자(압제자)'의 효과였다.

"미니츠여, 힘을 잃어버린 게 아니었나?"

"잃어버렸지. 하지만 한 번 손에 넣었던 것이라면, 두 번째로 손에 넣는 것은 쉬운 일이 아니겠소?"

태연스럽게 말하는 미니츠를 보고 칼리굴리오는 쓴웃음을 지을 수밖에 없었다.

"부럽군. 나는 전능감을 잃어버렸으니까 말이야. 하지만 비어버린 몸에 마력요소를 채우는 정도는 쉽게 할 수 있지."

그 말을 증명하는 것처럼, 칼리굴리오에게 힘이 채워지고 있었다. 한계를 넘은 폭주상태였으며, 점막에서 출혈도 시작되고 있었다. 그대로 놔두면 목숨이 위험히겠지만, 이 미궁 안에선 관계가 없다. 어디선가 조달해온 횟수 제한이 없는 '부활의 팔찌'를 장비하고 있었으니, 몸에 어떤 영향이 생겨도 상관하지 않기로 한 것이다.

"귀공도 담대하군."

"이 정도도 해내지 못하면 죽은 자들에게 고개를 들 수가 없지."

베놈은 그런 두 사람이 참전하는 모습을 보면서 희망이 생긴 것을 얼핏 느꼈다.

그뿐만 아니라 몇 명의 남자들이 더 다가와서, 베놈과 같이 싸우겠다는 말을 한 것이다.

한눈에 그 남자들의 정체를 간파한 베놈은 주저하지 않고 받아들였다.

"고마워. 이 녀석을 쓰러트릴 생각은 하지 않아도 되니까, 발만 묶어줘!"

"잘 알았어!"

"이거 재미있겠는데."

"Me가 왔으니까 이젠 안심해. 맡겨두라고!"

그 세 명은 흥미가 생겨서 찾아온 '초극자'들이었다.

"지시는 내가 내리지. 그러면 제군, 행동개시다!!"

무슨 이유인지 칼리굴리오가 호령했으며, 아무도 이의를 제기하지 않았다.

전부 다섯 명인 응원군. 베놈을 도와주는 형태로, 코르느를 상대로 공격을 개시한 것이다.

"빌어먹을 벌레 놈들! 주제도 모르고 까불지 마라!!"

코르느는 격노했지만, 냉정함까지 잃지는 않았다. 마사유키를 놓치지 않도록 힘 조절을 하면서, 한 명 한 명 순서대로 처리하기 위해 움직였다.

하지만 의외로, 즉석에서 결성된 팀의 연계는 훌륭했다. 코르느가 대규모 파괴공격을 사용할 수 없다는 점과 '초극자'가 불사신이라는 특성을 살려서, 최소한의 피해만 보도록 칼리굴리오가 작전을 입안했기 때문이었다.

절망적인 실력 차이를 임기응변과 용기로 보충했고, 베놈을 포함한 여섯 명이 서로를 커버해주는 형식으로 싸우면서 성공적으로 시간을 벌었다.

그리고 그 틈을 타서.

"마사유키, 이쪽이야."

"빨리 여기서 도망쳐. 연구시설로 도망치면 다른 층으로 갈 수 있지?"

마사유키에게 말을 건 것은 버니와 지우였다.

"너, 너희들!"

"미안해. 제대로 사과를 하고 싶었지만, 지금은 그럴 상황이 아니로군. 어쨌든 날 따라와."

"뭐?! 아니, 잠깐만. 지우는 어떡하려고?"

아무래도 버니는 마사유키의 호위를 맡을 생각인 것 같았다. 그러나 지우는 그 자리에서 움직이지 않은 채, 뭔지 모를 마법 주문을 읊고 있었다.

"응. 난 신경 쓰지 않아도 돼. 이렇게 마사유키인 척하고, 저 녀석을 속이고 있을 거니까."

그렇게 대납하면서 돌아본 것은 마사유키와 똑같이 변한 지우였다.

"어서 움직여. 저 녀석은 널 공격하는 건 자제하고 있는 것 같으니까, 지우라면 알아서 잘할 거야. 그 틈에 도망치자고."

보아하니 그건 여기로 올 때까지 미리 생각해둔 작전 내용인 것 같았다. 도와주기 위해 달려온 자들은 지우가 마사유키로 변하는 순간을, 코르느가 보지 못하게 가리면서 싸우고 있었다.

망설이는 마사유키. 하지만 그건 한순간이었다.

"알았어. 어차피 내가 있어도 방해밖에 안 될 테니까."

그렇게 떨떠름한 표정을 지으면서 작전에 동의하였다.

●

'관제실'은 극도의 혼란에 빠져 있었다.

갑자기 출현한 적은 예상했던 것 이상으로 상대하기가 극도로 번거로운 존재였기 때문이다.

"잠깐, 마사유키를 노리던 녀석의 존재치는 측정했어?"

"나왔습니다! 대략적인 수치입니다만, 180만——이었는데, 갓즈(신화)급을 장착하면서 280만까지 늘어났습니다!"

"뭐야, 그게. 반칙이잖아!!"

알파의 보고를 듣고 라미리스가 분개했다. 하지만 불평해봤자 해결되는 것은 아니니까, 필사적으로 대책을 생각할 수밖에 없었다.

"갓즈급은 주인으로 인정한 자에게 힘을 빌려준다고 합니다. 알베르트 공의 경우엔 존재치가 배 이상으로 늘어났습니다만, 존재치가 저렇게 많이 늘어났다고 해도 아직 갓즈급의 잠재능력을 다 이끌어내진 못한 것 같군요."

베레타가 그렇게 분석했고, 라미리스도 같은 의견이었다.

갓즈급을 장비한 알베르트는 육체를 얻은 정신생명체와 동등한 존재가 되었다. 그때 측정한 데이터로는 18만 정도였던 존재치가 대폭 상승하면서 40만을 넘었던 거다. 그것만으로도 대단하다는 생각이 들었는데, 아직 갓즈급에는 여력이 더 남아 있었던 모양이다. 그 후에 알베르트는 진화의 잠에 들어갔으니, 눈을 뜰 때가 실로 기대가 되기도 했다.

그리고 그렇게 되면, 갓즈급을 만들어낼 수 있게 된 쿠로베가 너무나도 위험한 존재라는 결론으로도 이어지지만…… 지금은 그걸 검토하고 있을 때가 아니었다.

희소하면서 훌륭한 성능을 자랑하는 갓즈급도 적의 손에 있으면 위협이 될 수밖에 없기 때문이다.

"어떻게 하지?! 트레이니랑 카리스 둘이 덤비는데도 저 자라리오라는 녀석에게 밀리고 있잖아! 그리고, 그리고 저 코르느라는 녀석이 상대라면, 베놈은 물론이고 같이 싸워주는 사람들도 상대가 되지 않을 거야……."

라미리스의 우려도 당연하였다.

베놈은 데몬 로드(악마공)가 되면서, 존재치가 40만까지 올라간 상태였다. 그러나 나머지 사람 중에서 '초극자'의 리더 격인 자조차도 30만에 불과할 뿐이었다. 나머지 두 명의 초극자는 20만이었다.

제국군의 잔당인 미니츠와 칼리굴리오는 대부분의 힘을 잃었으며, 지금은 존재치가 1만이 조금 넘은 수준이었다. 전력으로썬 기대할 수 없으며, 오히려 용케도 참전할 마음을 먹었다고 칭찬해도 될 정도였다.

그러나 이 두 명은 무슨 이유인지 기운차게 싸우고 있었다.

미니츠는 신기하게도, 잃어버렸어야 할 유니크 스킬 '압제자'를 구사하고 있었다. 포로답지 않게 세련된 슈트를 소화하고 있는 것도 이해가 되지 않았지만, 라미리스는 그쪽이 오히려 더 궁금하게 느껴졌다.

칼리굴리오는 아예 무슨 이유인지 조금 전부터 존재치가 늘어나고 있었으며, 지금은 40만에 도달해 있었다. 증가하는 속도는 줄었지만, 아직 상승 중이라는 게 이해가 되지 않았다.

너무나도 흥미를 불러일으키는 현상이었다.

하지만 아쉽게도, 지금은 그걸 추궁하고 있을 때도 아니었다. 궁금한 것이 너무 많다는 불만을 애써 꾹 참고, 라미리스는 지시를 내렸다.

"에잇, 어차피 죽어도 내 힘으로 되살려내면 그만이야! 그러니까 사양하지 않고 쓰고 버리는 장기말로 삼기로 하고, 문제는 마사유키 쪽이네."

"——그 말씀은 곧?"

"죽으면 확실히 여기로 날아오겠지만, 끌려가면 끝이잖아? 그러니까 역시 확실하게 피난시키는 게 더 안전하다고 생각한단 뜻이야."

"과연, 그렇군요."

"방금 말씀하신 것 말인데, 지금 버니와 지우가 그를 다른 곳으로 데려가려 하고 있습니다."

오오, 하고 라미리스는 감탄했다.

자신과 같은 결론을 내리고, 지시를 받지도 않았는데 행동으로 옮겼다. 라미리스는 그런 버니와 지우를 다시 봤다.

애초에 마사유키는 겁쟁이이기 때문에 분명 자살 같은 건 하지 못할 타입이다. 그러므로 여차할 때가 되어도 스스로 죽어서 도망칠 것이라는 생각은 할 수가 없었다.

그런 점에서 볼 때, 버니가 곁에 있어준다면 안심할 수 있었다.

"버니에게 연락해! 이곳으로 도망치라고 말이지. 그리고 말하지 않아도 이해하고 있겠지만, 만일의 경우엔 적절하게 잘 대처하라고!"

"알겠습니다."

라미리스의 지시를 받고, 알파가 즉시 '사념전달'을 보냈다. 암호화처리는 완벽했으며, 시차도 없이 버니에게 지령이 전달되었다.

그걸 확인한 뒤에, 라미리스는 겨우 한숨을 쉬었다.

"자, 이걸로 일단 쓸 수 있는 수는 다 동원했네."

감시용 대형 스크린은 분할된 상태로 각지의 전투상황을 비추고 있었다. 모든 장소가 고전 중이었으며, 상황은 탐탁지 않았다.

"우리는 리무루가 없으면 정말 엉망이네."

"시기가 너무 안 좋았습니다. 수호자들이 깨어나 있었다면, 이렇게까지 열세에 몰릴 일은 없었겠죠."

"그야 그렇지만……."

확실히 베레타의 말이 옳았다. 전력만 제대로 갖춰져 있었다면, 이렇게까지 밀리지도 않았을 것이다.

하지만 그래도 라미리스의 입장에선 책임감을 느끼지 않을 수가 없었다.

그만큼 라미리스에겐 이곳에서의 생활은 무엇과도 바꿀 수 없는 것이었다.

그때, 마력요소의 잔량을 모니터하고 있던 베타가 귀기가 서린 목소리로 외쳤다.

"긴급사태 발생!"

"이번엔 또 뭐야?!"

"상정했던 사태이긴 합니다만, 베루도라 님으로부터 마력요소의 공급이 끊겼습니다. 이대로 가면 앞으로 10분도 되지 않아 도시가 지상으로 방출되게 됩니다!!"

"으에엑——!! 그 말은 곧 사부가 졌다는 뜻이야?!"

그건 라미리스에겐 믿기 어려운 현실이었다. 하지만 상대가 베루글린드라면, 그것도 충분히 일어날 수 있는 일이라고 인정할 수밖에 없었다.

그렇게 될 것을 예측하여, 피난도 진행하였다.

베루도라 쪽은 리무루가 어떻게든 해결해줄 것이라고, 라미리스는 그렇게 믿기로 했다. 여기서 절망하고 있어도 사태는 호전되지 않으니까, 낙관적으로 생각해서 스스로 할 수 있는 일을 할 수밖에 없었다.

"그래서, 피난상황은 어떻게 되어가고 있어?"

"그쪽은 문제없습니다. 마사유키 공이 이동하기 전에, 반대세력을 **설득**하는 데 성공했습니다."

어디든지 불평만큼은 남들 못지않게 하는 세력이 있는 법이며,

그건 수도 '리무루'도 예외가 아니었다. 이런 상황에서 불만을 제기하여 어떤 식으로든 이익을 얻으려 하는 자나 바깥에서 온 상인들도 포함해서, 총인구의 10퍼센트 정도가 피난하지 않고 버텼었다.

비록 그런 자들이라도, 마사유키의 목소리를 들으면 설득이 되고 말았다.

마사유키 님이 그렇게 말씀하신다면──. 그렇게 말하면서 무거운 몸을 일으켜주었다.

세뇌에 가까운 그 효과를 보고, 라미리스도 깜짝 놀랐다.

그쪽 상황을 확인하고 있던 감마가 도시에는 아무도 남아 있지 않다고 확신하면서 보고했다. 그렇다면 문제없다고 생각한 라미리스는 도시의 분리를 실행하려고 했다.

"아무도 없다면, 방위기능도 작동하지 않겠군요. 아쉽지만, 도시는 막대한 피해를 면하기 어렵겠습니다."

"자, 잠깐 베레타?! 그런 말을 하면 내 결심이 약해지게 되는데!!"

하지만, 그것도 어쩔 수 없는 일이다.

라미리스 자신의 에너지(마력요소)양은 그 한계가 뻔했다. 하물며 지금은 미궁을 최대로 확장해 놓았기 때문에, 여분의 구조물을 받아들일 여력 같은 건 남아 있지 않았던 것이다.

모든 에너지를 베루도라에게 의존하고 있던 폐해라고 할 수 있겠지만, 이 문제에 대한 해결책 같은 건 라미리스에겐 떠오르지 않았다.

"그 심정은 저도 잘 이해하고 있습니다. 하지만 뭐, 리무루 님이라면 다시 재건하면 된다고 말씀하시겠죠."

"그렇겠지. 그렇게 딱 잘라 생각할 수밖에 없겠지……."

자신의 무력함을 곱씹으면서, 라미리스는 도시의 방출을 실행했다. 나머지는 유탄을 맞고 도시가 궤멸되지 않기를 기도하는 것뿐이었다.

그랬는데.

"긴급보고!! 지상에 새로운 적이 출현했습니다. 그 수는 두 명. 미궁 밖이기 때문에 정확한 측정이 불가능합니다만, 최소 100만을 넘는 존재치로 추정됩니다!!"

이번 보고는 지상을 감시하고 있던 델타가 한 것이었다.

작은 모니터의 사이즈가 바뀌더니 모두가 볼 수 있도록 크게 확대되었다. 그곳에 비친 것은 두 명의 천사── 아니, 검은 날개를 가진 타천사였다.

큰 몸집에 근육질인 여전사와 작은 몸집의 미소녀로 이뤄진 2인조였다.

그녀들의 날개도 또한 세 쌍으로 이뤄진 여섯 개였다.

"말도 안 돼!! 저 날개 수가 같다는 건 이 녀석들도 세라핌(치천사)이라는 뜻인데……."

부산스럽게 날아다니고 있던 라미리스였지만, 이렇게 되자 이젠 그만 항복하고 싶은 기분이었다. 하지만 마음에 걸리는 것을 떠올렸고, 희미한 희망을 찾아내기 위해서 델타에게 물었다.

"델타! 어째서 저 녀석들이 적이라고 단정한 거야? 어쩌면──."

그럴 리가 없다고 생각하지만, 아군일 가능성도──. 그렇게 생각한 라미리스에게 델타가 무자비하게 대답했다.

"그건 저자들이 베루글린드 님이 뚫어놓은 구멍을 막는 것을 방해했기 때문입니다. 미궁을 닫아버리면 우리의 승리가 확정적이었지만…… 아쉽습니다."

의심할 필요도 없는, 실로 명확한 대답.

"그, 그랬구나. 고마워."

라미리스는 날갯짓을 멈추고, 힘없이 베레타의 어깨에 앉았다.

라미리스는 이 시점에 와서 네 명이나 되는 밀리언 클래스(초급 각성자)를 투입하는 적의 책략에 끔찍한 기분을 느꼈고, 하룻밤 내내 저주의 말을 계속 퍼부어주고 싶은 기분이 들었다.

하지만 그때, 믿음직한 아군이 눈을 떴다.

『지상은 내가 맡도록 하지. 리무루 님의 이름을 딴 도시를, 그렇게 쉽게 파괴하도록 놔둘 수는 없다.』

진화를 끝내고, '배리어 로드(수정왕)' 게루도가 부활한 것이다.

"게루도――――!!"

라미리스는 울었다.

기쁨의 눈물을 흘렸다.

"게루도 님의 존재치가 237만을 넘었습니다! 무기와 방어구도 전부 합산한 것입니다만, 이 정도면 침입자들에게도 지진 않을 겁니다!!"

게루도가 소유한 레전드(전설)급 장비는 게루도가 진화함과 동시에 갓즈(신화)급의 수준까지 이르렀다. 게루도의 오라(요기)를 덮어쓰면서 진화한 것이다.

리무루의 입장에선 계산 밖의 결과였지만, 이 자리에 있는 자들은 모두 그가 예상했던 대로 되었다고 착각했다.

"역시 리무루네. 내 눈으로도 이런 전개는 꿰뚫어 보지 못했어."

상당한 수준의 옹이구멍이라고 할 수 있는 라미리스가 자신만 만하게 그런 말을 내뱉었다.

베레타는 그 말을 태연하게 받아서 흘렸다.

"그 말씀이 맞습니다. 몇 수 앞을 내다보시는 능력은 참으로 무시무시하군요."

그리고 새로운 각성자가 더 나타났다.

『저도 있습니다. 나머지 한 명은 제 사냥감으로 삼겠습니다.』

'키메라 로드(환수왕)' 쿠마라였다.

"쿠마라 님의 존재치는 대략 190만으로 추정되었습니다. 전용 무기와 방어구도 없이 이런 수치라니, 위협적이라고밖에 말할 수가 없겠습니다!!"

알파의 보고를 듣고, '관제실'에 환호성이 일어났다.

그리고 알파의 말을 증명하기라도 하는 것처럼, 지상에서도 격렬한 싸움이 시작되었다. 게다가 놀랍게도 게루도의 부하들이 각 지점으로 산개했고, 강력하기 짝이 없는 '결계'를 펼쳐서 전투의 여파로부터 도시를 지켜내고 있었다.

"이 정도면 이길 수 있어!!"

"일단은 어떻게든 버틸 수 있겠군요."

라미리스가 승리를 선언했고, 베레타도 안도했다.

하지만.

방심하기에는 아직 일렀다.

요마왕 펠드웨이의 책략은 아직 끝난 것이 아니었다.

오히려 지금까지의 이 모든 것이 양동으로, 진짜로 노리는 것은 따로 있었다.

'관제실'에 팽팽하게 감돌고 있던 긴장감이 아주 조금 이완되었다.

베레타의 어깨 위에서 승리를 선언했던 라미리스는 맥이 빠진 것처럼 얌전해졌다.

이런 일은 베레타에겐 익숙한 것이었으며, 처음부터 냉정한 태도로 침착해지지 못하는 주인을 계속 돌보고 있었다.

그런 상황을 한 발짝 떨어진 위치에서 관찰하고 있던 신지는 남의 일처럼 이 소동을 받아들이고 있었다. 자신이 이해할 수 있는 범위를 한참이나 넘어가 버린 싸움이 벌어지고 있었으며, 허용량을 넘기는 바람에 현실이라고 생각할 수가 없게 되었다.

그렇기에 더더욱 신지는 냉정하게 있을 수 있었다.

라미리스가 동요하는 것도 이해가 되지만, 좀 더 침착하게 대응하면 좋을 텐데, 라고 내심 생각하고 있었다.

(조금은 베레타 씨를 본받으면 좋을 텐데…….)

그게 신지의 본심이었지만, 그 생각을 결코 말로 하진 않았다. 그런 말을 했다간 쓸데없는 분노를 사는 것도 모자라서, 급료까지 깎일 우려가 있기 때문이다.

확실히 라미리스의 미궁은 대단하지만, 라미리스 자신은 신지보다도 약했다. 아니, 비교도 되지 않는 수준이었다.

그래서 라미리스가 아무리 당황하더라도, 실제로는 아무것도 하지 못하는 거다.

그리고 말이지──. 신지는 그렇게 생각하면서 얼마 전에 개최

된 전승축하회의 광경을 떠올렸다.

상상을 초월하는 힘을 지닌 마인들.

그런 강자들이 충성을 맹세하는 마왕 리무루.

신지도 '이세계인'이며, 자유조합의 기준으로는 특A급에 해당하는 실력자였다. 존재치라는 것도 측정해봤는데, 지금은 12만을 돌파한 상태였다. 게다가 유니크 스킬 '치료하는 자(의료사)'까지 소유하고 있으므로, 제국군이라면 에이스 커맨더 급의 대우를 받을 수 있었다.

자신도 나름 상위에 속하는 실력자일 것이라고 자부하고 있었지만, 이 자리에 있는 자 중에선 딱히 뛰어난 수준도 아니었다.

심지어 여기서 오퍼레이터로 활약하고 있는 미인 자매들조차도, 개개인의 존재치가 15만을 넘었던 것이다.

신지가 자신의 실력을 신경 쓰고 있어봤자 소용이 없다고 생각하게 된 것은 실로 자연스러운 흐름이었다.

참고로, 마크의 존재치는 13만이고 신이 12만이었다. 비슷비슷한 실력이었으며, 모니터에 비치고 있는 괴물들을 상대로는 아무 것도 할 수 없을 것이다.

그런데도 주력이 없는 현장에서조차 어떻게든 승부가 이뤄지고 있었다. 그것만으로도 대단한 일이라고 신지는 생각했다.

지금 생각해보면, 제국이 자랑하던 '장갑전차'를 유린한 전력조차도 이 템페스트(마국연방)의 총 전력의 30퍼센트도 되지 않는 수준이었다.

더구나 그건 전승축하회를 벌이기 전의 얘기였다.

전승축하회에서 마왕 리무루가 간부들에게 상을 내리면서, 상위 마인들이 진화의 잠에 들었다. 그 결과, 밀리언 클래스에 도달한 자가 나타나기 시작하고 있었다.

솔직히 말해서 신지의 이해력이 미처 따라가지 못하고 있었다.

조금 전의 게루도도 그랬지만, 마물의 진화라는 것은 이해가 되지 않는 것이었다.

(제국에서 템페스트로 망명하길 정말 잘했어!)

그렇게 생각하면서, 신지는 진심으로 가드라 노사에게 감사했다.

문득 눈에 들어온 모니터에선, 과거의 상관이었던 미니츠가 다른 자들과 함께 '삼요사' 코르느라는 자를 상대로 분투하고 있었다.

그 광경은 마치 영화의 한 장면 같았다.

(애초에 말이지, 이런 괴물을 상대로 뭘 할 수 있다는 거야. 아니, 저런 녀석들이 있는 것 자체가 믿기 어려운 일이라고.)

신지의 입장에서 보면, 힘을 잃었는데도 적에게 도전하려고 하는 미니츠랑 칼리굴리오 쪽이 이상하다는 생각이 들었다. 어째서 두려워하지 않는 것인지에 대한 의문과 동시에, 영화처럼 강적을 앞에 두고 힘을 되찾아가는 두 사람을 보고, 제국의 상층부도 쓸모없는 존재만 있는 게 아니었다는, 그런 감상을 품고 말았다.

너무나도 비현실적이었다.

자신이 주인공이라도 되는 것처럼 생각하고 있는 게 아닌가 하는 그런 의심을 하고 싶어질 정도였다.

그래서 그런 걸까.

신지는 위기감을 느끼는 게 아니라, 신경이 쓰이는 다른 것으로 생각을 바꾼 것이다.

이른바, 현실도피.

신지가 지금 생각하는 것은 모두에게 가벼운 시사를 배급해주곤 하던 슈나였다.

(그건 그렇고, 여전히 슈나 씨는 가련하네~.)

고용주에 대해선 딱히 생각해봤자 소용이 없었다. ──아니, 아무래도 상관없었다. 신지의 마음을 차지하고 있는 것은 거칠고 지저분한 싸움이 아니라, 너무나 귀여운 슈나에 대한 생각이었다.

인사를 하고 방을 나가던 모습을 떠올리면, 신지는 그것만으로도 행복한 기분이 될 수 있었다.

늠름하면서 빈틈이 없었다.

외모는 나약하게 보이는 미소녀였지만, 화를 내면 무섭다는 것도 유명한 얘기였다.

슈나에게 동경심을 가진 자는 신지뿐만이 아니었으며, 마크랑 신, 그리고 새로이 수습조수가 된 루키우스랑 레이먼드도 '슈나' 팬클럽에 참가한 동지였다.

그에 비해 고용주인 라미리스는…….

자신도 모르게 한숨이 나왔다.

"뭐야, 신지. 무슨 할 말이라도 있어?"

이런 때만큼은 감이 날카로운 라미리스였다.

"아뇨, 아무것도 아닙니다."

얼굴에 드러나고 말았나. 신지는 당황하면서 부정했다.

스승인 가드라 노사로부터는 "위저드(마도사)를 목표로 하는 자는 태연자약한 태도를 늘 유지해야만 한다. 네놈은 아직 멀었다!"라는 꾸중을 자주 듣곤 했다.

이런 일을 겪어보니, 그 말이 옳았다는 걸 납득할 수 있었다.

확실히 신지는 감정적이었고, 마법사에겐 필수적인 감정조절이 서툴렀다.

신 같은 경우는 무표정이라 감정을 파악할 수 없지만, 마법의 적성이 부족했다. 반대였다면 좋았을 거라고, 가드라는 계속 그렇게 말했었다.

그런고로, 신지는 자신의 부족함을 인정할 수밖에 없었다.

(뭐, 나에게 화를 낼 여유가 생긴 셈이니까, 라미리스 님도 너그러이 용서해주시겠지.)

그렇게 생각하면서 신지는 자신에게 유리하게 해석하면서 받아들였다.

애초에 슈나와 라미리스를 비교하는 것이 잘못이었다.

마치 어른과 어린아이. 아니, 그 이전의 문제였다.

슈나는 아직 소녀 같은 티가 남아 있지만, 그 태도와 분위기는 세련된 성인의 것이었다.

라미리스는 몇천 년이나 살아왔지만, 신체의 성장에 따른 건지, 정신연령은 여전히 낮은 상태였다.

외모도 마음도 어린아이인 라미리스는 슈나에게 도저히 상대되지 않았다.

왠지 라미리스가 귀엽게 느껴져서, 좀 더 친절하게 대해주자고 신지는 생각했다.

그런 식으로, 신지는 쓸데없는 생각만 하고 있었다.

그래서 알아차릴 수 있었다.

늘 나른한 표정만 짓고 있던 남자가 어느새 일어서 있었다는 것을.

그리고 무슨 이유인지, 늘 성실한 상사인 베스터가 책상에 엎드려 자고 있다는 것을.

"어라? 디노 씨, 뭘 하는 겁니——."

신지가 그렇게 물은 것은 정말로 우연이었다. 하지만 그 행동이 바로 오늘의 파인플레이였다.

가장 불성실했던 신지가 오늘 가장 큰 무훈을 세우게 된 것이다.

●

디노는 일어서서, 자신에게 주어진 역할을 다하려고 했다.

일하는 게 싫고 본의가 아니었지만, 오래 알고 지내온 인물이 했던 부탁은 거절할 수가 없었다.

그리고 무엇보다, 그렇게 해야 한다는 강박관념에 사로잡혀 있었다.

하지만 그의 행동은 예상하지 못한 방해를 받고 말았다.

"어라? 디노 씨, 뭘 하는 겁니——."

그런 신지의 목소리가 들렸을 때, 디노는 작전이 실패했다는 걸 깨닫고 있었다.

아무도 눈치채지 못하게 재빨리 모든 것을 끝낼 생각이었는데, 절묘한 타이밍에 마치 신이 개입한 것 같은 방해를 받고 말았다.

아무도 디노의 행동은 예상하지 못했을 텐데, 설마 이런 실수를 할 줄이야.

라미리스를 붙잡으려고 뻗은 손을, 베레타가 움켜쥐고 있었다.

그건 순식간에 일어난 일이었다.

신지가 목소리를 내지 않았다면, 디노가 방해를 받는 일은 없었을 것이다.

"뭘 하시려는 겁니까, 디노 님?"

"놀라운걸. 설마 방해를 받을 줄이야. 이것 참, 네가 있어서 경계하다가 긴장감이 풀리는 때를 노리고 있었는데 말이지."

"…………."

"입을 좀 다물고 있지 그랬어, 신지. 하지만 넌 거물이 될 소질이 있어."

디노는 그렇게 투덜댔지만, 반은 진심으로 하는 말이었다. 자신의 행동을 꿰뚫어 보는 자는 이 세계에선 손으로 꼽을 정도밖에 없다는 걸 알고 있었다.

그만큼 자신이 있었던 디노였지만, 이제 와서 자신의 노림수는 허무하게 끝나고 말았다.

디노는 진절머리가 난다는 듯한 표정으로 한숨을 쉬면서, 신지를 힐끗 봤다. 그리고 고개를 저으면서 시선을 되돌린 후에, 가늘게 뜬 눈으로 베레타를 봤다.

아무래도 심상치 않은 상황이 된 것 같다는걸, 신지 일행도 겨우 파악했다. 하지만 그렇다고 해서 뭔가를 할 수 있는 건 아니었다.

디노를 포위하듯이 알파 자매들이 움직였고, 베레타의 어깨에 있던 라미리스를 보호하고 있었다.

"……어? 어——?!"

급전개를 따라가지 못하고 있는 라미리스는 베레타와 디노를 번갈아 보면서 필사적으로 상황을 이해하기 위해 노력하고 있는 것 같았다.

신지는 베스터를 부축하면서, 디노로부터 거리를 벌렸다. 그러나 신지의 동료인 마크와 다른 사람들은 그 자리에서 움직이지 못한 채 웅크리고 말았다.

보아하니, 이런 상황임에도 불구하고 잠이 들어버린 것 같았다. 그 모습이 이상하다는 것은 누가 봐도 명백했다.

"이봐요, 디노 씨! 당신이 이렇게 만든 거죠?!"

소리치며 묻는 신지를 향해 디노가 나른한 표정으로 대답했다.

"그런 셈이지. 아니, 내 힘에 레지스트(저항)를 하고 있다는 건 네 스킬도 상당히 뛰어나다는 뜻이야. 다시 봤어, 신지."

"칭찬을 받아도 기쁘진 않군요."

사실은 기뻤지만, 신지는 그렇게 대꾸하고 있었다.

디노는 어깨를 으쓱할 뿐이었다.

신지를 칭찬하긴 했지만, 안중에 없는 건지 시선을 돌리지도 않았다.

베레타의 어깨 너머로 라미리스를 보면서 말했다.

"라미리스, 안됐지만 우리에게 협력해주지 않겠어? 거친 수단은 동원하고 싶지 않으니까, 도와준다면 성의껏 대해주겠다고 약속할게. 어때, 서로 쓸모없는 피는 흘리고 싶지 않겠지? 그러니까, 날 따라와 주지 않겠어?"

디노치고는 진지한 표정으로 그렇게 말을 마쳤다.

이에 대한 라미리스의 반응은 더 말할 것도 없이 거절이었다.

"뭐어? 너, 무슨 정신 나간 소리를 하는 거야? 그런 말을 했다간, 리무루가 돌아왔을 때 널 엄청 두들겨 팰걸?"

어디까지나 타인의 권위를 빌려서 위협하는 라미리스였지만, 그 말은 그렇게 틀린 것도 아니었다.

그렇기 때문에 디노는 쓴웃음을 지을 수밖에 없었다.

"그렇겠지. 역시 너는 그렇게 말할 거라 생각했어. 하지만 말이야, 나도 '아, 그런가요'라고 말하면서 그냥 넘어갈 순 없겠어. 본의는 아니지만, 나는 '감시자'니까 말이지."

"'감시자'——라니, 혹시 너, 베루다나바 님의 심복이었던 '시원의 칠천사'란 얘기야?"

"정답이야. 실은 나도 과거엔 '시원의 천사' 중의 한 명이었어. 필두였던 펠드웨이와 다른 자들이 이계로 떠난 뒤에, 지상을 감시하는 임무를 맡고 있었던 거지."

"농담이지?!"

"아니, 난 진지하게 얘기하는 건데."

라미리스는 이제야 알게 된 사실에 경악할 뿐이었다.

자신과 마찬가지로 마왕들의 짐이라고 생각했던 디노가 설마 했던 중요 인물이었을 줄이야. 그것도 창조신인 베루다나바가 직접 이름을 지어준 존재였다는 건 라미리스는 생각도 하지 못했다.

참고로 라미리스의 이름도 베루다나바가 지어주었지만, 본인은 전생을 너무 많이 반복한 탓에 그 사실을 깔끔히 잊어버리고 있었다. 완전체가 되면 떠올리겠지만, 언제 그렇게 될지는 알 수가 없었다.

"난 '시원의 천사'는 모두 이계로 떠났다고만 생각하고 있었어."

"그럴 리가 없잖아. 지상의 평정이 끝나고 세계가 평화롭게 된 후에, 베루다나바 님이 이계의 안정을 추구했던 건 너도 알고 있을 거라 생각해."

"응? 뭐, 그렇긴 하지."

라미리스의 언동이 약간 이상해졌지만, 디노는 일부러 그냥 보고 넘겼다. 지적하는 게 귀찮았고, 설명하는 건 더 싫었기 때문이다.

그러므로, 라미리스도 알고 있는 것으로 치고 얘기를 이어나갔다.

"그래서, 그 임무를 맡은 자가 펠드웨이 외에 세 명의 '시원의 천사'들이야. 여기 남은 자는 나를 포함한 세 명이고, 베루다나바 님의 수족이 되어서 일하고 있었지."

"너도?"

"그렇게 의심하는 것도 타당한 생각이겠지만, 당시에는 나도 성실하게 일했어. 하지만 사건이 일어났지. 그리고 여러 사정이 있다 보니 나는 타락해서 세라핌(치천사)에서 폴른(타천사)이 된 거야. 나 이외의 동료들도 비슷한 꼴이 되었고, 지금은 정상적인 '시원의 천사'는 한 명도 남아 있지 않아."

"잠깐, 너, 가장 중요한 부분의 설명을 생략했잖아! 그 여러 사정이 있었다는 게 가장 중요하고 가장 궁금한 부분이거든?!"

라미리스가 참지 못하고 지적했지만, 디노는 귀찮다는 표정으로 한숨을 쉬었다.

"시끄럽네—, 설명하는 것도 힘들다고. 내 기준에선 그 점은 중요하지 않아. 그건 네가 상상력으로 적당히 보충하도록 해. 그보다 난 교섭을 하고 싶어."

상상력으로 보충하라니 그런 터무니없는 소리 하지 마—. 그게 그 자리에서 애기를 듣고 있던 자들의 감상이었다. 하지만 디노의 무정한 성격은 유명하기 때문에, 이 이상의 설명을 요구해봤자 소용이 없다고 생각하면서 다들 포기했다. 그리고 그대로 디노의 요구를 듣기로 했다.

"그래서 뭘 가지고 교섭하겠다는 거야?"

대표 자격으로 라미리스가 물었다.

"방금 말한 대로야. 라미리스가 우리에게 협력해준다면, 이 미궁 안에 있는 자들에겐 손을 대지 않겠다고 맹세할게. 거절하겠다면 어쩔 수 없지. 방해하는 자는 몰살시켜서라도, 널 납치해서 갈 수밖에 없어."

"그런 짓을 한다면, 내가 도와줄 리가 없잖아."

"뭐, 그렇겠지. 하지만 그래도 문제는 없대. 협력을 받는 게 최선이지만, 최악의 경우가 발생하더라도 미궁을 봉인할 수 있으면 그걸로 괜찮다고 하더라고."

"그건 네가 바라는 게 아니지? 누구에게 명령을 받는 거야?"

"으—음, 그걸 가르쳐줘도 되려나…….."

"아니, 그렇게 말해봤자, 너에게 명령을 내릴 수 있는 자는 잘 해야 기이 정도일 뿐이라고 생각했는데."

"그렇긴 하네. 하지만 말이지, 내 생각엔 그것도 이상하단 말이지. 나와 기이는 동등한 입장인데, 왜 내가 명령을 들을 필요가——."

"그 얘기는 지금 하지 않아도 돼!"

"아니, 중요한 얘기잖아…….."

디노가 투덜대는 것을 무시하고, 라미리스는 생각했다.

"기이가 아니라면 그렇구나! '시원의 칠천사'의 필두인 펠드웨이겠네!! 이계에서 돌아와서 빈둥거리며 살고 있던 너와 접촉했겠지. 너는 그의 말에 거역할 수 없었다는 얘기가 되려나?"

라미리스의 '막'추리는 정말 무시무시했다.

늘 전혀 맞지도 않는 추론을 늘어놓으면서, 무슨 이유인지 결과적으로는 정답에 도달하고 만다. 그리고 이번에도 그 추리는 훌륭하게 적중한 것이다.

"놀라운걸, 정답이야……."

펠드웨이가 대부분의 장기말을 투입했고, 완벽을 기하여 실행으로 옮긴 이 작전에는 두 가지 목적이 있었다.

하나는 마사유키의 암살.

그리고 또 하나가 미궁의 파괴였다.

미궁을 공략하려면 아무래도 힘들어지기 때문에 계획에 차질이 생길 우려가 있었다. 그걸 미연에 방지하는 의미에서도 라미리스를 확보해두는 것이 중요하다고 펠드웨이는 생각했다.

다양한 불확정요소를 배제하고 싶다는 것이 펠드웨이의 의도였으며, 그러기 위해서 이번 작전이 세워졌다. 디노도 또한 그에 따라서 움직였다.

"흐—응. 너는 태도가 불량하니까 펠드웨이와 척을 지고 갈라졌단 얘기네? 그 녀석은 우등생이라서 너와는 성격이 맞지 않을 것 같긴 해."

"잠깐, 나는 불량하지 않아! 조금 게으름을 부리고 싶어 하는 것뿐이라고. 뭐, 그 녀석의 명령이 짜증 나는 건 사실이니까, 사라져준 게 속 시원하긴 하지만……."

접점이 없어졌을 뿐이지, 관계는 유지되고 있었다고 디노는 설명했다.

"과연. 그렇다면 이번 습격자들은 '시원의 칠천사'라는 얘기야?! 위험한 상황이잖아!! 너, 펠드웨이의 명령 같은 건 무시하고, 그냥 우리 편이 돼!!"

터무니없는 말을 태연하게 늘어놓는 라미리스를 보고, 디노는 흐뭇하게 생각했다. 하지만 그 말에 고개를 끄덕일 수는 없었다.

"슬프지만, 나에게도 사정이라는 게 있거든."

디노 자신도 신기했지만, 무슨 이유인지 펠드웨이에겐 거역할 수가 없었다. 그렇기 때문에 디노는 라미리스의 제안을 단호하게 거절했다.

"너…… 아무래도 진심인 것 같네. 배짱 한번 좋은걸. 상대해주겠어. 나도 '옥타그램(팔성마왕)' 중의 한 명이거든. 리무루가 돌아올 때까지 여길 끝까지 지켜낼 각오를 하고 있으니까 말이야!!"

라미리스가 그렇게 자신의 결의를 표명했다.

"그래? 나는 정말로 일을 하고 싶지 않아. 아무것도 하지 않아도 밥을 먹을 수 있는 세계가 내 이상향이지만, 뭐, 어쩔 수 없지. 아쉽게도 봐줄 수는 없지만, 뭐, 목숨까지 빼앗진 않을 거야. 열심히 싸워서 날 쫓아내 보라고."

디노도 평소에 보여주던 느긋하고 나른한 표정으로 돌아가더니, 손을 흔들면서 대꾸했다.

이렇게 되면 더 이상 교섭은 성립되지 않을 것이다.

대화의 시간은 끝을 맞이했고, 싸움이 시작되었다──.

*

"해치워버려, 베레타!"

어떤 것에 영향을 받았는지 모르지만, 라미리스가 그렇게 소리 쳤다.

당연하지만, 라미리스 자신이 싸우진 않을 것이다.

디노는 예상했던 반응이었기 때문에 장난스럽게 넘기지도 않고, 그 실력을 보겠다는 듯한 태도로 베레타와 대치했다.

'관제실'이 전장으로 바뀌었다.

상당히 넓은 공간이었지만, 책상이나 의자 같은 장애물도 많았다. 전투에 적합한 환경이 아니었기 때문에, 라미리스는 장소를 옮기고 싶다는 생각을 하고 있었다.

그러나 디노에겐 허용할 수 없는 얘기였다. 라미리스가 도망칠 가능성이 높기 때문이다.

그래서 어쩔 수 없이, 대치하는 두 사람을 곁눈질로 살피면서 알파를 비롯한 드리어스 돌 드라이어드들이 정신없이 서두르면서 중요한 기재를 회수하기 시작했다.

그런 분위기를 아랑곳하지 않은 채, 디노와 베레타의 전투가 시작되었다.

디노는 어디서 꺼낸 건지 모르지만, 자신의 키 정도 되는 크기의 대검을 들고 있었다.

그 이름은 '호우가(붕아, 崩牙)'—— 두껍고 폭이 넓은 외날 검이었으며, 그 무게를 이용하여 찍어 누르기만 해도 적을 박살 낼 수 있을 것 같은, 살상능력이 높아 보이는 검이었다.

평상복에 가슴 보호대와 로브를 걸친 가벼운 차림의 디노에겐 어울리지 않은 중후한 무기였지만, 너무나 자연스러운 모습이었다.

"저 검의 성능은?"

"존재치로 환산하면 100민——입니다."

말문이 막힌 듯한 표정을 지으면서도 보고하는 알파.

"뭐야, 그게. 갓즈(신화)급이라는 말이야? 디노 주제에 반칙이잖아!!"

라미리스가 의미 불명의 불평을 소리치면서 늘어놓았지만, 디노는 그냥 듣고 넘길 뿐이었다.

디노가 '호우가'를 상단자세로 고쳐 잡았다.

그에 비해 베레타는 맨손이었다.

하지만 그 육체의 기초가 되어 있는 것은 리무루가 복제한 마강 인형이었다. 지금은 베레타의 마력에 잘 적응된 결과, 아다만타이트(생체마강)로 변질하였다.

형상은 리무루가 제작했을 때의 모습 그대로지만, 그 강도는 비교도 되지 않았다. 더구나 베레타의 요기를 띠고 있어서 웬만한 무기는 통용되지 않았다.

레전드(전설)급 이상의 전신흉기, 미궁 안에서 가장 단단한 존재. 그게 바로 베레타였다.

하지만 그래도——.

디노가 대충 휘두르듯이 대검을 내리쳤다.

베레타는 망설임 없이 반만 몸을 틀어서 그 공격을 피했다.

무기를 지니지 않았다는 이유만으로 불리해지는 건 아니지만, 이번 싸움은 상대가 좋지 않았다고 할 수 있겠다.

베레타의 존재치는 40만을 넘는 수준이며, 디노와 거의 호각——이었지만, 갓즈급으로 무장하게 되면 제대로 된 승부를 겨룰 수 없었다.

도수공권인 베레타는 디노의 검격을 정면으로 받아내지 않고, 회피에 전념했다. 칼날을 받아냈다간, 그 순간에 베레타는 파괴되기 때문이다.

　더구나 일은 최악의 상황으로 돌아가고 있었다——,

　"디노 님의 존재치가 40만에서 200만으로 늘어났습니다! 합계 300만, 압도적입니다……."

　절망한 듯한 말투로 알파가 보고했다.

　하지만 베레타는 동요하지 않았다.

　라미리스도 전혀 놀라지 않고, 당연하다는 태도를 보였다.

　"어떻게 한 건지는 모르겠지만, 존재치의 측정기를 속이고 있었단 말이네. 아직 개량의 여지가 있다는 얘기인 것 같아. 그건 그렇고, 알파. 디노 같은 녀석에겐 님을 붙여서 부르지 않아도 돼!"

　"이봐, 이봐, 그건 그냥 놔둬도 되잖아. 나도 일단은 마왕이거든?"

　"시끄러워! 베레타, 봐줄 필요는 없으니까, 어서 진짜 힘을 개방해! 그리고 거기 있는 어리석은 자에게 천벌을 내려줘!!"

　"저에게 그런 힘은 없습니다만, 명령이라면 전력을 다해서 싸우도록 하죠."

　존재치는 하나의 기준일 뿐이라곤 해도, 그래도 일곱 배 이상의 차이가 있다면 상대하기가 어렵다. 본심으로는 무모한 소리를 한다고 생각하면서도, 그래도 주인의 기대에 부응하기 위해서 디노를 관찰했다.

　"너도 고생이 많구나."

　"적인 당신에게 그런 소리를 듣고 싶진 않습니다만, 부정하진 않겠습니다."

그렇게 대꾸하면서 베레타는 회피에 전념하여 디노를 농락했다. 방어력 같은 건 공격을 맞지 않는다면 필요 없는 것이다.

중요한 건 어떻게 생각하느냐이다.

베레타는 온몸이 흉기였다. 맨손은 불리한 게 아니라, 오히려 다양한 공격수단이 되었다. 그에 비해 디노는 가벼운 장비를 장착하고 있었으며, 경계해야 할 것은 대검뿐이었다. 맞으면 큰 타격을 입게 된다는 점에서 보면, 조건은 같았다.

그래서 승산은 있었다. 베레타는 그렇게 생각하면서 계속 기회를 살폈다.

'카오스 돌(성마인형)'인 베레타에게 있어서 속성변화는 특기였다. 유니크 스킬 '반대로 뒤집는 자(아마노쟈쿠, 天邪鬼)'로 연거푸 속성을 바꾸면서, 디노의 약점을 파헤치고 있었다. 자신이 유리해지도록 계산된 움직임으로 디노를 상대하였다.

당하고 있는 입장인 디노는 버티기가 어려웠다.

"쳇, 그러고 보니 너는 흑의 권속이었지. 지저분하게 싸우는 걸로 치면 따를 자가 없다고 들었는데, 과연 그러네. 납득했어."

"칭찬을 들으니 황공할 따름입니다."

"칭찬한 게 아니거든!"

대화조차도 무기로 활용하면서, 베레타는 자신의 불리함을 메우려 하고 있었다.

여유 같은 건 없었다.

베레타는 초조하게 굴지는 않더라도, 겨우 현재 상태를 힘들게 유지하고 있었다.

반면에 디노는 어떤가 하면.

현재 상황을 정확하게 인식한 상태에서, 자신이 유리한 상황에 있지 않다는 것을 알고 있었다.

기습을 실패한 것이 뼈아팠다.

그로 인해 쓸데없는 전투가 벌어졌으며, 계획이 뒤틀리고 만 것이다.

베레타와 디노의 능력 차이는 한없이 컸지만, 레벨(기량)은 그렇게 차이가 나진 않았다. 하지만 베레타에게 한계가 찾아온 것은 명백했다.

이곳은 라미리스의 미궁 안이며, 베레타는 죽어도 부활할 수 있다. 잔존 에너지가 고갈될 걱정도 없으며, 지나친 힘으로 스스로 대미지를 입을 일도 없다. 온갖 제약을 무시하면서 늘 전력을 발휘할 수 있기 때문에 그나마 디노에게 대항할 수 있는 것뿐이었다.

환경적인 효과에 의해 보호를 받고 있지만, 그것에도 한도가 있었다. 결정적인 전력 차이를 메우는 건 베레타로선 역부족이던 것이다.

(하지만 대단해. 역시 흑의 권속이라고 할까. 이렇게까지 버틸 줄은 몰랐어.)

디노는 그렇게 생각하면서, 베레타의 평가를 상향수정하고 있었다.

여기 남은 자가 카리스나 트레이니였다면, 승부는 더 빨리 끝이 났을 것이다.

그 두 명도 약하지는 않았지만, 천사는 정령에게 압도적인 우위성을 지니고 있기 때문이다.

그리고 전투경험이 축적된 양이 너무나도 달랐다. 베레타는 흑의 권속에 걸맞게, 그에 상응하는—— 그야말로 디노에 필적할 정도의 레벨을 보유하였다.

자신이 일격이라도 맞으면 즉사하는 상황에 놓여 있으면서도, 냉정하게 디노의 공격을 파악하고 있는 담력. 절대 승리를 포기하지 않았으며, 그뿐만 아니라 이 상황을 즐기는 듯한 모습까지 보였다.

디노가 일부러 틈을 보여도 베레타는 반응하지 않았다. 그것만으로도 칭찬할 만했지만, 가끔 시도하는 반격으로 상처를 입히는 것 자체가 디노에겐 놀랄 일이었다.

폴른(타천사)에게 있어서 성(聖) 속성은 부담스러운 것이지만, 그게 결정적인 약점이 되는 것은 아니었다. 그런데, 베레타의 공격은 대미지를 동반하고 있었다.

성과 마, 양쪽의 속성을 융합한 일격을 날리고 있었으며, 디노의 '방어결계'로도 막지 못하는 성질로 바뀌었다.

사실상, 이 공격에 대한 방어는 불가능하다고 디노는 판단했다. 영자공격과 마찬가지로, 의지의 힘으로 상회하지 않는 한, 반드시 대미지를 받으리라 생각했다.

과거에 세라핌(치천사)이었기 때문에 이 세상의 섭리를 알고 있는 디노를 상대하면서, 겨우 유니크 레벨로 대미지를 입히고 있는 것 자체가 경이적인 일이었다.

베레타의 놀라운 전투센스야말로 칭찬할 만했다.

하지만, 디노도 베레타의 움직임에 익숙해지기 시작했다.

대검을 휘두르면 틈이 커지지만, 그런 건 디노도 잘 알고 있는 사실이었다. 베레타가 자신의 빈틈을 노리고 공격을 계속하고 있지만, 그건 의외이긴 해도 허용할 수 있는 범위 안이었다.

디노의 공격이 스치지도 않아서, 언뜻 보면 베레타가 몰아붙이는 것처럼 보였다. 하지만 '호우가'라면 아다만타이트(생체마강)의 몸이라고 해도 쉽게 베어버릴 수 있다.

단 한 번의 공격으로 역전할 수 있기 때문에 디노의 입장에선 문제가 되지 않았다.

베레타도 현재 상황을 잘 이해하고 있는지, 철저하게 시간벌이에 치중하고 있었다. 축적된 공격으로는 디노를 쓰러트릴 수 없다고 판단했는지, 더욱더 철저하게 방어하고 있었다.

(뭐, 그게 정답이겠지. 베레타의 기준에선 라미리스를 끝까지 지켜내면 승리니까 말이야.)

디노도 바보는 아니므로, 그런 베레타의 속마음을 꿰뚫어 보고 있었다.

라미리스만 있으면, 미궁 안에 있는 자들이 죽을 일은 없다. 반대로 말하면 라미리스가 살해되는 시점에서 즉시 종료가 되는 것이다. 납치되었을 때도 미궁이 무사하리라는 보장이 없으므로, 베레타가 시간을 버는 걸 우선하는 것도 당연한 일이었다.

이대로 가면 베레타의 생각대로 된다.

하지만, 그렇게는 되지 않을 것이다.

베레타에겐 아쉬운 일이지만, 디노에겐 비장의 수가 남아 있기 때문이다.

디노가 베레타의 시간벌이에 맞춰주고 있었던 것은, 여기서 베레타를 무력화시키는 데 필요한 절차였기 때문이다. 죽여도 부활하는 상대와 싸우는 것은 너무나도 귀찮은 짓이다.

베레타가 부활하기 전에 라미리스를 확보할 수 있으면 되지만, 보나 마나 다른 자들까지 방해할 것이 틀림없다.

모두 다 죽일 생각으로 공격해버리면 라미리스까지 휩쓸리게 된다.

라미리스를 죽일 생각이 없다고 했던 디노의 말은 진심이었으며, 그게 족쇄가 되어 번거로운 사태를 만들었다.

(귀찮네, 정말. 베레타를 무력하게 만드는 것만으로도 이렇게 고생할 줄이야. 쓰러트리는 건 간단하지만, 뭐, 준비도 끝났으니까 아무래도 상관없나.)

"베레타, 넌 잘 싸웠어. 잠들어라, '폴른 힙노(태만한 잠)'——!!"

디노의 권능이 발동했다.

유니크 스킬 '슬로스(태만자)'에 의한, 비살상용 광범위무력화공격이었다.

생명체라면 예외 없이 깨어나지 못하는 잠에 빠지며, 술자가 해제하기 전까지는 일어나지 못한다. 의지의 힘으로 저항해도 무의미했다. 톱 레벨에 강력한 대죄 계열의 권능이지만, '태만'이라는 이름에 걸맞게 발동하기까지 시간이 걸리는 것이 난점이었다.

단, 이것에 저항할 수 있는 자는 얼티밋 스킬(궁극능력) 보유자뿐이다. 유니크 레벨에선 최강이라고 말해도 과언이 아닌, 무시무시한 공격이었다.

디노는 최대한 평화적인 방법으로 베레타와 여기 있는 자들을 무력화시키고 싶었다.

이 '관제실'에 있으면서 라미리스를 지키려고 했던 신지 일행이랑 알파 자매도 진심으로 다치게 만들고 싶지 않았다.

맨 처음 잠에 빠지게 만든 베스터도 진심으로 존경할 만한 상사라고 생각하였다. 신지 일행도 동지로서, 동료의식이 싹 튼 상태였다.

그렇기 때문에 사실은 배신으로 받아들여질 만한 짓은 하고 싶지 않았다.

하지만 펠드웨이의 명령은 절대적이며, 도저히 거역할 수가 없었다.

"정말 지치는군. 나쁘게 생각하지 마. 여기만큼은 그냥 못 본 척 넘어가 달라고 펠드웨이에게 부탁해볼 테니까."

무너지듯이 쓰러진 베레타의 상태를 확인한 뒤에 디노는 중얼거렸다. 잠에 빠져서 엎어진 라미리스를 한 번 보고, 이걸로 임무가 완료되었다고 생각하면서 손을 뻗으려고 했지만——.

"그렇게는 안 됩니다."

그렇게 말하는 목소리를 듣고, 그 움직임을 멈췄다.

"정말 이러기야……?"

그렇게 말하면서 디노가 돌아본 곳에는 그 여자가 서 있었다.

그 가녀린 손은 황금색과 백은색으로 반짝이고 있었다.

요소요소를 보호하는 외골격은 미려한 칠흑의 색을 띤 아다만 타이트였다.

모르포나비처럼 푸르게 빛나는 날개는 네 장이 두 쌍을 이루고 있었다. 이마의 겹눈과 같은 색이었으며, 신비한 매력이 있었다.

그 여자의 정체는 진화의 잠에서 깨어난 아피트였다. 진화 전과 비교하면 각 부위의 색채가 변한 것처럼 보였지만, 형상은 거의 예전 그대로였다.

하지만 왠지 모르게 인간의 모습을 벗어난 그 미모는 더욱 세련되게 바뀌어 있었다. 분위기에도 관록이 있었으며, '인섹트 퀸(곤충여왕)'으로서 새로운 경지에 도달한 것 같았다.

"——아피트인가…… 마침 잘 왔습니다. 내 '성마핵'을 파괴해 주십시오."

데몬(악마족)에겐 수면이 필요 없었기 때문에, 베레타는 아슬아슬하게 '폴른 힙노'에 저항하고 있었다. 슬립 모드(저위활동상태)에 빠지면서도 사력을 다해서 아피트에게 의뢰하였다.

"베레타 님——."

"움직이지 못하는 것 같은데, 아직 의식이 있었단 말이야?!"

디노도 놀란 탓에, 한순간 반응이 늦어지고 말았다. 그 결과, 아피트의 행동을 그냥 허용하고 말았다.

그 부탁에 이유를 되묻지도 않고, 아피트는 자신의 독침을 날려서 베레타의 '성마핵'을 파괴했다.

강인한 아다만타이트조차도 쉽게 꿰뚫은 것은 라피트가 자랑하는 재생 가능한 오실로 레이피어(진동독침검)이었다. 아피트는 자신의 몸 안에서 오실로 레이피어를 생성하여, 얼마든지 다시 만들어낼 수 있었다.

그래도 진화하지 않았다면 베레타를 죽일 수 없었을 것이다.

베레타가 웃었다.

"후, 후후후, 훌륭합니다. 이제 나는 사망했으니, 멀쩡한 상태로 부활할 겁니다. 잠시 이곳을 맡기겠습니다, 아피트."

베레타는 '미궁십걸'의 필두 자리에서 은퇴했지만, 라미리스의 부관이라는 위치가 바뀐 것은 아니었다. '십걸'에 대한 명령권은 여전히 가지고 있었던 것이다.

"잘 알겠습니다. 아쉽게도 제힘으로는 이길 수 있을 것 같지 않으니, 빨리 귀환하시길 기대하겠어요."

그 말과는 반대로 아피트의 목소리에는 자신들의 승리를 확신하는 뉘앙스가 담겨 있었다. 디노도 그걸 느꼈는지, 짜증이 나는 듯한 말투로 중얼거렸다.

"너무하네⋯⋯. 끼어들 틈도 없이 그런 적절한 판단을 바로 내릴 수 있단 말이야?"

디노가 느낀 감상은 정확했다.

아피트에게 뒤를 부탁한 뒤에, 베레타가 빛의 입자로 변해서 사라지기 시작했다.

그 직후, 아피트가 음속을 넘는 속도로 비상했다.

'관제실'에서의 전투는 한층 더 격렬해지게 되었다.

*

정말로 진절머리가 났다.

그게 디노의 거짓 없는 감상이었다.

아피트도 디노의 적수가 되진 못했다. 하지만 미궁 안에선 죽

103

일 수 없었다.

재빨리 처리하고 라미리스를 확보하려고 해도, 아피트는 그 스피드를 살려서 방해하기 시작했다. 디노와 제대로 맞붙지 않고 철저하게 히트 앤드 어웨이로 싸웠다.

진화한 아피트는 속도특화형이라고도 할 수 있는 전투 스타일을 갖추고 있었다. 자신의 특성을 잘 이해하고 있었으며, 동작에 군더더기가 없었다. 존재치는 70만 안팎 정도 되겠지만, 스피드만 따진다면 디노와 호각이었다.

그리고 겨우 죽이게 되었다고 해도, 그때쯤이면 이미 베레타가 복귀할 것이다. 1분도 걸리지 않겠지만, '전이'해 올 테니까 도저히 막을 방법이 없었다.

월등히 격이 높은 존재인 디노가 상대라고 해도, 벌어야 할 시간은 10초도 채 필요하지 않으므로, 아피트만으로 충분히 시간을 벌 수 있었다.

이렇게 되면 이제 디노가 쓸 수 있는 수단은 적었다.

가장 확실한 건 베레타와 아피트를 동시에 잠재우는 방법이다. 디노는 마음을 진정시킨 뒤에, 한 번 더 유니크 스킬 '슬로스(태만자)'를 발동시키려고 시도했다.

상대는 두 명이겠지만, 발동까지 시간이 걸린다──. 그야말로 '슬로스'다운 퀄리티였다.

덕분에 디노는 급하게 싸우는 걸 포기하고, 전투 중에 어울리지 않는 온화한 마음으로 동료들의 상황을 확인하기로 한 것이다.

먼저 눈길을 끈 것은 괴수대결전에 승리한 베루글린드와 싸우는 리무루의 모습이었다.

(저 녀석, 어떻게 탈출한 거지?! 아니, 그것보다 베루글린드를 상대로 호각으로 싸운단 말이야?!)

솔직히 말해서 경악했다.

펠드웨이의 얘기에 따르면, 마왕 리무루와 부하 간부들은 베루글린드의 이계에 봉인되어 있다고 했다.

리무루는 동료들과 연결된 '영혼의 회랑'을 통해서 자신의 위치 좌표를 알아내서 쉽게 탈출했지만, 그런 사정을 모르는 디노의 입장에서 보면 그저 곤혹스러울 뿐이었다. 하지만 그보다 더 놀라운 것은 리무루의 실력이었다.

무적이라는 생각이 들 정도로 강한 저 베루글린드를 상대하면서, 압도하는 것처럼 보였다.

디노의 마음속에 초조함이 생겼다.

(빨리 작전을 진행하지 않으면 위험할지도 모르겠어.)

그렇게 생각하면서, 디노는 다른 자들의 상황에도 눈길을 돌렸다.

펠드웨이의 작전 내용 중에서 제일 중요한 것은 라미리스의 확보였다. 디노가 미궁 안에 있었던 건 기이에게 명령을 받은 거고, 어디까지나 우연일 뿐이었지만, 그 사실을 펠드웨이의 눈이 포착한 것이 불운이었다.

디노의 입장에선 본의가 아니었지만, 가장 경비가 엄중한 '관제실'에 들어갈 수 있는 사람이 자신밖에 없었기 때문에 이 역할을 맡는 건 어쩔 수 없는 일이라 생각하고 포기하였다.

펠드웨이를 비롯한 시원의 천사들이 침입할 경로에 대해선 대담한 작전이 세워져 있었다.

베루글린드를 부추겨서 베루도라를 불러내기 위해 미궁을 파괴하도록 한 것이다.

　디노는 깜짝 놀랐지만, 이 작전은 어려움 없이 성공했다. 그리고 펠드웨이가 직접 선두에 서서 침입 작전을 결행했다.

　펠드웨이와 함께 침입한 자는 '삼요사' 두 명과 자라리오가 데리고 온 다섯 명의 장군들. 전부 여덟 명이었다.

　최고 간부를 두 명이나 투입하는, 엄청나다는 생각까지 들 정도로 성대한 작전이었다.

　나머지 최고 간부이자 '삼요사'인 오베라만이 이계의 오지에 있는 '요이궁(妖異宮)'을 지키기 위해서 남아 있을 것이다. 그 작전을 들은 디노는 단단히 작심하고 이번 작전을 실행한다는 걸 깨달으면서 놀라움을 감추지 못했다.

　지상에 남은 '시원의 천사' 중에서 펠드웨이의 호출을 받은 동료는 디노만이 아니었다. 인간의 나라에 잠복해서 살고 있던 나머지 두 명도 이번 작전에 부름을 받았다.

　디노의 부하라는 위치에 있는 자들이었지만, 펠드웨이가 멋대로 부렸다.

　그 역할은 파괴된 미궁의 상태를 유지하는 것이었다.

　만일 디노가 실패했을 경우를 대비한 포석이었다.

　라미리스의 미궁은 라미리스가 그럴 마음만 먹는다면 감옥으로 바뀐다. 여기서 탈출하는 것은 너무나 힘들기에, 그런 일이 일어나지 않도록 펠드웨이가 수를 쓴 것이다.

　디노에게 있어 가장 신경 쓰이는 상대였기 때문에, 맨 먼저 확인한 것이 이 두 명을 비추는 모니터였다.

　(말도 안 돼, 이럴 수가?! 저 두 사람, 피코와 가라샤를 상대로

호각으로 싸우고 있잖아…….)

피코는 몸집이 작은 미소녀를 말하는 것이며, 가라샤는 몸집이 큰 여전사였다.

베루도라가 베루글린드에게 패배하는 바람에 미궁에서 격리된 도시가 지상으로 돌아왔다. 그곳을 방어하기 위해 자발적으로 나선 자가 게루도였는데, 피코랑 가라샤의 상대가 될 것이라곤 생각도 해보지 못했던 디노였다.

('배리어 로드(수정왕)' 게루도에 '키메라 로드(환수왕)' 쿠마라인가. 잠깐, 쿠마라는 클립티드(환수족)였지? 어쩌면 멸계룡 이바라제의 피를 이은 것은—— 아냐, 설마 그럴 리가…….)

자신도 모르게 머릿속을 스친 끔찍한 상상을, 디노는 황급하게 지워버렸다.

그리고 '역시 '성마십이수호왕'은 대단해'라고 생각하면서, 다른 전장으로 시선을 옮겼다.

그곳에서 싸우고 있던 자는 '삼요사'인 자라리오였다.

(오오, 자라리오 녀석, 여전히 강하군. 진짜 실력을 전혀 발휘하지 않고 있는 것 같은데, 저 카리스랑 트레이니를 상대로 여유 있는 모습을 보여주는군.)

그리운 옛 동료는 변함없이 강했다.

그 당시에도 끝을 알 수 없는 불길한 기운이 느껴졌지만, 몇 천 년 사이에 그런 분위기가 더 강해진 것 같았다. 이 녀석은 괜찮으리라 생각하면서 다음 모니터를 봤다.

(코르느인가. 얘기를 듣기로는, 수십 년 전에 있었던 대침공에서 큰 실수를 했다고 하던데, 그래서인가? 상당히 초조해 하는 것

같군.)

디노가 보고 판단한 대로 코르느는 조바심을 내고 있었다.

무리도 아니다.

예전의 큰 실수 때문에 자신의 군단을 전부 잃었으며, 쾌차하는 데 수십 년이 걸릴 정도의 큰 부상을 입었다. 만약 이번에도 실수한다면, 펠드웨이에게 숙청될 것이 뻔하기 때문이었다.

더구나 그 펠드웨이는 현재 코르느가 싸우고 있는 곳에 숨어 있을 것이다. 엄청난 압박감을 느끼면서, 평소의 실력을 내지 못하고 있을 것이라고 디노는 생각했다.

(운이 없는 녀석. 하지만 뭐, 마사유키도 사실은 약하고, 막아서고 있는 자들도 대단하진 않은 것 같군. 베놈이 흑의 권속이라는 게 걸리긴 하지만, 베레타와는 비교도 되지 않을 정도로 신참이니까 괜찮으려나.)

코르느와는 그렇게 친하지 않았기 때문에 디노는 그다지 걱정하지 않았다.

코르느가 실패하더라도 펠드웨이가 대처할 것이다. 즉, 작전의 진행상황은 순조로움 그 자체라고 판단해도 될 것 같았다.

그리고 안도감을 느낀 탓인지, 디노의 태만한 마음이 잡념을 불렀다.

(으―음, 하지만 이상한걸. 왜 내가 작전의 성공여부를 걱정해야 하는 거지? 이해가 안 되네.)

그건 실로 중요한 의문이었다.

디노는 이번 작전에 대한 위화감을 도저히 떨치지 못하였다. 그 이유를 몰라서 마음속 어딘가에 불쾌한 기분이 남아 있었지만, 조금만 더 생각해보면 그 원인을 알아낼 수 있을 것 같은 기분이 들었다.

하지만 아쉽게도——.

『뭘 느긋하게 놀고 있는 거냐? 디노, 나도 슬슬 움직일 테니까, 너도 어서 임무를 완수해라.』

평화로웠던 시간은 끝을 고하고 말았다.

(쳇, 일 같은 건 하고 싶지 않다니까, 정말로.)

디노는 베레타랑 아피트에게 원한은커녕, 오히려 호감을 느끼고 있었다.

그래서 이번 명령에는 더더욱 거부감이 생겨나고 있었다.

하지만—— 명령에는 거역할 수가 없었다.

어쩔 수 없다고 생각하면서, 디노는 진심으로 싸우기로 마음먹었다.

●

펠드웨이는 디노에게 재차 명령을 내렸지만, 자신은 아직 숨은 상태에서 코르느가 싸우는 모습을 관찰하고 있었다.

코르느는 자신감이 지나친 경향은 있지만, 믿음직한 부하였다. 베루다나바로부터 이름을 받은 동지이기도 하며, 펠드웨이도 그를 중히 여기고 있다고 생각했다.

하지만 코르느는 예전의 침공 작전에서 전군의 1/3을 잃어버리는 큰 실수를 한 적이 있었다. 보잘것없는 이세계 중의 하나를 상대로, 전력으로는 압도적인 우위에 있었음에도 말이다.

109

이건 펠드웨이가 실망하기에 충분한 이유였다.

그건 본인도 잘 알고 있는 것 같았으며, 이번 작전에선 평소에 그랬던 것처럼 적을 상대하면서 대충 싸우는 짓은 하지 않고, 필사적으로 상대하고 있는 모습을 보였다.

그건 그것대로, 펠드웨이에겐 달갑지 않은 모습이었다. 압도적인 강자여야 하는 '삼요사'가 약자들에게 농락당하는 일은 있어선 안 되는 것이다.

지금도 코르느는 일격으로 죽일 수 있는 상대를 계속 놓치고 있었다.

마사유키가 가짜와 바꿔치기했다는 것을 알아차리지 못하고, 적의 책략에 그대로 빠져버린 것이다.

어이가 없는 수준을 넘어서 살의까지 싹틀 지경이 되자, 펠드웨이는 자제심을 발휘하여 겨우 참아냈다. 그리고 코르느를 방치해둔 채 마사유키를 처리하기 위해서 움직였다.

한편 마사유키의 현재 상황은 어떤가 하면……

도망치는 발이 무거웠다.

자신 혼자만 도망치는 것이 도저히 납득이 되질 않았다.

물론 두렵기는 두려웠지만, 그것보다 동료를 저버리는 것이 더 두려웠다. 만약 그들에게 무슨 일이 생긴다면, 평생 자신을 용서할 수 없게 될 것 같았다.

마사유키는 멈춰 서서 뒤로 돌아봤다.

멀리서 분전 중인 동료들을 봤다.

미니츠가 적의 움직임을 봉했고, 흡혈귀들이 불사신인 특성을 살려 미끼가 되었으며, 빈틈을 노리면서 칼리굴리오와 베놈이 공격했다.

특필할 만한 점은 지우의 행동이었는데, 장소를 잘 잡아서 코르느의 대규모 파괴공격을 저지하고 있었다.

즉석에서 결성된 팀인데 상당한 수준의 연계를 보여주고 있었다.

그러나 누구 하나라도 빠진다면, 이 팀은 궤멸하고 말 것이다.

"이봐, 마사유키──."

"버니, 난 역시 돌아갈래. 난 말이지, 자신의 정체를 들키는 게 싫어서 진심을 말할 기회가 없었지만, 사실은 좀 더, 모두와 사이 좋게 지내고 싶었어. 난 겁쟁이지만 비겁자는 되고 싶지 않다고 할까. 그런 생각을 말이지."

마사유키가 진심을 말했다. 그러자 그 순간, 마사유키의 머릿속에 '세계의 언어'가 울려 퍼졌다.

《*영웅적인 '도망치지 않는 용기'를 확인했습니다. 이로 인해 세 가지 조건이 채워지면서 유니크 스킬 '선택된 자(영웅패도)'의 숨겨진 권능이 해방되었습니다. 발동하시겠습니까?*

YES / NO》

'뭐?'라고 마사유키는 생각했다.

또 무슨 실수를 한 것인가 싶어서 당황했지만, 그렇지 않다는 것을 깨닫고 안도했다. 숨겨진 권능 같은 것에는 흥미가 없었지만, 어차피 이제 와서 달라지는 것도 없으므로, 마사유키는 일단 승인하기로 했다.

《확인했습니다. '영웅패도'에 새로운 권능을 추가…… 성공했습니다. 이로 인해 '패자의 기댈 곳(영웅도도, 英雄道導)'가 상시 발동하게 됩니다.》

어려운 설명이 마사유키의 머릿속에 메아리쳤다.

그 그리운 감각에 빠지면서, 마사유키는 자신의 권능을 이해하기 시작했다.

상대를 위압하는 '영웅패기'에 항상 엄청난 행운이 생기는 '영웅보정', 동료에게 용기를 주는 '영웅매료'와 아직 효과를 잘 모르겠지만, 어쨌든 좋은 결과가 나오는 '영웅행동'—— 그것들이 마사유키가 현재 보유한 권능이었다.

여기에 추가된 '영웅도도'는 듣자 하니 영웅들의 기치가 되는 권능인 것 같았다.

(어, 그러니까 죽은 자의 영혼을 이끈다고? 내가 그릇이 된다니? 그게 뭐야? 내 동료들이 죽는 게 전제라면, 그런 스킬은 필요가 없었는데…….)

또 역시 쓸데없는 스킬이었다고, 마사유키는 생각했다. 애초에 그렇게 기대하지 않았으니까 실망도 하지 않았다.

지금보다 더 나빠지지만 않는다면, 그걸로 충분했다.

"마사유키, 너……."

"그러니까 버니, 동료들이 있는 곳으로 돌아갈까."

마사유키는 중단되었던 얘기를 계속했다.

숨겨진 권능에 관한 것은 이미 망각의 저편에 가 있었다.

"알았어. 네가 그렇게 말한다면, 나는 널 따라갈 뿐이야."

버니가 포기한 듯한 표정으로 머리를 긁었다.

그리고 두 사람은 서로를 보면서 쓴웃음을 지었고, 동료들이 있는 곳으로 돌아가려고 했으며—— 그때부터 사태는 급전개되었다.

＊

펠드웨이가 움직였다.

버니 따위는 안중에 없었지만, 마사유키를 데려가려면 그가 방해되었다.

완전히 방심하고 있는 버니 정도는 일격으로 죽일 수 있다. 아니, 방심하고 있든 아니든, 관계없었다. 펠드웨이에게 있어서 버니는 그냥 쓰레기에 불과했다.

바람 하나 흐트러트리지 않고, 기척조차 알아차리지 못하게 하면서, 펠드웨이가 뽑은 검이 버니의 머리를 베려고 했다.

그러나 울려 퍼진 것은 날카롭고 새된 음색이었다.

그것은 검과 검이 부딪친 소리였다.

"날 방해하다니?! 누구냐?"

놀라움은 한순간에 사라졌으며, 펠드웨이가 방해자의 정체를 물었다.

그 질문에 대답한 자는 '가면'의 소녀였다.

"내 이름은 클로노아. '용사'야."

잠깐의 침묵. 그리고 펠드웨이가 웃기 시작했다.

"여기서 용사를 만날 줄이야. 그렇다면 나도 이름을 밝히지. 내 이름은 펠드웨이. 요마왕 펠드웨이다!"

그 이름을 듣고도 클로노아는 태연한 표정이었다. 클로에의 의식과도 완전히 동조하게 되면서, 지금의 그녀는 냉철한 전투머신 그 자체가 된 것이다.

"요마왕? 흐―응, 당신이 마족의 두목이었단 말이네. 내 앞에서 벌어진 악행은 그냥 보고 넘어갈 수 없어서 나선 거지만, 마침 좋은 기회니까 인류의 위협이 되는 존재는 제거하도록 하겠어."

"후후후, 큰소리치기는. 어리석은 녀석, 네 분수를 가르쳐주마."

그렇게 말을 끝낸 것과 동시에 새빨간 군복을 입은 펠드웨이가 움직였고, 흰색이 기본색조인 '성령무장' 차림의 클로노아도 사라졌다.

붉은색과 흰색의 빛의 교차가 마사유키와 버니의 눈앞에서 번뜩였다. 둘이 동시에 시야에서 사라졌지만, 소리만은 연속으로 울려 퍼졌다.

충격파는커녕 산들바람조차도 불지 않았다.

상상을 초월하는 영역에서 싸움이 벌어지고 있었다.

예전에도 도와줬던 가면의 소녀가 이번에도 마사유키의 위기를 구해준 것이다. 그렇게 이해는 했지만, 지금 마사유키의 힘으로는 클로노아라고 이름을 밝힌 소녀를 도와줄 수 있을 것 같지 않았다.

"어, 우리는 어떻게 해야……."

"이런 건 우리 힘으로 어떻게 할 수 있는 레벨이 아니니까 말이지. 신경 쓰면 지는 거야. 우리는 우리가 할 수 있는 걸 하면 돼. 그러니까 어서 동료들을 도우러 가자고!"

귓가에서 소리가 울려 퍼졌던 만큼, 버니는 자신을 노렸다는 것을 알아차리고 있었다. 그 공격에 전혀 반응하지 못했던 걸 보더라도, 적의 레벨이 차원이 다르다는 것을 깨닫고 있었다.

자신이 약해졌기 때문이 아니라, 어차피 싸움 자체가 성립되지 않을 정도로 실력 차이가 엄청난 상대라는 것을.

그렇다면 우왕좌왕하고 있어도 의미가 없으므로, 단단히 마음을 먹고 행동하는 것이 정답──이라고, 버니는 군인시절에 주입된 판단력을 발휘한 것이다.

"알았어. 저 클로노아라는 사람이 어디서 온 누군지는 모르겠지만, 여긴 그녀에게 맡기자!"

마사유키도 상황을 바로 받아들이는 것이 장점이었다.

그래서 솔직하게, 이 자리를 떠나기로 한 것이다.

그리하여 마사유키와 버니는 아랑곳하지 않고, 클로노아와 펠드웨이는 검을 주고받았다. 하지만 그건 짧은 시간 동안의 일이었다.

시간으로 치면 불과 몇 초 만에, 셀 수 없을 정도로 수많은 공방이 있었다. 그대로 영원히 승부가 나지 않을 것처럼 보였지만, 그때 펠드웨이가 알아차리고 말았다.

"하하하하하하하!! 뭐야, 거기 있었나. 역시 베루다나바 님도 내 승리를 바라고 계셨단 말이로군!!"

"무슨 말이야, 갑자기?"

"훗, 네놈하곤 관계없는 일이다. 아니, 지금부턴 동료가 될 테니까, 얘기해줘도 상관은 없겠지만 말이지."

"……?"

"내 뜻에 따라라——. '사리엘(희망지왕, 希望之王)'——!!"

그건 절대적인 명령이었다.

천사 계열의 얼티밋 스킬(궁극능력)은 미카엘의 '얼티밋 도미니언(천사장의 지배)'에 거역할 수 없었던 것이다.

"무슨…… 짓을, 한 거야——?"

"호오? 아직 자아가 남아 있을 줄이야. 역시 최강의 '용사'로 이름 높은 클로노아로군. 하지만 저항해봤자 소용없습니다. 시간문제니까, 당신도 제 지배하에 들어오겠죠."

펠드웨이는 자신들의 행운에 환희하고 있었다.

오랜 역사 속에서, 제국에까지 그 무용이 널리 알려져 있던 '용사' 클로노아. 그런 그녀에게 '사리엘'이 싹튼 것이야말로, 신의 축복이란 생각마저 들었다.

펠드웨이의 생각대로, 클로노아가 무릎을 꿇었다.

"저는, 사리엘. 명령을 내려주십시오, 미카엘 님——."

클로노아의 가면이 벗겨지면서, 그녀의 맨얼굴, 그 미모가 드러났다. 그리고 아주 연한 분홍색을 띤 가련한 입술에서 흘러나온 것이 바로 지금 한 말이었다.

펠드웨이는 승리를 확신했다. 확신하고 말았다.

그래서 펠드웨이는 이때 큰 판단미스를 했다.

'삼요사' 코르느라는 자신의 심복 중의 한 명과 **본체가 아니라**고는 해도 자신과 호각인 최강의 용사. 이 두 명만 있으면 목적은 쉽게 이룰 수 있다고, 그렇게 생각해버린 것이다.

그래서 펠드웨이는——,

"좋습니다. 당신은 코르느와 협력하여, 방금 그 소년을 죽이십시오. 저는 지상에 볼일이 있으니까, 뒷일은 맡기겠습니다."

그런 말을 남기고, 미궁을 떠나고 말았다.

*

다시 돌아온 마사유키와 버니를 보고, 베놈은 하늘을 우러러보고 싶은 기분이 들었다.

불평하고 싶어서 그런 게 아니었다.

마사유키가 도망친 방향에서 무시무시한 기운이 팽창하는 것을 느꼈고, 임무에 실패했다고 생각하면서 절망하던 중이었기 때문이다.

"용케 무사했구나, 안심했어!"

"하하하, 아직 적이 남아 있으니까, 그렇게 말하기엔 많이 이르지만 말이지."

"그렇긴 하네."

베놈도 그 사실은 인정했다.

코르느는 강했다. 미궁 안이라는 압도적으로 유리한 상황에 있는데도, 이길 수 있느냐 아니냐를 따지기는커녕, 살아남을 수 있을지도 알 수가 없었다.

하지만 그래도 마사유키의 얼굴을 보니, 왠지 모르게 안심이 되고 말았다.

근거 없는 자신감이 용솟음치면서, 어떻게든 될 것 같다는 생각이 들었다.

미니츠랑 칼리굴리오도 같은 기분을 느꼈는지, 아까보다는 안

색이 더 좋아져 있었다.

"큭큭, 이런 때에 이런 말을 하는 것도 그렇지만, 나는 즐겁군."

"나 역시 동감이다. 정말로 폐하와 같은 전장에 있는 듯한 고양감이 느껴지는군."

서로를 보면서 웃는 제국군인들.

아무 관계가 없어야 할 흡혈귀들까지 전의가 높아지는 것 같았다.

반면, 코르느는 혼란에 빠져 있었다.

자신이 공격하려고 하는 바로 그 순간에, 또 한 명의 마사유키가 나타났기 때문이다.

위치를 미처 파악하지 못한 게 아닌가 하는 의심이 들어서 확인해보니, 그곳에는 역시 마사유키가 있었다. 즉, 둘 중 하나가 가짜라는 뜻이다. 더 말할 것도 없이, 변장한 지우와 진짜 마사유키였다.

"나를 얕보다니!! 벌레들 주제에 참으로 조잡하고 고식적인 짓을 하는구나!!"

코르느는 격노했지만, 누가 진짜인지 알아낼 수가 없었다. 자신의 감각으로는 실력이 비슷했으며, 양쪽 다 변변치 못한 존재였다.

판단하기 귀찮다고 해서 코르느가 진짜 실력을 발휘하여 공격한다면, 양쪽 다 휩쓸리면서 죽어버릴 것이다.

그렇게 되면 어디도 도망칠지 알지 못하게 된다. 그래서 코르느는 지금까지 해왔던 것 이상으로 신경전을 펼쳐야 할 것을 각오했다.

하지만 그때 구원의 손길을 내미는 자가 나타났다.

"코르느 공이시죠? 제 이름은 사리엘. 미카엘 님을 따르는 자입니다."

눈으로 볼 수도 없을 만큼 초고속으로 날아온 낯선 소녀가 도와주겠다는 말을 한 것이다.

코르느는 그 말을 의심하지 않았다. 사리엘이라고 이름을 밝힌 소녀에게선 그 말대로 미카엘의 기운이 느껴지고 있었기 때문이다.

"고맙다. 그러면 너는 오른쪽의 마사유키를 맡아라. 죽이지 말고 산채로 붙잡아야 한다."

코르느가 둘 중 하나를 골라서 지시한 쪽은, 행운인지 불운인지 모르겠지만 진짜였다.

"알겠습니다."

사리엘이 고개를 끄덕였다. 그리고 마사유키 쪽으로 시선을 돌렸다.

그걸 느끼면서, 마사유키는 당황했다──.

눈이 마주쳤다.

(어, 사리엘? 저 소녀는 아까 클로노아라고 이름을 밝힌 것 같았는데, 무슨 일이 있었는지는 모르겠지만, 이렇게 짧은 시간에 적의 편으로 돌아섰다는 거야?! 아니, 그것보다──.)

마사유키는 혼란에 빠졌으며, 그리고 절망했──지만, 클로노아의 외모가 너무나도 아름다운지라, 공포 같은 건 전혀 느끼지 못했다. 아니, 느낄 여유가 없었다.

(뭐야, 이 아이?! 엄청 귀엽잖아!!)

경솔하다고 할 수 있지만, 지금이 전투 중이라는 것조차 잊어버릴 정도의 충격을 받았다.

한마디로 표현하자면 그래!

초절미소녀라는 말이 적절했다.

마사유키는 어딘가의 금발마왕과 같은 결론에 도달한 것이다.

처음부터 가면 같은 걸 쓰고 있지 말라는, 정말로 변변치 못한 불만을 가질 정도였다.

하지만!

그런 변변치 못한 생각 덕분에 숨어 있던 희망이 드러난 것이다.

사리엘의 손이 검으로 향하는 것을 보면서, 마사유키는 죽음을 각오했다. 그래서 그런 것은 아니지만, 주마등처럼 온갖 생각이 떠올랐다.

(정말로 장난이 아닌 수준의 미소녀네. 이 아이야말로 내가 지금까지 본 사람 중에서 가장——.)

거기까지 생각했던 마사유키는 무슨 이유인지 오한을 느꼈다.

그 이상 생각하는 것은 위험하다고, 생존본능이 온 힘을 다해 외치고 있었다.

그래서 마사유키는 자신의 직감을 믿기로 한 것이다.

(——이 아니네. 두 번째야. 그래, 두 번째로 귀여운 것 같아. 가장 귀여운 여자는 역시——.)

그가 떠올린 것은 예전에 살았던 세계에서 마지막으로 만났던, 푸른 머리의 미녀였다.

(그래, 그래, 그 사람이야! 상냥해 보이는 누님이었고, 색기도 최고였지——.)

죽음을 앞에 두고, 마사유키의 망상은 멈추질 않았다.

그러나 그게 정답이었다.

《영웅적인 '진실한 사랑'을 확인했습니다. 이로 인해 숨겨진 네 번째의 조건까지 채워지면서, 유니크 스킬 '영웅패도'가 얼티밋 스킬 '진정한 영웅(영웅지왕)'으로 진화합니다.》

뭐? 마사유키는 어이가 없었다.

그건 사랑이라기보다 번뇌였다. 그런데 어떻게 그런 식으로 미화될 수 있냐고, 너무 부끄러워서 그렇게 투덜대고 싶은 심정이었다.

그 이전에.

(나는 아무것도 안 했는데, 어떻게 얼티밋 스킬까지 얻는 거냐고!!)

마사유키는 마음속으로 절규했다.

억지가 좀 지나친 것 아니냐고──'세계의 언어'에게 따져 묻고 싶을 정도였다.

하지만 불평을 해도 결과는 바뀌지 않는다. 그리고 활용방법을 모르는 얼티밋 스킬을 얻는다고 해서, 눈앞에 있는 사리엘이란 자를 이길 수 있을 것 같지 않았다.

(모처럼 얻은 힘이긴 하지만, 이제 와서 무슨 소용이라는 생각이 드는걸. 뭐, 내 나름대로 노력했다는 의미를 담아서, 마지막 정도는 멋지게 마무리하고 싶긴 하네.)

그렇게 생각한 마사유키는 모든 상념을 털어낸 듯한 미소를 지었다.

그 효과는 절대적이었다.

"폐하를 지켜라아——!!"

지금까지 방해가 되기 때문에 멀리서 보고만 있던 장병들이 자신의 목숨조차도 아끼지 않으면서, 특공을 시도하기 시작한 것이다.

멀리 떨어진 자들에게 미치는 영향도 그 정도였으니, 가까이에 있던 자들의 변화는 더욱 극적일 수밖에 없었다.

"힘이 솟구친다. 질 것 같은 생각이 들지 않는다는 건 바로 이런 느낌이로구나."

그렇게 소리치면서, 칼리굴리오가 코르느를 향해 칼을 휘둘렀다. 지금까지 방어에 전념하고 있었던 칼리굴리오의 공격에 밀리면서, 한순간이었지만 코르느가 주춤했다.

미니츠도 지고 있지 않았다.

"들어라, 황국의 장병들이여! 우리의 무용을 황제폐하께 보여 드리자!!"

그렇게 소리쳐 장병들을 고무시키면서, 자신은 사리엘로부터 눈을 떼지 않은 채, '압제자'로 압력을 가하기 시작했다. 원래 유니크 스킬은 얼티밋 스킬에겐 통하지 않는다. 그러나 방금 그 공격은 효과가 미진하긴 했지만, 그래도 성공적으로 사리엘을 물러나도록 만들었다.

흡혈귀들도 대활약했다.

"신기하군. Me는 지금 기분 좋은 전능감에 빠져 있어!"

무모하게 싸우는 바람에 하반신이 날아가면서도 웃는 자.

"이야앗! 내 전력을 담은 에너지포를 받아라앗——!!"

앞뒤 생각 없이 죽어도 부활을 반복하는 자.

"햐하하하하! 즐거운데!!"

재생력만을 특화하여 장병들을 유탄으로부터 지키는 자.

가열한 수준을 넘어서, 지금까지 싸웠던 것 이상으로 맹공을 개시하고 있었다.

왜 그런 행동이 가능해진 것일까?

그건 물론, 마사유키의 권능 덕분이었다.

유니크 레벨이었던 지금까지와 달리, 얼티밋 스킬이 된 '영웅지왕'은 아직 최저 랭크였지만, 얼티밋에 대항할 수 있는 가호가 부여되게 된 것이다.

거기에 버틸 수 있는 자가 되려면, 존재치가 10만은 필요해지겠지만, 그 조건을 채우지 못하는 자도 행운의 가호를 받고 있었다. 마사유키의 신봉자라면, 그 비호 아래에 들어갈 수 있었다.

그야말로 밸런스 브레이커.

전장에 혼자 있는 것만으로 전황 따위는 어떻게든 뒤집을 수 있는, 터무니없는 권능이었다.

마사유키가 클로에 오벨의 맨얼굴을 보지 않았다면, 이 힘에 각성하는 일은 없었을 것이다. 그렇게 생각하면, 펠드웨이가 얼마나 중대한 미스를 저질렀는지 알 수 있을 것이다.

어쨌든 전장은 일시적으로 고착상태가 되었다. 겨우 유지되고 있던 균형이, 십여 분 넘게 지속되었다.

물론, 그대로 싸운다면 코르크와 사리엘의 콤비를 쓰러트리는 것은 불가능했다.

하지만, 이미 승패는 결정되었다.

마사유키가 얼티밋 스킬 '영웅지왕'을 획득한 시점에서 길이 이어진 것이다.

그리고 지금, 전사들이 시간을 벌어주면서, 그때가 찾아왔다.

이 '세계'에서 베루글린드가 사라졌다.

그와 동시에, 운명의 수레바퀴가 움직이기 시작했다——.

*

《확인했습니다. 개체명 : 베루글린드와의 '영혼의 회랑'이 시공을 초월하여 확립되었습니다.》

응?

마사유키가 그렇게 생각했을 때, 그자가 출현했다.

방대한 에너지 덩어리라고 처음에는 생각했다.

하지만 아니었다.

그건 인간의 모습을 하고 있었다.

지금에 와선 그리운, 너무나도 아름다운 여성의 모습을.

선명하고 강렬하게 빛나는 푸른 머리를 비추는 카디널 오라(진홍의 패기)를 두른 모습으로, '작열용' 베루글린드가 지금, 이 자리에 모습을 드러낸 것이다.

모든 존재를 조아리게 만드는 패기가, 그 시선에 담겨 있었다.

시간조차도 얼어붙은 것처럼, 아무도 움직일 수 없었다.

코르느도 갑작스런 사태에 당혹하면서, 베루글린드를 응시하고 있었다.

사리엘도 마찬가지로, 코르느의 지시를 기다리며 멈췄다. 이런

점이 바로 갓 태어난 자아를 지닌 자의 한계였다.

그 자리에 있던 제국의 장병들은 모두 다 순간적으로 이해했다.

그 인물이야말로 오랜 세월에 걸쳐 제국을 계속 수호해온 최강의 존재라는 것을.

현재 베루도라와 교전 중이라는 정보가 흐르고 있었지만, 아무래도 그건 착오였던 모양이다.

왜냐하면 베루글린드가 마사유키에게 달려들어 안겼기 때문이다.

누구의 눈으로 보더라도, 그건 사랑하는 자에게 보여주는 태도였다.

"드디어 찾았군요, 루드라. 그동안 계속, 계속 만나고 싶었어요——."

그렇게 말하면서 안긴 베루글린드는 물기를 띤 눈으로 마사유키를 봤다. 그리고 그의 볼에 두 손을 부드럽게 갖다 대더니, 뜨거운 입맞춤을——.

놀란 것은 마사유키 쪽이었다.

(어, 부드럽네. 아니, 그게 아니라 달콤하다? 그것도 아니지——!!)

머릿속이 달아올랐고, 냉정한 판단력 같은 건 순식간에 사라지고 말았다.

무시무시할 정도로 아름다운 여자가 자신에게 안겼다. 그것까지는 좋다고 쳐도, 문제는 그다음이었다.

(처, 첫 키스!!)

캐주얼하게 셔츠와 청바지를 입은 어른스러운 패션은 베루글린드의 미모와 합쳐지면서 너무나도 쿨한 분위기를 띠고 있었다.

그런 미인 누님과 키스를 하고 있으니까, 기쁘지 않다고 말하면 그건 거짓말이었다.

하지만, 중요한 일을 잊어선 안 된다.

이 미녀는 마사유키를 루드라라고 부른 것이다.

(큰일 났어, 사람을 잘못 본 건데, 이건…….)

이제 와서 사람을 착각했습니다, 고 말할 수 없는 분위기였다.

아니, 아직도 미녀와 키스를 나누고 있었다.

마사유키는 이제 슬슬 호흡곤란이 찾아올 것 같았다.

지, 진정해, 이런 때야말로 냉정하게——. 마사유키는 그렇게 생각하면서, 상황을 한 번 확인했다.

장소는 전장.

적의 한가운데.

아름다운 미녀와 키스를 하고 있었다.

더구나 그 미녀와 밀착하고 있는 탓에, 그 풍만한 가슴의 감촉을 의식하지 않을 수가 없었다.

승천할 것처럼 기분이 좋았——지만, 지금은 결코 이 상황을 즐길 수 없었다.

뭘 하고 있는 거야, 난——. 그런 생각이 들면서, 마사유키는 점점 혼란스럽게 되고 말았다.

한 가지 이해한 것은 사람을 잘못 본 것이라는 게 발각된 순간, 마사유키의 인생이 끝나고 말 것이라는 사실이었다.

이렇게나 많은 사람들 앞에서 저지르고 말았으니, 변명 같은 건 불가능했다.

마사유키의 행운이 있더라도, 사태가 호전되기를 기대할 수는 없었다.

하늘에라도 오를 것 같은 행운을 맛보면서, 약속된 불운이 기다리고 있는 상황,

마사유키는 생각하는 것을 중단했다.

어차피 죽게 될 상황이었으니, 마지막으로 키스를 경험할 수 있었던 걸 감사히 여기자. 그런 결론에 도달하면서, 마음을 다잡았다.

의식이 몽롱해지면서 짜릿한 기분을 느낀 마사유키.

마음을 단단히 먹었으면, 이제 남은 건 상황을 즐기는 것뿐이다.

그리고 그 태도가 보는 자들의 오해를 가속시키기 시작했다.

"역시 폐하야. 익숙하시군."

"불경하지만, 나도 동감이야. 두 분의 모습을 보고 있으려니, 다른 사람이 끼어들 여지가 없는 확실한 애정과 흔들리지 않은 인연이 느껴지는군."

"후훗, 저 베루글린드 님이 마치 사랑에 빠진 소녀 같은 모습을 보이시지 않는가. 후후후, 그렇군. 제국의 수호룡은 폐하를 사랑하고 계셨던 것이로군."

"음!! 이제 제국은 태평성대를 누릴 것이야!!"

마사유키에게 악감정을 느끼고 있는 자는 아무도 없었다. 그러기는커녕, 마사유키야말로 진짜 루드라라고 믿으면서 의심하지 않았다.

마사유키는 큰 오해라고 외치고 싶었지만, 그 입은 베루글린드에 의해 여전히 막혀 있었다.

(애초에 난 결혼은커녕 여자 친구가 있었던 적도 없는데?)

이 세상의 부조리를 탄식하는 마사유키.

그런 그를 구한 것은 하필이면 적인 코르느였다.

"웃기지 마라, 베루글린드! 왜냐, 너는 미카엘 님의 지배를 받고 있었을 텐데!! 그런데 왜 날 방해하는 거냐?!"

코르느의 입장에선 베루글린드 따위는 이미 공략이 끝난 장기 말 중의 하나일 뿐이었다. 그런 그녀가 방해하는 것처럼 출현한 것을 보고, 코르느의 불만과 분노가 폭발한 것이다.

"어머나, 눈치가 없네. 우릴 방해하다니, 멍청한 짓도 어느 정도가 있는 법이야."

베루글린드는 그제야 마사유키에게서 떨어졌지만, 불쾌한 표정으로 코르느를 노려봤다.

그 시선에 움찔했지만, 코르느도 멈출 수 없었다.

"그 입 닥쳐! 놀고만 있지 말고 어서 날 도와라. 네가 안고 있는 그 녀석을, 그대로 끌고 나가서 목을 졸라 죽여버리란 말이다!!"

그 말은 금구였다.

그 발언이 베루글린드의 역린을 건드리는 짓이라고는, 코르느는 생각도 못했던 것이다.

"지금, 이 사람을 죽이라고 했어?"

전장에서 모든 소리가 사라졌다.

하지만 코르느만 사태를 파악하지 못한 채, 자신의 분노를 그대로 소리쳐서 토해냈다.

"몇 번이나 같은 말을 하게 만들지 마라, 베루글린드. 네가 더 강하다고 해도, 이 자리에서의 상위권한은 나에게 있다. 너는 그저 내 명령을 따르기만 하면 되는 거다!"

코르느는 마지막까지 현재 상황을 인식하지 못했다.

베루글린드가 이전과는 다른 존재가 되었다는 것을 알아차릴 여유가 없었다.

"죽는 건 너야."

그건 무자비한 일격이었다.

다시 태어난 베루글린드는 이전과는 비교가 되지 않을 정도로 강했다. 그 세련된 마력조작으로 코르느만 깔끔하게 불태워버린 것이다.

반격은커녕, 반론의 여지조차 남기지 못한 채, 코르느는 이 세상에서 사라졌다.

그것만으로 끝나는 게 아니라, 그 무시무시한 공격은 시공조차도 초월하여 전해졌다. 그 점이 바로 베루글린드가 새로이 획득한 권능 '차원도약'을 구사하여 사용한 '시공연속공격'의 진면목이었다. 이계에 있던 코르느의 본체는 위기감을 느끼는 것도 허용되지 못한 채로 소멸한 것이다.

"예전에는 모처럼 너그러이 마음을 먹고 놓아줬건만, 정말로 바보였네. 난 펠드웨이에 대한 원한을 잊어가고 있었지만, 역시 방치해선 안 되었던 것 같아."

베루글린드는 그렇게 내뱉더니, 이번에는 사리엘 쪽으로 눈길을 돌렸다.

"아, 이 사람은 사실은 클로노아라고 하는데, 나를 구해준───."

"괜찮아요, 아무 짓도 안 할 테니까. 그럴 필요가 없는걸요. 미카엘의 지배를 받으면서 얼티밋 스킬 '사리엘'에 자아가 생긴 것 같지만, 그 아이는 자신의 의지로 저항하고 있어요. 움직임이 멈춰 있는 것이 그 증거죠. 그래도 걱정이 된다면, 나중에 리무루에게 보여주도록 하세요. 그러면 적절하게 조치해줄 거라고 생각하니까요. 뭐, 그럴 필요도 없겠지만 말이죠."

베루글린드는 그렇게 말하면서, 사리엘── 클로노아에게서 눈을 돌렸다. 전혀 경계하지 않는 베루글린드의 모습을 보고, 마사유키도 그제야 겨우 안도했다.

*

이리하여, 이 자리에서의 전투는 종식되었다.

마사유키처럼 안도하는 자가 많은 가운데, 긴장감으로 몸이 제대로 움직이지 않게 된 자도 있었다.

베루글린드의 정체를 아는 자들이었다.

각오를 단단히 하고 움직인 자는 마사유키 옆에 서 있던 버니였다.

베루글린드에게서 가장 가까운 위치에 서 있기도 했기 때문에, 앞으로 뛰쳐나가서 무릎을 꿇었다. 그리고 엎드려 비는 것 같은 자세로 말했다.

"원수 각하, 저는 '더블오 넘버(한 자릿수)' 서열 7위, 버니라고 합니다! 원수 각하께선 잘 지내셨는지──."

"인사는 됐어요. 그래서 무슨 말을 하고 싶은 거죠?"

"넷! 저는 단장의 명령을 어기고, 여기 있는 소년인 마사유키의 말살임무를 포기했습니다. 그 죄는 만 번 죽어 마땅하다는 걸 이해하고 있습니다만, 처벌을 받기 전에 원수 각하께 여쭤보고 싶은 것이 있습니다."

또다시 그 자리가 조용해졌다.

버니의 발언을 듣고 있던 장병들이, 베루글린드가 제국군부의 최고지도자인 '원수'였다는 것을 깨달았기 때문이다.

당황하는 자들도 많았지만, 납득한 자들은 훨씬 더 많았다.

사태를 이해하게 되면서, 그들에게도 현실이 보이기 시작했다.

패배자인 자신들은, 베루글린드가 보기엔 처벌대상이라는 것을.

거역해도 소용없었다.

이 미궁조차도 파괴할 수 있는 절대자를 앞에 둔 상태에선 그녀의 결정을 기다릴 수밖에 없었다.

자연스럽게 그들은 정렬했고, 그녀가 내릴 처분을 기다리기 시작했다…….

그런 분위기 속에서 대화가 이어졌다.

"뭐죠?"

"저희가, 제국에게 바치는 충성심은 변함이 없습니다. 황제폐하의 의지가 어디에 있든, 그 명령에는 절대복종할 마음을 먹고 있습니다. 그러므로 부디 장병들에겐 귀국 허가를 내려주시기 바랍니다!! 저를 포함한 간부들은 그 책임을 지는 것에 아무런 불만이 없습니다. 하지만──."

"이제 됐어요."

의견을 드리려는 걸 차단당하면서, 버니는 절망했다.

역시 자신들의 운명은 뒤집을 수 없는 것인가. 그렇게 생각하면서 버니는 자신의 무력함에 울고 싶은 기분을 느꼈다.

그런 버니를 보고, 베루글린드가 쿡 하고 웃었다.

"어머나, 뭔가를 착각한 것 같군요? 바보들치곤 열심히 노력한 걸 나도 감사하고 있어요. 내가 사랑하는 루드라를 끝까지 지켜 낸 것을 칭찬해주겠어요."

전 장병이 그 자리에 일제히 무릎을 꿇으면서 머리를 숙였다.

"그, 그럼?!"

"애초에 나는 당신들에게 뭘 하려는 생각이 없어요. 나에게 소 중한 사람은 루드라뿐이지만, 루드라가 당신들을 소중하게 생각 하고 있으니까 나도 당신들을 지켜주겠어요. 지금도 옛날도, 앞 으로도 계속 말이죠."

베루글린드의 말은 복음이 되었다.

커다란 환호성이 들끓었다.

감격의 눈물을 흘리면서 흐느끼는 자도 있었다.

칼리굴리오랑 미니츠도 예외가 아니었으며, 진심으로 베루글 린드의 말에 납득하면서, 감동한 것 같았다.

결국엔 '제국 만세! 황제폐하 만세!!'라고 외치면서 다들 흥분하 는 모습을 보이는 지경이었다. 마사유키는 '무슨 소리를 하는 거 야, 이 사람들'이라는 기분을 느끼고 있었다.

(아까부터 듣고 있으려니, 진심으로 날 황제 루드라라고 착각 해버린 것 같은데. 아니, 버니랑 다른 사람들도 먼저 지적을 하라 고, 들키면 위험해지는 건 나니까 말이지. 키스도 해버렸고⋯⋯ 틀림없이 난 죽을 거야⋯⋯.)

마사유키의 이름은 루드라가 아닌데도, 무슨 이유인지 아무도 의문을 제기하지 않았다. 이렇게 되자 이젠 자신이 이상한 게 아닌가 하는, 그런 생각이 들어버렸다.

솔직하게 말하면, 키스를 받은 건 최고로 기뻤다. 하지만 이런 일에 휘말리는 것은 본의가 아니라고, 마사유키는 진심으로 그렇게 생각했다.

"떨떠름한 표정을 짓고 있는데, 왜 그러죠? 아직 뭔가 마음에 걸리는 게 있으면, 저에게 말해주세요."

지금의 사태를 혼자만 따라잡지 못하고 있던 마사유키는 곁으로 돌아온 베루글린드의 말을 듣고 동요했다.

"네? 아, 아뇨, 마음에 걸리는 건 딱히……."

그렇게 종잡을 수 없이 대꾸하고 말았다.

그런 마사유키의 어색한 태도를 보고, 베루글린드는 표정을 흐렸다. 그리고 조심스럽게 물었다.

"혹시 절 기억하지 못하는 건가요?"

어떻게 대답하는 것이 정답일까. 마사유키는 시험을 당하고 있는 기분이었다.

여기서 실수를 하면 큰일이 일어날 것이다.

제발 이러지 말라고 생각하면서, 마사유키는 필사적으로 머리를 굴렸다.

기억하고 있느냐 아니냐를 말하자면, 기억은 하고 있었다. 전에 살았던 세계에서 마지막으로 본 미녀는 틀림없이 그녀였다.

그럼, 이름을 알고 있느냐를 묻는다면…….

(방금 저 녀석이 베루글린드라고 불렀지. 베루글린드라면 분명, 베루도라 씨의 누님. 엄청나게 강하다는 소문이 돌던 사람이었던 걸로 기억해. 그리고 틀림없이 제국의 수호자이니 뭐니 했

던 것 같은데…….)

마사유키는 필사적으로 생각한 보람이 있다 보니, 정보를 연거푸 생각해냈다. 제국 군인들의 반응을 봐도 자신의 추측이 정확할 거라 판단하고, 마사유키는 도박을 시도했다.

"베루글린드—— 씨, 맞죠?"

그 대답을 들은 베루글린드가 기쁜 표정으로 환하게 웃었다.

"그래요, 맞아요! 기억하고 있었군요, 루드라!!"

여기서도 행운은 마사유키를 저버리지 않았다.

그냥 이름을 부른 것만으로도 베루글린드는 환희했다.

게다가 그것만으로 끝나지 않았다.

"아아, 당신이 떨떠름한 표정을 짓고 있는 이유를 알았어요. 당신을 만나서 기뻤기 때문에 그만 잊어버렸지만, 지금의 당신은 '마사유키'라는 이름으로 불리고 있었죠."

"——!!"

사태가 멋대로 호전되면서, 다른 사람을 착각한 게 아닌가 하고 마사유키가 걱정하던 문제까지 해결되고 말았다.

(어, 어어어어어?! 이 사람은 내가 혼죠 마사유키라는 것도 이미 알고 있었단 말이야?!)

절대적인 안도감.

태어나서 처음으로 맛보는 듯한, 진심에서 우러나오는 안도감이었다.

너무 마음을 놓았다간 오줌까지 지릴 것 같아서, 마사유키는 황급히 정신을 차렸다.

"네, 그래요. 실은 제 이름은 루드라가 아니라 마사유키거든요.

그래서 좀 당황했다고 할까요."

하하하, 하고 애교 섞인 웃음을 보이면서도, 마사유키는 방심하지 않고 베루글린드의 반응을 살폈다.

그리고 베루글린드뿐만 아니라 제국의 장병들도 문제였다.

(조금 전에 나누던 얘기들을 들어보면, 아무리 생각해도 나를 황제 루드라라고 믿고 있었던 것 같단 말이지. 그런데 여기서 '실은 다른 사람이었습니다'라고 말해버리면 이 사람들도 혼란에 빠질 거야. 황제위증죄 같은 걸로 얽히면 곤란해지니깐, 나는 관계없다고 증언해야겠어!)

그런 죄가 있는지는 모르겠지만, 그 점은 확실하게 해두고 싶은 마사유키였다.

그래서 마사유키는 제 생각을 전하기로 했다.

그렇지만 베루글린드는 개의치 않았다.

"전혀 문제가 될 게 없어요. 왜냐하면 제국은 그저 루드라의 소유물이라는 가치밖에 없었으니까요. 루드라의 취미 같은 것이고, 기이와의 승부에 필요했기 때문에 소중히 여겼을 뿐이니까, 당신이 필요 없다고 말한다면 깔끔하게 초토화시켜줄 수도 있는데요?"

그야말로 신과 같은 초월자의 발언이었다.

얼굴이 창백해지는 제국의 장병들.

모두의 시선이 마사유키에게 꽂혔다.

(그러지 마, 그러지 말라고오!! 내 탓으로 돌리지 말라니까―!)

알았으니까 그런 눈으로 보지 말라고 생각하면서, 마사유키는 자신이 질 필요가 없는 책임감을 느끼면서 입을 열었다.

"아니, 제국은 중요해요! 리무루 씨도 장래에는 사이좋게 지내고 싶다고 생각하는 것 같으니까. 전쟁이 끝나면 제대로 된 국교를 맺고, 우호적으로 지내야죠."

어쨌든 제국을 초토화하는 건 절대 안 된다고, 마사유키는 필사적으로 설득했다.

그런 마사유키를, 제국의 장병들은 신을 보는 듯한 눈으로 숭배하고 있었다.

베루글린드는 하겠다고 말하면 정말로 실행할 것이다. 그것도 그리 힘들이지 않고 끝낼 수 있을 것이다.

마사유키가 반대하지 않았다면, 제국의 멸망이 확정되었을 것이다. 모두가 그 사실을 이해할 수 있었기 때문에, 마사유키를 향한 감사의 마음은 정말로 컸다.

"그래요? 당신이 그렇게 말한다면, 저는 지금까지 그랬던 것처럼 도와줄 뿐이에요."

그렇게 말하면서, 베루글린드가 미소 지었다.

가슴을 쓸어내리는 제국 장병들.

그런 분위기 속에서, 칼리굴리오가 모두를 대표해서 의문을 입에 올렸다.

"——얘기가 정리된 상황에서 이런 말씀을 드리게 되어 송구합니다만, 역시 한 가지만 확인해두고 싶은 것이 있습니다."

그 표정은 괴로웠기 때문에, 본인도 그 말을 하고 싶어 하지 않는다는 것을 바로 알 수 있었다.

"뭐죠?"

아직도 남은 게 있냐고 말하는 듯한 표정으로 베루글린드가 물었다.

"넷! 그건 현 황제이신 루드라 님에게 관한 것입니다. 루드라 폐하는 이제 어떻게 되는 것입니까?"

그 질문을 듣고, 베루글린드도 납득했다.

"아아, 그러네요. 당신들은 '영혼'의 본질을 꿰뚫어 보지 못하죠. 지금의 루드라는 껍데기만 남은 존재에요. 진정한 루드라의 '영혼'이 모인 존재는 바로 내가 사랑하는 이 마사유키예요."

"어, 내가?"

"그래요. 기억이 없더라도 당신이 '루드라'인 것은 틀림없어요. 그래서 나는 당신을 사랑하고 있으며, 당신의 사랑을 받을 수 있게 노력할 거예요."

"아, 네."

미인 아가씨가 이렇게까지 말하는 걸 듣고 흥분하지 않는 남자가 있을까?

아니, 없어!

마사유키도 마찬가지였다.

지금은 자신에게 반해 있다고 하나, 앞으로도 그게 계속 이어진다는 보장은 없다. 이 행운을 붙들어놓기 위해서라도, 더 노력해야겠다고 마음속으로 맹세한 것이다.

다만, 무엇을 하면 되는 건지는 앞으로의 과제였다.

마사유키는 각오를 굳혔지만, 그것과는 별도로 다른 문제가 발생하고 있었다.

"그렇다면 마사유키 **님**을 진정한 황제로서, 우리가 옹립하지 않으면 안 되겠군요!"

"뭐?"

"그렇군. 하지만 힘들 거야. 핏줄로 따지자면 완전히 다른 사람이니까. 황제의 숨겨진 자식이라고 말해도 통하지 않을 테니, 얼버무리고 넘어가기에는 무리가 있어."

"잠깐만요?"

"그건 관계없소. 군부는 칼리굴리오 공이 장악하기로 하고, 내가 귀족들을 회유하기로 하지. 뭐, 반론 따위는 허용하지 않을 거요. 실패하면 제국이 멸망할 테니까, 느긋한 소리를 하고 있을 상황이 아니거든."

칼리굴리오가 방침을 세우자, 버니가 문제를 제기했다. 그 문제에 해결책을 제시한 자는 미니츠였다. 이 자리에 있는 장병들도 그 계획을 전력으로 지지할 의사를 보였다.

이리하여 마사유키가 관여할 여지도 없이, 논의는 점점 진행되었다…….

"열심히 노력해요. 알았죠, 마사유키?"

(저기이…… 나한테 거부권은 없는 건가요?)

아마도 없으리라 생각하면서, 마사유키는 포기했다.

마사유키의 기구함으로 점철된 인생은 아직 시작에 불과했을 뿐이었다.

●

진짜 실력을 발휘하기로 결의한 디노.

쉽게 이길 수 있는 상대로 고전 중인 상당히 골치 아픈 상황이었지만, 그것도 이제 끝날 것이다.

"다른 곳을 보다니 여유가 있군요."

그렇게 말하는 목소리가 들렸고, 베레타의 날카로운 주먹이 이마를 스쳤다.

"정말 얕보이고 있나 보네. 집중하지 않고 건성으로 우리를 상대한다니."

아피트의 오실로 레이피어(진동독침검)도 날아왔다.

찔리면 틀림없이 아플 것이다——. 그렇게 생각하면서, 디노도 상당히 필사적으로 피하고 있었다.

(나는 이자들과 비교하면 압도적으로 실력이 위일 것으로 생각했는데, 자만했던 걸까? 둘을 동시에 상대한다곤 해도, 이렇게 고전할 거라곤 생각하지 못했는데.)

오랜 세월 게으름을 피운 탓에 약해진 건 아닐까. 그렇게 생각하면서, 디노는 아주 조금 자신감을 잃고 있었다.

그런 실없는 생각을 하는 걸 보면 디노는 아직 여유가 있다고 할 수 있겠지만, 본인에게 그런 자각은 없었다.

아피트는 히나타와의 특훈의 성과로, 미래예측에 가까운 직관력을 익히고 있었다. 디노와의 실력 차이는 명백했지만, 그래도 방심은 할 수 없는 상대였다.

베레타가 벽의 역할을 맡았으며, 아피트가 후방에서 공격을 날렸다. 벽 역할을 맡은 베레타도 공격에 참여했기 때문에 두 사람의 공격은 디노에게 닿을 수 있었다.

그런 상태에서 더 번거롭게 만드는 것이 베레타의 마법이었다.

디노에겐 대부분의 마법이 통하지 않아, 베레타의 마법은 지원계열이 주가 되었다. 즉, 디노에게 직접공격을 하는 게 아니라,

자신들의 스펙을 강화하기 위해 사용하였다.

디노를 약하게 만드는 마법이라면 무효로 만들 수 있었지만, 제레타랑 아피트의 속도나 근력, 내구력 등을 상승시키는 마법에는 간섭할 수단이 없었다.

마법의 발동을 방해하면 되겠지만, 베레타는 마법이 특기인 악마라서 알아차렸을 땐 어느새 마법을 발동시키고 있었다.

더구나 베레타에겐 '슬로스(태만자)'의 '수면'이 통하지 않았다. 그런 이유도 있었기 때문에 디노는 고전하였다.

하지만 이제야 겨우.

바라고 있던 충전도 완료되면서, 반격할 때가 찾아왔다.

"시끄러워! 둘이서 약한 나를 괴롭히고 있으면서, 잘난 체하지 말라고! 참을성이 강한 나니까 너희에게 어울려줄 수 있었던 거란 말이야. 고맙게 생각해! 그리고 이거나 맞고 쉬고 있어!!"

그 말을 끝냈을 때는 '폴른 힙노(태만한 잠)'의 발동이 끝나 있었다. 고식적인 디노답게 정정당당이란 개념과는 거리가 있었다.

"휴우, 이제 끝났나."

쓰러지는 아피트를 보고, 디노는 승리를 확신했다. 일단 확인을 위해서 베레타 쪽으로 시선을 돌리다가── 날아오는 주먹을, 황급히 피했다.

"우옷, 내 잠에 저항했다는 거야?!"

"당연합니다. 한 번 걸린 것만으로도 큰 실수인데, 두 번이나 잠이 들 순 없죠."

기본적으로 상태이상에 저항을 가지고 있는 데몬(악마족)이기 때문에 베레타는 대항수단을 이미 만들어둔 상태였다. 자신의 유니크 스킬 '반대로 뒤집는 자(아마노쟈쿠)'를 써서 졸음을 반전한 것이다.

"정말이야……?"

"그럼 아퍼트에겐 미안하지만, 일단 죽어서 부활하기를 기다리기로 할까요."

디노를 앞에 두고 여유 있게 움직이는 베레타.

필승의 이론을 우직하게 고수하는 모습을 보고, 디노는 황당함을 느끼기 전에 감탄했다.

(나를 상대하면서, 이렇게까지 호각인 상황을 유지하다니. 이 정도면 내가 잘못 싸우는 게 아니라 베레타와 동료들의 능력이 대단하단 뜻이겠지. 그렇다면 이제 **쓸** 수밖에 없겠군──.)

디노에겐 비장의 수가 있었다.

떠올리기 싫은 기억이 되살아나기 때문에 쓰고 싶지는 않았지만, 지금은 그런 말을 하고 있을 때가 아니었다.

"인정해줄게. 그러니까 말이지, 나를 진지하게 만든 것을 자랑스럽게 생각하도록 하라고."

디노는 그렇게 외치면서, 스스로 봉인했던 권능을 발동시켰다.

얼티밋 스킬(궁극능력) '아스타르테(지천지왕, 至天之王)'── 베루다나바로부터 받은 궁극의 힘을.

《확인했습니다. 얼티밋 스킬 '아스타르테'의 '창조'로, 유니크 스킬 '슬로스'를 진화시키겠습니다. ……성공했습니다.》

디노의 '슬로스'는 평소에 움직이지 않으면 않을수록 힘이 늘어나는 특수한 성질이 있었다. 알기 쉽게 말하자면, 에너지를 지축할 수 있다는 거다.

디노는 그걸 이용하여 유니크 스킬 '슬로스'를 얼티밋 스킬 '벨페고르(태만지왕)'로 진화시켰다.

그게 바로 디노의 비장의 수였다.

얼티밋 스킬 '아스타르테'에 의한 '에볼루션(창조진화)'였다.

얼티밋 스킬 '아스타르테'의 권능을 이용하면, 자신의 스킬(능력)로 한정되긴 하지만, 원하는 형태의 효과를 얻을 수 있도록 진화시킬 수 있었다.

물론 그것만이 전부는 아니었지만, 디노는 얼티밋 스킬 '아스타르테'를 아껴두고 싶었다. 미궁 안에는 늘 감시의 눈이 있어서, 모든 일이 계속 기록되고 있기 때문이다.

디노는 '감시자'로서의 습성을 가지고 있었기 때문에, 자신의 모든 것을 노출시키는 것에 저항감을 가지고 있었다.

그리고——.

(리무루 녀석은 몇 수 앞을 내다볼 줄 아는 무시무시한 지략을 가진 자니까 말이지. 클레이만을 처리했을 때도 증거라고 말하면서 기록영상을 제시했을 정도였으니까. 내 힘도 일단 보게 되면 대책을 세워버릴 것 같거든.)

마왕 리무루는 방심해선 안 되는 상대다. 아무리 조심해도 지나치지 않다는 걸 디노는 뼈저리게 잘 알고 있었다.

그래서 디노는 보여줘도 되는 힘으로서 '벨페고르'를 만들어낸 것이다.

그 힘이 지금 베레타를 노렸다.

"잠들어라! '폴른 카타스트로피(멸망으로의 유혹)'——!!"

법칙이 다시 쓰이면서, 플러스 인자가 마이너스로 역행하기 시작했다. 그 유혹은 산 자도 죽은 자도 관계없이, 활동 상태에서 정지 상태로 유도하는 것이었다.

하지만 거기에 강제력은 존재하지 않으며, 그 기술의 대상자가 자발적으로 멸망의 길을 걷게 되는 것이었다.

최면술의 일종이라고도 할 수 있겠지만, 차원이 다른 효과를 미쳤다.

진화한 '벨페고르'의 잠에선 깨어날 수가 없다. 정신뿐만 아니라, 육체도 파괴되기 때문이다.

단, 이번에는 유도하는 방향이 '멸망'이었지만, 더 레벨을 낮춰서 수면 등의 상태이상에 머무르게 할 수도 있었다. 실로 범용성이 높은 스킬이었던 것이다.

이 권능은 소리를 간섭파의 전달에 이용하지 않고 있으므로, 물리적인 '결계' 등으로는 막을 수 없다. 방어수단이 적은 것이 특필할 만한 점이었다.

지혜가 있는 자, 감정이 있는 자에 대한 절대지배—— 그게 바로 '벨페고르'라는 권능이었던 것이다.

*

일곱 개의 대죄 중 하나인 '태만'에 걸맞게, 무시무시한 궁극진화를 이룩했다——고 생각하며, 디노는 스스로 감탄했다.

베레타가 한동안 움직일 수 없도록, 면밀하게 파괴하려고 했다. 그래서 '멸망'을 선택한 것이지만, 예상하던 것 이상이 위력이 발휘된 것이다.

베레타는 먼지가 되어서 사라졌으니까, 부활까지 시간이 걸릴 것이다. 팔찌도 같이 소멸하고 말았지만, 그 문제는 라미리스의 권능으로 어떻게든 해결되리라 생각하면서 디노는 마음에 두지 않았다.

애초에 봐주면서 싸우고 있다간 임무에 실패할 상황이었다.

죽어도 원망하지 말라고, 디노는 무책임하게 생각했다.

(그건 그렇고, 베레타조차도 마왕 리무루의 부하들과 비교하면 중간 간부급밖에 되지 않는단 말이지……)

디노가 그렇게 투덜거리고 싶어지는 것도 당연한 얘기였다.

베레타처럼 귀찮은 상대조차도 얼티밋 스킬(궁극능력)을 획득하지 않았으며, 자신보다 격이 낮은 존재였다. 게다가 마왕 그 자체가 아니라 단순한 부하였다.

그 사실에 전율하면서, 디노는 생각했다.

만약 상위 실력자들이 남아 있었다면, 하고.

과연 자신은 이길 수 있었을까를 고민하면서, 디노는 라미리스 쪽으로 눈길을 돌렸다.

깊게 잠이 들어 있는 라미리스를 확인하고, 그녀의 몸을 잡았다.

——잡혔어야 했다.

라미리스가 빛의 입자로 변했다. 그리고 나비의 모습을 띠더니, 디노의 주위를 날아다니기 시작했다.

마치 디노를 비웃는 것처럼.

(――아니 잠깐. 설마, 환각……이었단 말이야?!)

믿고 싶지 않았고, 믿을 수가 없었다.

하지만 그렇지 않으면 이 상황은 설명할 수가 없었다.

역시, 이 싸움도 감시당한 것이다.

(조심하길 잘했지만, 그래도――.)

적에게 비장의 수를 하나 보여주고 만 결과가 되었다.

그리고――.

다음 상대는 분명, 더 상대하기 번거로운 자가――.

뚜벅, 뚜벅――하고, 누군가가 다가오는 발소리가 울려 퍼졌다.

유유히 걸으면서 다가오는 그자를 향해 아름다운 빛의 나비가
춤추듯이 날아갔고, 그의 팔에 앉았다.

그 나비는 빛의 입자로 돌아갔고, 그리고 다시 그 모습을 바꿨
으며…… 천진난만하게 자는 라미리스는 아무것도 모르는 행복
한 표정을 짓고 있었다.

그자의 팔뚝에 누워서 자고 있던 라미리스를, 어느새 부활한
베레타가 공손하게 받아들었다.

"베레타 공, 라미리스 님을 부탁드리겠소."

조용하게 말하는 남자.

"네, 제게 맡기십시오. 응원군이 필요할 것 같습니까?"

"필요없소. 나 혼자서 충분하오."

처음부터 라미리스의 호위는 완벽했다.

147

가장 안전한 미궁의 가장 깊은 곳에서, 몇 겹이나 되는 덫을 펼쳐 놓은 채.

어떤 자의 지시에 따라 몰래 숨어든 적의 능력을 다 드러내도록 만들기 위해서, 조금씩 실력을 드러내며 싸우고 있었던 것뿐이었다.

그리고 무엇보다, 이 미궁에는 최강의 수호자가 있었다.

베루도라가 미궁에서 나가기 전에, 애제자이자 믿을 수 있는 그자에게, 라미리스의 호위를 맡겨둔 것이다.

그 사실을 모르는 건 라미리스뿐이었다.

그리고 지금──.

그자가 움직이기 시작했다.

디노 앞에 선 그자의 이름은, '미스트 로드(유환왕, 幽幻王)' 제기온이라고 했다.

이 미궁의, 절대강자였다.

*

능력을 진화시키기 위해서 제기온은 고치가 되었지만, 그 의식은 늘 각성한 상태였다.

베루도라의 부름에 응하여, 미궁 안의 상황을 완벽하게 파악했다.

그 압도적인 '절대방어'의 가호를 통해, 라미리스의 안전을 담보하면서.

디노도 그 사실을 깨달았다.

(정말, 농담은 이제 그만했으면 좋겠는데…….)

그게 디노의 거짓 없는 심정이었다.

쓰러트렸다고 생각하자마자 새로운 상대가 나타났다. 더구나 그 목적은 자신이 가진 수를 전부 다 드러내게 만드는 것으로 보였다.

(역시 그랬군! 리무루 녀석은 음험하니까, 이런 수단을 좋아할 게 틀림없어!!)

이렇게 된 이상, 작전은 실패였다.

라미리스를 확보하기는커녕, 디노 자신이 탈출하는 것조차도 어려운 상황이 되었다고 할 수 있었다.

(애당초 대체 언제 라미리스를 피신시킨 거지? 나는 계속 이 방에 있었고, 계속 떠드는 라미리스를 보고 있었어. 나비로 변화한 시점에선 이미 도망친 상태였단 말이잖아?)

만약 그게 아니라면, 제기온은 디노도 파악하지 못한 방법으로 라미리스를 피신시켰다는 얘기가 된다.

(——하지만, 그렇다면…… 나는 처음부터 환각과 대화를 나누고 있었다는 게 되나?)

그건 그것대로 문제였다.

이건 정말로 이상한 일이었다.

디노는 얼티밋 스킬(궁극능력) 보유자이며, 심지어 최면 계통의 스킬이 특기였다. 그럼에도 불구하고 환각에 속아 넘어갔다니, 그건 있을 수 없는 일이라고 생각했다.

그러나 절대적으로 있을 수 없는 일이라고는 단언할 수 없었다.

만약 제기온이 얼티밋 스킬을 보유하고 있으며, 게다가 정신공격이 특기라고 한다면…… 디노를 속일 수 있는 수준의 '환각'을 다룰 수 있는 가능성이 남아 있었다.

디노도 제기온이 강하다는 건 알고 있었다.

안 그래도 강력한 인섹트(곤충형 마수)인데, 더구나 '마왕종'인 인간형의 마인이었다. 마왕 리무루의 총애를 받으면서. 비정상적일 정도의 전투능력을 갖추고 있었다.

베루도라를 스승으로 모시는 제기온의 격투 레벨(기량)은 '태초의 악마'들조차 능가하는 수준이라고 들었다.

미궁의 절대왕자로 여겨지는 존재, 그게 바로 제기온이었다.

미궁 안에 제국군이 침공했을 때에도, 그 압도적이기까지 한 실력으로 침입자를 제거하고 있었다. 그때 디노도 그 싸움을 관찰하고 있었지만, 물리적인 격투 능력만큼은 무적이 아닐까 하는 생각이 들 정도였다.

하지만 여기서 중요한 것은 어디까지나 물리적인 전법으로만 싸웠다는 점이다. 정신공격 같은 건 일절 쓰지 않았으며, 심지어 얼티밋 스킬은커녕 유니크 스킬조차 사용하지 않은 것처럼 보였다.

(——아니, 디스토션 필드(공간왜곡방어영역)만 따지자면, 궁극의 수준에 도달할 만큼 대단했지만…….)

그래도 그건 물리적인 권능이었으며, 정신공격이 특기인 디노의 입장에서 보면, 아직 대처할 수 있는 레벨이라고 생각하였다.

이렇게 되자 얼마 전에 있었던 전승축하회가 떠올랐다.

그날, 마왕 리무루는 포상이라는 명목으로 제기온에게도 어떤 힘을 주었다. 진화의 의식이라고 칭하면서, 무훈을 세운 부하들을 각성시킨 것이다.

실제로 기비루를 포함한 다른 자들의 힘이 크게 증가했으며, 그 외에도 진화의 잠에 든 자들이 있었다.

그건 그야말로 하베스트 페스티벌(마왕으로의 진화)와 아주 흡사한 현상이었으니, 제기온이 새로운 스킬(능력)을 획득했다고 해도 이상할 것은 없었다.

(하지만 이상하지 않아? 왜 부하들까지 주인인 리무루와 같은 영역으로 진화할 수 있는 거지?! 각성한 마왕의 부하가 마왕종 레벨인 것은 이해할 수 있지만, 부하까지 각성마왕 레벨이 되다니, 이건 완전 반칙이잖아!!)

이건 오랜 시간을 살아온 디노조차도 예상치 못한 현상이었다. 그 기이조차도 그런 짓은 불가능했다.

(——아니, 따지기 시작하면 끝이 없겠네. 애초에 '태초의 악마'를 부하로 삼고 있다는 시점에서 머리가 이상한 거라고. 그런 녀석이니까 무슨 일이 일어나도 이상하지 않은 거잖아.)

디노는 그렇게 속으로 리무루를 마구 욕했다.

최강의 악마인 그녀들이라면, 충분히 디노의 발을 묶을 수 있었을 것이다. 존재치의 우열 따위는 '태초의 악마'가 상대라면 딱히 의미가 없다.

그런 존재를 부하로 들인 리무루는 디노가 봐도 정상적이지 않았다.

가능한 한 얽히지 않는 게 좋다고, 디노는 생각하였다.

그랬는데——.

눈앞에 있는 제기온은 그런 '태초의 악마'들에게 필적했다.

명백하게 이질적인 존재.

밀리언 클래스(초급각성자) 수준을 넘어서, 그 오라(패기)는 한없는 힘을 느끼게 했다.

숫자를 초월한 권능── 궁극의 힘을 지닌 자만이 발산하는 기운이었다.

디노와 마찬가지── 즉, 얼티밋 스킬을 획득했을 가능성을 시사하고 있었다.

(이래서 일하는 게 싫었단 말이야…….)

꽝을 뽑았다고 디노는 탄식했다.

포기에 가까운 심정으로 한숨을 쉬면서, 이 자리에서 쓸 수 있는 최선의 수를 모색했지만, 좋은 아이디어는 쉽게 떠오르지 않았다.

그리고 시간도 기다려주지 않았다.

*

오래 생각하고 있던 디노의 앞까지, 제기온이 유유하게 걸어서 다가갔다.

"뭔가 남길 말은 없나?"

제기온이 물었다.

"내가 가진 기술들을 알아내기 위해서 지금까지 숨어서 보고 있었나? 웃기지 마, 치사하게!"

자신이 한 짓은 모른 척 넘기고, 디노는 우선 상대에게 따졌다.

단순한 화풀이지만, 그 말을 듣고 상대가 화를 내준다면 자신에겐 이득이었다.

"가소롭군. 그게 싸움이다."

당연하지만, 제기온은 태연자약했다.

디노도 "알고 있어!"라고 받아넘겼고 언쟁은 그걸로 끝이 났다.

두 사람 사이에 긴장감이 감돌았다.

디노는 제기온의 실력을 알고 있었다. 그건 디노에게 있어 유리한 점이었지만, 제기온에게도 디노가 사용할 수 있는 패가 발각되고 말았다.

이렇게 되면 정면으로 대결할 수밖에 없지만…….

제기온은 접근전투에 특화되어 있었다. 게다가 확인하진 못했지만 얼티밋 스킬을 보유하고 있을 가능성이 높다.

그에 비해 디노는 정신공격에 특화되어 있었다. 아니, 비장의 수를 사용하면 그 외에도 다른 공격방법이 있긴 하지만, 이 미궁 안에서 자신이 가진 기술을 노출하는 건 피하고 싶은 디노였다.

(뭐, 이미 여러 가지로 들키고 말았지만, 이 이상은 역시 좀 그렇단 말이지…….)

그리고 도망치기만 하는 거라면 어떻게든 가능할 것이라고 디노는 안일하게 생각했다.

"공격하지 않는 건가?"

제기온의 말은 묵직했다.

질문을 받는 것만으로도 몸이 경직될 것 같았지만, 디노는 그걸 기력으로 튕겨냈다.

"흥! 날 얕보지 마. 이래 봬도 옥타그램(팔성마왕) 중의 한 명이고, 오랜 세월을 살고 있는 몸이야. 너 같은 병아리에게 질 수는 없다고!"

그대로 대검을 상단자세로 들어 올려 제기온을 향해서 내리쳤다.

"받아라. 그리고 죽어버려! '폴른 스트라이크(타천의 일격)'——!!"

자잘한 기술의 공방도 없이 일격필살. 태만한 디노답게 쓸데없는 절차를 싫어하여 날린 큰 기술이었다.

하지만, 이 '폴른 스트라이크'라는 기술의 위력은 진짜였다.

디노는 유니크 스킬 '슬로스(태만자)'의 능력을 검기에도 응용하여, 변환자재의 '환영류'를 만들어냈다. 상대의 인식을 방해함으로써, 싸움을 제 뜻대로 진행시킬 수 있었다.

그리고 지금은 유니크 스킬 '슬로스'가 얼티밋 스킬 '벨페고르'로 진화한 상태였다. 그 효과는 비교도 되지 않으므로, '환영류'도 그 날카로움과 위력이 더욱 늘어나게 되었다.

귀찮은 걸 싫어하는 디노였지만, 그의 전투센스는 뛰어났다.

하지만 그래도…….

디노는 제기온과 접근전투를 벌이는 것은 불안하다고 판단했다. 만약 자신의 권능이 통하지 않았을 경우, '환영류'가 제 효과를 발휘하지 못하기 때문이다.

그렇다면, 힘을 아끼고 있을 때가 아니다——. 디노는 그렇게 생각해서 필살기를 발동시킨 것이다.

그게 바로 '폴른 스트라이크'—— '환영류' 중에서도 몇 안 되는 정통파의 검기였으며, 디노가 전력을 다한 의지가 담겨 있었다.

그 기술에 담긴 뜻은 상대의 무력화.

스치기만 해도 대상으로부터 살아갈 기력을 빼앗고, 어두운 감정을 자극하는 파동을 보유하고 있었다. 환영이나 환각처럼 무시할 수 있는 것이 아니었으며, 마음이 약한 자는 저항하는 것이 불가능했다.

이 공격에 버틸 수 있는 것은 얼티밋 스킬을 획득할 정도로 강한 정신력을 지닌 자뿐이었다.

그래도 아무런 상처를 입지 않는 것은 아니었다. 디노가 공격에 실은 태만의 감정은 물리적인 파괴작용까지 가져오기 때문이었다.

회피에 성공했다고 해도, 어두운 파동은 전방위로 발산된다. 그걸 접하기만 해도 기력이 줄어들기 때문에 전투능력의 저하는 피할 수가 없을 것이다.

그 틈을 노려서 되돌린 칼을 그대로 휘둘러 마무리 공격을 날리면 된다.

2중, 3중으로 적을 몰아붙이는 이 기술이야말로, 디노가 자신감을 가지고 날린 최강의 일격이다.

이 상황을 돌파하기 위해선, 봐주지 않고 제기온을 처리하는 것이 최선이다. 자신의 실력을 다 보이길 주저했던 디노였지만, 자신이 빨리 편해지기 위해서 상대를 봐주지 않고 싸우겠다는 가치관을 지녔다.

(기이조차도 직격을 맞으면 무사히 넘어가지 못할걸. 자, 너는 버텨낼 수 있을까?)

필살을 확신하면서, 디노는 씨익 웃었다.

지금까지의 게으른 자신을 보고 있었다면, 이 정도의 큰 기술을 쓰는 건 예상 밖이었을 것이다. 그런 식으로 생각하면서, 모든 것이 계획대로 되었다고, 디노는 자화자찬했다.

제기온은 움직이지 않았다.

반응하지 못한 게 아니라, 여유를 가지고 대처하고 있을 뿐이었다.

제기온은 디노의 검의 궤도를 확인했고, 자신에게 직격하기 직전에 받아내 보였다.

디노가 상단자세에서 내리친 갓즈(신화)급의 대검 '호우가'는 지상에 존재하는 온갖 물질을 파괴할 수 있는 위력을 가지고 있었다. 그런 일격을, 히히이로가네(궁극의 금속)으로 변화한 자신의 왼손 외골격으로 아무렇지 않게 받아내고 있었다.

"멍청한 녀석! 내 검을 피하지도 않고, 그대로 받아내다니! 이 승부는 내가 이겼다!"

디노가 소리쳤다.

평소에 늘 보여주던 게으름뱅이 연기가 지금 이제야 겨우 결실을 맺었다고.

사실 그건 연기도 아무것도 아니었지만, 본인은 그렇게 생각하면서 만족한 것이다.

방금 것은 디노가 날릴 수 있는 가장 빠른 공격이었지만, 예상대로 제기온은 받아내고 말았다. 대검은 속도가 희생될 수밖에 없는 무기이지만, 그건 어쩔 수 없는 일이다.

하지만 그 대신, 위력은 절대적이었다.

보잘것없는 공격이라고 말하기라도 하는 것처럼 한 손으로 받아낸 제기온. 그 모습은 칭찬하기에 충분했다.

그러나 지금, 제기온의 왼팔에는 엄청난 충격이 가해졌을 것이다.

(파괴되지는 않은 것 같지만, 한동안은 제대로 쓸 수 없을걸. 조금의 흔들림도 없이 서 있지만, 애써 참고 있는 거겠지.)

밉살스러울 징도로 태연하게 시 있는 제기온을 보고 디노는 그렇게 생각했다.

하지만 이 승부는 디노의 승리였다.

제기온의 디스토션 필드(공간왜곡 방어영역)는 성능이 훌륭하지만, 그걸로 막아낼 수 있는 것은 물리적 공격뿐이다. 디노가 궁극의 수준으로까지 강화한 '폴른 스트라이크'는 온갖 물리적 방벽을 뚫어서 제기온에게 도달할 것이다.

(검을 이용한 공격인 것처럼 보여서 방심하게 만든 뒤에, 실제로는 정신계열의 치사공격을 날리는 것이지. 내 작전이 성공했군.)

제기온은 확실히 강했다.

그렇기 때문에 디노를 얕잡아보고, 자신의 우위성을 과시하리라 예측했다. 제기온이 자신 있게 여기는 근접전투라는 무대에 서 있기 때문에, 일부러 공격을 피하지 않을 것이라고 완벽히 예상한 것이다.

"흥. 정말이지, 이제 그만 좀 쓰러지면 좋겠다고. 어차피 팔찌의 효과로 부활할 테니까, 어서 라미리스를 회수해야겠군."

그렇게 뱉은 디노는 베레타를 향해 가려고 했다.

하지만 그때 발을 멈췄다.

이상하다고 느낀 것이다.

우선 첫 번째로, 베레타가 디노를 경계하고 있지 않았다.

여러 번의 전투를 거친 데다 비장의 수를 쓰고 말았기 때문에, 디노의 남은 에너지(마력요소)양은 많이 줄어 있었다. 그래도 베레타에게 밀리진 않겠지만, 베레타의 시선에는 승자의 여유가 느껴졌다.

그 가면 안의 맨얼굴은 보이지 않았지만, 너무나도 불길한 느낌을 받은 것이다.

"너, 나에게 이길 생각을 하고 있는 거냐?"

"후후후. 농담이 심하군요. 이기고 지고를 따지기 전에, 당신의 상대는 내가 아닙니다."

그런 말을 들은 순간, 디노는 강렬한 오한을 느꼈다.

황급히 제기온 쪽으로 돌아보는 디노. 그러고 보니 확실히, 멈춰 있던 제기온에겐 부자연스러운 점이 보이기 시작했다.

갓즈(신화)급의 일격을 맞고 파괴되지 않았다는 것은 제기온의 왼팔도 갓즈급에 해당되는 강도를 자기고 있다는 뜻이다. 그렇다면 정신생명체에 필적할 정도의 의사강도(意思强度)가 있어도 신기하지 않으며, 아까부터 의문이었던 얼티밋 스킬의 유무에 대해서도 가지고 있다고 생각하는 것이 정답이라는 생각이 들었다.

"설마?!"

"묻겠는데, 너의 공격은 늦게 효과가 발휘되는 것인가? 이 통증도 느껴지지 않는 산들바람 같은 일격만으로, 진심으로 나를 쓰러트릴 수 있다고 생각한 건가?"

디노는 '빌어먹을'이라고 생각했다.

역시 틀림없이 제기온은 얼티밋 스킬 보유자였던 것이다.

그게 어떤 권능인지는 불명이지만, 디노의 정신공격을 무효로 만들 정도로는 대단하다는 걸 이해했다.

"너는 내가 얼티밋 스킬을 보유하고 있는 게 아닌가 하고 의심하고 있었지? 그렇다면, 그런 미지근한 수단이 아니라, 몇 번이고 더 많은 공격을 가해야 했다. 너의 태만한 성격이야말로 이번 싸움의 패인이라는 걸 알도록 해라."

다 이긴 것처럼 굴지 말라고──. 그렇게 소리치려던 디노를
향해 제기온이 왼손을 내밀었다. 주먹을 쥔 그 손을 벌리자, 거기
서 다섯 줄기의 섬광이 발사되었다.

제기온의 디멘션 레이(차원등활 절단파동)였다.

"아파……."

곧바로 회피행동을 취한 디노는 겨우 치명상을 피하는 데에 성
공했다. 그러나 왼팔이 팔꿈치 부분부터 절단되고 말았다.

고통으로 인해 울고 싶은 디노였지만, 그걸 신경 쓰고 있을 때
가 아니었다.

이대로 가면 정말로 위험하다──고 본능이 경고를 날렸다.

"역시 넌 얼티밋 스킬을 가지고 있었나. 설마 내 '폴른 타나토
스(죽음으로의 최면유도)'까지 무효로 만들다니. 설마 너에겐 정신공
격이 통하지 않는단 말인가?"

'폴른 타나토스'라는 것은 디노가 '폴른 스트라이크'에 담아놓은
정신 계열 치사공격을 말하는 것이었다. 마음이 통하는 것만으로
효과가 있기 때문에, 설령 대상이 '분신체' 같은 것이라고 해도 떨
어진 장소에 있는 본체에까지 영향이 미친다.

도망칠 곳이 없는 필살의 권능이었던 것이다.

그런데도 제기온은 아무렇지 않았다. 디노가 그 결과에 납득이
되지 않는 것도 당연한 것이었다. 디노가 승리하기 위해선, 아니,
이 자리에서 도망치기 위해서라도 이 수수께끼를 풀어둘 필요가
있었다. 대답이 돌아올 리가 없다는 걸 이해하면서도 제기온을
향해 질문을 할 정도로.

"그 질문에 대답할 의무는 나에겐 없다."

당연하지만, 제기온은 무정했다.

그런데도 차가운 목소리로 그에 대한 대답을 말했다.

"──하지만, 불쌍한 너에게 대답해주마. 몽환이자 유환. **처음**부터 너는 내 손바닥 위에 있었다. '환상세계'의 왕인 '미스트 로드(유환왕)'의 칭호를 받은 나에게 정신공격 같은 건 통하지 않는다는 걸 알아라!"

그건 자비를 베푸는 강자의 태도였다.

디노는 그 말을 들었지만, 그 대답에서 이끌어 낼 수 있는 사실을 깨달으면서 경악했다.

자신의 능력이 효과가 없었다는 것은 상대의 능력이 더 강하다는 뜻이다. 즉, 제기온이 **현재**의 자신과 동등── 아니, 그 이상의 존재로 진화했다는 것을 깨달은 것이다.

(농담하는 거지, 이 녀석?! 이렇게 근접격투가 강한데, 설마 정신 계열 쪽이 특기였단 말이야?! 더구나 이 녀석, '환상세계'의 왕이라고? 그러니까 '독자세계'를 구축할 수 있는 레벨이란 말인가? 농담하지 말라고, 대체 얼마나 강해진 거야! 준비도 없이 이길 수 있는 상대가 아니잖아!!)

디노의 스킬은 최강인 대죄 계열이었다. 그게 얼티밋 스킬로 진화한 셈이지만, 제기온은 그걸 완벽하게 봉인해내는 모습을 보인 것이다.

자신의 스킬이 이제 막 진화했다는 것은 변명이 되지 않는다. 왜냐하면 제기온도 바로 최근까지 얼티밋 스킬 같은 것은 분명 보유하지 않았을 테니까.

디노도 결코 약하지 않았다.

그러나 이번에는 상대가 좋지 않았다.

아니, 너무나도 좋지 않았다…….

이번에 시도한 라미리스 유괴 작전은 근본부터 잘못되어 있었다. 제기온이라는 존재가 진화를 끝낸 시점에서 실패가 약속되어 있었던 거다.

디노는 그 사실을 깨닫고 하늘을 쳐다봤다.

그때, 하나의 모니터에 비친 인간의 모습을 보고 말문이 막혔다.

(아, 베루글린드——.)

그 푸른 머리의 미녀는 틀림없이 베루글린드였다. 잘못 볼 리가 없었다.

베루도라를 굴복시키고, 미궁 밖에서 마왕 리무루와 싸우고 있었을 텐데, 무슨 이유인지 마사유키의 편을 들고 있었다.

그것보다 더 마음에 걸리는 사실은 코르느의 모습이 보이지 않는다는 것이었다.

(설마, 설마, 설마?!)

불길한 예감은 잘 들어맞는다.

디노는 그걸 경험을 통해 이해하고 있었다.

(잠깐만?! 저, 정보량이 너무 많아서 머리가 쫓아가질 못하고 있어. 그러니까 그런 뜻인가? 베루글린드는 펠드웨이의 지배하에 있었을 텐데, 그건 거짓말이었던 건가? 그렇지 않으면 지배에서 풀려난 것인가? 어느 쪽이든 코르느는 베루글린드에게 처리되었다는 말인가? 아니, 아니, 아니, 작전이 실패한 수준이 아니잖아, 이 정도면?!)

디노는 '사고가속'을 풀로 회전시키면서, 현재 상황을 이해하려고 애썼다. 그 결과, 자신이 아무리 노력해도 작전을 다시 실행하는 것은 불가능하다는 결론에 이르렀다.

처음부터 도망칠 마음을 단단히 먹고 있었지만, 이 시점에선 아예 노력해보려는 기력 자체를 잃어버린 것이다.

디노치고는 잘 버틴 셈이었다.

"기도하도록 해라. 죄의 심연에 손을 댄 자여, 자신의 죄업을 후회하면서 죽어라! 디멘션 스톰(환상차원파동람, 幻像次元波動嵐)."

처음부터 이곳은 제기온이 지배하는 공간이었다.

그건 즉, 하나의 사실을 가리켰다.

디노의 힘으론 아무리 발버둥 쳐도 이 영역에서 탈출할 수 없다는 것이었다.

디노가 아껴두고 있던 능력까지 전부 사용했다면, 어쩌면 광명이 보였을 가능성은 있었다. 하지만 그건 도박을 시도하는 게 어리석을 정도로 낮은 승률이었기 때문에, 디노의 입장에선 포기한 것이 후회가 되지 않았다.

오히려, 단 하나의 가능성이 있다고 한다면——.

무지개색의 폭풍우가 디노를 집어삼켰고, 그 존재는 '허무'가 되어 지워졌다.

그건 그야말로 초상(超常)의 고에너지 폭풍이었다.

디노는 아무런 방법도 없이, 살점 하나 남기지 못한 채 이 세상에서 소멸——되었을 것이다.

"호오, 기도가 통한 건가. 악운만큼은 칭찬해주마."

제기온이 중얼거렸다.

어딘가에서 **뭔가**가 파괴되는 작은 소리가 울려 피졌고, 디노의 존재가 재생된 기적이 느껴졌다.

제기온은 정확히 상황을 파악하고 있었다.

그 목소리는 차분했다. 제기온에게는 모든 것이 예상 범위 안의 일이었던 것이다.

*

미궁 밖에서 디노는 눈을 떴다.

"휴우, 도박에 이겼나."

안도의 한숨을 쉬는 디노.

장비도 그대로였고, 손해본 것도 전혀 없었다.

"아니, 이건 말하자면 그건가. 라미리스가 온정을 베풀어서 날 놓아준 거라 해야 할까?"

그렇게 중얼거리면서 디노는 **파괴된 팔찌**를 봤다.

미궁 안의 매점에서 구입한 싸구려 팔찌—— 그렇다, '부활의 팔찌'였다.

디노는 세이브 포인트(기록지점)를 이용하지 않았기 때문에, 부활지점은 미궁의 지상부인 채로 남아 있었다. 이런 일도 있을지 모른다고 생각해서 탈출경로의 하나로써 그대로 놔두었던 거다.

"뭐, 나에겐 횟수제한이 없는 진짜 팔찌를 주지 않았으니, 경계는 하고 있었겠지만 말이지. 이것도 기능하지 못하게 만들 수도 있었을 텐데, 정말 착한 녀석이라니까."

디노는 숙연한 표정으로 혼잣말을 했다.

납치하러 갈 타깃인 라미리스가 만들어낸 아이템을, 보험으로서 몰래 지니고 있었다. 그런 절조 없는 짓을 아무렇지 않게 해낼 수 있는 것이 디노가 디노로 있을 수 있는 까닭이었던 거다.

라미리스가 대량으로 제작한 상품이었기 때문에, 한 번밖에 사용할 수 없는 조악한 물건이었다. 그것에 자신의 운명을 건 셈이지만, 아무래도 하늘은 디노의 편을 들어준 것 같다.

(타락했는데도 아직 난 천사란 얘기로군.)

그렇게 자기 좋을 대로 해석하면서, 디노는 주변을 둘러봤다. 게루도랑 쿠마라와 싸우고 있을 동료와 합류한 뒤에, 바로 후퇴할 생각이었다.

자라리오에게도 '사념전달'로 연락하여 작전이 실패했음을 전달하는 것도 잊지 않았다.

미궁이 닫히지 않도록, 디노의 동료가 탈출로를 확보하고 있었다. 자라리오가 나올 때까지 그녀들도 도망칠 수 없는 것이다.

작전이 실패한 이상, 오래 머무르는 것은 금물이다.

(——그건 그렇다 치고 그 녀석, 너무 강하잖아!)

정말로 질릴 지경이었어——. 디노는 제기온을 떠올리면서 그렇게 투덜거렸다.

펠드웨이는 격노하겠지만, 살아남을 수 있었던 것이 행운이었다.

(그것도 그렇지만, 펠드웨이의 작전이 실패한 건 이번이 처음일지도 모르겠네. 아니, 코르느가 한번 큰 실수를 저질렀다고 했던 것 같지만…… 그 코르느도 어떻게 되었는지 불명이니, 역시 마왕 리무루와 적대하지 않았어야 했어…….)

처음부터 내키지 않았던 디노는 왜 작전에 동의하고 말았는지,

165

스스로도 신기하게 생각했다.

디노는 앞으로의 일을 생각하면서, 우울한 기분이 들었다.

아니, 제기온이 그 정도로 엄청난 괴물이 되어버렸다면, 정공법을 이용한 미궁공략은 절망적이다.

제기온뿐만 아니라, 상위 간부들은 모두 괴물급인 것이다.

리무루 쪽이 어떻게 되었는지는 불명이지만, 적절하게 해결을 했을 것이란 예상이 들 수밖에 없었다.

(이래서 나는 싫었다고!!)

디노는 미궁에서 편안하게 숨어 살고 싶었다.

그랬는데, 이런 결과가 되고 말았다.

자업자득이므로 어쩔 수 없는 일이라고 해도, 우울한 기분이 들 수밖에 없었다.

(펠드웨이가 무슨 생각을 하고 있는지 모르겠지만, 포기하지 않겠지. 하지만 그건 무리야…….)

아마도 방금 그때가 최대의 찬스였을 것이다.

그 기회는 완전히 사라졌으며, 다음 기회는 없을 거라고 디노는 이해했다.

그리고 문제는 하나가 더 있었다.

(아─아, 이렇게 적대하고 만 이상, 이젠 돌아갈 수 없겠지.)

미궁에서 보낸 나날은 게으른 디노에게 있어서도 최적해서 지내기 편했다.

일이여도, 베스터를 돕는 것은 재미있었다. 가비루와도 친해졌으며, 많은 도움을 받기도 했다. 그리고 연구자들이 뭔가를 발견할 때마다 디노도 기쁘게 생각했었다.

지루하지 않은 나날을 보내는 동안, 디노는 베스터와 가비루와 연구자들에게 동료의식을 품었다.

그리고 하나 더.

잊어버릴 뻔했지만, 디노는 기이에게서 명령을 받고 여기 있었다. 즉, 미궁 안에서 일어난 일을 보고하라는 첩보임무를 받은 것이다.

디노는 기이도 자신에겐 기대하지 않고 있을 거라고 생각했지만, 그래도 아주 조금은 마음이 무거워지고 말았다.

(그 녀석은 화를 내면 귀찮아진단 말이지…….)

솔직히 말해서 귀찮았다.

고민하는 것조차 귀찮아하면서, 디노는 서둘러 동료들 곁으로 향했다.

*

디노가 동료들이 있는 곳에 도착했을 때, 전황은 고착상태에 빠져 있었다.

'배리어 로드(수정왕)' 게루도와 덩치가 큰 가라샤가 맞붙고 있었다.

놀랍게도 그 힘은 호각이었다. 디노가 보기엔 자신의 눈을 의심할 만한 광경이었다.

(가라와 호각이란 건 나보다 힘은 더 세다는 뜻인가. 갓 진화한 상태에서 이 정도라니, 정말로 장난이 아닌데.)

게루도의 몸은 피로 물들어 있었지만, 그게 본인의 것인지 상대의 피가 튀어서 묻은 것인지는 알 수가 없었다. 왜냐하면 어디

167

에도 부상을 입은 것처럼 보이는 곳이 없었기 때문이다.

마력을 띤 공격에 의한 대미지라면, 회복약의 효과로는 상처를 치유할 수 없다. 가라샤의 공격도 당연히 파괴의 의지가 담긴 마력을 띠고 있었다.

그런 공격을 받았을 게루도가 아무런 상처도 없다는 것은 무시무시한 방어력이 있기 때문일까, 혹은 너무나도 뛰어난 회복능력이 만든 결과인 걸까.

그런 생각을 하고 있던 디노의 눈앞에서, 가라샤가 롱소드를 휘둘러 일섬을 날렸다. 그 일격은 게루도의 스케일 실드를 베었고, 팔을 잘라버렸다.

게루도는 동요하지 않았다. 파괴된 방패를 버리고, '위장'에서 새로운 방패를 꺼내서 싸울 자세를 잡았다.

디노는 봤다.

게루도의 팔에 상처가 전혀 남지 않은 것을.

(아아, '초속재생'이구나. 그것도 가라샤의 공격조차 치유해버릴 정도의 숙련도를 가지고 있단 말인가…….)

답을 알았는데, 디노는 전혀 기쁘지 않았다.

"아아, 진짜! 왜 이렇게 끈질긴 거야! 내 공격을 받고도 안색 하나 변하지 않는다니, 당신, 정말 이상하거든?"

"음, 그런가? 난 잘 모르겠지만, 훌륭한 공격이었다고 칭찬하는 게 좋았으려나?"

"비꼬는 거야?! 쳇, 일격으로 절명시키지 않으면, 상처가 바로 나아버리네. 내 쪽이야말로 당신의 튼튼함을 칭찬해줄게."

그런 대화를 주고받으면서, 게루도와 가라샤는 격렬한 공방을 재개했다.

두 사람은 자신의 부상 따위는 아랑곳하지 않고, 전력을 다해 상대의 빈틈을 노려 공격했다.

게루도의 미트 크래셔가 가라샤의 서클 실드에 의해 튕기면서 격렬한 불꽃을 흩뿌렸다.

그것만으로 충격파가 지상 곳곳에 퍼졌다.

디노는 아연실색하는 바람에, 말을 걸 기회를 놓치고 말았다.

늘 뒤에서 드러나지 않게 싸우던 존재였던 게루도.

제국과의 전쟁에서도 눈에 띄는 전적이 없었기 때문에, 디노는 그를 가볍게 생각하고 있었다.

하지만, 그건 터무니없는 착각이었다.

(알았어! 이 나라의 녀석들은 일단 다들 이상한 자들이야!!)

겨우 진리를 깨달았다고 생각하면서, 디노는 억지로 납득하기로 했다.

그런 디노의 머리 위에서도 격렬한 공중전이 전개되고 있었다.

"에잇, 촐랑촐랑 돌아다니면서 정말 짜증나게 싸우는군요!"

"그건 내가 할 말이야. 날개도 없으면서 공중을 날다니, 건방지다고!"

"훗, 중력을 조작하면 쉬운 일이랍니다. 그보다도 술래잡기는 이제 질렸어요. 슬슬 끝내기로 할까요."

"그러니까 그건 내가 할 말이라고!"

요염한 쿠마라와 어린 소녀 같이 생긴 피코. 왠지 잘 어울려 보이는 두 사람이었지만, 전투의 내용은 상당히 격렬했다.

지상을 남김없이 메워버릴 정도로 피코가 날린 '블랙 선더(흑뢰

천파, 黑雷天破)'가, 지표를 검게 태워버리기 시작했다. 그러나 무슨 이유인지, 쿠마라의 주변에는 전해지지 않았다.

쿠마라에겐 당연한 일이었다. 쿠마라의 애완동물이자 미수(尾獸) 중 하나인 라이코(雷虎)는 전격이 특기였다. 방어에도 탁월하였다.

이번에는 자신의 차례라는 듯이 쿠마라가 움직였다. 물 흐르듯 자연스럽게 여덟 개의 꼬리를 구사하여 구미연참(九尾連斬)을 시도했다. 하지만, 그 공격은 피코의 창에 의해 막혔다.

전장에 높고 새된 소리가 울려 퍼졌다.

그건 그야말로 호각의 싸움이었으며, 디노의 입장에선 쿠마라의 전투능력도 상향 수정하여 기억할 수밖에 없었다.

('성마십이수호왕'이라고 했던가. 정말 무시무시한 녀석들이로군.)

디노는 순순히 인정했다.

딱히 누구를 가릴 것도 없이, 전원이 위협적인 존재. 그렇게 생각해도 틀리지 않을 것이라고 디노는 생각했다.

과거에 세라핌(치천사)이었던 피코랑 가라샤는 각성한 '진정한 마왕'에도 필적하는 수준이었다. 그녀들은 오랫동안 전투와는 거리를 두고 있었으니까 단순히 실력을 비교할 수 있는 건 아니지만, 절대 약하지는 않았다.

템페스트(마국연방)의 간부들이 자리를 비운 지금이라면, 디노와 그녀들 두 명만으로 충분히 미궁을 제패할 수 있으리라 생각하고 있었다. 그런데 펠드웨이는 '삼요사'를 두 명이나 투입했고, 자신도 출전하는 신중한 자세를 보였다.

절대적이기까지 한 필승의 태세로 임했는데, 그 결과는 보는 대로였다.

디노는 이 현실을 앞에 두고, 현기증이 날 것 같았다.

피코와 가라샤는 오랜만에 싸우기 때문인지, 냉정함을 잃고 있는 것 같았다.

무리도 아니라고, 디노는 생각했다.

타락했다고는 하나, 최고위의 세라핌이었던 것이다.

빛나는 '시원의 칠천사'—— 그런 그녀들이 고전하고 있으니까, 자존심도 산산조각이 났을 것이다.

디노에게도 남의 일이 아니었지만, 자신에 관한 것은 이미 나중에 생각하기로 하고 넘겨버린 뒤였다.

"너희들, 후퇴해. 후퇴하라고!"

디노는 소리쳤다.

그 말에 반응한 두 사람은 불만스러운 표정을 지었다.

"지금 한창 즐겁게 싸우고 있거든? 이제부턴 내가 진짜 실력을 발휘하려고 하는데, 그런 재미없는 말은 하지 말라고."

"시끄러워! 네가 싸움에 참여하는 시점에서, 이 작전은 이미 와해된 거란 말이야!"

피코랑 가라샤의 역할은 후방지원이었다. 싸우지 않은 공백기가 있기 때문이라는 이유로, 이번 작전에선 신중을 기해서 그들을 뒤에 배치한 것이다.

그런 그녀들이 전투에 휩쓸리고 있으니, 적의 전력은 예상 이상이었다는 뜻이 된다. 이곳의 전술적 승리 같은 건 전략상으로는 전혀 의미가 없었다.

"잠깐, 설마 작전이 실패했다는 거야?"

"응? 그래, 실패했어. 실패하지 않았다면, 도망치지도 않았다고—!"

"어? 하지만 작전을 세운 사람은 페이잖아? 그 더럽게 조심성 많고 완벽주의자인 페이가 적의 전력을 잘못 계산했단 뜻이야?"

"그렇게 되겠지."

"말도 안 돼. 자라리오랑 코르느도 있는데, 어떻게 작전이 실패한단 말이야?"

"졌기 때문이야. 자라리오에겐 후퇴하라고 전했지만, 코르느 녀석은 아마 죽었을 거야. 목적은 아무것도 이루지 못했지만, 더 이상의 전투는 무의미해!"

"농담이지……?"

"정말로 이건 있을 수 없는 일인데……."

피코와 가라샤는 말문이 막혔다.

그와는 대조적으로 게루도와 쿠마라는 자랑스러운 표정을 지었다.

"잠깐, 그러면 너도 졌다는 거야?"

"응? 그러니까 말이지, 그런 걸 일일이 묻지 마! 바로 알아차리라고. 너희는 모른 척해주는 배려심도 없냐?"

애써 짜낸 듯한 목소리로 가라샤가 묻자, 디노는 마치 아무렇지도 않다는 듯이 표연한 태도로 대답했다. 작전이 실패한 것 때문이 아니라, 전혀 반성하는 빛을 보이지 않는 디노의 태도 때문에 가라샤는 어이가 없어졌다.

어쨌든 디노의 말을 의심할 이유는 없었다.

이미 머리도 식어버렸기 때문에, 피코와 가라샤는 후퇴를 받아들였다.

"쳇, 이걸로 이겼다고 생각하지 말라고!"

"그렇게 생각하지 않는다. 귀공은 나와 싸우는 중에도 미궁 유지에 힘을 할애하고 있었지? 다음에는 완전한 상태에서 싸워보고 싶군."

"후후, 아하하하하! 잘 알고 있잖아, 당신. 마음에 들었어. 그럼 다음에 또 보자고!"

가라샤와 게루도는 서로를 인정하면서, 화기애애하게 작별인사를 나눴다.

반면에 피코와 쿠라마는……

"피코라고 했나요? 목숨을 건졌네요."

"뭐어? 난 진심으로 싸운 게 아니었거든? 목숨을 건진 건 네 쪽이야!"

서로를 노려보다가, 둘 다 고개를 휙 돌렸다.

완전히 정반대의 분위기를 풍기면서, 전투를 끝낼 것을 합의하기에 이르렀다.

이리하여 디노와 동료들은 그 자리에서 성공적으로 후퇴했다.

●

자라리오는 늘 냉정했다.

이번 작전에서 그에게 주어진 역할은 양동이며, 그걸 완벽하게 수행하고 있었다.

데려온 부하들은 미궁 안의 저항세력과 호각으로 싸우는 모습을 연출하고 있었다. 이건 말 그대로의 의미였으며, 연기가 아니었다.

놀라운 일이지만, 적의 정보를 상향수정할 필요가 있을 것 같았다. 자라리오는 전장을 파악하면서, 그렇게 결론을 내리고 있었다.

무엇보다 특필할 점은 눈앞에 있는 두 사람이었다.

카리스와 트레이니. 그렇게 이름을 밝힌 자들이었는데, 기억해 둘 필요가 있다고 자라리오는 생각했다. 그래도 자신이 진심으로 싸울 필요까지는 없다는 게 자라리오가 내린 결론이었다.

(상대가 안 되는 약자만 남았다고 들었는데, 그 이상의 수준이로군. 나와 싸우느라 미궁 안의 전력은 바닥이 났을 거라 생각했는데, 제기온이라는 강자도 남아 있었단 말인가. 그자가 눈을 뜨기 전에 코르느와 디노가 임무를 완수하면 좋겠는데 말이지.)

아주 조금 걱정은 되었지만, 펠드웨이가 세운 작전에 착오 같은 게 있을 리가 없었다. 그렇게 믿기로 하고, 자라리오는 싸움을 즐기고 있었다.

"이것 참, 봐주고 있는 상대에게 농락당하고 있다니, 나중에 베루도라 님에게 비웃음을 사겠군요."

"그럴 걱정은 없을 겁니다. 베루도라라면 베루글린드에게 패하면서 우리 손에 들어왔으니까요."

"웃기지도 않는 농담이군요."

"농담이 아닙니다. 당신도 알아차렸을 텐데요? 조금 초조해진 것 같습니다."

"······."

카리스라는 마인의 실력은 훌륭했다.

수많은 차원을 멸망시킨 자라리오가 보더라도 드물게 보는 인재라고 할 수 있었다.

정령왕을 자신의 몸에 깃들인 트레이니라는 마인도 제법이었지만, 카리스만큼은 아니었다. 그녀는 높은 위력의 마법이 위협적이었지만, 자라리오에겐 통하지 않으므로 문제가 되지 않았던 것이다.

카리스도 또한 마찬가지로, 그 에너지를 절묘하게 조작했고, 열에너지를 집중시켜 높은 위력의 열선을 발사했다. 그러나 그건 자라리오가 자랑하는 디스토션 필드(공간왜곡 방어영역)로 무효로 만들 수 있었다.

경계해야 할 것은 그의 적절하고 냉정한 판단력이었다.

트레이니와는 달리 카리스는 자라리오를 상대로 그의 실력을 알아보는 듯한 전법으로 공격을 해왔다. 공격 하나하나의 효과를 확인하려는 듯이, 신중하게 싸우는 모습을 보였다.

그런 상대는 얕보고 덤빌 수 없다는 것을, 자라리오는 경험을 통해 잘 알고 있었다.

그러나 그것도 이제 끝이 나려고 한다. 카리스가 초조함을 느끼기 시작하면서, 그 신중함이 사라지려 하고 있었기 때문이다.

더 이상은 싸움을 즐길 수 없을 것 같았다.

때가 된 것 같다고, 자라리오는 생각했다.

"아쉽지만, 슬슬 끝을 내기로 할까요. 당신들 두 명은 실로 용감하고 아주 강한 전사였습니다. 하지만 슬프게도 저의 적수는 되지 못했습니다."

실력차이는 명백했다.

에너지의 총량도 자라리오가 월등히 위였다.

그리고 결정적인 것이 상성의 문제였다.

천사는 정령에 대한 우위성을 가지고 있다. 타락했다고 해도 과거에 세라핌이었던 자라리오를 상대로 정령의 힘을 근원으로 하는 카리스와 트레이니로선 도저히 결정타가 될 만한 공격이 없었다.

"분하지만, 드리스도 한계인 것 같군요. 제 몸에 정령왕을 깃들일 수 있는 시간도 이제 수십 초가 한계이겠어요. 카리스 공, 뭔가 쓸 만한 계책이 남아 있나요?"

"아쉽지만 없습니다. 하지만, 쉽게 포기하지 않는 것은 리무루님과 베루도라 님으로부터 철저하게 배웠으니 안심하십시오."

방법이 없는 절망적인 상황임에도 불구하고, 싸움은 이제 시작이라고 말하는 것처럼 카리스가 웃었다. 그 모습을 보고 트레이니도 미소 지었다.

"같이 싸우겠어요. 라미리스 님의 미궁 안에서, 발칙한 자들이 멋대로 굴게 놔둘 순 없으니까요!"

대미지는 많이 입었지만, 기력은 충분했다. 그 마음은 꺾일 기색조차 없었으며, 그 사실을 깨달은 자라리오를 진절머리 나게 했다.

"이것 참, 이 상황이 이해가 안 될 정도로 어리석은 자로는 보이지 않습니다만, 마지막까지 그런 추한 모습으로 삶에 집착할 생각입니까? 어차피 되살아날 수 있다고 생각한다면, 그건 큰 착각인데요?"

자라리오의 계산으로는 이제 머지않아 디노가 라미리스를 미궁 밖으로 데리고 나갈 때가 되었다.

라미리스의 미궁에 존재하는 '불사성'은 라미리스가 미궁 안에 있어야 비로소 성립되는 것이다. 더 엄밀하게 말하자면, 라미리스가 미궁에서 나오기만 하는 거라면 괜찮지만, 미궁에서 나와 의식을 잃은 시점에서 모든 기록이 리셋(초기화)되어버린다.

즉, 디노의 임무가 완수된 시점에서, 라미리스의 종자들은 '불사'가 아니게 되는 것이다. 자라리오는 그걸 알고 있었기 때문에 죽이지 않도록 힘을 조절하면서, 카리스랑 트레이니에게 대미지를 축적시키고 있었다.

"당신들의 싸우는 모습을 칭찬하는 의미로, 바란다면 고통 없이 긍지 높은 죽음을 선사해 드릴 수 있습니다만?"

그게 자라리오 나름대로 강자에게 베푸는 자비였다.

하지만 물론, 카리스와 트레이니의 대답은 거절이었다.

"후후후, 벌써 이긴 것처럼 생각하고 있다니 어리석군요."

"동감이네요. 싸움이란 건 마지막까지 무슨 일이 일어날지 알 수 없는 거랍니다. 승리를 포기하지 않으면 패배는 아니게 되는 건데, 그런 것도 모르고 있는 건가요?"

패배를 인정하지 않으려는 듯한 그 발언은 자라리오를 초조하게 만들기에 충분했다. 초조해졌다고 해서 냉정함을 잃는 일은 없지만, 그렇게 부추김을 당하는 것이 탐탁지 않은 것도 사실이었다.

"불쾌하군요. 모처럼 자비를 베풀었건만."

"자비, 라고요? 그런 여유를 보이다가 패배하는 자는 참으로 많았죠. 알고 있습니까, 그런 걸 '복선'이라고 부릅니다."

카리스는 떠올렸다. 베루도라와 논의했던 '해서는 안 되는 발언 리스트'를. 절대 안 되는 것이 몇 가지 있는데, '승리하기 직전에 여유를 보이는 것'은 아예 논외였다.

죽이겠다고 정했으면, 묻지도 따지지도 말고 실행으로 옮겨야만 한다. 그러지 않으면 상대에게 파고들 틈을 주고 마는 것이다.

"어리석군요, 이런 상황에선 기적 같은 게——."

"일어난답니다. 왜냐하면 리무루 님은 몇 번이고 기적을 일으키셨으니까요. 그런 사례가 많다 보니까 부하 분들도 완전히 익숙해지면서, 그분을 따라하시게 된 분도 많죠. 보세요! 지금도 나타나셨네요."

애초에 이 미궁 안에선 시간 벌이하는 것만으로도 상황이 호전되는 경우가 많았다.

그건 이번에도 예외가 아니었으며——.

"그 말이 옳습니다. 나의 신의 친구이자 협력자이신 라미리스 님을 노린다면, 이 '게헤나 로드(명령왕, 冥靈王)' 아다루만이 상대가 될 것입니다!"

또 한 명, 전사의 각성을 허용하고 만 것이다.

한 명이 늘었다고 해서 뭐가 달라진단 말인가——. 자라리오는 그렇게 생각했다.

그보다 더 마음에 걸리는 것은 디노의 연락이 늦어지고 있다는 것이었다.

(늦어. 디노의 게으른 성격은 알고 있지만, 빨리 처리하지 않으니까 내가 더 귀찮아지고 있는 거잖아.)

생각대로 되지 않는 전개도 더해지면서, 자라리오의 불만은 계속 쌓이고 있었다.

그리고 그뿐만 아니라, 자라리오의 정면에 기사 같은 분위기의 남자가 섰다.

"겨우 한 명을 상대로 여럿이 덤비는 것은 양심의 가책을 받습니다만, 지금의 나는 팔라딘(성당기사)이 아닙니다. 명예보다 실리가 더 중요하니, 용서하기 바랍니다."

그렇게 밝힌 자는 알베르트였다.

리무루로부터 받은 갓즈(신화)급의 무기와 방어구 일체를 장비했으며, 아다루만의 각성에 따라 기프트(축복)까지 받으면서, '게헤나 팔라딘(명령성기사, 冥靈聖騎士)'로 진화하였다.

빛을 발하는 무기와 방어구의 정식 주인으로서, 알베르트는 자라리오에게 검을 들이댔다.

"아직 이런 남자가……."

자라리오의 눈으로 봐도 알베르트의 패기는 대단한 것이었다. 그의 몸짓에는 검호의 품격이 배어나오고 있었으며, 그의 손에 있는 갓즈급의 칼이라면 자라리오에게 부상을 입힐 가능성을 가지고 있었다. 무시할 수 없는 존재라는 것을, 한눈에 꿰뚫어 본 것이다.

"저도 있습니다."

그 목소리의 주인은 진화의 잠에서 깨어나서 게헤나 드래곤(명령용왕, 冥靈龍王)의 단계에 이른 '명옥용왕(冥獄龍王)' 웬티였다.

어디서 배운 건지 모르겠지만, 웬티는 우아하게 인사하는 모습을 보였다.

자라리오는 가면을 쓴 것 같은 표정을 지었고, 자신이 불리하다는 걸 이해했다.

이자들이 상대라도 이길 수 있는지 아닌지를 묻는다면, 이길 수 있을 것이다. 그러나 그것만으로는 의미가 없었다.

디노가 라미리스를 어떻게든 하지 않는 한, 자라리오에게 승리는 있을 수가 없었다.

(여기서 진짜 실력을 드러내도 내가 지닌 수를 드러내는 만큼 손해가 된단 말인가. 하지만 그렇게 싸우지 않는다면 이자들을 상대하기는 어려울 텐데.)

자라리오는 그렇게 판단했다.

가리스와 트레이니뿐이라면, 힘 조절을 하더라도 대처할 수 있었다. 그러나 각성마왕급의 강자가 세 명이나 추가된다면, 아무리 자라리오라고 해도 불리한 상황이었다.

하지만 여기서 자라리오가 양동을 맡아주지 않는다면, 펠드웨이의 작전이 실패하고 말 것이다. 작전수행률 100퍼센트를 자랑하는 자라리오로선 그런 사태는 인정할 수 없었다.

(어쩔 수 없군. 어차피 다들 죽여버릴 생각이었으니, 내 진짜 실력을 보여주기로 할까.)

그렇게 자라리오가 각오를 굳히려 했던 때에.

"아, 그렇지. 당신이 아주 깊은 흥미를 느낄 것 같은 얘기를, 제가 가르쳐드리죠. 제 수호영역은 70층입니다만, 왜 그곳에 있던 침입자를 무시했을 거라고 생각합니까?"

"뭐?"

"답을 말해주는 걸 생색내봤자 소용이 없으니까 간결하게 얘기해드리죠. 그건 말입니다, 제가 나설 차례가 없었기 때문입니다."

"······무슨 말을 하고 싶은 거냐?"

성자의 로브를 몸에 두른 해골── 아다루만이 사악한 미소를 지으면서 웃었다. 그 모습을 불쾌하게 생각하면서, 자라리오가 되물었다.

(잠깐만? 나설 차례가 없었다고? 즉, 침공 중이었어야 할 코르느에게 무슨 일이 생겼다는 말인가?)

대답을 들을 것도 없이, 자라리오는 진실에 도달했다.

하지만 아다루만이 노리는 것은 자라리오의 동요를 유도하는 것이므로, 그의 입을 통해서도 진실이 밝혀졌다.

"어리석은 침입자는 베루글린드 님에 의해 제거되었습니다. 그래서 저는 안심하고 이쪽으로 온 것이죠."

"······."

그 말을 의심할 정도로 자라리오는 어리석진 않았다.

코르느의 패배는 확정된 것이라고 치고, 자라리오는 가장 중요한 목적의 성공여부를 파헤쳐보기로 했다.

"후후후, 과연. 베루글린드가 상대라면 코르느는 적수가 되지 못하지. 여러모로 이상한 사태가 벌어지고 있는 것 같지만, 그것도 넘어가기로 하죠. 그래서 거의 없는 전력을 전부 저에게 보냈다는 말입니까?"

베루글린드가 이쪽으로 오지 않은 이유는 마사유키가 원인일 것이라고 추측할 수 있었다. 역시 마사유키는 루드라의 '영혼'을 계승한 자가 맞을 것이라고 생각했다.

제국정보국이 얻은 정보를 정밀하게 조사한 펠드웨이가 만일의 가능성을 제거하기 위해서 마사유키 말살을 지시했었다. 그러나 그건 진실이었으며, 베루글린드도 그걸 알아차리고 만 것이다.

(코르느도 운이 없는 녀석이로군. 처음 예정대로 나와 역할을 교대했다면, 이런 결과가 되지는 않았을 것을. 하지만 베루글린드는 무시해도 상관없다. 미카엘 님만 있으면 그자를 지배하는 건 아주 쉬운 일이니까. 지금은 그것보다──.)

중요한 것은 디노의 동향이었다.

"여유가 있군요. 그렇군, 당신은 베루글린드 님을 상대할 수 있을 정도로 강했다는 뜻입니까. 인정하고 싶지는 않지만, 우리는 상당히 얕보이고 있었던 것 같군요."

"그것 참. 그러면 우리가 모두 함께 덤벼도 패배할 가능성이 높겠군요."

카리스도 눈치가 빨랐지만, 아다루만도 머리가 좋았다.

두 사람은 자라리오의 태도를 통해 그가 한계가 없는 실력을 가지고 있으리라는 것을 깨달은 것이다. 하지만 그래도 유리한 것은 아다루만와 동료들 쪽이었다.

그 근거를 아다루만이 얘기했다.

"그렇게 질문한 목적은 이미 알아차렸습니다. 당신의 진짜 목적은 라미리스 님이죠? 우리는 이미 최우선적으로 라미리스 님의 안전을 확보하도록 명령을 받은 상태입니다."

눈을 뜬 시점에서 아다루만은 맨 먼저 라미리스의 안전을 확인하고 있었다.

당연했다. 라미리스만 무시히다면, 다른 사람은 어떻게든 다시 살릴 수 있기 때문이다.

그리고 무엇보다, 그게 바로 리무루가 내린 지상명령이었다.

아다루만과 동료들은 가디언(계층수호자)이며, 그 목적은 미궁의 수호다. 즉, 라미리스의 안전을 지키는 것이었다.

"그래서 라미리스 님은 무사하신 거겠죠?"

"물론입니다, 트레이니 공. 제기온 공이 가셨으니, 그 누구라고 한들 라미리스 님에겐 손을 대지 못할 겁니다."

"그랬나요. 그렇다면 안심이네요."

트레이니가 미소 지었다. 다른 자들도 마찬가지로, 각자 안도하는 표정을 짓고 있었다.

이것으로 안심하고, 자라리오에게 집중할 수 있게 된 것이다.

그리고 그 자라리오는.

그도 또한 제기온이라는 이름을 듣고, 디노의 실패를 예감하고 있었다.

(제기온이라면 분명, 디스토션 필드(공간왜곡 방어영역)를 다룰 줄 아는 자였지. 디노가 진짜 실력으로 싸운다면…… 아니, 그 남자에겐 기대할 수가 없겠군. 이 임무에도 그다지 내키지 않는 듯한 모습을 보였으니, 지금쯤이면 이미…….)

자라리오는 상당히 정확하게 현재 상황을 감지했다.

그 타이밍에 디노의 '사념전달'이 도착했다.

『이봐, 자라리오, 내 말 들리지? 작전은 실패했어. 베루글린드가 참전하면서, 코르느가 실패한 것 같아. 내 쪽도 힘든 상대가 나타나는 바람에 지금부터 물러날 거야. 미궁이 닫히기 전에 너도 어서 도망치라고. 그럼 이만!』

자라리오가 자신도 모르게 후훗 하고 웃어버릴 정도로, 그 내용은 일방적이었다.

디노답다고 생각하면서, 자라리오도 후퇴할 것을 결정했다. 이곳의 승리가 무의미해진 이상, 쓸데없는 행위는 피해야 했기 때문이다.

"난 이런 굴욕을 맛보는 건 처음이다. 치면 바로 날아갈 것 같은 잔챙이들을 상대로 물러나야만 하게 되었으니까 말이지. 다음엔 이런 일이 없을 거다. 그것만 기억해두도록 해라."

담담하게 패배를 인정하지 않는 발언을 한 뒤에, 자라리오는 부하를 데리고 그 자리에서 '이전'했다.

남은 자들에겐 승리의 여운 같은 건 남아 있지 않았으며, 그들의 마음은 미궁을 지켜냈다는 안도감으로 채워지고 있었다.

*

미궁에서 위협이 되는 것들이 사라졌다.

제기온은 자신의 권능인 '환상세계'를 해제했다. 그리고 베레타를 향해 시선을 돌리니, 마침 라미리스를 긴 의자에 눕히고 몸을 일으키던 중이었다.

"디노 공은 도망쳤습니까?"

"그런 것 같군."

"후훗, 겸손하시긴. 디노 공은 라미리스 님의 자비 덕분에 도망칠 수 있었던 것뿐이지 않습니까."

베레타의 말대로였다.

디노가 '부활의 팔찌'를 차고 있다는 것을 제기온은 눈치채고 있었다.

눈치챈 상태에서 일부러 놓아준 것이었다.

그건 하나의 실험이었다.

——'라미리스에게 적대할 뜻을 보인 자에 대해서도 라미리스의 가호가 발동하는가 아닌가'——.

결과는 보는 대로였다.

디노가 내기에 이겼고, 살아남았다.

제기온에겐 어떤 결과가 나오든 마찬가지였다. 이 실험결과를 얻는 것은 덤일 뿐이며, 라미리스 님을 지켜낸 시점에서 승리조건은 충족된 것이다.

"라미리스 님이 그렇게 바라신다면 나는 거부할 수 없다."

베레타도 그 말에 고개를 끄덕였다.

적의 침공을 맞아서 반격하는 데 성공했다면, 무익한 살생은 필요 없는 것이다.

단, 관대한 주인의 자비심을 알아차리지 못했다면, 다음에는 살아날 기회가 없겠지만.

제기온은 디노의 반응에 따라서 추격할 생각도 하고 있었다. 도망칠 생각이 없는 것 같다면 박살을 낼 생각이었지만, 보아하니 그럴 필요는 없을 것 같았다.

도망친 디노는 동료를 설득하여, 물러날 것을 주장하고 있었다. 동료 두 명도 그걸 받아들이고, 이 땅에서 물러난 것이다.

"그건 그렇고, 자라리오라는 자는요?"

"아다루만 공이 상대하러 가셨다. 이젠 기척도 사라졌으니까, 포기하고 도망친 것 같군."

현시점에서 아다루만과 부하들도 부활하여 참전하는 바람에, 남은 적들도 후퇴할 것을 결정한 모양이었다.

"그거 아주 잘 됐군요."

"음, 라미리스 님이 계시지 않았으면, 패하는 쪽은 우리였겠지."

"분명 그랬겠죠. 설령 승리했다고 하더라도, 희생자가 나왔을 겁니다. 그건 우리에게 있어선 패배와 같습니다."

"그 말이 옳다."

제기온과 베레타는 서로를 보면서 고개를 끄덕였다.

좀 더 경계태세를 엄중하게 다시 살펴봐야겠다고, 두 사람은 동시에 생각한 것이다.

그건 그렇고.

이로 인해 미궁의 안전은 확보되었다.

제기온은 라미리스의 무사를 한 번 확인하고는, 자신의 지배영역으로 돌아갔다.

제2장
개인면담

Regarding Reincarnated to Slime

뭐, 나도 그런 식으로 위기를 겪었단 말이지——. 나는 라미리스와 부하들의 보고를 듣는 것을 끝마쳤다.

생각했던 것 이상으로 큰 사건이었다.

"그건 그렇고, 클로에는 괜찮은 거야?"

"그건 문제없습니다. 어린아이의 모습으로 돌아오면서, 의식도 회복했습니다. 지금은 만일을 위해서 의무실에서 안정을 취하고 있습니다."

슈나가 알려주는 걸 듣고, 나는 안도했다.

처음부터 희생자는 제로라는 보고를 들었지만, 그래도 직접 스스로 확인할 때까지는 안심할 수가 없었다. 오늘은 이미 자고 있을 테니까, 내일이라도 병문안 가기로 하자.

그건 그렇고…….

이번 적은 상대하기 번거로웠군.

침입자인 척 행동했던 양동이 라미리스한테서 호위를 떼어놓았다.

그 기회를 노리고 디노가 배신한 것이다.

디노의 힘은 베레타를 상회했다. 베레타와 아피트, 이 둘로도 디노를 막지 못했고, 조금만 더 늦었으면 라미리스를 빼앗기기 직전까지 몰렸다고 했다.

뭐, 결국엔 제기온이 늦지 않게 도착해준 덕분에 라미리스도 무사히 넘어갈 수 있었지만, 자칫했으면 대참사가 일어났을 것이다.

제기온이 잠에서 깨어나는 것이 늦었을 경우를 생각하니 오싹해졌다. 정말로 늦지 않아서 다행이라 생각하고 나는 가슴을 쓸어내렸다.

그건 그렇고, 베루글린드 씨가 돌아왔다는 것에는 나도 놀랐다.

지금은 마사유키랑 제국의 지휘관들과 앞으로의 방침을 논의 중이라고 한다. 나중에 만나서 얘기를 나눌 필요가 있겠지만, 그쪽도 의견을 하나로 정리해두고 싶겠지.

아니, 베루글린드 씨가 마사유키를 지켰다는 것은 역시 그가 그런 존재였단 뜻이겠지. 여러모로 이해가 되긴 했지만, 의문도 늘어난 것 같았다.

뭐, 그건 나중에 생각하기로 하고.

나는 설명해준 자들을 순서대로 둘러봤다.

"라미리스, 정말로 무사해서 다행이야!"

"정말이라니까. 뭐, 디노도 나를 어떻게 할 생각은 없었던 것 같지만, 내가 미궁에서 나갔다면 여러 가지로 위험했을 거야. 뭐, 내가 진짜 실력을 발휘해서 싸웠다면 그런 녀석은 단단히 본때를 보여줬겠지만 말이지!"

라미리스는 여전했다.

바들바들 떨면서 화를 냈지만, 안전해지자 위세가 대단해진 것은 이젠 애교로 보였다.

내가 돌아왔을 때는 아직 행복한 표정으로 자고 있었는데, 그때에도 잠꼬대로 '음냐음냐…… 망할 디노 녀석, 내 48가지 필살기를 전부 다 시험해주겠어……'라고 지껄이고 있었다.

꿈속에선 꽤 강하게 나온다고 생각했는데, 본인이 눈앞에 없는 곳에서도 강한 척을 하고 있네.

"라미리스 님의 48가지 필살기가 불을 뿜지 않은 것을, 디노도 감사하게 여겨야 할 겁니다!!"

라미리스를 돌보고 있었던 트레이니 씨가 곧바로 그녀를 추켜 세웠다.

"응, 역시 그렇지?!"

라미리스도 기쁜 표정으로 그렇게 말하면서 고개를 끄덕이고 있었다.

그렇게 오냐오냐 해주니까, 라미리스가 자꾸 까부는 거다.

적당히 하라고, 나는 속으로 생각했다.

"죄송합니다, 리무루 님. 제 감시가 부족했습니다. 설마 디노 군이 배신할 줄이야……."

그렇게 말하면서 고개를 숙인 자는 베스터였다.

무엇보다 빨리 나에게 사죄하기 위해서, 이 자리에 얼굴을 보인 것 같았다. 책임감이 강한 베스터답게, 이번 건으로 상당히 풀이 죽어 있는 것으로 보였다.

그래서 나는 베스터에게 안심하라는 뜻을 담아서 웃어 보였다.

"아니, 아니, 너무 미안해하지 마. 사실 디노는 처음부터 수상 쩍었잖아."

내가 그렇게 말하자, 라미리스와 트레이니, 그리고 베레타까지도 고개를 끄덕이고 있었다.

"그 남자도 마왕이니까 말이지. 나는 처음부터 의심하고 있었어."

"이렇게까지 대담한 짓을 벌일 줄은 생각하지 못했습니다만, 무슨 일이 일어나도 대처할 수 있도록 늘 감시의 눈길은 펼쳐두고 있었답니다."

"일단은 생각했던 것 이상으로 일은 진지하게 하고 있었으니까, 저는 오히려 놀랄 정도였습니다."

좀 더 믿어주자고 생각이 들 정도로 박한 평가들이었다.

하지만 그건 어쩔 수 없는 얘기였다.

애초에 디노는 기이의 지시를 받아서 여기 왔었다. 디노 본인조차도, 자신은 스파이라는 것을 숨길 생각이 없어 보였다. 경계하는 것은 당연했던 거다.

하지만 내가 생각하기에는——.

"그렇게 탄식하지 않아도 돼, 베스터. 디노도 진심으로 우리를 배신한 건 아니라고 생각하니까."

그게 내 진심이었다.

디노의 배신은 예상했던 것이었지만, 처음부터 자신을 감시하도록 유도하는 경향이 있었다.

아마도 디노는 언젠가 이렇게 되리라 생각하고 있지 않았을까. 나는 그런 생각이 자꾸만 들었다.

"그 녀석은 요령이 없으니까 말이지. 그렇다면 적어도 나한테만큼은 의논을 부탁할 수도 있었을 텐데……."

"뭐, 모처럼 친하게 되었으니까, 그렇게 믿어주기로 하자고. 그리고 디노에게도 어떤 사정이 있었을지도 모르니까 말이지."

내가 그렇게 말하자, 베스터도 납득한 것 같았다.

"그렇군요, 그를 믿기로 하죠. 저도 길을 잘못 들었던 적이 있지만, 기젤 폐하랑 리무루 님 덕분에 올바른 길로 돌아올 수 있었습니다. 누군가가 자신의 편을 들어준다면, 그것만으로도 마음이 든든해지는 법이니까요."

찜찜함을 깔끔하게 털어냈는지, 베스터의 표정이 약간 풀려 있었다.

다행이라고 생각하면서, 나도 디노를 믿고 싶다고 속으로 빌었다.

확신하기까지는 큰 목소리로 주장할 순 없겠지만, 한 가지 더 마음에 짚이는 것이 있었다.

그건 디노가 천사 계열의 얼티밋 스킬(궁극능력)을 보유하고 있을 가능성이었다.

전투 중에 유니크 스킬이 얼티밋 스킬로 진화했다고 하지만, 그렇게 시기적절하게 일이 진행되는 경우는 좀처럼 일어날 수 없다. 있다고 한다면, 그걸 가능하게 하는 수단을 갖추고 있을 경우로 한정될 것이다.

《전적으로 동감입니다. 전투 중에 진화한다는 건 일반적으론 좀처럼 있을 수 없는 일입니다.》

시엘이 내 생각에 동의했다.

마음의 벗이자 파트너. 내가 가장 신뢰하고 있는 존재였다.

베루글린드와 싸우면서 고양되어 있던 나는 그때의 텐션에서 다 벗어나지 못한 상태에서 라파엘(지혜지왕)에게 이름을 지어줬다.

그 결과로서, '시엘'이라는 지성체── 마나스(신지핵)가 탄생하였다.

그저 사고하기만 하는 존재―― 같은 그런 어중간한 것이 아니었다. '클로노아'도 그랬지만, 주인과는 다른 연산 장치의 역할도 다하고 있었다.

내 '영혼' 속에 존재하는, 또 하나의 마음(심핵)으로 생각하기로 하자.

자아가 있는 것은 틀림없으며, 지금까지보다 반응이 더 인간다워졌다.

그래서일까?

시엘이 그렇게 말한 순간, 갑자기 설득력이 사라진 것 같은 기분이 들었다.

시엘이라면 실컷 그런 짓을 저지를 것 같은데, 이제 와서 무슨 소리를 하는 거냐는 생각이 든단 말이지.

애초에 말이야, 그런 말을 하는 시엘도 진화하지 않고 라파엘로 계속 존재했다면 위험했던 것 아냐?

지금 생각해보면 루드라――아니, 미카엘인가?――와 대치했을 때부터 상태가 안 좋아 보였는데, 그건 '얼티밋 도미니온(천사장의 지배)'의 영향을 받고 있었기 때문일 것이고.

《……》

자기가 불리하면 입을 다무는 버릇이 있는 건 바뀌지 않았군.

즉, 시엘이 되지 않았으면 패배했을 가능성이 컸다는 얘기다.

이제 와서 생각해보니, 종이 한 장 차이였다는 걸 깨닫게 되면서 오싹해졌다.

《가정한 경우의 얘기이므로, 무의미한 고찰이 되겠습니다.》

이봐, 잠깐, 지는 게 싫어서 억지를 부리는 건 나보다 더하구면.
억지로 결론을 내면서, 얘기를 끝내버렸다.
하지만 뭐, 우리가 예외인 것은 확실하다.
하다가 만 디노의 얘기를 다시 하자면, 역시 어떤 힘을 숨겨두고 있을 것으로 생각하는 게 무난할 거다.

《아마도 위장할 생각을 하고 있었을 겁니다. 하지만, 그 부자연스러운 반응을 통해서 다른 권능도 소유하고 있다는 확신을 가졌습니다.》

흠흠.
시엘이 그렇게 말한다면, 틀림없을 것이다.
디노도 천사 계열의 얼티밋 스킬을 보유하고 있던 탓에 미카엘의 '얼티밋 도미니온'에 의해 조종을 당하고 말았을 것이다.
나와 디노는 '영혼의 회랑'으로 이어져 있지 않기 때문에 곧바로 해제해줄 수는 없지만, 본인과 대결할 일이 있다면 가능성은 있다.
뭐, 디노 본인의 뜻에 따라 배신했을 가능성은 남아 있으므로 방심은 금물이지만, 무턱대고 적대시하는 것은 일단 중지하기로 한 것이다.

그렇게 끝이 나면 좋았겠지만, 풀이 죽어 있는 자가 한 명 더 있었다.

"정말 죄송합니다. 리무루 님. 라미리스 님을 위험에 노출시키고 말았습니다……."

베레타가 내 앞까지 나서서 무릎을 꿇더니, 머리를 숙이면서 사죄했다.

"잠깐, 베레타! 넌 날 위해 잘 싸워줬어!"

라미리스의 말이 옳다고 나도 생각했다.

자신보다 격이 높은 디노를 상대로 보여준 베레타의 활약은 훌륭했다. 실수를 질타하기는커녕, 시간을 벌어준 것을 칭찬해주고 싶은 바였다.

베레타의 성격을 감안하면서, 혹시 자신이 패배한 것에 책임을 느끼고 있는 것이 아닐까 하고 걱정하고 있었는데, 역시 예상대로였다.

베스터도 그랬지만, 너무 진지한 것도 문제가 좀 있군.

"아니, 훈련했던 대로 시간벌이에는 성공했으니까, 넌 잘한 거야!"

"하지만 저는 라미리스 님으로부터 던전 마스터(미궁통괄자)라는 수비의 핵에 해당하는 역할을 맡았습니다. 그리고 리무루 님으로부터 라미리스 님의 수호라는 임무를 맡은 몸입니다. 그랬는데, 이런 꼴을……."

베레타가 내 말에 납득하지 못한 채, 아직도 자신을 책망하는 목소리를 냈다.

어지간히도 분했던 것 같지만, 베레타의 행동은 적절했다. 디노를 상대로 이길 수 있는지 아닌지를 파악한 뒤에, 자신의 역할을 완수했으니까.

그때 판단을 잘못하는 바람에 이기지도 못하면서 무모한 돌격을 했다면, 리미리스는 지금쯤 틀림없이 끌려갔을 것이다. 그렇게 되면, 어떤 피해가 발생했을지 상상도 하고 싶지 않았다.

"그러니까 말이지, 베레타. 너는 좀 더 자신을 자랑스럽게 여겨도 된다."

내가 맡은 일을 잘해주었다고 칭찬하자, 베레타도 그제야 겨우 마음을 진정시켰다.

결과적으로 보면, 적의 전략은 좌절되었다.

즉, 베레타와 미궁의 전력들은 충분한 전과를 올린 것이다.

"그렇게 말씀하신다면……."

마음은 풀렸지만, 아직 납득하지 못하고 있는 것 같았다.

"아직 고민하는 거냐. 좋아, 그럼 나중에 네 고민을 들어줄 테니까 나중에 내 방에 오도록 해라."

"──!! 넷, 감사합니다!"

라미리스가 무사했으니까, 문제가 될 것은 없었다. 그런데도 베레타는 여전히 지나치게 마음에 담아두고 있었다.

어쨌든 베레타와는 나중에 얘기를 나누기로 하면서, 그 자리는 그렇게 끝났다.

*

라미리스랑 베스터로부터 보고가 끝났으므로, 다음은 게루도랑 아다루만 쪽으로 시선을 돌렸다.

"게루도, 도시를 잘 지켜주었다! 정말 고맙구나."

"분에 넘치는 말씀입니다. 저도 이 도시를 사랑하고 있으니까요. 저희가 일한 성과를, 그렇게 쉽게 파괴하도록 놔둘 수는 없지요. 제 동료들도 같은 마음입니다. 저도 한층 더 정진하여, 리무루 님께 걱정을 끼치지 않도록 노력하겠습니다!"

"믿음직스럽지만, 무리는 하지 말도록 해라."

게루도는 지금도 지나치게 일하고 있다는 느낌을 받는다.

더 이상 노력하면, 다른 자들이 게으름을 부리고 있는 것처럼 보일 수도 있다. 게루도의 부하들도 마음 놓고 쉬지 못할 테니까, 상사에게도 적절한 휴식이 필요한 것이다.

게루도에게 무리하지 않도록 하라고 단단히 못을 박아둔 뒤에, 이번 일에 대한 보고를 들었다.

들자하니 적은 디노와 친했던 모양이다.

두 명의 여성이었고, 피코랑 가라샤라는 이름으로 불렸다고 한다.

그리고 그 정체 말인데—— 라미리스를 통해서도 확인했지만, '시원의 칠천사'라고 하는 베루다나바의 부하였던 것 같다.

원래는 세라핌(치천사)이라는 최상위이자 최강의 천사이며, 이 세계의 안정을 위해서 일하는 존재라고 한다.

디노도 아마 그중 한 명이었던 것 같은데, 50층이랑 70층에 출현한 적과는 다른 세력이지 않을까 하는 추측을 했다.

"그 '시원의 천사'들 말인데, 이계에 봉인된, 손을 댈 수도 없을 만큼 강대한 마물을 감시하면서 이계를 관리하는 역할을 맡고 있었던 걸로 기억해. 하지만 디노의 얘기를 들어보면 세 명이 지상에 남아 있었던 것 같아."

그 세 명이 피코랑 가라샤, 디노인 모양이다.

세라핌에서 폴른(타천사)이 되면서, 지상에서 살고 있었던 것 같군.

그들의 목적은 감시임무였다고 하는데, 누구에게서 명령을 받은 건지 본인의 의사인지 그것조차도 불명이었다. 어쨌든 얻을 수 있는 정보의 단편을 통해서, 그들의 의도를 추측할 수밖에 없을 것 같았다.

"실력은 상당했습니다. 저도 진화하지 않았다면, 맞서 싸우는 것은 불가능했겠지요."

게루도가 그렇게 말할 정도였으니까 상당히 위험했던 것 같군.

피코 쪽은 쿠마라가 상대했다고 하는데, 그쪽도 백중세의 싸움이 벌어졌다고 한다. 그랬는데, 적은 미궁에 간섭할 수 있는 힘도 가지고 있었던 만큼, 진지하게 싸우지는 않았다고 추측된다.

"과연, 일이 귀찮아지겠군."

"네."

가능하면 적대하고 싶지 않았지만, 이미 늦었다.

디노가 조종되고 있을 가능성에 걸고, 대책을 생각하기로 하자.

그리고 또 하나의 세력 말인데.

"그건 그렇고 자라리오라는 자는?"

아다루만의 보고를 들었다.

"무시무시한 강적이었습니다. 제가 나설 때까지는 카리스 공과 트레이니 공이 상대하고 있었습니다만, 전혀 상대가 되지 않았다고 합니다."

이쪽이 더 위험한 존재였다.

미궁 안에서의 아카이브(전투기록)도 참조했는데, 아무리 봐도 폴른과는 다른 종족이었다.

'삼요사'라고 자신을 지칭했다고 하니, 요마왕의 부하라는 얘기가 된다.

즉, 그 건방지게 굴던 요마왕 펠드웨이가 과거에는 '시원의 칠천사'의 필두였던 것이다.

함께 이계로 간 세 명의 '시원의 천사'가 지금은 펠드웨이의 부하로서 '삼요사'를 자칭하고 있다는 얘기로군.

이계로 가 있는 동안 베루다나바가 사라지는 바람에, 그자들은 이곳으로 돌아오지 못하게 된 것이다. 그리고 어느새 변질하여 팬텀(요마족)이 된 것이겠지.

완전히 이해했다.

역시 디노 쪽과는 다른 연락방법을 통해서, 옛날의 동료이거나 그 비슷한 이유로 이번에는 협력하는 식으로 일이 진행된 것이 틀림없다.

그게 내 희망적인 관측도 포함된 추론이었다.

《저도 동의합니다.》

오오, 든든한걸.

시엘도 동의했으니까, 거의 틀리진 않겠군.

"어쨌든 요마왕과 그의 일당은 적이다. 앞으로는 그렇게 생각하면서, 다들 경계해다오!"

나는 그렇게 말한 뒤에, 그 후로는 내가 알아낸 것들만 모두에게 얘기했다.

주로 미카엘과 요마왕 펠드웨이에 관한 것이었다. 특히 중요한 것이 미카엘의 권능에 대한 것이었기 때문에, 그 부분도 숨김없이 얘기했다.

"그, 그럼! 디노 녀석도 혹시?! 그래서 리무루도 그 녀석을 믿어주자고 말한 거구나?"

알아차렸나.

내 입장에선 확신하기 전까지는 지적하지 않을 생각이었는데.

"헛된 희망이 되지 않으면 좋겠지만, 조종당하고 있을 가능성은 있어. 그러니까 라미리스, 만약 그럴 경우엔 그 녀석을 용서해주자고."

"응, 그러네. 그러면 좋겠어!"

라미리스는 그렇게 말하고, 기쁜 표정으로 웃었다. 조금 전보다는 기운이 생긴 것 같으니, 이렇게 된 게 다행이라고 생각하기로 하자.

이제 남은 것은 디노가 정말로 조종당하고 있기를 비는 것뿐이다.

＊

이런저런 정보를 교환하면서, 연회의 분위기는 달아오르기 시작했다.

리그루도는 모두가 무사한 것을 기뻐하면서 흐느꼈다. 리그루는 묘르마일로부터 예산을 잔뜩 뜯어내서, 연회의 음식이 끊이지 않도록 준비해주었다.

묘르마일도 여기에 참전하여 숨겨왔던 재능을 피로해 보였다.

능력 있는 부하들이라 나도 기뻤다.

큰 보고를 마치면서 어느 정도는 긴장도 풀렸을 것이다. 우리는 성대하게 즐기기로 했다.

"'삼요사'인지 뭔지 모르겠지만, 제가 놈들을 처치하겠습니다!"

믿음직스러운데, 베니마루.

아니, 실제로 출전하기 전과 비교해도 사람이 달라 보이는 것 같은데, 무슨 일이 있었던 모양이군.

"크와하하하하! 저도 있다면, 다음 싸움도 틀림없이 승리할 것입니다!"

가비루도 호언장담하고 있었지만, 그럴 자격은 충분히 있었다.

이번 싸움에선 대활약을 한 것 같으며, 베니마루와 마찬가지로 무슨 이유인지 힘이 늘어나 있었기 때문이다.

"휘익―! 가비루 님, 멋집니다!!"

"당연하지."

"가비루 님, 점점 더 남자다워지시는군요. 저도 평생 따라가겠습니다."

가비루의 부하들도 그렇게 흥분하면서 떠들어댔다.

"오라버니, 까부는 것도 정도껏 하세요. 이번 싸움에선 죽을 뻔하지 않았습니까! 당신들도 마치 기다렸다는 듯이 쓸데없이 지나치게 칭찬하니까, 오라버니가 멋대로 까부는 것 아닌가요!!"

소우카는 화를 냈지만, 오늘만큼은 허용해주면 좋겠다. 그렇다곤 해도, 걱정을 끼친 가비루가 잘못했으니까 내가 끼어드는 것은 참기로 했다.

이건 결코 도망치는 것이 아니다.

그것만큼은 확실히 해두겠다.

그보다 문제는 내 옆에서 거만하게 굴고 있는 아저씨다.

"크와하하하! 카리스여, 엉망진창으로 진 모양이더구나. 수행이 부족한 거다, 수행이!"

"면목이 없습니다."

"크와하하하! 변명은 필요 없다! 남자답게 깔끔하게 패배를 인정하도록 해라!"

인정했잖아.

아니, 그렇게 말하는 베루도라, 너도 베루글린드에게 졌잖아.

남을 비웃고 있을 때가 아니지 않아?

"너도 졌잖아?"

"뭐어?! 무, 무슨 말을 하는 거냐, 리무루! 나, 나는 지지 않았다. 컨디션이 안 좋았던 것뿐이야!"

변명까지 하고 있잖아.

카리스에게 잔소리를 늘어놓았지만, 자신은 그 말을 전혀 지키고 있잖아.

"사, 사부는 그러니까, 상대가 비겁하게도 옆에서 끼어들었기 때문에 어쩔 수 없이 진 것에 가까워! 노 카운트라고!!"

"그, 그렇고말고. 정말 좋은 말을 했다, 라미리스! 그렇지, 나는 진 게 아니다!"

베루글린드 씨가 가까이에 있다는 걸 잊고 있는 건 아니겠지? 그런 지적을 하고 싶다는 생각이 들 정도로 추하게 변명하는 모습을 보여주었다.

애초에 베루도라가 지지 않았다면, 나는 아무런 걱정을 할 필요도 없이 일이 끝났을 거야. 그런데…….

"카리스 군, 베루도라가 싫어져도 저버리진 말아줘."

"하하하, 안심하십시오. 제 주군은 지금은 베루도라 님뿐입니다. 앞으로는 좀 더 인정을 받을 수 있도록 정진하고 싶습니다."

성실했다.

베루도라에겐 아깝다는 생각이 들 정도로, 게루도를 방불케 하는 성실함 그 자체였다.

카리스가 베루도라의 종자가 되어줘서 정말 다행이라고, 나는 그렇게 생각했다.

그런 식으로 연회는 계속되었다.

술도 잔뜩 나왔다.

너무 마음을 놓고 있는 게 아닌가 하고 나는 생각했지만, 간부급이라면 술의 중화 정도는 별것 아닌 것 같았다.

그렇다면 마시는 의미가 없지 않나 하는 생각도 들었지만, 그건 그거다.

취한 기분을 즐길 수 있으며, 그래야 얘기도 신이 난다고 한다.

그 의견에 대해선 나도 동감이므로, 쩨쩨한 잔소리를 말할 생각은 없다.

"드시죠, 리무루 님, 제가 한 잔 따라드리겠습니다!"

"잠깐만요, 디아블로. 다음은 제 차례일 텐데요!"

내 뒤에서 디아블로와 시온이 서로를 경계하면서 다투고 있었는데, 이 두 사람은 사이가 좋은 건지 나쁜 건지, 정확히 이해되지 않았다.

이상한 걸 놓고 서로 경쟁한단 말이지…….

"지지, 시시한 걸로 싸우는 건 그만하고, 너희도 마셔."

"쿠후후후후. 그러면 사양하지 않고……."

"저는 속아 넘어가지 않겠습니다! 마시면 자버리기 때문에, 오늘은 리무루 님의 시중을 드는 것을 최우선적으로 할 생각입니다!"

디아블로는 와인파였나.

나는 와인의 맛은 잘 모르지만, 확실히 디아블로에겐 잘 어울리는군.

그리고 시온.

잠이 드는 수준이 아니라, 술버릇이 최악이다.

마시면 의식을 잃어버리며, 다른 사람에게 시비를 걸거나 난동을 부리기 때문에 슈나가 엄격하게 감시했다. 본인이 기억을 못 하는 만큼 한층 더 질이 나쁜 버릇이다.

그래서 나는 포도주스를 권하기도 했지만, 본인이 자제하겠다면 조용히 있도록 하자.

그건 그렇고, 잘 보니 이 두 사람도 강해졌군.

알아차리고 보니, 간부들은 모두 어떤 식으로든 성장을 이루고 있었다. 각성했을 뿐만 아니라, 그 후에 무슨 일이 있었던 것 같은데…….

《절 의심하진 말아주십시오.》

아, 미안.

그런가, 그렇겠지.

다른 사람의 진화를 돕는 것은 역시 시엘이라고 해도 무리겠지.

《조금 힘을 빌려줬을 뿐입니다.》

빌려줬냐?!

이건 세세하게 따져 묻고 싶지만, 지금은 한창 연회 중이다.

지금 할 수 있는 일은 내일도 할 수 있으니까, 이 순간을 최선을 다해 즐기자.

그렇게 생각한 나는 내일의 자신에게 문제를 전부 떠넘기고, 연회 시간을 진심으로 즐겼다.

*

다음 날, 간부들은 모두 함께 쉬었다.

사무를 맡은 리그루도 쪽에겐 미안하지만, 도시기능의 상태확인과 주민에게 설명해달라고 부탁해두었다.

미궁에서 지상으로 돌아온 도시는 배관관계 등으로 무슨 문제가 일어나지 않았는지 확인할 필요가 있었다.

그런 안전 확인이 끝나는 대로, 피난 중인 주민에게 귀가허가를 내릴 것이다. 큰 싸움이 있고 난 뒤니까, 사무를 맡은 쪽도 편안히 쉬었으면 좋겠지만, 주민들의 생활도 중요한 것이다.

이렇게 생각해보면, 정치가는 정말로 국민의 노예라는 생각이 들지 않을 수가 없었다.

평시에는 평시대로 문제가 많으며, 긴급사태가 발생하면 휴일 같은 건 아예 없어진다. 테스타로사 일행이 행정을 도와주게 되면서 어느 정도는 편해졌지만, 아직 인재확보에 더 많은 힘을 기울여야 할 것이다.

나?

나는 이런 쪽으로는 초보니까, 자료를 읽어보고 허가를 내리는 것이 내가 할 일이었다.

조금이라도 무리라는 생각이 들면 기각하거나, 재고가 필요하다고 담당부서로 반려하는 식으로 처리했다.

당연하지만, 자세한 설명을 시엘이 해주고 있어서 이럴 수 있는 거다. 나 혼자의 힘으로만 처리한다면, 이미 파탄이 났을 것이다.

어쨌든 연회 다음 날이긴 했지만, 나도 열심히 서류의 확인 작업을 해야만 했다. 리그루도와 사무관들이 바쁘게 돌아다니고 있기 때문에, 편안하게 쉬고 있는 것보다 이렇게 일하는 게 마음이 더 편안했다.

하지만 그 전에.

나는 일을 본격적으로 시작하기 전에 클로에의 병문안을 하러 가기로 했다.

의무실로 들어가자마자, 클로에와 눈이 마주쳤다.

"리무루 선생—— 씨!"

"후후, 무리해서 어른스러운 말투를 쓰지 않아도 돼. 내가 보기엔 클로에는 클로에니까."

"아이참! 외모는 이렇지만, 전 이미 어른이라고요. 오히려, 리무루 씨보다 연상이거든요."

그렇게 말해도 말이지.

역시 겉으로 보이는 모습은 중요하니까.

나도 나를 전혀 모르는 다른 사람이 보면 미소녀로 보인다고 하며, 그게 콤플렉스가 되었으니까.

어찌 됐든 섣부른 발언은 지뢰를 밟을 수도 있다는 걸, 명심해 두는 것이 중요하다.

얼굴을 새빨갛게 붉히면서 파르르 떨고 있는 클로에에게, 무사해서 다행이라고 진심으로 말했다. 그러자 클로에는 베개에 얼굴을 파묻었다.

"정말이지! 그러는 건 반칙이야, 리무루 씨!"

응?

이건 어떤 의미로 해석해야…….

《불명입니다. 너무 난해한 질문이군요.》

시엘도 모른다면, 내 능력으로는 절대 불가능이다.

그래서 일단은 '괜찮아, 괜찮아'라고 말하면서 달래줬다.

클로에가 진정하기를 기다린 뒤에, 사정을 들었다.

전투에서 무슨 일이 일어났으며, 그 결말에 대해서.

"나 자신은 아무렇지 않지만, 클로노아랑 얘기를 할 수 없게 되었어. 얼티밋 스킬(궁극능력) '사리엘(희망지왕)'이 폭주하게 될 것 같아서, 그걸 억눌러주고 있어."

역시 미카엘의 지배가 영향을 주고 있었다.

내 소중한 사람에게 손을 대다니, 대놓고 나에게 시비를 걸었다는 기분이 들었다. 처음부터 적으로 인정은 하고 있었지만, 용서할 필요는 없을 것 같나.

"어떤 상태니?"

"으—음, 글쎄? 지금의 나는 '요그 소토스(시공지왕)'을 완전히 다룰 수 없는 데다, 클로노아와 대화를 할 수가 없으니까 상황을 전혀 모르겠어."

아무래도 생각한 것 이상으로 심각한 사태인 것 같았다.

클로에의 전력은 처음부터 의지할 생각이 없었지만, 그래도 어딘가에서 자신의 몸은 스스로 지킬 수 있을 거라고 안일하게 생각했다.

그런 자신의 안일한 인식에 혐오감이 들었지만, 이렇게 된 이상 무엇보다 클로에의 안전을 우선해야 한다.

《지금의 저라면 '정보자'에 대한 간섭권한을 가지고 있으므로, '마나스(신지핵)'인 클로노아에게도 영향을 줄 수 있습니다. 클로에의 정신세계에 침입하며 '얼터레이션(능력개변)'을 실행하면, 미카엘의 영향을 제거할 수 있을 겁니다.》

과연, 시엘이라면 간섭할 수 있단 말이군.

"클로에, 내가 너의 스킬에 간섭하면 상황을 개선할 수 있을 것 같은데——."

"리무루 씨, 그건 안 돼. 그때 클로노아가 마지막으로 말이지, '이 이상 그 사람에게 의지했다간 우리는 자립할 수 없게 될 거야. 그 사람의 옆에 서 있기 위해서라도, 우리는 스스로의 힘으로 이 상황을 벗어나야만 해'라고 말했어. 나도 동감이니까, 리무루 선생님에게 도움을 받을 순 없어.”

날 똑바로 바라보면서 그렇게 제 생각을 밝히는 클로에는 어린 용모임에도 단호한 모습을 보였다. 어른이 되었을 때의 미모를 떠올릴 수 있는 그 표정은 나를 두근거리게 만들기에 충분했다.

아니, 나는 롤리콤은 아니지만 말이지.

단순히 클로에가 초절—— 아, 안 되지.

어딘가의 금발마왕과 같은 발상을 할 것 같아.

그건 지는 거로 생각하기 때문에, 나는 황급히 생각을 고쳐먹었다.

“알았어. 하지만, 무슨 일이 있으면 내게 말해주렴. 나는 언제든 네 상담에 응할 테니까.”

그렇게 말하면서, 클로에의 머리를 쓰다듬었다.

클로에는 기쁜 표정으로 웃었고, 작게 “응” 하고 말하면서 고개를 끄덕였다.

＊

클로에의 병문안을 마치고 돌아오자, 베스터가 긴급한 안건이 있다면서 면담을 요구했다.

“용건은 뭐지?”

“피곤하실 텐데 시간을 내주셔서 감사합니다. 찾아뵌 용건은 가젤 폐하께서 연락하셨기 때문입니다.”

“아!”

안경을 슬쩍 올리면서 베스터가 보고했다.

"네. 심삭하시는 대로 무슨 일이 있었는지 실명하라는 내용입니다."

역시.

그렇게나 큰 전쟁을 치렀는데, 뒷정리도 하지 않고 방치해둔 채 오고 말았다.

그 정도면 당연히 화를 내겠지.

우리나라의 영토 안에서만 일어난 문제라면 또 모를까, 드워프 왕국도 완전히 휘말리고 말았으니까 말이지…….

"음. 화를 냈던가?"

"상당히, 기분이 상하신 것 같더군요."

베스터도 땀을 흘리고 있었다.

그야 그렇겠지.

어젯밤에 같이 술을 마셨으니까.

잠깐 생각해보면 베스터에게도 책임이 있다는 걸 알 수 있다.

그 소동 속에서 그렇게까지 머리가 잘 돌아가진 않았을 테니까 추궁하는 것은 혹독하지만, 베스터 입장에선 나에게 충고했어야 했다고 반성하고 있을 것이다.

뭐, 가장 큰 잘못을 한 건 나지만.

"나중에 설명하겠다고, 회신을 보내주게."

"그럴듯한 변명을 생각해야겠군요."

역시 베스터다.

그의 날카로운 두뇌는 믿음직스럽기만 할 뿐이다.

어찌 됐든 우리 쪽의 상황을 정리하지 않으면 설명할 방법이 없다. 설명회를 언제 열 것인지, 일정을 조정하는 것이 먼저다.

그러므로, 가젤 왕에 대한 대응은 베스터에게 일임하기로 했다. 우리 쪽 의견을 정리한 뒤에 한 번 더 의논하기로 한 것이다.

그리고 점심시간.

어려운 문제는 기억 밖으로 내던진 채로.

좋아하는 카라아게와 쿠즈앙(갈분으로 만든 양념장)을 얹은 야키소바라는 메뉴에 크게 만족한 뒤에, 문득 다시 생각이 났다.

그러고 보니 시엘이 몰래 무슨 짓을 하고 있었지.

어젯밤에 시엘은 간부들에게 '조금 힘을 빌려줬다'고 말했다. 그게 어떤 과정으로, 어떻게 한 것인지, 나도 파악해둘 필요가 있다고 생각했다.

왜냐하면 시엘의 '조금'은 전혀 조금이 아닐 가능성이 크기 때문이다.

《후우, 의심을 받는 건 너무나 의외입니다만⋯⋯.》

그렇게 진술을 시작하는 시엘.

내가 의심했던 대로, 역시 성대하게 일을 저질렀다는 것이 판명된 것이다.

우선 가장 크게 저지른 것부터 얘기하자면, 그건 내 스킬을 멋대로 개조했다는 것이다.

그 권능의 이름은 얼티밋 스킬(궁극능력) '슈브 니구라스(풍양지왕, 豐穣裂瑛)'라고 한다.

그렇다. 확실히 보고는 받았다.

사후보고였지만, 베루글린드의 '얼터레이션(능력개변)'이 끝난 뒤에, 베루글린드의 '라구엘(구휼지왕)'에게 통합된 것은 '우리엘(서약지왕)'의 잔재였으며, 그 본질은 '슈브 니구라스'가 이어받았다고 말했다.

그때의 나는 베루글린드를 우선한 나머지, 그 설명을 대충 흘려 들었던 것이다.

서류를 보면서, 얼티밋 스킬 '슈브 니구라스'에 대해서 상세하게 들었다.

이 권능은 그야말로 나와 부하인 마물들의 인연의 결정 같은 것이었다.

능력창조…'먹이사슬'과 '해석'으로 얻은 정보를 통해서 새로운 스킬(능력)을 만들어낸다.

능력복제…얻은 능력의 카피(복제품)를 제작한다.

능력증여…카피한 스킬을 적응할 수 있는 대상자에게 기프트(증여)한다. 해제도 가능하다고 한다.

능력보존…획득한 스킬을 데이터(정보)화해서 순식간에 재현한다.

뭐, 말하자면 이런 느낌이다.

'영혼'의 용량은 한정되어 있으며, 기억할 수 있는 스킬의 상한에는 한계가 있다고 한다. 그러니까 '영혼'이 아니라 육체에 딸려오는 스킬도 있긴 하지만, 그런 종류는 의지의 힘이 약하다고 한다.

내 경우엔 얼티밋 스킬을 네 개나 보유하고 있었으니, 아마도 용량이 압박을 받고 있었을 것이다.

《아뇨. 네 개가 아니라 다섯 개가 된 상태였습니다.》

아, 그랬지.

베루도라와 같은 존재가 되도록 베루글린드를 흡수해서 해석했었지. 그 결과, 나는 새로운 권능인 얼티밋 스킬 '베루글린드(작열지왕)'을 획득한 것이다.

그렇게 생각하면 확실히 용량오버를 걱정할 수준이 아니었다. 시엘이 베루글린드에게 '우리엘'을 넘겨준 것도 내가 한계였기 때문이었나.

《바로 그렇습니다! 저는 어쩔 수 없이, 능력의 최적화를 할 수밖에 없었던 것뿐입니다.》

깜짝 놀랄 정도로 수상쩍다.

시엘은—— 아니, 유니크 스킬 '대현자' 시대부터 그런 경향이 있었다고 생각하는데, 스킬을 모으는 것이 취미였잖아?

용량이 꽉 찼지만, 버리는 것은 싫다. 그런 생각을 했기 때문에 억지로 진화시킨 것 아냐?

《……그건 그렇고, 설명을 계속하겠습니다.》

억지로 화제를 돌려버렸어!

시엘이 되면서 인간다운 면이 늘어났을 뿐만 아니라, 맹한 부분도 늘어난 깃 같다.

아니, 괜찮아, 괜찮겠지……

제발 괜찮아라——고 빌면서, 나는 시엘을 믿기로 했다.

시엘의 말에 따르면 쓸데없이 용량을 잡아먹고 있던 대량의 스킬을 해체하고 정보화시키면서, 깔끔하게 정리해버렸다고 한다. 그걸 관장할 수 있게 창조한 것이 이 '슈브 니구라스'인 모양이다.

그리고 이 권능이 있으면, 나와 '영혼의 회랑'으로 연결된 마물들에게도 영향을 줄 수 있는데, 구체적으로 말하자면 권능을 부여할 수 있는 것이다.

이게 얼마나 터무니없는 스킬(능력)인지 이해할 수 있을 것이다.

그래서 시엘은 이 '슈브 니구라스'를 이용하여, 베니마루를 비롯한 부하들을 도와주었다고 했다.

이에 관해서는 개인차가 있으며, 정말로 도와주기만 한 경우와 크게 힘을 빌려준 경우인 두 가지로 나뉜다고 했다.

그대로 방치해두면 패배했을 가능성이 농후했다고 하니, 나도 뭐라고 불평하기는 어려울 것 같았다.

아니, 오히려——.

고맙다고, 예를 표했다.

《아닙니다. 저는 마스터(리무루 님)가 바라시는 대로 행동했을 뿐입니다.》

이래저래 말은 많았지만, 아주 큰 도움이 되었다.

앞으로도 잘 부탁한다고 말하면서, 나는 시엘에게 감사했다.

*

시엘의 설명을 듣고, 모두에게 무슨 일이 일어난 것인지 대강은 파악했다.

미카엘이랑 요마왕이라는 적이 있는 이상, 우리도 힘을 기를 필요가 있었다. 그렇다고 해서, 아무에게나 최강의 힘을 기프트(증여)할 수는 없었다.

지나친 힘은 자신의 몸을 망치는 법이다.

그 점은 시엘을 믿고 있다.

마개조가 취향인 것은 여전했지만, 무리한 강화는 하지 않으리라 생각하니까.

제대로 구사하지 못할 자에게 스킬을 주거나 하지는 않을 것 같지만, 제대로 확인해둘 필요가 있을 것 같았다.

그런 생각을 하고 있으려니, 문득 생각이 난 것처럼 시엘이 물었다.

《그건 그렇고, 보류해두고 있던 마스터(주인님)의 '얼터레이션(능력개변)'이 있습니다만, 실행하시겠습니까?》

잊어버리고 있었다.

왠지 시엘이 몸이 달아 있는 것 같은 기운이 느껴졌다.

이런 반응을 보이는 걸 보면, 계속 모색한 끝에 더욱 엄청난 개조 방법을 떠올린 것 같군.

확실히 얼티밋 스킬(궁극능력) '베루도라(폭풍지왕)'와 '우리엘(서약

지왕)'을 동합함으로써, 일티밋 스킬 '하스디(성풍지왕)'를 만들어낼
수 있다고 말했었다.

그 후에 베루글린드에게 '우리엘(서약지왕)'을 양도하고 말았으니
까, 지금은 다른 형태로 개변될 것이다.

시엘이 한 생각이니까, 약해지진 않을 것이라 생각한다.

애초에 묻지도 않았고 보고도 받지 못했지만, 아마 '라구엘(구휼
지왕)'도 해석이 끝났겠지?

《당연합니다.》

그럴 줄 알았어.

그렇게 되면 나는 여섯 개의 얼티밋 스킬을 보유하고 있는 게
되는 건가.

이에 더해 진화한 간부들로부터도 '먹이사슬'로 헌상을 받게 되
니까, 그렇게 되면 시엘의 입장에선 '슈브 니구라스'가 필요해지
는 것도 당연하다.

수가 많아도 다 써먹을 수 있지도 않으니까, 통합하는 게 이치
에 맞을 것이다.

내 생각으로는 '베루글린드(작열지왕)'에게 '벨제뷔트(폭식지왕)' 정
도를 통합하면 아마도 뭔가가 만들어지지 않을까.

그리고 시엘이 분리된 뒤의 '라파엘(지혜지왕)'이 어떻게 되었는
지도 궁금하고.

많이 모인 스킬을 최적화하고 싶다고 한다면, 나는 말릴 이유
가 없다.

지금은 전투 중이지도 않으니까, 문제는 없지 않을까.

좋아, 그러면 맡기겠어. ――아!

《알겠습니다! 당장 실행하겠습니다!!》

――잠깐, 이라고 말하려고 했지만 때는 이미 늦었다.

잘 생각해보니, 나는 몇 번이나 실패를 반복하는 남자인 것이다.

늘 앞뒤를 생각하지 못한 채 저지르고 난 뒤에 후회한다니까…….

왜 바로 허가해버린 걸까………….

얼마나 무시무시한 개조를 할 것인지 확인도 해보지 않고 맡겨선 안 되었다.

하지만 이미 준비를 끝내놓고 있었던 '시엘' 녀석은 내가 말릴 것을 먼저 예상하고 허가를 받자마자 곧바로 '얼터레이션'을 개시하고 말았다.

콧노래를 부르면서 《이제 중지는 불가능합니다》라고 모른 체하는 판국이었다.

확신하고 말하건대, 내가 바로 허가를 할 것도, 그 후에 당황하면서 말리려고 할 것도 전부 예상 범위 안의 일일 것이다.

무시무시한 속도로 승낙을 받자마자, 작업을 시작하고 말았다.

'기다려!' 상태에서 계속 기다렸던 것처럼 엄청난 기세로……………….

시엘은 대답도 하지 않은 채, 작업에 몰두하고 있었다.

아아, 또 기절초풍할 만한 성과를 만들어내겠군. 그렇게 포기와도 가까운 심정이 되고 말았다.

어쨌든 시엘이 없으면 서류정리도 제대로 처리할 수 없다.

나는 마음을 고쳐먹고, 다른 일을 하기로 했다.

＊

시엘이 작업에 열중하고 있는 사이에, 간부들과의 개인면담을 하기로 했다.

시온과 디아블로에게도 그렇게 말하면서 방에서 내보냈기 때문에 한동안은 나 혼자 있을 것이다.

시온은 부하들의 안부를 확인하기도 해야 했기 때문에 별 불만 없이 밖으로 나갔다.

디아블로는 귀찮게 굴었다. 호위가 필요하니 뭐니 하고 말하면서 꽤나 끈질기게 버텼지만, 최종적으로는 "이 면담의 결과에 따라선 너를 '비서'라는 자리에서 해임할 것을 검토 중이다. 테스타로사는 강하고 미인이니까 적임이지 않을까? 역시 비서 겸 호위가 되려면 강하지 않으면 안 된다고 생각하니까 말이지!"라고 반쯤 위협하듯이 설득하자마자, 아주 황급하게 그 자리를 떠났다.

후후후, 처음부터 그럴 마음은 없었지만, 다루기 쉬운 남자라니까.

지금쯤은 필사적으로, 진화한 테스타로사를 상대로 모의전이라고 시작하고 있을 것이다.

디아블로가 질 거라는 생각은 들지 않지만, 의외로 좋은 승부가 될 것 같다. 지는 것도 좋은 약이 될 테고, 가끔은 위기감을 느껴봐야지.

그런고로, 이 시간을 이용해서 면담을 시작하자.

슈나를 불러서 일정을 조절해달라고 요청했다.

그리고 저녁때부터 시간 여유가 있는 자부터 순서대로 내 방을 방문하게 되었다.

맨 처음 온 자는 베레타였다.

나중에 천천히 얘기를 나누자고 약속도 했었으니까, 첫 번째로 지명한 것이다.

이런 면접은 맨 처음과 맨 마지막인 사람이 가장 긴장하는 법이지만, 우리나라에선 첫 번째로 지명을 받는 것이 가장 큰 영예인 것으로 받아들여진다고 한다.

나는 잘 이해가 되지 않는 감각이지만, 다들 그렇게 여긴다고 하니 베레타도 기뻐하는 것 같았다.

"그럼 얘기를 해볼까. 네가 고민하던 것 말인데, 이번 패배는 마음에 둘 것 없다. 아니, 적의 목적을 저지했으니까 패배가 아니라 승리한 것이고 말이지."

아무도 죽지 않은 시점에서 대승리라고 할 수 있었다.

나는 몇 번이고 확인하듯이 그렇게 말했지만, 그래도 베레타는 납득이 되지 않는 표정이었다.

"그건 이해하고 있습니다. 하지만 진 것은 진 것입니다. 저희, 흑의 권속에겐 패배는 참기 어려운 것입니다."

자신들의 승리라는 것은 인정하더라도, 베레타 자신은 패배했다고 생각하고 있는 걸까.

키리스도 그렇고, 베레타도 그렇고, 정말 성실하군.

나라면 대승리라고 선전하고 다녔을 거야.

억지주장이겠지만, 자신이 납득만 한다면 문제없으니까 말이지. 정신승리라고 해도 대환영이다.

참고로, 흑의 권속이라는 것은 악마의 계보를 말하는 것이다.

나도 최근에 알았지만, 베레타는 느와르(태초의 검정색)였던 디아블로를 정점으로 삼는 악마 중 한 명이었다고 한다.

확실히 이상한 점에서 많이 닮긴 했다.

지는 걸 싫어하는 것도 납득이 되었다.

그런고로, 베레타가 분하게 여기는 마음도 이해할 수는 있지만…… 그렇다고 해도, 이것만큼은 어떻게 할 수가 없다.

내 부하들에겐 전투에서 승리한 포상의 의미로서 각성을 시켰지만, 그건 '마왕종'의 자격을 얻었으며, 게다가 나와 '영혼의 회랑'으로 연결되어 있어야 한다는 게 조건이었다.

베레타는 그 조건을 채우고 있지 않──.

《채우고 있습니다.》

우왓, 깜짝이야!!

자신의 작업에 열중하고 있던 시엘이 우리 얘기에도 귀를 곤두세우고 있었던 모양이다.

그렇다면 내 서류작업을 도와줄 수도──.

《마침 여기에 한 명이라면 각성시키기에 충분한 '영혼'이 모여 있습

니다. 어떻게 할까요??》

……또 화제를 돌렸네?
이런 성격은 진화하지 않는 게 더 좋지 않았을까?

《아닙니다. 그런 사실은 확인되지 않았습니다.》

아니, 아니, 다운그레이드한 척 얼버무리지는 마.
하지만 뭐, 그렇다면…….
아무래도 제국군과의 전투에서 '영혼'을 새로이 더 획득했던 것 같다. 그걸 이용하면, 베레타의 바람을 이룰 수 있다.
베레타도 노력하고 있는데, 상을 주지 못했다. 라미리스의 부하가 되었기 때문이라고 생각하면서 일부러 자제하고 있었지만, 베레타도 나에게는 소중한 동료다.
라미리스를 지킨다는 중요한 임무도 맡고 있다. 앞으로도 믿고 의지할 자이니까, 감사의 마음을 담아서 베레타의 고민을 해소해 주기로 하자.
애초에 그것도 한도가 있지만, 그 이후의 결과는 자신의 노력에 따라 달라지는 것이다.
"네가 자신의 역부족을 한탄하고 싶은 마음도 이해는 된다. 그렇다면 새로운 힘을 주도록 하마!"
그렇게 말하면서 의자에서 일어났고, 마치 대마왕이라도 된 것 같은 포즈를 취하면서, 나는 베레타를 향해서 손을 뻗었다.
"잊지 마라, 내가 해줄 수 있는 건 도와주는 것뿐이다. 그다음

부터는 네가 하기에 달렸으니까 말이지.”

그렇게 말하고, 나는 베레타에게 ‘10만 개의 영혼’을 사용해서 진화 의식을 시작했다.

베레타에게 ‘이름을 지어준’ 자가 나인 이상, 베레타가 자력으로 진화할 길은 막혀 있었다. 그 책임을 진다는 의미에서도, 이 의식은 필요했던 것일지도 모른다.

“아니, 설마!!”

“베레타, 이것으로 너도 진화할 것이다. 앞으로도 라미리스를 계속 지켜다오!”

베레타는 놀라고 있었지만, 문제없이 진화가 완료되었다.

디아블로의 권속답게 진화의 잠에 빠지지는 않는 모양이었다.

참고로, 그 진화된 상태를 말하자면──.

이름 : 베레타 [EP : 197만 8743]

종족 : 상위성마령(上位聖魔靈)──카오스 메탈로이드(성마금속생
        명체, 聖魔金屬生命體)

가호 : 미궁의 가호

칭호 : 라미리스의 수호자

마법 : 〈암흑마법(暗黑魔法)〉

능력 : 얼티밋 스킬 ‘데우스 엑스 마키나(기신지왕, 機神之王)’

내성 : 물리공격무효, 상태이상무효, 정신공격무효, 자연영향
        무효. 성마공격내성

──위와 같았다.

225

베레타 몸의 재질이 히히이로카네(궁극의 금속)로 변질되었다. 이건 갓즈(신화)급에 해당하는 것이며, 베레타의 존재치가 마구 솟구치고 있는 것도 납득이 되었다.

참고로 EP라는 것은 존재치를 말하는 것이다.

이그지스턴스 포인트(EXISTENCE POINT)라는 뜻이지, 에너지 포인트를 말하는 것이 아니다. 영어를 쓰고 있지만, 그 부분은 따지면 지는 것이다.

원래 재질이었던 아다만타이트(생체마강)이 베레타에게서 흘러나온 방대한 마력요소를 흡수한 결과였다.

가장 중요한 사항인 스킬을 말하자면, 유니크 스킬 '반대로 뒤집는 자(아마노쟈쿠)'를 희생하여 얼티밋 스킬 '데우스 엑스 마키나'를 획득한 것 같았다. 여기에 포함되는 것은 '사고가속, 만능감지, 마왕패기, 광물지배, 지속성조작(地屬性操作), 반전융합, 공간조작, 다중결계'로 이뤄져 있었다.

《힘 좀 썼습니다!》

아, 수고하셨습니다—.

그건 그렇고, 흥미가 생기는 일엔 무작정 달려드는구나.

내 스킬도 중요하지만, 자신의 취미는 잊을 수 없다는 얘기겠지.

약삭빠르게 스킬(능력)까지 손을 대서 가지고 논 것 같고 말이지…….

실로 시엘답다고 생각했다.

앗차, 그건 이제 넘어가기로 하고 정말 대단하군, 베레타는.

새로운 권능인 '광물지배'와 '지속성조작'을 합친 기술로 광물을 자유자재로 만들어내거나 조작할 수 있게 되었다고 한다. 소재가 필요하긴 하지만, 미궁 안에는 마강의 보관소가 있다. 지상에서도 대지와 이어져 있으니까 어느 정도의 광물이라면 조달할 수 있을 것이다.

자신의 몸을 히히이로카네로 진화시키면서, 이 힘을 익힌 것 같다.

원소를 다루는 능력, 이라고 할까?

금속이라면 어떤 형상이라도 자유자재로 변형이 가능할 것이다. 경도도 무시하고 마음대로 조절할 수 있으므로 마법이나 오라 등으로 보강되지 않은 무기 같은 건 베레타 앞에선 실질적으로 무기가 없는 거나 마찬가지인 셈이다.

그보다 흉악한 것은 베레타 자신의 몸을 자유자재로 변형할 수 있다는 점이라고 할 것이다.

대부분의 무기가 통하지 않는 것은 당연하며, 영화에 나왔던 그 끈질긴 액체금속 인간, 그런 존재와 비슷해질 수 있는 것이다.

슬라임처럼 숨어들어서 상대를 휘감아 질식시킨다거나…… 생각만 해도 무시무시하군.

평소에는 구체관절을 지닌 고급미술품 같은 인형의 모습을 하고 있지만, 보이는 이미지대로의 존재가 아니므로 주의가 필요했다.

이리하여 베레타는 정신생명체의 아종이라고도 부를 수 있는, 너무나도 두려운 금속생명체로 진화한 것이다.

내가 즉석에서 생각해낸 아이디어로 만든 인형이 이렇게까지 진화를 하다니, 실로 감개가 무량했다. 그런 감상에 빠진 상태로 그를 관찰하고 있으려니, 베레타가 내 앞에서 무릎을 꿇었다.

"리무루 님이 내려주신 은혜는 평생 잊지 않겠습니다. 제 목숨과 바꿔서라도 칙명을 끝까지 지키도록 하겠습니다!!"

그리고 이렇게 맹세해줬다.

무리하진 말라고 말하고 싶지만, 라미리스의 위기를 앞에 두면 그렇게 할 수만은 없겠지. 앞으로도 혹독한 싸움이 기다릴 테지만, 베레타라면 틀림없이 내 기대에 부응해줄 것이다.

베레타가 라미리스를 수호해줄 테니까, 나도 안심할 수 있었다.

"잘 부탁하마."

나는 베레타를 보면서 고개를 끄덕였다.

베레타의 고민은 이것으로 해결되었다. 이렇게 안건 하나가 종료되었다.

나는 베레타에게 충분히 요양하라고 지시한 뒤에, 자신의 임무지로 돌려보냈다.

*

다음 면담자가 오기를 기다리면서, 나는 스킬(능력)에 대해 생각해봤다.

최근의 진화축제와 제국의 강자들과의 싸움을 겪으면서 얻은 정보를 고려하다 보니, 내 안에서 의문이 생긴 것이다.

스킬이란 것은 이 세계에서의 법칙을 근본으로 하여 '영혼'에 뿌리를 내리는 힘이다.

수련을 거듭하거나 위대한 공적을 세우면, '세계의 언어'에 의해 주어지기도 한다.

지금까지 깊게 생각하지 않았지만, 신기한 현상인 것이다.

그런 것이라고 치고 그냥 넘기고 있었는데…… 최근에 있었던 일련의 사건들 속에서 무시할 수 없는 의문이 생겼다.

즉——.

스킬이란 것의 본질은 무엇인가?

——라는 의혹이었다.

나는 이 세계에 왔을 때부터 유니크 스킬을 소지하였다.

아니, 원래의 세계에서 죽을 때부터 '세계의 언어'가 들렸던 것이다.

스킬이 이 세계 특유의 것이 아니라는 것은 그 사실을 통해서도 추측이 된다.

그렇다면 의문이 한층 더 깊어지는 셈인데, 대놓고 말하자면 내가 원래 살았던 세계에서도 스킬을 쓸 수 있는 자가 있느냐 아니냐가 너무 궁금해서 미칠 지경이란 말이지.

원래는 영웅만이 획득한다고 일컬어지는 유니크 스킬.

고유=유니크인 만큼, 그 성능은 천차만별이며 아주 강력했다. 스스로의 바람이 형체를 띠면서, 원하는 대로의 권능을 주인에게 준다.

내 경우에는 '잡아먹는 자(포식자)'와 '지혜가 있는 자(대현자)'가 있었지만, '대현자'는 딱히 원하던 게 아니었기 때문에, 이것도 좀 이상히디는 생각이 든 것이다.

《실례입니다. 저는 리무루 님이 원하셔서 태어났습니다!》

뭐어……?

그건 내가 단지 동—— 아니, 생각하는 걸 중단했다.

시엘이 그렇게 말한다면, 심층심리에서 바라고 있었단 얘기겠지. 이 화제는 위험하니까, 그렇게 치고 넘어가기로 하자.

그리고 하다 만 얘기를 계속하자면.

스킬은 '영혼'에 뿌리를 내리지만, 그렇지 않은 경우도 있다고한다.

육체를 극도로 단련하여 손에 넣은 스킬 같은 건 '영혼'이 아니라 몸에 새겨지는 경우도 있다. 마물에게서 얻을 수 있는 스킬 같은 건 대개 그런 식이며, 먹기만 해도 획득할 수 있는 것이다.

그런 스킬은 종족고유 스킬이라고 한다. 같은 종류의 종족마다 각자 소지하고 있으며, 어린아이에게도 계승되는 계승스킬이기도 했다.

수련으로 익힌 스킬은 잘해봤자 엑스트라 스킬 정도다. 중요한 건 그다음인데, 숙련도를 높이거나 검기와 융합하여 오리지널 기술을 만들어냄으로써 상당히 유용해지는 것이다.

실은 마법도 스킬의 일종이다.

내가 마물을 잡아먹으면서 획득할 수 있었던 걸 봐도, 그건 증명된 사실이다.

그런 식으로 스킬이라고 해도 다양한 게 존재하는데, 그중에서도 특히 중요한 것이 유니크 스킬이다.

유니크 스킬이란 것은 개개인이 만들어내는 고유의 권능이다.

당연하지만, 각자 성능도 다르다.

비슷한 계통도 있지만, 동일한 것은 존재하지 않는다고 여겨진다. 시간을 초월해서 재현되는 경우도 있지만, 그건 특수한 예외일 것이다.

오크 로드의 유니크 스킬 '굶주린 자(기아자)' 같은 것도 그에 해당한다. 격세유전하는 종족 고유 스킬이며, 혈족에게만 깃드는 것이다.

이 '기아자'는 육체에 새겨져 있었기 때문에, 원래는 다른 종족에 속하는 자는 다루지 못하는 스킬로 여겨졌다.

내 경우는 바로 '포식자'와 통합되고 말았기 때문에, 지금까지 신경을 쓰지 않았던 것뿐이었다.

시즈 씨의 '옮기는 자(변질자)'는 그녀의 '영혼'에서 유래된 것 같다는 생각이 들었다.

그건 내게 맡긴 것이었다.

그러므로 나도 쓸 수 있게 된 것이지만, 그렇지 않았다면 획득할 수 없지 않았을까.

왠지 모르지만 '영혼'에 새겨진 스킬 쪽이 더 강력한 것 같단 말이지.

참고로, 루드라가 부여하는 얼티밋 인챈트(궁극부여) '얼터너티브(대행권리)'는 굳이 말할 것도 없이 육체에 깃들어 있었다. '성인'이 아니라면 에너지가 부족해서 다루지도 못하는 건, 스스로 만들어낸 권능이 아니라서 효율이 좋지 않은 거겠지.

그렇기 때문에 강력했지만, 유니크 스킬로도 대항할 수 있지 않았을까.

디아블로가 얼티밋 스킬 보유자인 지우랑 버니를 쓰러트렸지만, 원래는 그건 있을 수 없는 일이다.

유니크 스킬은 얼티밋 스킬에 통하지 않으므로, 얼티밋 스킬에는 얼티밋 스킬로만 대응할 수밖에 없다.

클로에의 '무한뇌옥'이나 '절대절단', 또는 마사유키의 '영웅패도' 같은 예외는 있지만, 유니크 스킬로 얼티밋 스킬 보유자를 쓰러트리는 것은 무모한 짓이다.

유니크조차도 힘의 강약에 큰 차이가 있다. 유니크 스킬끼리만 해도 그런데, 얼티밋 스킬과 비교하게 되면 하늘과 땅만큼의 차이가 생긴다.

얼티밋 스킬을 획득한 자는 세계의 이치를 알게 된다. 따라서, 세계의 법칙에 유래되는 마법보다 상위에 존재하는 것이다.

이에 대항할 수 있는 것은 그야말로 신성 계열 최강인 '디스인티그레이션(영자붕괴)'이나 '태초의 악마'들이 구사하는 궁극마법뿐일 것이다.

그러므로 디아블로가 궁극마법으로 쓰러트렸을 가능성도 있긴 하지만, 왠지 그건 아닌 것 같단 말이지.

그 녀석이라면 힘으로 밀어붙여서 어떻게든 쓰러트렸을 것 같다. 그야말로 이 세상에 절대적인 것은 없다는 사례가 되겠지만…….

어쨌든 상황에 따라선 얼티밋 스킬을 소유하고 있지 않아도, 얼티밋 스킬 보유자를 이길 수 있다는 얘기가 된다.

실제로 극에 달한 수준의 아츠(기술)라면 통하며, 스킬에 의존하기보다 성검기(聖劍技) 쪽이 더 강할 것 같다. 애초에 궁극의 힘에 대항하려면 역시 궁극의 힘을 획득하는 것이 최선이라는 것은 틀림없는 사실이었다.

　생각을 정리해보자면.

　· 스킬에는 '영혼'에 새겨지는 경우와 육체에 깃드는 경우가 있다.
　지금까지의 경위를 통해 생각해보면, 강한 소망이나 갈망에 의해 유니크 스킬이 얻어지는 것 같다.
　그건 재능이라기보다 적성이다. 아무리 바라더라도 존재치가 부족하다면 획득할 수 없다. 바라기만 한다고 획득할 수 있는 것이 아니며, 다양한 시련이나 조건을 클리어해야만 비로소 자신의 손에 넣을 수 있다.
　남이 주는 것보다 스스로 획득한 힘이 더 강하다.
　그뿐만 아니라, 육체보다 '영혼'에서 탄생한 힘이 훨씬 더 강력해지는 것 같다.

　· 동일 스킬은 존재하지 않는다.
　같은 이름의 스킬이라도 그 성능이나 법칙은 아마도 다른 모양인 것 같다.
　바라던 대로의 모습으로 진화하므로, 소유자의 마음이 어떤 식으로 존재하느냐에 따라서 천차만별이 되는 것이다.

· 유니크와 얼티밋의 차이는 절대적이지 않다.

획득한 스킬의 강약은 소유자의 자아에 의해 좌우되기 쉽다. 더욱 강력하게 효과를 발휘하려면, 강인한 의지가 필요할 것이다.

스킬이라는 것은 바라는 것만으로 세계의 법칙에 영향을 끼칠 수 있는 권능이다. 그런 근원이라고도 부를 수 있는 힘을 구사하기 위해선 어중간한 의지력으론 불가능한 것이다.

이렇게 정리해보면, 역시 중요한 건 의지의 힘이라는 얘기가 된다.

그다음으로 중요한 건 스킬의 성능을 철저하게 파악해서, 올바르게 쓰는 법을 찾아내는 것이 되겠군.

나에겐 라파엘(지혜지왕)이 있었기 때문에, 올바른 구사방법을 배울 수 있었다. 그러나 일반적으로는 그렇지 않기 때문에 자신의 바람이 만들어낸 스킬이라고 해도, 잘못된 방법으로 사용하느라 그 힘을 제대로 활용하지 못하는 경우도 있을 것이다.

《후후후, 최근의 사례를 들자면, 디노가 재미있는 실수를 했었습니다.》

뭐?

나도 모르게 되묻자, 시엘이 재미있어하는 말투로 얘기를 시작했다.

....

....

....

디노의 스킬이 전투 중에 진화한 것은 앞서 얘기한 적이 있다. 유니크 스킬 중에서도 최상위인 대죄 계열의 '슬로스(태만자)'가 얼티밋 스킬 '벨페고르(태만지왕)'의 단계에 이르렀던 것이다.

이건 원래는 무시무시한 힘을 발휘하는 권능이라고 한다. 그런데도 제기온에게 철저하게 패배한 것이다.

당연하게도 제기온이 압도적으로 강했던 것도 이유 중의 하나가 되겠지만, 좀 더 근본적인 문제는 디노가 '벨페고르'를 제대로 구사하지 못한 것이라고 한다.

위장을 위한 스킬이니까 그렇게 성실하게 이해하고 있지도 않았겠지만…….

디노의 게으른 성격이 만들어낸 '슬로스'── 얼티밋 스킬 '벨페고르'는 본인이 움직이면 움직일수록 약해지는 특성이 있다고 한다. 그러므로 원래의 사용방법은 '부하나 동료에 대한 지원'을 하는 것이다.

디노가 모아둔 힘을, 그대로 동료에게 빌려주는 권능. 그렇게 해야만, 비로소 '벨페고르'가 진가를 발휘할 수 있다고 한다.

……………….

………….

…….

우리가 자리를 비운 사이에 일어난 일이었지만, 미궁의 아카이브(전투기록)에는 영상이 또렷하게 남아 있었다. 그걸 해석하는 것이 시엘의 취미이므로, 나에게도 이렇게 가르쳐준 것이다.

기이라면, 이런 실수는 하지 않을 것이다.

스킬의 본질을 이해하고, 올바르게 구사하겠지. 그러나 디노

같이 게으른 자는 스킬의 표층적인 면에 현혹되면서 본질을 깨닫지 못했던 모양이다.

아니, 디노를 일하도록 시킨 것이 적의 실수였다.

만약 디노가 평소대로 게으름을 피우고, 그 피코랑 가라샤라는 동료들을 대신 움직이게 했다면 게루도랑 쿠마라가 큰일을 당했을지도 모르겠다.

그렇게 생각하면, 운이 좋았던 것 같네.

내가 할 일을 주고 디노도 노동의 기쁨에 눈을 떴기 때문에, 이번 같은 행운이 있었다고 말할 수 있겠지.

일하면 일할수록 실수나 실패를 한다는 평가는 최악이니까, 만약 디노와 화해할 수 있게 되면 그때는 제대로 알려주도록 하자.

뭐, 이런 식으로 스킬을 올바르게 이해하는 것도 정말 힘든 일인 것이다.

마사유키처럼 자신이 바라지 않았는데 멋대로 발동하는 예도 있으니까 말이지.

그런 스킬은 제어가 어려우므로, 제대로 구사하는 것도 꽤나 힘든 일이다.

스킬의 본질을 알고 그것을 구사하는 것은 자신의 마음을 안다는 것과 같은 뜻이다. 너무나 난해하며, 평생을 들여서 마주해야 할 필요가 있다고 생각한다.

즉, 스킬을 편리한 무기 같은 걸로 착각한다면, 절대 원래의 성능을 이끌어낼 수는 없는 것이다.

《바로 그렇습니다. 절 더 소중히 여기면서, 제대로 바라봐주십시오.》

으, 으—음….

아무래도 어딘가에서 해석을 잘못한 것 같은 기분도 들지만, 그 건에 대해선 깊이 생각하지 않기로 했다.

*

내 생각이 일단락된 타이밍에서, 똑똑 하고 누군가가 문을 노크했다.

슈나의 안내를 받아서 들어온 자는 베니마루였다.

"부르셨습니까? 개인면담을 하시겠다고 들었는데, 뭘 듣고 싶으신 겁니까?"

나와 맞은편에 있는 소파에 앉으면서, 베니마루가 그렇게 물었다. 중요한 밀담이라도 하는 걸로 생각하고 있는 것 같은데, 아쉽게도 그건 아니었다.

"미안하지만, 그냥 생각이 나서 부른 거야."

"그냥 생각이 나서 부르셨다고요?"

"그래. 이번 싸움에서 모두의 힘이 대폭적으로 늘어났잖아? 미궁 안이라면 존재치도 측정할 수 있으니, 이쯤에서 전력을 한 번 제대로 파악해둘까 해서."

"과연, 그건 중요한 일이죠!"

내 설명을 듣고, 베니마루의 표정이 밝아졌다.

듣자하니, 신혼생활에 관한 질문을 받으리라 생각하고 단단히 준비했던 모양이다.

"아니, 그건 그것대로 궁금하긴 하지만 말이지, 그걸 굳이 파고 들어 묻는 건 상사의 권력남용 & 성희롱이잖아?"

"그렇습니까? 소우에이는 아예 '훗, 잘 진화한 걸 보면, 할 건 하고 있었나 보군. 너는 성격이 수동적이라서 내가 도와줘야 하는 게 아닐까 하고 생각했었어' 같은 소리를 지껄이는데——."

베니마루가 거기까지 말했을 때였다.

"오라버니?"

그때 케이크를 가져온 슈나가 미소를 지으면서 말을 가로막았다.

그 박력 있는 모습은 등골이 얼어붙을 정도였다.

"리무루 님 앞에서 무슨 실례되는 말을 하고 있는 건가요?"

"미, 미안……."

강경파인 베니마루도 슈나에겐 이기지 못하는 건가.

"리무루 님도 리무루 님이에요. 오라버니의 멍청한 얘기를 마냥 듣고 있지만 마시고, 제대로 타이르셔야죠."

"그, 그러네. 주의할게."

지금은 거역해선 안 된다.

나는 그렇게 이해하면서, 슈나의 기분이 풀리길 기다렸다.

모처럼 먹는 케이크인데, 너무 긴장한 나머지 맛을 느낄 수가 없었다.

슈나가 접시를 가지고 방에서 나간 순간, 나와 베니마루는 성대하게 한숨을 쉬었다.

"휴우——, 큰 실수를 했군요."

"그래. 앞으로는 그런 얘기를 할 때는 때와 장소를 생각하자고."

"알겠습니다. 아니, 그런 얘기는 하고 싶지 않다고 말하고 싶었는데, 왜 이렇게 된 건지……."

뭐, 그렇겠지.

그럴 수도 있겠지만, 내가 보기엔 자랑으로밖에 들리지 않지만 말이야.

뭐, 그 얘기는 나중에 천천히 하기로 하고.

지금은 예정대로 베니마루의 상태를 확인하기로 했다.

이름 : 베니마루 [EP : 439만 7778(+ '홍련' 114만)]

종족 : 키신(귀신, 鬼神). 상위성마령(上位聖魔靈)——'염령귀(炎靈鬼)'

가호 : 리무루의 가호

칭호 : '플레어 로드(혁노왕, 赫努王)'

마법 : 〈염령마법(炎靈魔法)〉

능력 : 얼티밋 스킬(궁극능력) '아마테라스(양염지왕, 陽炎之王)'

내성 : 물리공격무효, 자연영향무효, 상태이상무효, 정신공격
　　　 내성, 성마공격내성

이 정도였다.

아니, 엄청 강하잖아!

유니크 스킬 '다스리는 자(대원수)'를 희생하여 얻은 것은 얼티밋 스킬 '아마테라스'라고 한다. 그 권능에는 '사고가속, 만능감지, 마왕패기, 의사통제, 광열지배, 공간지배, 다중결계' 등이 포함되어 있었다.

베루글린드의 권능까지 반영했다고, 시엘이 자백했다. 단, 베니마루는 자신의 힘만으로 얼티밋 스킬을 획득할 뻔했다고 한다.

아주 조금만 힘을 빌려준 것이라고, 시엘이 가르쳐주었다.

그건 그렇다고 쳐도.

베니마루 자신의 존재치가 400만을 넘었으며, 게다가 '홍련'을 소지하는 것으로 100만이 더 늘어난다니, 루미너스보다도 더 높은 거 아닌가······.

참고로 말하자면, 존재치는 얼버무린 채 속여 넘길 수 없다.

──아마도.

더 정확하게 말하자면, 미궁 안에 있는 자의 존재치는 상당한 수준의 정밀도로 측정할 수 있는 것이다.

이걸 속일 생각을 하고 있다면, 갓즈(신화)급의 무기를 몰래 들고 있거나, 베루글린드처럼 '별신체'를 다른 장소에 놓아두기라도 하지 않으면 불가능한 것이다. 예를 들어서 '별신체' 레벨이라면, 그 수치가 적게 나오므로 바로 가짜라는 것이 들통나 버린다.

미궁 밖이라면 어떻게든 속여 넘길 수 있겠지만, 미궁으로 침입하는 것은 가득 찬 온천에 머리까지 몸을 담그는 꼴이므로, 라미리스의 '감정'에선 벗어날 수 없다.

라미리스는 이런 세세한 점에선 유능하지만, 너무나 아쉬운 점도 가지고 있다.

자신이 뭘 할 수 있고 할 수 없는지, 그걸 이해하지 못하고 있는 것이다.

이렇게 측정할 수 있게 된 것도, 잡담 중에 누군가가 "정확하게 측정할 수 있으면 좋겠군요"라고 말했기 때문이었다.

아마 신지라고 생각하지만, 그에 대한 라미리스의 대답은 "할 수 있어!"였다.

그때 그 자리가 미묘한 분위기에 휩싸이고 말았다는 얘기를 들었다.

모든 사람들이 '좀 더 빨리 가르쳐주면 좋았을 텐데'라고 생각했을 것이다.

그랬으면, 그야말로 루미너스뿐만 아니라, 기이랑 베루자도 씨의 존재치도 측정할 수 있었을 텐데…….

그리고 손님이자 같은 연구원이라는 이유로 방심하지 않고, 디노의 존재치도 측정해뒀다면, 그 외모로는 상상할 수 없을 만큼 강하다는 사실도 일찍 알아차렸을 것이다.

……뭐, 알아차린다고 한들 배신할 것이라는 확신이 없으면, 그건 그것대로 의미가 없으려나. 경계를 더 엄중하게 할 수 있는 게 다였을 것이고, 이번 같은 경우는 어쩔 도리가 없었겠지.

그건 그렇고, 어디까지나 참고수치이긴 하지만, 존재치는 상대의 실력을 알 수 있는 지표 중의 하나로서 유용했다.

그렇게 생각했을 때, 베니마루라면 '삼요사'나 디노를 비롯한 세라핌이 상대라고 해도 밀리지는 않을 것이라고 확신할 수 있었다.

밀리언 클래스(초급각성자)에서도 상위진에 속하기 때문에, 내 오른팔로서 믿음직스러울 뿐이었다.

단 하나, 아무리 생각해도 궁금한 것이 있었다.

"분명 마물은 아이를 만들면 약해진다고 하지 않았어?"

"그렇습니다. 일반저으로는 에너지(마력요소)양이 크게 줄어든다고 하죠."

"그럼 왜 너는 강해진 거지?"

"아하하, 그거참 신기하군요!"

야아, 참으로 상큼한 미소네.

웃으면서 얼버무리려고 하지만, 그렇겐 안 된다.

"어떻게 된 거냐고!"

"저도 모른단 말입니다!! 그 점에 대해선 소우에이도 어떻게 한 거냐고 끈질기게 묻는지라 난감한 지경이라고요."

그런가, 흥미를 가진 것은 나만이 아니었나.

그야 이 의문이 해소되면, 마물에게는 기쁜 소식이 될 테니까 말이지.

뭐, 홉고블린 중엔 결혼한 자들도 많지만, 약해져서 곤란해졌다는 얘기는 듣지 못했지만…… 상위마물일수록 큰 영향이 생길 테니까, 언젠가는 해결하고 싶은 문제였다.

"뭔가 알아낸 게 있으면 가르쳐다오."

"알겠습니다. 그럼 소우에이와 교대하겠습니다."

하나의 의문을 남긴 채, 베니마루와의 면담은 종료되었다.

*

베니마루와 교대해서 소우에이가 방으로 들어왔다.

맞은 편 자리에 앉자마자, 나는 소우에이에게 쓴소리를 했다.

"너 말이다, 베니마루를 너무 놀리지 마."

"홋, 그 녀석은 옛날부터 이상한 구석에서 소극적이었으니까요. 그런 식으로 독려하지 않으면 아무리 시간이 지나도 망설이고만 있을 거라고 감히 생각했을 뿐입니다."

으─음, 일리가 있군.

후계자가 태어나지 않으면 진화할 수 없을 거라는 식으로 말했으니, 소우에이의 걱정도 이해는 된다.

"뭐, 그렇게 치고 넘어갈까. 그건 그렇고, 너의 진화 상태 말인데──."

소우에이는 베니마루의 진화의 영향을 받고 있었다.

이름 : 소우에이 [EP : 128만 1162]

종족 : 키신(鬼神). 중위성마령(中位聖魔靈)──'암령귀(闇靈鬼)'

가호 : '플레어 로드'의 그림자

칭호 : 암인(闇忍, 어둠의 닌자)

마법 : 〈암령마법(闇靈魔法)〉

능력 : 얼티밋 기프트(궁극증여) '츠쿠요미(월영지왕, 月影之王)'

내성 : 물리공격무효, 자연영향무효, 상태이상무효, 정신공격
　　　무효

음, 강하다.

그리고 내성이 정말 훌륭하다.

소우에이를 쓰러트리려면, 성마속성이나 성검기(聖劍技) 같은, 어쨌든 궁극 계열의 공격이 아니면 통하지 않을 것 같군.

궁금했던 소우에이의 스킬(능력)은 시엘이 준 얼티밋 기프트 '츠

쿠요미'였다. 그 권능은 다채로웠으며 '사고가속, 만능감지, 달의 눈, 일격필살, 초속행동, 정신조작, 병렬존재, 공간조작, 다중결계' 등등 온갖 게 다 있었다.

"어라, 이거 농담이지?! 너, '병렬존재'까지 사용할 수 있게 된 거야?"

너무나도 놀라워서 자신도 모르게 그렇게 묻자, 소우에이가 태연한 말투로 대답했다.

"네. 베루글린드 님처럼 동시에 여러 명을 만드는 건 불가능하지만, 한 명만이라도 충분히 유용할 것이라고 자부하고 있습니다."

그야 자부할 만하지.

한 명만으로도 충분한걸.

이걸로 소우에이도 한없이 불멸에 가까워진 셈인데…… 그건 그렇고 특필할 만한 것은 '달의 눈'이라고 할 수 있겠다.

그림자를 뜻대로 조작하여, 상대에게 기척을 들키지 않고 많은 것을 해낼 수 있는 능력이다. 광범위한 것이 특징이며, 도시 하나를 통째로 영향 하에 넣을 수 있을 것이다. 정보수집에 특화되어 있을 뿐만 아니라, 암살이라는 용도에도 쓸 수 있는 권능이었다.

《소우에이의 스킬은 역작입니다. 마스터(주인님)의 기억에 있는 닌자를 재현하기 위해서, 소우에이가 바라는 대로 전부 다 채워 넣었습니다.》

온갖 게 다 있다 싶었는데, 그런 이유가 있었군.

《이 '달의 눈'의 훌륭한 점을 말하자면, '분신체'도 이용할 수 있다는

것입니다. 소우에이가 각지로 '분신체'를 파견하고 '달의 눈'을 이용하여 정보를 공유하면, 세계 각지의 정보를 '사념전달'을 통해 입수할 수 있을 겁니다!!》

 자신 있게 만들었다는 것은 잘 알았다.

 그리고 들으면 들을수록 대단한 권능이라는 것도.

 즉, 내 감시마법 '아르고스(신의 눈)'의 상위버전 같은 건가. 세계 각지의 상황을 감시하고, 음성이 들어간 영상을 만들 수도 있게 된 거로 생각해도 될 것이다. 만능이며 믿음직한 남자가 되어 있었다.

 소우에이에겐 앞으로도 우리나라의 첩보활동을 맡기기로 하자.

 "좋아, 너에게 새로이 '다크니스(어둠의 맹주)'라는 칭호를 내릴 테니까, 앞으로도 '쿠라야미(암흑중)'을 이끌면서 우리나라를 위하여 최선을 다해다오!"

 "네엣!! 모든 건 리무루 님을 위해서!!"

 나를 위해서가 아니라, 우리나라를 위해서―― 뭐, 상관없나.

 "뭐, 잘 부탁하마."

 나는 그렇게 말한 뒤에, 소우에이를 치하했다.

 그리고 약 한 시간 정도 무슨 불만은 없는지, 소우카를 비롯한 부하들은 어떤지, 시간을 들여 차근차근히 소우에이와 얘기를 나눴다.

 소우카를 비롯한 다섯 명의 부하들은 존재치가 약 20만까지 성장했다고 한다. 소우카 자신은 존재치가 26만 1898로 상당히 높았다. 얼마 전의 기준으로 따지면 마왕의 부관 클레스, 그것도 상위진과 싸울 수 있는 레벨이었다.

이번 싸움에서 크게 실력이 늘어난 것 같았다.

싸움에서 이기는 훈련은 하지 않는다——고, 소우에이가 어디선가 들은 것 같은 말을 했다.

하지만 주의했으면 하는 것이 있는데, 자신이 할 수 있다고 해서 남도 그렇게 할 수 있으리라 생각하지는 말았으면 좋겠다는 것이다.

사람에겐 개성이 있으며, 잘하고 못하는 것도 제각각 다르니까.

소우에이 자신이 유능한 것은 인정하지만, 자신과 같은 수준의 업무량을 부하들에게까지 강요하진 말라고. 그런 짓을 했다간, 우수한 자라도 의욕을 잃어버리니까 말이지.

"리무루 님을 위해서 사력을 다하는 것은 당연하지 않습니까?"

으——음, 당연한 게 아니지.

"아니, 그런 생각을 하고 있으면 아무도 널 따르지 않게 될걸? 좀 더 부하를 소중히 여기면서, 오랫동안 즐겁게 일에 매진할 수 있도록 배려하는 것도 상사의 역할이니까 말이지."

역시 일하는 보람을 줘야 사람은 따라오는 법이라고 생각한다.

그야 일이니까, 재미있는 것만으로는 성립하진 않겠지만 말이지.

그래도 역시 성취감은 중요하다고 생각한단 말이지.

늘 무리하고 무모한 업무량을 준다면, 성취하는 기쁨을 얻을 수 없게 되지 않을까. 하물며, 한 번 무리하게 일해서 성취했다고 해서, 다음에는 더 많은 업무량을 떠넘기거나 한다면…….

나라면 버럭 화를 낼 자신이 있어.

네가 해봐── 라고 따지게 되겠지만, 소우에이의 경우는 충분히 해낼 수가 있으니까 말이야. 그렇게 되면 자신을 책망할 수밖에 없게 되면서, 그 결과, 마음이 병들어버릴 수도 있다.

나는 그걸 걱정한 것이다.

"과연, 도구(동료)는 소중하게 쓰라는 말씀이로군요?"

"동료를 도구라고 부르지 마. 나 참, 자신의 일에 긍지를 가지는 것도 중요하지만, 그건 강요하는 게 아니라는 얘기야. 상사인 네가 부하들의 일처리를 인정해주면, 그걸 기쁘게 받아들일 거라는 말을 하는 거야."

"……과연. 확실히 저도 리무루 님의 칭찬을 받는 것이 최고의 기쁨입니다."

으──음, 진지하다고 해야 할까, 너무 무겁다고 해야 할까.

"어쨌든 너도 이번 기회에 부하들과 친목회라도 열어보는 게 어떨까?"

"알겠습니다. 감정 상태를 파악하는 것도 상사인 제 역할이니까, 앞으로는 녀석들의 케어(관리)도 철저하게 하겠습니다."

"적당히 해."

그런 식으로, 일단은 궁금했던 것을 물어봤고 마음에 담아두고 있던 얘기를 전했다.

며칠 후.

소우카 일행이 보낸 감사의 편지가 내게 전해졌다.

그 문장들이 기쁨의 눈물로 젖어 있었던 걸 보고, 나는 소우에이와 면담하길 잘했다고 생각하면서 만족했다.

다음 면담자는 저녁식사 후에 찾아온 가비루였다.

"크와하하하하! 리무루 님의 부름을 받고 가비루가 여기 왔습니다!!"

오늘도—— 아니, 오늘밤도 가비루는 기운이 넘치는군.

밤이니까 좀 조용히 하라고 말하면서, 나는 가비루에게 앉을 것을 권했다.

슈나가 준비해준 차를 마시면서, 본론으로 들어갔다.

"이번에는 대활약했더군. 네가 노력해준 덕분에 모두가 살아서 돌아올 수 있었던 거야. 용케도 마지막까지 잘 버텨줬어. 개인적으로도 고맙다는 인사를 하고 싶다!"

국가라는 입장에서가 아니라 내 개인적인 입장에서, 가비루에겐 감사하고 있었다. 만약 가비루가 포기했다면, 적지 않은 희생자가 나왔을 테니까.

"리, 리무루 님! 저는 그 말씀만으로도 감개무량합니다!!"

왈칵 하고 울음을 터트리는 가비루.

한창 감격하고 있는데 굳이 찬물을 끼얹을 필요는 없지. 나는 그렇게 생각하면서 가비루가 진정하길 기다렸다.

"제가 승리할 수 있었던 것은 물론이고 살아남을 수 있었던 것은 리무루 님 덕분입니다. 그 '목소리'—— 가드라 공이 중얼거리는 것을 듣고 확신했습니다만, 그 목소리의 주인은 리무루 님이셨죠?"

아아, 시엘의 목소리가 들린 건가.

"응? 뭐, 그런 셈이지."

설명하는 것이 번거롭기도 했지만, 시엘의 존재는 비장의 수로 써야 한다. 그다지 널리 알려지지 않는 게 더 좋을 것으로 생각하며, 지금은 가비루의 착각에 동참하기로 했다.

"역시! 제가 그때 힘을 얻지 못했다면, 이길 수 없는 싸움이었다는 건 잘 알고 있습니다. 늘 우쭐해지지 않도록 주의하고 있었으므로, 결코 자신만의 공이라고 주장하진 않겠습니다."

가비루는 그렇게 대꾸했지만, 그 표정은 침착했기 때문에 그게 본심이라는 걸 깨달을 수 있었다.

"성장했군."

"넷! 그렇게 말씀해주신 것만으로도 저는 고맙고 감격스럽습니다──."

조금 전과 마찬가지로 또 울음을 터트리는 가비루.

손수건으론 감당이 안 될 것 같아서 나는 수건을 건네줬다.

그런 가비루의 상태를 말하자면, 그도 엄청나게 변해 있었다.

이름 : 가비루 [EP : 126만 3824]

종족 : 드라고 뉴트(진(眞) 용인족). 중위성마령(中位聖魔靈)──'수령용(水靈龍)'

가호 : 리무루의 가호

칭호 : 드라구 로드(천룡왕, 天龍王)

능력 : 얼티밋 기프트(궁극증여) '무드메이커(심리지왕, 心理之王)'

　　　 고유스킬 '마력감지, 초감각, 드래곤 스킨(용린개화, 龍鱗鎧

化), 플레임 브레스(흑염토식, 黑炎吐息), 신더 브레스(흑뢰토식,
黑雷吐息)'

　　내성 : 통각무효, 상태이상내성, 자연영향내성, 물리공격내성,
　　　　　정신공격내성, 성마공격내성

어느새 소우에이에게 필적할 정도로 강해져 있었다.

가비루의 얼티밋 기프트 '무드메이커'도 시엘 선생의 역작이었다.

자력으로 획득한 것은 아니지만 폄하할 순 없었다. 가비루에게
적성이 있었기 때문에 이 권능을 얻을 수 있었던 것이다.

주요한 권능은 '사고가속, 운명개변, 불측조작, 공간조작, 다중
결계', 이렇게 다섯 개였지만, 흘러나오는 그 패기를 완전히 제어
할 수 있게 되면 '마왕패기'도 습득할 수 있다고 한다.

특히 위험한 건 '운명개변'인데, 하루에 한 번이라는 사용한도
는 있지만, 격이 높은 상대라고 해도 전황을 뒤집을 수 있는 가능
성을 지니고 있었다.

이걸 가비루가 아닌 다른 자가 습득했다면 어떻게 되었을까?

만약 디아블로가 '운명개변'을 획득했다면, 두말없이 최강이 되
었을 가능성이 있을 것이다.

그렇게 생각하면, 가비루는 정말 대단한 것 같았다.

특히 내가 놀란 것은 그 전법이었다.

눈물을 닦아낸 가비루가 자랑스럽게 자신이 싸운 내용을 얘기
해주었는데…….

"이렇게, 적의 창이 화아악——하고 닥쳐왔기 때문에, 저는 훗
하고 웃으면서 창으로 튕겨낸 것입니다!"

이 부분이야, 이 부분.

가비루의 무기는 유니크(특질)급의 매직 웨폰(마법무기)인 볼텍스 스피어(수와창)다. 리저드맨의 비보라고 들었지만, 그래도 어디까지나 유니크급이었다.

그런데도 그 볼텍스 스피어로 갓즈(신화)급인 청룡창을 튕겨냈다고 하니까, 무슨 농담을 하는 줄로 알았다.

"성능차이가 승패를 좌우하는 것은 아니니까요. 크와하하하!"

그렇게 말하면서 가비루는 웃고 있었지만, '당연히 좌우하잖아' 라고 나는 생각했다.

그나마 레전드(전설)급이 상대였다면, 백보 양보해서 억지로라도 납득을 할 수 있었겠지만, 갓즈급이 상대라면 그것도 무리다.

생각할 수 있는 가능성이라면——.

《가비루가 무의식중에 스킬을 구사하여, 볼텍스 스피어를 강화시킨 것으로 보입니다. 궁극 레벨의 권능으로 보호를 받고 있었기 때문에 창이 버텨낸 것으로 추측됩니다.》

뭐, 그렇겠지.

이런 점을 보더라도 가비루는 대단하다는 생각이 들게 만든다.

평소의 언동 때문에 눈에 띄진 않지만, 노력가이기도 하고.

연구, 전투, 무엇이든 다 해내는 만능형이기도 하니까.

앞으로의 활약도 기대할 수 있을 것 같다.

"그러면 그 볼텍스 스피어 말인데, 내가 맡아두고 있어도 괜찮을까? 쿠로베에게 부탁해서 새롭게 만들어보고 싶거든."

"뭐라고요?!"

"무기의 경험을 계승시켜서 새로 만들어내는 거야. 재질은 히히이로카네(궁극의 금속)를 제공할 예정이니까, 갓즈급으로 진화할 수 있을지도 모르겠는데?"

히히이로카네는 아직 희소한 금속이지만, 가비루를 위해서라면 아깝지 않다.

이번 싸움의 포상으로서, 또한 앞으로 있을 가혹한 싸움을 돌파할 수 있도록, 가비루의 무기도 강화시켜두고 싶다는 본심도 있었다.

만약 가비루가 선조대대로 이어져온 무기를 손에서 놓는 걸 꺼린다면, 그때는 다른 방법을 생각할 마음을 먹고 있었다.

"부디, 부디 그렇게 해주십시오!!"

가비루는 또 펑펑 울면서, 내게 그 창을 맡겨주었다.

이제 무기를 어떻게 강화할지 전망도 세웠으니, 가비루는 더욱 강해지겠지.

갓즈급의 무기에게 주인으로 인정만 받으면 존재치도 늘어날 것이다. 가비루 자신이 반정신생명체가 될 수 있으니, 내성 쪽도 수준이 더 높아질 것이 틀림없다.

가비루의 부하인 '히류(비룡중)'도 지금은 존재치의 평균이 12만을 넘은 상태다. 상위자는 20만이라는 수치에까지 도달했다고 하니, 앞으로도 가비루를 뒤에서 받쳐주면 좋겠다.

그런 식으로 가비루는 시종일관 울기만 했지만, 면담은 무사히 끝났다.

심야.

특별회원전용인 가게의 프라이비트룸에서.

아름다운 엘프 아가씨들의 동석을 거절한 채, 나는 게루도와 마주 보고 앉아 있었다.

"컨디션은 어때?"

"아주 좋습니다. 이 힘에도 익숙해졌기 때문에, 이젠 유리잔을 깨거나 하진 않습니다."

게루도는 그렇게 말하면서 웃었고, 능숙한 손길로 술을 마셨다.

그 커다란 손으로 들고 있으니, 평범한 사이즈의 유리잔이 조그마한 사기잔으로 보였다.

"그건 그렇고 오늘 부른 건 다름이 아니라, 널 위로하는 겸 해서 밤새 술을 마시자고 생각해서야."

"참으로 감사합니다. 리무루 님이 그렇게 말씀해주시는 것만으로도 더할 나위 없이 기쁩니다."

평소에는 쿨한 게루도지만, 그 눈빛과 흥분한 표정을 보면, 그게 진심에서 나온 말이라는 것이 잘 전해졌다.

나는 고개를 끄덕였고, 유리잔을 마주치면서 건배했다.

그런 뒤에 한동안 게루도의 고충에 관한 이야기를 듣고 나서 또 하나의 본론에 들어갔다.

"실은 말이지, 너에겐 실례가 되는 얘기일지도 모르지만, 해도 괜찮을까?"

"무슨 말이든 하십시오. 리무루 님이 뭐라고 말씀하시든 제가 실례라고 생각할 일은 없습니다."

아니, 아니, 나도 무신경한 구석이 있으니까 듣기 거슬리는 게 있으면 지적을 해주면 좋겠는데 말이지. 농담이라고 생각하고 악의 없이 말해버리기도 하니까, 그런 건 직접 말해주면 좋겠다.

말주변이 좋았던 나는 초등학생 시절에도 여자를 상대로——아니, 그만두자. 흑역사로 넘어갈 수준의 일도 아닌 데다, 그 후로 나도 성장했으니까.

지금도 세심한 배려가 부족하다는 것은 자각하고 있지만, 이래 봬도 매일 노력하고 있으며, 남이 싫어할 만한 발언은 자중하도록 염두에 두었다.

그 성과가 있었는지 아닌지는 일단 넘어가기로 하고.

게루도의 허락도 받았으니, 말해보자.

"그렇다면 말하겠는데, 싫다면 거절해도 괜찮아."

그렇게 일단 먼저 말한 뒤에, 나는 게루도에게 제안했다.

내용은 물론, 시엘 선생님의 '얼터레이션(능력개변)'을 받아보겠느냐 아니냐 하는 것이다.

시엘 선생님의 존재는 숨기고 있었기 때문에 내 손으로 '스킬을 좀 손봐도 될까?'라고 물어봤다.

그러자 게루도는 망설임 없이 '받겠다'고 대답했다.

"제가 힘이 부족한 나머지, 리무루 님에게 걱정을 끼쳐드린 것 같습니다. 강해질 수만 있다면 상관없습니다. 부디 잘 부탁드립니다."

그렇게 말하면서 게루도는 잔을 바로 비웠다.

그건 어쩔 수 없다는 분위기가 아니라, 더 따질 필요도 없이 그 제안을 받아들이는 것이 당연하다는 듯한, 게루도의 나름대로 결의가 담긴 선언이었다.

나는 게루도에게 술을 따라주면서, 크게 고개를 끄덕였다.

이름 : 게루도 [EP : 237만 8749]

종족 : 시시가미(猪神). 상위성마령(上位聖魔靈)———'지령저(地靈猪)'

가호 : 리무루의 가호

칭호 : '배리어 로드(수정왕, 守征王)'

마법 : 회복마법(回復魔法)

능력 : 얼티밋 기프트(궁극증여) '벨제부브(미식지왕, 美食之王)'

내성 : 통각무효, 상태이상무효, 자연영향내성, 물리공격내성,
　　　정신공격내성, 성마공격내성

내 제안을 게루도가 받아들이자, 대기하고 있던 시엘이 재빨리 질러버렸다.

게루도가 획득한 것은 얼티밋 기프트 '벨제부브'라고 하며, 여기에 포함된 것은 '사고가속, 마력감지, 마왕패기, 초속재생, 포식, 위장, 격리, 수요, 공급, 부식, 철벽, 수호부여, 대역, 공간조작, 다중결계, 초후각, 전신개화(全身鎧化)'로 이뤄진 다종다양한 권능이었다. 내 '벨제뷔트(폭식지왕)'를 약간 열화시킨 뒤에, 거기에 다양한 것을 담은 것 같은 스킬(능력)이었다.

부하들에게 '수호부여'를 줌으로써 전체적으로 강한 방위력도 갖출 수 있었다.

게루도 개인도 '철벽'이나 '대역'을 구시히여, 동료가 받는 대미지를 대신 짊어줄 수 있게 되어 있었다.

부식은 공방일체다. 절대 수비에만 특화된 것이 아니며, 공격에서도 중시된다. 수비에 특화된 게루도라면, 상성도 뛰어난 이 권능을 충분히 활용할 수 있을 것이다.

특필할 점은 스킬만이 아니라, 게루도 자신도 대단한 존재가 되었다는 것이다.

게루도의 방어구는 갓즈(신화)급이 되면서, 게루도 자신의 혈육과 마찬가지인 존재가 되었다. 악마들의 의상과 같은 것이며, 게루도의 뜻에 따라서 자유자재로 나타날 수 있었다.

미트 크래셔도 마찬가지로, 부려져도 바로 새로운 것을 만들어 낼 수 있다고 한다. 쿠로베가 손을 봐주기라도 하면, 그 상태가 기억된다고 한다.

솔직히 말해서, 조금은 반칙이라는 생각이 들 정도였다.

어쨌든 무기와 방어구를 자신의 몸에 받아들이면서 게루도의 존재치가 많이 올라갔기 때문에, 기초는 충분한 상태였다. 이 상태에서 '벨제부브'를 얻었으니, 게루도의 실력은 소우에이나 가비루를 압도할 만한 수준이라는 생각이 들었다.

지금의 게루도라면 '삼요사'라는 자가 상대라고 해도 시간벌이 정도는 충분히 할 수 있을 것이다. 철저하게 수비에 임하는 게루도를 쓰러트리는 것은 엄청난 위력을 지닌 일격이 없으면 어렵게 되었다.

"점점 더 믿음직스럽게 되었군."

"그렇게 말씀해주시니 기쁩니다. 앞으로도 모두를 지키기 위해서 분골쇄신할 것을 맹세하겠습니다!"

앞으로도 널 믿고 싸우겠다고 말하면서, 나는 게루도와 마주 보면서 웃었다.

*

내 오두막에 있는 개인용 방에서.

나는 내일 면담에 대해서 생각하고 있었다.

오늘 저녁부터 시작했기 때문에, 아직 다섯 명밖에 면담하지 못했다.

다들 바쁘니까, 며칠이나 시간을 들일 수는 없다.

'성마십이수호왕'은 아직 아홉 명이나 남아 있는 데다, 그 외에도 몇 명 정도 더 얘기하고 싶은 인물이 있었다.

적어도 아피트는 시엘 선생님의 요청에 따라서 면담할 필요가 있었다.

스킬을 손봐주고 싶어서 참을 수가 없는 모양이다.

욕망에 충실한 것이 좋은 일이겠지만, 그게 모두에게 도움이 될 것이라는 건 부정할 수 없는 사실이었다. 내 입장에서도 말릴 이유가 없으므로, 내일은 열심히 임할 생각이다.

슈나에게도 그런 내 생각을 전해주고 그에 맞춰서 예정을 짜달라고 부탁했다. 디아블로랑 시온은 나중으로 미루겠다고 전해놓았으니, 내일은 예정대로 맞춰서 끝낼 수 있으리라고 생각한다.

마사유키 쪽이 마음에 걸렸지만, 그들도 여러 가지를 놓고 회의를 하느라 오래 걸리는 것 같았다.

가볍게 보고는 받았지만, 내가 관여할 일인지 아닌지 쉽게 정할 수 없는 문제였다. 그러므로 마사유키와 제국에 속한 자들의 논의가 끝날 때까지는, 나는 끼어들지 않고 조용히 지켜볼 생각을 하고 있었다.

뭐, 베루글린드가 있는 것도 차분히 있을 수 없는 원인이라고 할 수 있겠지. 현재 70층에 있는데, 아무도 다가가지 못하는 분위기가 만들어지고 있었다.

베루도라도 재빨리 자기 방으로 도망친 데다, 내 입장에서도 조금은 불안하다.

베루글린드와 헤어진 뒤로 그렇게 오랜 시간이 지나진 않았지만, 그녀가 어떤 경험을 쌓았는지도 궁금하고 말이지…….

어쨌든 상대가 먼저 움직이는 걸 기다릴 수밖에 없다.

그동안에 나는 나대로 내가 해야 할 일을 해야겠지.

그런 식으로 생각하고 있으려니, 문득 누군가의 기척이 느껴졌다.

내 그림자에서 란가가 코끝까지 머리를 불쑥 내민 채 날 바라보고 있었다.

"우옷, 깜짝이야! 란가잖아. 무사히 눈을 떴구나!"

나는 기쁜 나머지 인간의 모습으로 변해서 란가의 머리랑 귀를 마구 쓰다듬었다.

그러자 란가는 기쁘면서도 슬퍼 보이는 표정을 지으면서 귀를 축 늘어트렸다.

"왜 그래? 기분이라도 안 좋아?"

진화에 실패하면서 뭔가 불편해지기라도 한 건가 싶어서 걱정했는데, 아무래도 그렇지는 않은 것 같았다.

"나의 주인이여, 저는 늦잠을 자는 바람에 대전에 참여하지 못하고 말았습니다……."

그냥 풀이 죽어서 기운이 없었던 것뿐이었다.

"난 또 뭐라고. 그래서 그런 표정을 지은 거야?!"

"하지만, 고부타를 비롯한 고블린 라이더들도 저 때문에 활약할 기회를 잃었다고 하지 않습니까!"

그건 그렇지만, 어쩔 수 없는 일이잖아.

그보다 란가가 무사히 진화했으니, 앞으로 대활약을 해주면 그걸로 충분하지 않을까.

"고부타 일행도 연회에서 급사로 일하거나 개인기를 선보이면서 활약해주었고, 란가에게 뭐라고 했던 사람도 전혀 없었어. 그러니까 마음에 두지 않아도 돼."

"나의 주인이여, 그렇게 말씀해주시니 저는 감격스럽습니다."

란가는 끄응 하고 울면서 바닥 위로 나왔고, 내게 애교를 부리면서 몸을 문지르기 시작했다.

나는 또 란가를 쓰다듬으면서, 오랜만에 푹신푹신한 털을 마음껏 즐겼다.

자, 그럼 본론으로 들어가 볼까.

모처럼 란가가 눈을 떴으니까 그의 상태를 확인했다.

이름 : 란가 [EP : 434만 0084]

종족 : 신랑(神狼). 상위성마령(上位聖魔靈)——'풍령랑(風靈狼)'

가호 : 리무루의 가호

칭호 : '스타 로드(성랑왕, 星狼王)'

미법 : 〈풍령마법(風靈魔法)〉

능력 : 얼티밋 스킬(궁극능력) '하스터(성풍지왕, 星風之王)'

내성 : 물리공격무효, 자연영향무효, 상태이상무효, 정신공격
　　　내성, 성마공격내성

아, 란가의 종족도 신성(神性)을 띠게 되었네.

아까부터 마음에 걸리긴 했는데, 변경의 땅에서 신앙의 대상이
되곤 하는 토착신 같은 존재보다도 강할 것 같으니까, 문제는 없
으려나?

소우에이는 베니마루의 종속신 같은 개념일 테니까 예외라고
치고, 아마도 존재치가 200만 정도를 넘으면 종족이 신성을 띠게
되는 것 같다.

확신은 없지만, 왠지 그런 생각이 들었다.

《아직 더 많은 사례를 모을 필요가 있습니다만, 그렇게 인식해도 틀
리진 않을 것 같습니다.》

음.

존재치가 100만을 넘으면 '성인(聖人)'이 되고, 200만을 넘으면
'신인(神人)'이 되는지도 모르겠군. 신성을 띠고만 있을 뿐이지 개
념적인 '신' 그 자체와는 다를 것이며, 만능과는 거리가 멀겠지만,
강한 힘의 상징으로선 의지할 수 있는 존재라고 할 수 있겠다.

란가의 존재치는 아예 400만을 넘었다. 태도(太刀)를 들지 않은 베
니마루와 필적할 수 있을 만큼, 무시무시한 진화를 이룬 것이다.

"대단하구나, 란가!"

"핫핫하, 이것도 전부 나의 주인 덕분입니다!!"

란가의 말에 따르면, 내 요기를 늘 접하고 있어서 덕을 본 것이라고 한다.

더구나 갑자기 엄청난 권능이 번뜩이면서 나타났다고 한다.

그게 바로 얼티밋 스킬 '하스터'인데…… 베루도라가 아니라, 란가가 획득한 것 같았다.

이건 틀림없이…….

《정답입니다. 아주 조금 힘을 빌려줬습니다.》

역시 그랬군.

기프트가 아니니까 란가가 자력으로 획득한 것이겠지만, 시엘이 관여하지 않았을 리가 없었던 것이다.

하지만 뭐, 란가에겐 잘 어울리는 힘이니까 나도 불만은 없었다.

이 권능에는 '사고가속, 만능감지, 마왕패기, 천후지배(天候支配), 음풍지배, 공간지배, 다중결계'로 일곱 개가 포함되어 있었으며, 격이 다른 존재가 되었다고 할 정도로 비교가 안 되게 강력했다.

천후, 그러니까 기후조차도 지배하는 엄청난 능력이라고 말하면, 그 위력을 이해할 수 있을 것이다.

그야말로 란가에게 걸맞은 스킬(능력)이었다.

고부타가 란가를 잘 활용하면서 싸울 수 있을까, 그게 걱정이 되었다.

일할 시간이 되었다.

자지 않고 란가와 장난을 치며 놀았지만, 내 컨디션은 완벽했다.

맨 처음 찾아온 자는 쿠마라였다.

인사를 마치자마자 그녀는 바로 입을 열었다.

"란가 님의 자랑을 들었습니다만, 리무루 님께서 저희의 스킬을 손봐주실 수 있다는 게 사실입니까? 그렇다면 저에게도 부디 새로운 권능을 내려주시면 좋겠습니다!"

어린 소녀의 모습을 한 쿠마라가 귀엽게 보채기 시작했다.

란가는 자력으로 획득한 경우지만, 내가 조금 도와준 것을 과장하여 떠들어댄 모양이다.

오히려 자기 자신을 칭찬하는 게 더 나으리라 생각하는데, 란가는 무슨 이유인지 내 도움을 받은 것을 강조하여 자랑했다고 한다.

정확하게는 내가 아니라 시엘이 한 일이지만, 이건 비밀이니까 애매하게 고개를 끄덕이고 말았다.

자, 그럼 어떡한다.

《받아들이도록 하죠.》

그렇게 말할 줄 알았어.

자중할 생각이 없어 보이는 시엘에게 뒷일을 부탁하는 건 불안하지만…… 적이 존재하고 있는 이상, 세울 수 있는 대책은 전부 끝내놓아야겠지.

"알았다. 네 능력에 따라서 결과가 달라지겠지만, 일단 보기는
하마."

아무리 시엘이라고 해도 무리인 것은 무리다.

쿠마라의 적성에 맞는 스킬이 없으면, 증여도 할 수 없으니까
말이지.

그렇게 말하고 허락을 받은 뒤에, 시엘에게 배턴을 넘겨주었다.

이름 : 쿠마라 [EP : 189만 9944]

종족 : 나인테일(천성구미, 天星九尾). 상위성마령(上位聖魔靈)──지
령수(地靈獸)

가호 : 리무루의 가호

칭호 : '키메라 로드(환수왕, 幻獸王)'

마법 : 〈지령마법(地靈魔法)〉

능력 : 얼티밋 기프트(궁극증여) '바하무트(환수지왕, 幻獸之王)'
　　　고유스킬 '수마지배(獸魔支配), 수마합일(獸魔合一)'

내성 : 물리공격무효, 상태이상무효, 자연영향내성, 정신공격
　　　내성, 성마공격내성

시간이 걸렸지만, 성공한 것 같았다.

쿠마라가 획득한 것은 얼티밋 기프트 '바하무트'라고 한다. 여
기에는 '사고가속, 만능감지, 마왕패기, 중력지배, 공간지배, 다
중결계'인 여섯 개의 권능이 포함되어 있었다.

행성조차 간섭할 수 있으며, 광범위한 중력을 조작할 수 있는

것 같았다.

쿠마라 자신은 종족이 변화되어 있었다.

나인헤드(구두수)에서 나인테일(천성구미)로.

머리에서 꼬리로 바뀌었으니까 약해진 것처럼 느껴지지만, 그렇지 않다. 예전에는 여덟 마리의 마수를 부리고 있었지만, 지금은 머리는 하나다. 즉, 쿠마라의 의사에 따라 완벽하게 통솔하고 있는 것이다.

지금까지와 마찬가지로, 쿠마라의 아홉 개의 꼬리 중 여덟 개는 쿠마라로부터 분리할 수 있다. 그러므로 부하의 자유의사에 맡길 수도 있게 된 것이다.

그럴 경우, 존재치가 20만 정도인 마수 여덟 마리가 쿠마라로부터 분리되는 형태가 된다. 그래도 쿠마라의 존재치는 100만 이상이 남지만, 이건 계산이 잘못된 게 아니라 원래 그런 것으로 이해해주길 바란다.

분리된 수치가 두 배로 늘어나서 부하의 존재치가 되기 때문에 엄청나게 강화된 것으로 봐도 틀리지 않았다.

신성은 띠지 않고 있었지만, 무기와 방어구에 의존하지 않은 상태에서 존재치가 200만 가까이 되므로, 조금만 더 있으면 진화할 수 있을 것 같은 기미가 있었다.

게루도와 마찬가지로 땅 속성이었다.

반정신생명체인 지령수이므로, 중력조작과는 상성이 아주 뛰어났다.

모든 마수를 통합한 지금의 쿠마라라면, 스펙만 놓고 봤을 때

'성나십이수호욍' 중에서도 상위에 들어갈 것이다.

그러나 아쉽게도 지금은 아직 경험이 부족했다.

싸우면 소우에이에게도 질 것이고, 이길 수 있는 상대라면 아다루만과 가비루 정도이려나?

하지만 뭐, 장래가 두렵다는 것은 사실이며, 쿠마라에겐 많은 가능성이 있었다.

아직 어린 여자아이니까, 앞으로의 성장이 기대된다.

*

그다음에 찾아온 자는 아피트와 제기온, 두 명이었다.

제기온을 복도에 남겨두고, 아피트만 방으로 들어왔다.

기왕이면 둘이 동시에 하는 것도 좋겠지만, 개인면담이라는 명목상, 제기온의 뜻을 존중하기로 했다.

맞은편 의자에 앉더니, 아피트는 꾸러미 하나를 슬쩍 건네줬다.

"리무루 님, 오늘 갓 딴 벌꿀입니다."

"오오, 고마워!"

나는 기뻐하면서 미소를 지었다.

만능약이 되는 이 벌꿀은 깜짝 놀랄 정도도 맛이 좋다.

이걸 이용하여 밀림을 일격에 길들인 것은 내 부하들 사이에선 유명한 얘기로 전해지고 있었다.

그런고로, 아주 인기가 높은 상품이다.

허허허 하고 웃으면서, 나는 꾸러미를 품에 넣었다.

나는 뇌물 같은 것에 굴복하지 않는 남자지만, 아피트에겐 잘 대해주자고 생각했다.

그런 아피트의 상태를 말하자면.

이름 : 아피트 [EP : 77만 5537]

종족 : 스타 와스프(천성려봉, 天星麗蜂), 중위성마령(中位聖魔靈)——
　　　 '풍령봉(風靈蜂)'

가호 : 제기온의 가호

칭호 : '인섹트 퀸(곤충여왕)'

능력 : 유니크 스킬 '어머니인 자(여왕숭배)'

내성 : 통각무효, 물리공격내성, 자연영향내성, 상태이상내성,
　　　 정신공격내성

일반적인 수준의 모험가에게 아피트를 쓰러트리라고 말해봤자 무리겠지.

아피트의 실력은 이미 구 마왕들의 수준을 능가하고 있었다. 우리나라에서 정한 특S급에는 조금 모자라지만, 유사각성한 클레이만보다는 강할 것 같았다.

더구나 아피트의 말에 따르면, '여왕숭배'를 통해서 아홉 명이나 되는 인섹터(곤충형마인)을 낳았다고 한다.

아직 번데기이긴 하지만, 상당한 힘을 지닌 마인들이 탄생할 것 같다.

"그렇다면 축하해줘야겠군."

"참으로 기쁩니다! 그렇다면 청컨대 '이름'을 지어주십시오."

이름이라, 그러네.

"그렇군——."

섣불리 대답하길 피하면서 얘기를 돌리려고 했다.

'이름을 지어주는 것'은 위험하니까——.

《문제없습니다. 위험이 없도록. 완전 제어하는 기술을 익혔습니다.》

익혔단 말인가…….

그렇겠지, 카리스 때도 그랬었으니까.

어쩔 수 없나.

아홉 명이나 되는 '이름'을 생각하는 건 너무 힘들 것 같아서 피하고 싶었지만…….

"제로원, 레이지, 레미, 레온, 레고, 레무, 레나, 렛파, 렛쿠('01, 02, 03, 04, 05, 06, 07, 08, 09'의 일본어 발음을 어레인지한 것)——라고 지으면 어떨까?"

너무 적당히 지었다고 따지지는 말아주겠어?

숫자를 이용해서 지은 것이긴 하지만, 이걸로 넘어가 주면 좋겠다.

남자형인지 여자형인지도 불명이므로, 태어난 뒤에 적절하게 어울리는 것으로 할당해주면 되지 않을까.

"어머나! 리무루 님의 자애로움을 느끼면서 제 아이들도 기뻐하고 있답니다!"

"어, 벌써 전해졌어?"

"물론이죠. 저와 그 아이들의 마음은 끊을 수 없는 인연으로 이어져 있으니까요."

자신의 스킬로 만들어낸 아이들에게 명령을 발동하는 것이 '마충지배'이며, 그 전달속도는 순식간이라고 한다. 서로 대화하는 '사념전달'과는 다르게, 우선순위가 명확하게 잡혀 있다고 한다.

'과연'하고 납득했지만, 그건 그렇다 치고.

아까부터 시엘이 시끄럽게 굴고 있었다.

《의외입니다. 저는 단지 '얼터레이션(능력개변)'의 허가를 받아주길 바란다고 부탁했을 뿐인데.》

그렇다고 한다.

시엘은 아피트를 상대로, 그녀의 스킬을 손봐주고 싶어서 참을 수가 없는 모양이다.

시엘 선생님이라면, 나랑 아피트가 허락하지 않아도 억지로 실행할 수는 있다. '영혼의 회랑'으로 이어져 있는 상대에 대해선 내가 상위자권한을 가지고 있기 때문이다.

하지만 긴급할 때라면 또 모를까, 지금은 평시다. 내 허락 없이 멋대로 그런 짓을 할 수는 없다고 배려한 것이다.

그리고 아피트는 제기온의 계보에 속하게 되었기 때문에 내 입장에서 보면 2차적인 권속에 해당한다. 이어져 있긴 하지만, 다른 동료들에 비하면 그 관계가 약하기 때문에 제대로 허락을 받아야 실행하기 쉽다고 한다.

이제 와서 물어보는 것도 우습다고 생각하면서, 나는 아피트에게 물어봤다.

"그건 그렇고, 만약 괜찮다면 네 힘이 지닌 방향성을 잡기 위해서 약간의 힘을 빌려주고 싶은데, 어떨까?"

"그게 무슨 말씀인지?"

"응. 그러니까 네 스킬은 진화할 수 있는 가능성을 가지고 있는 것 같── 있어. 이대로 마충의 지배자로서 권속을 사역하는 지휘관형이 되거나, 혹은 스스로가 권속을 이끌고 싸우는 영웅형이 될 수 있겠지. 그 차이를 설명하는 건 간단한데, 지휘관형은 마충을 낳는 권능이 남지만, 영웅형이라면 그 권능을 잃어버릴 거야. 그 대신 신체능력이 강화되면서, 스킬도 전투에 적합한 것이 강화된다고 할까."

시엘 선생님의 설명을, 그대로 내 입으로 옮겨 전했다. 그리고 동시에 가능성이 두 가지가 있기 때문에 시엘이 강행하지 않았다는 것을 알아차렸다.

선택은 아피트가 하는 것이다. 그렇지 않으면 스킬의 진정한 힘은 발휘되지 않을 것이다.

"물론 그대로 아무것도 하지 않는다는 선택지도 있어."

내가 그렇게 말하자, 아피트는 뜸을 두지 않고 바로 되물었다.

"영웅형을 고르게 되면, 저는 이제 아이를 낳을 수 없게 되는 건가요?"

어떻게 되지?

《유니크 스킬 '여왕숭배'에 있는 '마충탄생'의 권능은 잃어버립니다만, 스킬에 의존하지 않는 생식능력은 남아 있으므로, 후계자를 잉태하는 것은 문제가 없습니다.》

"권속을 스킬로 만들어낼 수 없게 되는 것뿐이지, 평범하게 아이를 낳는 건 문제가 없을 거야."

"과연, 그렇다면 아무런 문제도 없군요. 이미 제 아이들이 '권속탄생'의 스킬을 얻었으니까, 여왕인 저의 군대도 바라는 대로 생산할 수 있으니까요."

그렇군. 아피트는 이미 자신의 권속에게 권능의 일부를 물려줬단 말인가.

그렇다면 아피트의 답은——.

"저는 스스로 선두에 서서 싸우고 싶습니다!"

내가 생각했던 대로, 아피트는 그렇게 선언했다.

그 순간, 기다렸다는 듯이 시엘이 움직이기 시작했다.

《아피트의 '얼터레이션(능력개변)'에 성공했습니다. 유니크 스킬 '어머니인 자(여왕숭배)'가 얼티밋 기프트(궁극증여) '프로세르피나(여왕숭배)'로 진화했습니다.》

말 그대로 순식간이었다.

이미 해석이 다 되어 있었기 때문인지, 1초도 경과하지 않고 빨리 끝냈다.

"끝났어. 나중에 확인해보고 잘 구사할 수 있게 연습하도록 해."

얼티밋 기프트 '프로세르피나'라는 것은 원래 있었던 '여왕숭배'를 취사선택하여 강화한 것 같은 스킬이었다. 그 안에 포함되는 것은 '사고가속, 마력감지, 초감각, 마충지배, 군대지휘, 초속행동, 치사공격(致死攻擊), 공간조작, 다중결계' 등의 권능이었다.

원래 있었던 힘이 강화되었을 뿐이니, 아피트도 위화감은 느끼지 못했을 것이다. 어차피 내가 말하지 않아도 연습할 거라 생각하지만, 일단은 그렇게 충고해두었다.

"더할 나위 없는 행운에 감사드립니다. 지상의 기쁨을 가슴속에 품고, 리무루 님께 한 번 더 충성을 맹세하도록 허락해주십시오."

그렇게 말하면서, 아피트가 바닥에 무릎을 꿇었다.

나는 과장된 몸짓으로 고개를 끄덕여 보이면서, 아피트와의 면담을 끝냈다.

*

아피트와 교대하여 제기온이 들어왔다.

제기온은 소파가 아니라, 나무의자에 조심스럽게 삼가는 듯한 몸짓으로 앉았다.

미궁 안에선 최강인데, 마음 씀씀이도 완벽했다. 외골격 때문에 가죽이 상하지 않도록 배려하는 것 같은 그의 태도를 보면서, 진중한 인품을 가지고 있다는 생각이 들었다.

그건 그렇고 제기온의 활약은 정말 훌륭했다.

규격 외의 존재이며, 각성 전의 단계에선 디아블로와 쌍벽을 이루는 실력자였다.

다른 '성마십이수호왕'과는 선을 긋는 강한 실력을 갖추고 있었는데, 이번 진화로 한층 더 강해진 것 같았다. 아카이브(전투기록)를 봐도, 아직도 진짜 실력을 감춘 상태에서 디노를 몰아낸 것으로 보였다.

참으로 무시무시한 아이라니까.

솔직히 말해서, 이 녀석이 아군이라 다행이라는 생각을 했다.

"제기온, 이번에는 정말 잘 싸워주었다. 네가 조금만 더 늦게 깨어났다면 어떻게 되었을지 모르겠어."

"농담이 심하십니다. 제가 눈을 뜰 타이밍조차도 리무루 님의 계획대로이지 않았습니까?"

그럴 리가 있겠냐!

"아냐. 디노가 의심스럽다는 건 알고 있었지만, 가장 경계가 약해질 타이밍에 움직일 거라고는 생각하지 못했어."

"후후후. 그래서 드리는 말씀입니다. 그런 상황이 될 것을 미리 꿰뚫어 보시고 제가 눈을 뜨도록 하셨으니까요."

그러니까, 그렇게 되리라곤 생각하지 못했다고 하잖아!!

애초에 베루글린드의 존재도 모르고 있었으니── 아니, 알고는 있었지만, 설마 스스로 찾아올 거라곤 생각하지 못했던 거다.

그렇지 않았으면, 간부들을 이끌고 가서 황제와 직접 담판한다는 생각 같은 건 하지도 않았을 것이다.

이번 싸움은 완전히 선수를 빼앗기고 말았으며, 무사히 위기를 돌파한 것은 운이 좋았기 때문이다. 그런데도 제기온은 아무리 설명을 해도 내가 세운 공적으로 만들고 싶은 것 같았다. 나는 곧바로 포기했다.

"어쨌든 네가 있어줘서 큰 도움이 되었다."

"아닙니다, 전 아직 멀었습니다. 리무루 님이라면 제가 나서지 않아도 시공을 초월하여 일격으로 디노를 처리하실 수 있었겠지요? 저는 어디까지나 저에게 활약할 수 있는 자리를 주신 그 자비로운 배려에 응한 것뿐입니다   ."

넌 대체 무슨 말을 하는 거야?

시공을 초월한 일격?

그런 걸 할 수 있을 리가 없잖아…….

이 녀석의 머릿속에 있는 나는 대체 어떤 괴물이 되어 있는 걸까?

"아, 응, 그러네……. 어쩌면 할 수 있을지도 몰라."

"넷! 리무루 님이라면 능히 해내시고도 남습니다."

힘없이 동의하는 나를 보면서, 제기온이 뜨겁게 수긍했다.

존경의 차원을 넘어서 신을 경배하는 것 같은 눈길로 날 바라보는 것 같았다. 제기온은 겹눈을 가지고 있으니까, 내 상상일 뿐이지만…….

정신을 차리고 제기온과의 면담을 이어갔다.

제기온 자신의 입을 통해서, 디노와의 싸움에 관한 견해를 들었다.

디노가 쉽게 도망친 줄 알았는데 그렇지는 않았다는 것. 도망칠 것을 먼저 예상하고 저주(각인)를 새겨둔 모양이었다.

생살여탈권을 장악하기 위한 무시무시한 싸움이었다고 한다.

그런 싸움이 가능하게 된 제기온은 대체 어떤 진화를 이루었을까?

이름 : 제기온 [EP : 498만 8856]

종족 : 코가미(충신, 蟲神), 상위성마령(上位聖魔靈)──수령충(水靈蟲)

가호 : 리무루의 가호

칭호 : '미스트 로드(유환왕, 幽幻王)'

마법 : 〈수령마법(水靈魔法)〉

능력 : 얼티밋 스킬(궁극능력) '메피스토(환상지왕, 幻想之王)'

내성 : 물리공격무효, 상태이상무효, 정신공격무효, 자연영향
무효, 성마공격내성

What?!

나도 모르게 이상한 소리가 튀어나올 뻔했다.

시엘이 알려준 수치는 내 상상을 훨씬 상회하고 있었다.

제기온도 신성을 띠고 있었는데, 그건 당연한 일이었다. 존재
치가 500만이 조금 안 되는 수준이라면, 베니마루에 이어서 한 번
더 놀랄 만한 수치인 것이다.

속성은 물이지만, 시엘의 말로는 공간속성도 갖추고 있는 것
같았다.

반정신생명체가 되었고, 내성도 뛰어났다. 약점이 보이지 않는
데다, 그 레벨(기량)도 나무랄 데가 없었다.

더 따질 것도 없이 강했다.

제기온은 대기 중의 물 분자를 압축시켜서 임시육체를 구축하
고 있는 것 같았다.

내가 준 마강은 아다만타이트(생체마강)의 과정을 거쳐서 히히이
로카네(궁극의 금속)로 이미 진화한 뒤였다. 환상적인 성질을 가지
고 있는 히히이로카네이기 때문에 그런 시도가 가능했던 거다.

제기온이 외골격에 집착하는 것은 내가 제작한 외형이기 때문
일 것이다. 그렇지 않으면 이미 벗어던지고 완전한 정신생명체가
되었을지도 모른다.

그만큼 소중하게 이용해주고 있다는 애기이므로, 나로선 그저 기쁠 뿐이었다.

그리고 접근전투에 특화된 제기온은 지금 이 상태로도 매우 강했다.

무엇보다 완전한 정신생명체가 되었다고 해도 육체가 없으면 의미가 없다. 오히려 지금의 모습이야말로 완성된 모습이라고 할 수 있지 않을까?

《바로 그렇습니다! 이 제기온이야말로 저와 마스터(주인님)가 함께 탄생시킨 최고걸작! 지도는 베루도라에게 맡겼습니다만, 요소요소에선 제 지식을 이용해서 인도하고 있으니까 걱정하실 필요는 없습니다.》

저기, 무슨 뜻인지 잘 모르겠는데?

그런 내 당혹감은 아랑곳하지 않고, 시엘의 자기 자랑이 작렬했다.

제기온이 지배하는 것은 '물'이므로, 물이 있는 장소라면 다른 자와 비교도 안 되는 실력을 발휘한다고 한다.

대기 중에도 수분이 함유되어 있으므로, 제기온에겐 이 행성 위의 모든 장소가 자신에게 유리한 전장이 된다고 하는데……

하물며 생물 대부분은 그 육체의 수십 퍼센트가 물로 이뤄져 있다. 그 수분을 조작할 수 있으니, 제기온이 얼마나 위험한 존재인지 이해할 수 있을 것이다.

인간의 육체 같은 건 대략 65퍼센트가 물이므로, 제기온과 적대하는 것은 자살행위라고 할 수 있을 것 같다.

하지만 제기온이 정말로 위험한 이유는 지금부터 언급되는 사항이라고 할 수 있다.

제기온의 얼티밋 스킬 '메피스토'에는 '사고가속, 만능감지, 마왕패기, 수뢰지배(水雷支配), 시공간조작, 다차원결계, 삼라만상, 정신지배, 환상세계'라는 고성능의 권능들이 포함되어 있었다. 그중에는 몇 가지 위험한 게 있지만, 디노에게 저주(각인)를 새긴 것은 이런 권능 중의 하나가 아니었다.

그 기술의 이름은──'드림 엔드(꿈의 끝)'라고 한다.

즉, 저주라는 것은 제기온이 만들어낸 아츠(기술)였던 것이다.

이거라면 유우키의 '안티 스킬(능력살봉)'도 돌파할 수 있다. 대항하려면 강한 의지력이 필요하지만, 제기온을 능가하는 것은 너무나도 어려울 것이다.

애초에 '드림 엔드'라는 것은 '수뢰지배, 정신지배, 환상세계'라는 세 가지 권능이 복합된 기술이기 때문이다.

제기온은 '환상세계'로 자신에게 유리한 상황을 만들어낸다. 그 안에선 거의 무적이 된다고 하는데, 이런 권능은 '세계 계열'이라고 하며, 아주 희소한 것이라고 한다.

나도 소유하지 못한 것이니, 참으로 강하다고 할 수 있겠다.

《원하신다면 준비해드릴 수 있습니다만?》

…………

어떻게 대답하는 것이 정답인지 모르니까, 듣지 않은 것으로 하자.

어쨌든 지금은 '드림 엔드' 이야기를 하던 중이다.

이 기술에 대해서 말하자면, 대상이 그 기술을 쓴 자의 뜻에 맞지 않은 행동을 할 경우, 즉시 목숨을 거둘 수가 있다고 하던가. 단, 상대의 행동을 제한하는 세세한 제약은 걸 수가 없으므로, 상대의 행동까지는 속박할 수 없다고 한다.

이번 같은 경우에는 디노가 제기온의 뜻에 등을 돌리지 않는 한, 자유행동이 허용된다고 할 수 있겠다.

"그래서 그 저주는 어떻게 하면 발동이 되는 거지?"

"네. 제가 뭔가를 하는 것이 아니라, 디노가 어떤 행동을 취한 순간에 자동적으로 발동됩니다."

제기온의 저주는 관리가 필요 없는 자동형이었다. 발동되면 기술을 쓴 자인 제기온도 감지하게 되지만, 그렇지 않은 한은 의식 위로 떠오르는 일도 없다고 한다.

그리고 발동의 열쇠가 되는 것은 디노의 행동이다. 그건 즉, 내 동료에 대한 '살의'라고 한다.

누군가를 죽이겠다는 결단을 내린 순간, 저주가 디노의 마음(심핵)을 파괴할 것이다. 정신생명체라고 해도 이 주박에서 벗어나는 것은 불가능하다고 한다.

단, 이건 어디까지나 디노의 의식이 열쇠가 되는 것이기 때문에, 내 동료라는 것을 모르고 손을 댈 경우에는 발동하지 않는다고 한다.

도시 주민의 얼굴을 모두 알고 있는 것도 아니므로, 절대적으로 안심할 수 있다고 말할 수는 없다. 단, 도시에 대한 무차별공격 같은 행동은 살의가 있는 것으로 판정되기 때문에 디노에 대한 견제로서는 충분했다.

용케도 얼티밋 스킬을 소유하고 있는 디노에게, 그런 무시무시한 제약을 걸 수 있었군.

"정말 잘했다, 제기온. 조금이라도 위협이 될 만한 게 줄어드는 건 대환영이니까."

"그렇게 말씀해주시니 감사합니다. 아직 미숙한 몸이지만, 리무루 님에게 칭찬을 받으니 기뻐서 가슴속이 뜨거워지는 것 같습니다."

너무 성실한 것 아닌가?

카리스, 게루도, 그리고 소우에이.

베레타도 그랬지.

생각해보니 진지하고 성실한 자가 많았지만, 그중에서도 게루도랑 제기온은 특히 더 그렇군.

이렇게 많은 재능을 가진 자가 노력을 거듭하고도 만족하지 못하고 있으니, 그 성장속도는 가히 위협적이라고 할 수 있을 것이다.

앞으로도 이런 식으로 자만하지 않고 정진해주면 좋겠다.

어쨌든 얼티밋 스킬(궁극능력) '메피스토(환상지왕)'가 터무니없는 권능이라는 것은 이해했다.

디노의 힘으로는 해제할 수 없다고 했지만, 이 세상에 절대적이라는 건 없으므로, 어쩌면 미지의 권능 같은 것으로 별 어려움 없이 해제해버릴지도 모르지만 말이지.

만약 그렇게 되었다고 해도, 제기온의 평가가 떨어지는 것은 아니다. 그럴 때는 상대를 칭찬하면 그만인 것이다.

대놓고 밀해서 제기온은 전 방면으로 우수한 만능형이다.

이번에는 디노가 사망한 틈을 노려서, 그때 기술을 걸 수 있었다고 하지만, 그 센스야말로 제기온의 무서운 점이다.

스킬이 뛰어나다는 것만으로는 의미가 없으며, 제대로 구사할 수 있어야만 비로소 위협이 되는 것이다.

그런 점에서 보면, 제기온 만큼 전투에 특화되고 스킬(능력)과의 적성이 뛰어난 자도 없을 것 같다.

서로 보완하고 있다고 할까.

장점을 살릴 수 있는 능력을 얻은 자가 많은 가운데, 제기온은 단점을 없앨 수 있는 스킬을 획득하고 있었다. 그리고 그걸 능숙하게 운용하여 기술로 활용하고 있었다.

흘륭하다.

더 이상은 할 말이 없어!

자신에게 유리한 상황을 '환상세계'로 만들어낼 수 있는 데다, 그저 잘할 수 있는 분야를 강화시키는 것보다 전술의 폭도 넓어진다. 그걸 활용하는 전투센스랑 레벨(기량)도 내 부하들 중에서도 톱클래스에 속할 것이다.

어딘가의 전투민족 같은 '태초의 악마'들조차 제기온에게 이기지 못하는 것도 납득이 되었다.

제기온, 정말로 무시무시한 녀석이다.

시엘이 최고걸작이라고 보증할 만도 하다.

지금까지 보여주고 있었던 강한 모습도, 그야말로 일부에 불과하다는 얘기로군.

그렇게 말하는 나도, 이렇게 부하의 상태나 권능을 확인할 수 있으니 상당히 치사하다는 생각이 들긴 하지만 말이지.

그러고 보니, 제기온의 칭호인 '미스트 로드'라는 것은 미스터리어스라는 뜻도 포함해서 지은 것이지만, 미스트라는 발음 자체는 안개라는 뜻도 가지고 있었지.

말하고 보니 묘하다.

속성으로 봐도 잘 맞아떨어지고 있었다.

혹시…… 제기온은 내 말을 착각하는 바람에 방향성을 그렇게 정한 것은 아니겠지?

아니, 설마 그럴 리가…….

만약 그렇다면, 시엘 선생님이 제대로 지적을 할 테니까.

지적하겠지?

《……물론이고말고요!》

설마?!

반응이 약간 늦었지만, 그렇게 뜸을 들였다는 사실에 나는 너무나도 신경이 쓰였다.

*

시엘이 약간 맹해진 것 아닌가? 그런 의혹을 가슴속에 숨긴 채, 다음 면담자를 기다렸다.

방으로 들어온 자는 아다루만이었다.

"리무루 님, 오늘도 평안하십니까. 이렇게 배알할 수 있는 기회를 주신 것에 대해, 이 아다루만은 감사의 마음을 금치 않을 수가 없습니다!"

이 정도면 이젠 성실함을 넘어선 뭔가 다른 경지에 이르렀군.

나는 대충 대답하면서 듣고 넘겼고, 소파에 앉도록 권했다.

빨리 진행하지 않으면 시간만 낭비하게 될 것이다.

그런 기분이었기 때문에, 억지로 아다루만을 앉혔다.

"그건 그렇고, 눈을 뜨고 난 뒤에 몸은 어떻지?"

"최고입니다! 기력은 충실하며, 몸 구석구석까지 성스러운 기운이 가득 차 있는 것 같습니다."

아다루만은 그렇게 대답했는데, 확실히 빛나 보였다.

설마 하고 생각하면서, 그 상태를 확인해보니——.

이름 : 아다루만 [EP : 87만 7333]

종족 : 사령(死靈). 중위성마령(中位聖魔靈)——광령골(光靈骨)

가호 : 리무루의 가호

칭호 : '게헤나 로드(명령왕, 冥靈王)'

마법 : 〈사령마법(死靈魔法)〉, 〈신성마법(神聖魔法)〉

능력 : 얼티밋 기프트(궁극증여) '네크로노미콘(마도지서, 魔道之書)'

내성 : 물리공격무효, 정신공격무효, 상태이상무효, 자연영향
　　　무효, 성마공격내성

역시 그렇군.

사령이면서 빛 속성을 가지고 있었다.

어디까지나 내 생각이지만, 외모가 가장 마왕처럼 생긴 자가

아다루만이다. 그런 그가 빛 속성이라니, 아이러니도 이런 아이러니가 없다는 생각이 들었다.

하지만 뭐, 아다루만의 경우는 엑스트라 스킬 '성마반전'으로 속성을 바꿀 수 있으므로, 이제 와서 무슨 말을 하는 거냐고 묻는다면 할 말은 없다.

사실은 반대라고 생각하지만, 그걸 신경 쓰면 지는 것이다.

왜냐하면, 그 외에도 마음에 걸리는 점이 있었기 때문이다.

존재치가 각성마왕급인 것도 그렇고, 지적할 부분이 너무 많아서 나도 골치가 아팠지만…… 가장 큰 문제는 얼티밋 기프트 '네크로노미콘'이었다.

이건 대체…….

《제가 주었습니다.》

물어볼 것도 없었네.

그 외에 다른 이유는 생각할 수 없었지만, 역시 시엘이 손을 대고 있었던 모양이다.

"무엇보다 훌륭한 것은 리무루 님으로부터 받은 이 힘—— '네크로노미콘'입니다. 지혜의 결정이자, 제힘의 근원이 되었습니다."

기쁜 표정으로 아다루만이 얘기했다.

아다루만의 '네크로노미콘'에는 '사고가속, 만능감지, 마왕패기, 영창파기, 해석감정, 삼라만상, 정신파괴, 성마반전, 사자지배'라는 권능이 포함되어 있다고 한다.

원래 있었던 힘은 물론이고 〈사령마법〉이랑 〈신성마법〉 등도

주문을 읊지 않고 사용할 수 있게 되었다고 한다.

죽은 자들을 지배하는 힘과 가호가 강화되면서, 아다루만의 군세는 더 위력이 늘어난 것 같았다.

그런 내용을, 기쁜 표정으로 설명해주었다.

본인이 기뻐하고 있다면, 그걸로 됐다.

눈치 없는 말을 하는 것은 자제하자고 생각했다.

《참고로 이 '네크로노미콘'에 대해서 말씀드리자면, 가드라에게 주었던 얼티밋 기프트 '그리모어(마도지서)'와는 같은 계통으로 완성되어 있습니다. '그리모어'에서 아다루만에게 적합하지 않은 지식을 제거하고, 그에게 필요하게 될 권능을 추가해봤습니다.》

칭찬해주길 바라는 것 같은 시엘.

가드라에게도 권능을 주었다──는 것을 지금에야 비로소 알았다.

대단한 것은 틀림없지만, 내 입장에선 순순히 납득하기 어려운 게 있었다.

마음을 달리 먹고 생각해보니, 아다루만이랑 가드라는 연구자에 적합한 성격이었다. 친구였다고 했으며, 사이좋게 공동으로 마도 연구했던 거다.

내가 보기엔 마법 마니아 같은 자들인 데다, 해가 되진 않을 것 같아서 멋대로 하게 놔두고 있었다. 어쩌면 진리의 구명에 성공할지도 모르는 데다, 좋아하는 것에 열중하는 것은 좋은 일이라고 생각했던 거다.

이 '네크로노미콘'과 '그리모어'는 서로를 보완하고 있다고 한다. 이 두 사람이 가지기에 적합한 권능인 것 같으니까, 확실히 이게 정답이겠다는 생각이 들었다.

아다루만과의 면담은 끝났지만, 이 자리에서 알베르트와 웬티의 상태도 물어보면서 조사했다.

본인들이 황송하다고 말하면서, 나와의 면담을 바라지 않았기 때문이다.

더 훌륭한 무훈을 세우지 않으면, 나와 만날 자격이 없다고 말한 모양이다.

성실함을 넘어선 어떤 수준이라고 할까, 아예 이해되지 않는 레벨이었다.

날 대체 어떤 존재로 생각하고 있는 거람…….

어쨌든 부하를 파악하는 것은 중요한 일이다.

알베르트는 아다루만에게 예속된 종자다.

그리고 웬티도 아다루만에게 종속된 애완동물이다.

아마 이 두 명도 아다루만이 죽으면 소멸하겠지. 하지만 반대로 아다루만만 무사하다면, 그 존재는 불로불사가 되는 것이다.

따라서, 아다루만을 경유하여 얼티밋 기프트를 성공적으로 줄 수 있었다고 한다.

《힘 좀 썼습니다.》

그건 네 취미라서 그런 것 아냐?

분명 시엘은 좋은 성격을 갖고 있을 것이다. 나는 그렇게 확신하면서, 보고를 들었다.

이름 : 알베르트 [EP : 68만 2639(+ '영검(靈劍)' 60만)]

종족 : 사령(死靈). 중위성마령(中位聖魔靈)──염령인(炎靈人)

가호 : 리무루의 가호

칭호 : '게헤나 팔라딘(명령성기사, 冥靈聖騎士)'

능력 : 얼티밋 기프트(궁극증여) '이모탈(불로불사, 不老不死)'

내성 : 물리공격무효, 정신공격무효, 상태이상무효, 자연영향
　　　 무효, 성마공격내성

이름 : 웬티 [EP : 98만 4142]

종족 : 게헤나 드래곤(명령용왕, 冥靈龍王)

가호 : 리무루의 가호

칭호 : '명옥용왕(冥獄龍王)'

마법 : 〈암흑마법(暗黑魔法)〉, 〈사령마법(死靈魔法)〉

능력 : 얼티밋 기프트(궁극증여) '이터널(불후불멸, 不朽不滅)'

내성 : 물리공격무효, 정신공격무효, 상태이상무효, 자연영향
　　　 무효, 성마공격내성

진화의 영향으로, 존재치가 엄청나게 늘어나 있었다.

그리고 두 사람 다 무효가 많았기 때문에 내성은 완벽에 가까웠다.

아다루만도 마찬가지였으니, 한 번 죽은 자이기 때문에 얻을

수 있는 내성일 것이다.

두 사람의 권능 말인데, 이름은 다르지만 내용은 같았다.

포함되는 것은 세 종류가 있었는데. '사고가속, 완전재생, 예속 불멸'로 이뤄져 있었다. 그 외에도 부여할 수 있는 여지가 더 있을 것 같지만, 그에 대해선 고민 중이라고 한다.

시엘이 하고 싶은 대로 하게 놔두면, 문제는 있지만 잘못되진 않을 거라고 생각하기로 했다.

그들의 '영혼'을 아다루만에게 맡기고 있어서, 육체가 소멸하는 일은 없을 것이라고 한다.

아다루만이 죽으면 함께 죽는 것 아닌가——라고 생각했던 내 예상대로의 결과였다.

그 아다루만도 불사신이므로, 실질적으로는 무적이라고 할 수 있었다.

이 녀석들도 반칙 수준의 팀이로군. 나도 모르게 그런 생각을 하고 말았다.

참고로, 알베르트는 성장 가능성이 컸다.

애초에 갓즈(신화)급의 존재치는 기본이 100만 단위이므로, 알베르트의 존재치가 상승하면, 성능을 아직 더 이끌어낼 수 있기 때문이다.

검술실력도 훌륭한 알베르트라면, 그렇게 되는 것도 머지않은 일이라는 생각이 들었다.

그날을 기대하면서, 나는 아다루만을 배웅했다.

*

점심을 먹은 뒤에 면담을 재개했다.

만반의 준비를 하고 찾아온 자는 시온이었다.

"리무루 님, 오래 기다리셨습니다! 이제 드디어 제 차례가 되었군요!!"

기다리진 않았지만, 그 말은 하지 않는 게 좋겠다.

그렇게 판단한 나는 "음" 하고 짧게 말하며 고개를 끄덕이고는 시온과 마주 보고 앉았다.

이름 : 시온 [EP : 422만 9140(+ '신(神) 고리키 마루' 108만)]

종족 : 투신(鬪神). 상위성마령(上位聖魔靈)──투령귀(鬪靈鬼)

가호 : 리무루의 가호

칭호 : '워 로드(투신왕, 鬪神王)'

기술 : 〈신기투법(神氣鬪法)〉

능력 : 유니크 스킬 '잘 처리하는 자(요리인)'

내성 : 물리공격무효, 상태이상무효, 정신공격무효, 자연영향
　　　무효, 성마공격내성

자랑스럽게 시온이 자신의 힘을 설명했다.

그와 함께 시엘의 설명을 들었는데, 대부분 시온이 잘못 알고 있었다.

시온은 스킬에 의존하지 않아도 강했다.

시온의 무기는 갓즈(신화)급이므로, 얼티밋 스킬(궁극능력)이 없어도 얼티밋 스킬 보유자에게 칼이 먹히는 것이다.

육체 그 자체가 위협적이며, 더구나 '무한재생'까지 하는 악몽이었다.

기력이 떨어지기를 노리려고 해도, 시온의 존재치도 또한 베니마루에 필적할 정도로 뛰어났다. 즉 에너지(마력요소)양도 방대하기 때문에 소모되길 기다리는 건 악수였다.

내성도 완벽하므로 정면승부로 격파할 수밖에 없다. 그것만이 유일한 승리의 길이기 때문에 오히려 적을 동정해주고 싶을 정도였다.

"너, 강해졌구나."

"에헤헤, 칭찬해주셔서 황송할 따름입니다!"

황송해하는 낌새는 전혀 느껴지지 않는 기쁜 표정이었다.

하지만 사실이기 때문에 뭐라고 할 생각은 없다.

그건 그렇고, 지금까지 면담한 자들이 다들 하나같이 얼티밋 스킬만 가지고 있었기 때문인지, 유니크 스킬밖에 없는 것이 오히려 놀라웠다.

시엘, 혹시 시온이 거절한 거야?

《아닙니다. 시온은 아주 많은 가능성을 가지고 있는지라, 신중하게 파악하는 중입니다. 유니크 스킬 '요리인'도 다른 것과는 비교할 수 없을 정도로 강력하기에 그냥 놔둬도 충분하리라 생각했습니다.》

흠, 확실히 강하긴 하지만…….

나도 최근에는 시엘의 감정을 읽어낼 수 있게 되었다.

직감이지만, 제법 잘 들어맞는단 말이지.

그 감각을 믿는다면, 시엘은 시온의 스킬에 손을 내는 걸 주저하는 모양이다.

《……정답입니다.》

별일도 다 있군.

이유를 물어보니, 내키지 않아 하면서도 대답해주었다.

참으로 놀라웠다. 시온의 스킬을 강화할 경우, 나를 죽일 수도 있는 권능을 획득할 가능성이 있다고 한다.

그건 바람직하지 못하다고 판단한 시엘은 오히려 시온의 스킬 진화를 봉인한 모양이다.

스킬 마니아가 그런 짓을 할 정도면, 상당한 수준이란 말이겠지.

시온이 나에게 해를 끼치려는 의도가 있으리라는 생각은 들지 않지만, 그런 무서운 스킬을 획득하는 것은 좀 생각해봐야겠다. 나도 문제를 끌어안고 싶지 않으므로, 시엘의 행동을 지지하기로 했다.

상태확인을 끝낸 뒤에도, 나는 시온과의 잡담을 즐겼다.

시온의 자랑이야기에 귀를 기울이면서, 맞장구를 쳤다.

제국군과 싸움에서 시온도 대활약했다. 가끔은 이렇게 얘기를 듣고 칭찬을 해줘야겠다고 생각한 것이다.

생각해보면 나는 시온을 상대로 화를 내거나 어이없는 반응을 보이거나, 둘 중 하나일 경우가 많았다. 아니, 시온이 노력하고 있다는 건 이해하고 있으며, 노력의 성과도 조금씩 나타나곤 있지만, 그래도 일을 한 번 저지르면 그 수준이 장난이 아닌지라, 나도 모르게 그만 잔소리를 늘어놓게 된단 말이지.

그래서 오랜만에 이렇게 훈훈한 대화를 즐기는 것도 괜찮다고 생각했다.

나는 그렇게 아버지가 된 것 같은 기분으로 시온을 상대하고 있었는데——.

"——아, 그렇지. 그만 보고하는 걸 잊어버릴 뻔했습니다만, 조금 전에 식당에서 표정이 좋지 않은 마사유키와 만났습니다——."

——?!

"무슨 고민이 있는 것 같아서, 리무루 님께 상담해보라고 얘기했습니다!"

뭘 그렇게 의기양양한 표정을 짓고 있는 거야!!

또 멋대로 일을 벌이다니……. 게다가 마사유키가 고민하는 거라면, 나도 관여하고 싶지 않은 안건일 게 틀림없을 텐데…….

바로 그런 점이야!

그렇게 멋대로 판단하고 일을 저지르는 바람에 우리한테까지 피해가 생기는 거라고.

아아, 얽히고 싶지 않았는데.

그도 그럴게, 사라졌어야 할 베루글린드가 있었기 때문에 놀랐지만, 차분히 잘 생각해보니 베루글린드가 여기에 있는 이유는 하나밖에 없지 않은가.

베루글린드는 루드라를 쫓아서 차원을 도약한 것이다. 그녀가 다다른 곳에 기다리고 있을 사람은 단 한 명밖에 생각할 수 없겠지.

그리고·마사유키는 루드라와 판박이였으니까 말이야……

이렇게까지 상황이 다 갖춰져 있으면, 나도 충분히 예상할 수 있다.

하지만 말이지.

거기까지 알고 있어도, 시온이 내게 보내는 신뢰는 배신할 수가 없었다.

"언제 만날지 일정을 정해야겠군."

문제를 뒤로 미루는 것밖에 되지 않겠지만, 그렇게 말해봤다.

그러자 시온은 태연하게 이렇게 대꾸했다.

"아, 그것도 완벽하게 준비되어 있습니다! 내일 아침 일찍 회담하실 자리를 세팅해놓았으니까요!"

완벽한 게 아니지―!!

사전협의도 없이, 면담도 아니고 회담을 나누라니, 날 보고 어떡하라는 거야.

마사유키와의 개인적인 상담으로 시작된 것이 터무니없이 규모가 커져 있었다. 시온을 중개 역으로 삼으면, 이런 문제가 발생하기 때문에 얕볼 수가 없는 것이다.

그건 그렇고, 회담에는 누가 참여할 예정인데?

갑자기 큰 문제가 발생하는 바람에 골치가 아파 오기 시작했어.

개인면담도 아직 하는 도중인데, 터무니없는 일이 생기고 말았다.

아직 악마들과의 면담이 남아 있기 때문에, 만약 오늘 안에 다 끝내지 못할 때는 다음으로 미루게 될 수도 있다.

그렇게 되면, 항의한답시고 실력행사로 나오지 않을까가 걱정이로군…….

"그렇게 되었다면, 리그루도와 베니마루에게도 준비를 빈틈없이 하라고 전해다오!"

"잘 알겠습니다. 그러면 저는 이만 실례하겠습니다!"

시온은 그렇게 말하더니, 들뜬 몸짓으로 방을 나갔다.

나는 머리를 감싸 안으면서도 황급히 디아블로와 악마들을 호출했다.

＊

남은 면담예정자는 디아블로, 테스타로사, 카레라, 울티마, 그리고 이 네 명의 부하들이다.

전원을 한꺼번에 만나는 건 좀 무리일 것 같으니까, 지금부터는 서둘러서—— 아니, 역시 위험하겠군.

"쿠후후후후, 이제 겨우 제 차례가 온 겁니까. 이 시간을 얼마나 애타게 기다렸는지 모릅니다."

쫓아낸 건 어제 낮이었던 것 같은데, 정말 엄살이 심한 녀석이다.

"헛소리하지 마, 디아블로! 아직 승부의 결말은 나지 않았으니까, 내가 먼저 리무루 님과 면담해도 문제는 없을 텐데!"

엉망진창이 된 카레라가 디아블로에게 달려들었다.

그녀의 의견에 동조한 자는 울티마였다.

"그 말이 옳아! 나도 아직 항복하지 않았으니까 말이지. 새치기는 안 된다고 생각해."

이 아이도 또한 서 있는 게 신기할 만큼 상처투성이가 되어 있군.

아니, 옷도 그녀들의 일부인 것으로 알고 있으니까, 그게 회복되지 않았다는 것은 상당히 크게 다쳤다는 뜻으로 보인다.

그런데도 기운차게 싸우고 있다니.

악마라는 존재는 정말 터프했다.

"다들 그만해요. 리무루 님의 어전에서 싸움이라니, 불경합니다."

테스타로사가 중재를 해주면서 겨우 조용해졌다.

그건 그렇고, 테스타로사는 참으로 우아했다.

싸우고 있던 세 사람을 신경도 쓰지 않고, 날 위해 홍차를 내주었으니까. 복장도 흐트러진 부분이 전혀 없었으며, 그런 모습이 관록의 차이를 확실하게 보여주고 있었다.

"그건 그렇고, 리무루 님. 디아블로를 해고하시고 제2비서를 저희 중 누군가로 선택하시기로 한 건 말입니다만, 아쉽게도 아직 승부가 나지 않았습니다. 어떻게 할까요?"

그런 뜻으로 한 얘기가 아니었던 것 같은데 말이지.

어쩌면 악마들을 마지막으로 남겨둔 건 실수였을지도 모르겠다.

시온이 불필요한 일을 맡아오지 않았다고 해도, 가젤 왕에게 보고할 일도 남아 있었다. 귀찮은 문제는 먼저 처리해뒀어야 했다.

그렇게 생각했지만 이미 늦은 뒤다. 시간도 없으니, 지금은 강권을 발동하기로 하자.

"실은 말이지, 느긋하게 면담하고 있을 시간이 없게 됐다. 너희의 부하들도 불러야 하니까 말이지──."

"그런 거라면 부를 필요가 없습니다."

"필요 없을 것 같은데. 그 녀석들한테는 아까운 자리야."

"응. 부하에 대한 정보가 필요하다면 내가 보고할게!"

"그렇습니다. 저희의 시간을 할애하면서까지 리무루 님과 면담을 하려고 들다니…… 그런 어리석은 짓을 할 자는 제 부하 중엔

없답니다."

네 명이 동시에 만면의 미소를 지으면서 대꾸했다.

"으, 응."

나는 그렇게 대꾸할 수밖에 없었다.

*

시엘도 악마들을 전부 부를 필요는 없다고 말했다.

왜 그런가 하면, 디아블로를 비롯한 악마들이 한목소리로 '마음대로 하십시오'라고 대답했기 때문이다.

본인들의 의사를 무시하는 것 같았지만, 시엘이 이미 파악해두고 있었다. 부하를 관리하기 위해서라고, 나도 억지로 납득했다. 그렇게 생각한 나는 그 자리를 그렇게 납득하고 넘어갔다.

그리고 네 명 중에서 맨 처음 면담할 자는 굳이 말할 것도 없이 디아블로였다.

남은 세 명을 방에서 쫓아내고는, 기쁘다는 듯이 맞은편에 앉았다.

이름 : 디아블로 [EP : 666만 6666]

종족 : 마신(魔神). 태초의 7명의 악마——데빌 로드(악마왕, 惡魔王)

가호 : 리무루의 가호

칭호 : '데몬 로드(마신왕, 魔神王)'

마법 : 〈암흑마법(暗黑魔法)〉, 〈원소마법(元素魔法)〉

능력 : 얼티밋 스킬(궁극능력) '아자젤(유혹지왕, 誘惑之王)'

내성 : 물리공격무효, 상태이상무효, 정신공격무효, 자연영향
　　　무효, 성마공격내성

너, 이건 좀 이상하잖아——라고 생각했다.

애초에 숫자가 6으로 전부 맞춰져 있는 시점에서, 사기를 치고
있다는 걸 자백하고 있는 꼴이었다.

시엘이 아무 말도 하지 않고 있으니까, 나도 지적할 마음은 생
기지 않았지만.

역시 이러니저러니 해도 내 부하들 중에서 최강은 디아블로라
는 생각이 들었다. 존재치도 압도적이며, 내성도 완벽했다.

디아블로의 '아자젤'은 '사고가속, 만능감지, 마왕패기, 시공간
조작, 다차원결계, 삼라만상, 징벌지배, 매료지배, 유혹세계'를
포함하고 있었으며, 나와 거의 같은 일을 할 수 있을 만한 권능이
었다.

계속 자랑하고 싶었는지, 친절하고 정중하게 설명해주었다.

시엘 선생님도 디아블로가 완벽하게 이해하고 있다면서 만족
해하는 것 같았다.

나는 시엘의 도움 없이는 스킬을 활용할 수 없으므로, 실제로
는 디아블로 쪽이 더 강하겠지.

에너지(마력요소)양이 방대했으며, 레벨도 높고, 스킬(능력)의 질
도 높았다.

모든 면에서 만능인, 우수한 악마였다.

왜 내 부하 노릇을 하는 건지 의문이다.

배틀 마니아 같은 면에다 나를 좀 지나치게 따른다는 결점이 있

지만, 이 녀석의 끝을 알 수 없는 실력은 의지가 될 것이다.

진화도 했으니, 제기온과 모의전을 한 번 더 해보면 어떻게 될지가 궁금했다.

분명 재미있는 싸움이 벌어질 것이다.

그리고 베니마루도 말이지.

베니마루의 경우는 늘 힘을 조절하고 있는 것 같았다. 그 녀석이 진심으로 싸운다면, 승부 이전에 모든 것을 다 불태워버릴 것이다.

그 정도면 살아남느냐 아니냐를 따지게 되겠지만, 미궁 안이라면 문제가 되지 않는다. 애초에 베니마루는 자신이 가진 비장의 수를 드러내야 하니까 싫어하겠지만 말이지.

속성의 상극을 따지자면, 물은 불에 강하니까 베니마루에겐 제기온이 더 유리하겠지만…… 그 점은 실제로 싸워보지 않으면 알 수 없을 것이다.

뭐, 일부러 우열을 가릴 필요도 없다.

베니마루, 디아블로, 제기온을 내 부하 중에서 스리 톱(세 정점)으로 세운다면, 풍파도 일어나지 않을 것이다.

디아블로에 관한 것은 이상이다.

그리고 그의 부하들에 대해서 말하자면, 베놈에 이어서 가드라가 정식으로 제자로 들어갔다고 한다.

"제자?"

"네. 제 부하로 들어오면서, 그자가 배신할 우려는 사라지게 되었습니다."

아마 괜찮을 거라고 생각했지만, 이젠 확실히 안심할 수 있겠군.

가드라는 미궁수호자라는 직책으로 묶여 있어서 공공연히 잡무를 떠넘길 순 없지만, 디아블로는 신경 쓰지 않는 것 같았다. 제자라고 말했으니까 부하와는 다른 카테고리로 생각하고 있는 것 같았다.

"그건 잘된 일이지만, 왜 네가……?"

"네, 녀석은 아직 리무루 님에 대한 신앙심이 부족하지만, 마법에 대한 탐구심은 진짜입니다. 인간종치고는 자질이 있었기 때문에 제가 직접 초보적인 것을 가르쳐줄까 해서, 그자의 신비오의 : 리인카네이션(윤회전생)에 간섭을 좀 했습니다."

"그래서?"

"그자는 한심하게도 예전 싸움에서 죽을 뻔했습니다. 그건 리무루 님의 명령을 어기는 행위이므로, 그렇게 되지 않도록 데몬(악마족)으로 전생시켰습니다만…… 무슨 이유인지 신기하게도 메탈 데몬(금속성악마족)이라는 들어본 적 없는 종족으로 태어나버리는 바람에……."

디아블로는 거기까지만 말하고는, 무슨 이유인지 나를 봤다.

짚이는 게 없는데, 내가 뭔가 했었나?

《아, 제가 간섭했습니다.》

아, 는 또 뭐야!

이래서 개인면담이 필요하다고 생각한 것이지만, 그야말로 다양한 짓을 저지르고 있었던 모양이다.

그럴 서면 좀 더 생각하고 해주면 좋겠는데.

메탈 데몬이라고 하니, 베레타와 약간 겹치는 게 있는 것 같기도 하고……

《그 점에 대해선 안심하십시오. 콘셉트가 완전히 다르니까요.》

그렇다며 괜찮으려나. 나는 자포자기의 심정으로 그렇게 생각하면서 납득했다.

그게 문제가 아니지만, 귀찮아졌다.

"내가 조금 도와줬기 때문이려나?"

그렇게 대답할 수밖에 없었기 때문에 솔직하게 밝혔다.

그러자 역시 디아블로가 너무 기뻐한 나머지 흥분했고, 한동안 얘기에 몰두하고 말았다.

얘기를 총괄하면, 디아블로도 가드라를 마음에 들어 하고 있었다고 한다. 그래서 무슨 일이 생겼을 때는 자신의 권속으로 넣어주겠다고, 예전부터 약속했었던 모양이다.

가드라가 마법 마니아인 것은 유명했다. 그 마인 라젠의 스승이기도 했으니까, 자신의 지적호기심을 채우기 위해서라면 악마가 되는 것도 개의치 않을 것이다.

그런 남자니까, 나에게 폐를 끼치지 않는 한은 마음대로 하도록 내버려 둘 뿐이다.

나도 그 영감은 싫어하지 않으므로 문제가 없다고 판단했다.

단, 아다루만처럼 되는 것도 기분 나쁘니까, 신앙심은 엄금이라고 선언해두었다.

디아블로의 제자라는 이유로, 그와 비슷한 신자가 태어나는 것은 단호히 거부하고 싶었다.

"앞으로는 네가 책임지고 잘 돌봐주도록 해라."

내 기준에선 가드라 노사도 상당한 연장자지만 말이지. 그런 대선배에게 할 말은 아닌 것 같기도 했지만, 디아블로는 더 나이가 많았다.

그야말로 연배라는 말의 개념이 붕괴할 정도의 장명종(長命種)이므로, 그렇게 말해도 잘못된 것은 아닐 것이다.

그런고로, 디아블로가 관할하는 자도 두 명이 된 것이다.

*

디아블로가 인사를 하고 물러나자마자, 그와 교대하듯이 테스타로사가 방으로 들어왔다.

우아한 몸짓으로 내 맞은편 자리에 착석했다.

응.

그럴 마음은 없었지만, 정말로 비서로 삼는 것도 괜찮지 않을까——. 아니, 안 되겠지. 그랬다간 디아블로를 외교무관으로 임명해야 할 것이고, 그렇게 되면 그 녀석은 틀림없이 폭주할 테니까 말이야.

필요 없는 문제를 끌어안고 싶지 않으니까, 이대로 유지하자.

그리고 테스타로사에겐 부탁하고 싶은 건이 있었다.

어떻게 얘기할지 고민하고 있으려니, 서류를 슬쩍 내밀었다.

거기에 기재되어 있는 깃은 테스다로시의 권속들에 대한 정보였다.

이름 : 모스 [EP : 107만 9397]

종족 : 데몬 로드(악마공, 惡魔公)――대공급(大公級)

가호 : 블랑(태초의 흰색)의 권속

칭호 : 여제의 심복

마법 : 〈암흑마법(暗黑魔法)〉, 〈원소마법(元素魔法)〉

능력 : 유니크 스킬 '거두는 자(채집자, 採集者)'

내성 : 물리공격무효, 상태이상무효, 정신공격무효, 자연영향무효, 성마공격내성

이름 : 시엔 [EP : 28만 6596]

종족 : 데몬 로드(악마공, 惡魔公)――자작급(子爵級)

가호 : 블랑(태초의 흰색)의 권속

칭호 : 여제의 서기관

마법 : 〈암흑마법(暗黑魔法)〉, 〈원소마법(元素魔法)〉

능력 : 유니크 스킬 '기억하는 자(기록자, 記錄者)'

내성 : 물리공격무효, 상태이상무효, 정신공격무효, 자연영향무효

나만 읽어낼 수 있는 정보도 더해지니, 이런 식으로 만들어져 있었다.

모스도 시엔도 예전 싸움에서 직접전투는 하지 않았다. 그러므

로 위기에도 빠지지 않으면서, 시엘의 마수에서도 벗어날 수 있었던 것 같다.

얘기가 나온 김에 테스타로사는 어떤가 하면.

이름 : 테스타로사 [EP : 333만 3124]

종족 : 마신(魔神). 태초의 7명의 악마──데빌 로드(악마왕, 惡魔王)

가호 : 리무루의 가호

칭호 : '킬러 로드(학살왕, 虐殺王)'

마법 : 〈암흑마법(暗黑魔法)〉, 〈원소마법(元素魔法)〉

능력 : 얼티밋 스킬(궁극능력) '벨리알(사계지왕, 死界之王)'

내성 : 물리공격무효, 상태이상무효, 정신공격무효, 자연영향
　　　무효, 성마공격내성

싸움이 시작되기 전과 비교해서, 존재치가 비교도 되지 않을 만큼 증가해 있었다. 비공선 위에서 베루글린드와 싸웠을 때와 비교해봐도 세 배 이상은 상승한 것 같았다.

"에너지(마력요소)양이 늘어났네?"

"네. 베루글린드 님과의 결전 전에 이렇게 되었다면, 좀 더 재미있는 연무를 선보일 수 있었을 텐데, 너무나 아쉽네요."

으─음…… 싸움은 그런 걸 선보이는 게 아니거든?

뭐, 내가 말해봤자 소용이 없겠지만 말이지.

늘 뼈저리게 생각하는 것이지만, 싸움에서 중요한 건 양이 아니라 질이라는 것이다. 이번 경우엔 에너지양보다 전투경험이 더 효과가 컸다.

베루글린드를 상대로 선전할 수 있있던 것은 기량 면에선 호각이었기 때문이다. 장기전이 되었다면 패배가 확정이었겠지만, 시간벌이만 하고 있었으니까 어떻게든 싸워볼 수 있었을 것이다.

그런 테스타로사의 에너지양이 증가했다는 것은 전투능력도 대폭 상승했다는 뜻이 된다.

더할 나위 없이 믿음직했지만, 그녀들이 폭주하지 않도록 감시하는 내 책임도 중대해지고 말았다. 지금은 디아블로에게 다 맡기고 있지만, 조금 더 신경을 쓰자는 생각을 했다.

그건 그렇고 '벨리알'이라.

테스타로사와 잘 어울리면서, 위험한 향기가 나는 스킬이었다.

포함되는 권능은 '사고가속, 만능감지, 마왕패기, 시공간조작, 다차원결계, 삼라만상, 생명지배, 사후세계' 등이로군.

이것도 세계 계열이었다.

그것도 '사후세계'라니, 체험하고 싶지 않은 것도 어느 정도가 있는 법이다.

무서우니까 관리는 시엘에게 맡겼다.

"그건 그렇고 면담을 하시겠다고 들었습니다만, 공공연히는 할 수 없는 얘기가 있는 것이 아닌지요? 어떤 내용이려나요?"

테스타로사는 자신의 부하인 모스와 시엔의 정보를 보여주자마자, 그런 말을 꺼냈다. 눈치가 빨라서 정말 도움이 된다.

나는 마음을 바꿔먹고 고민하던 것 중의 하나를 밝히기로 했다.

그건 내일 아침에 벌어질 마사유키 측과의 회담에 관한 것이었다.

"지나친 생각이라고 말하고 싶지만, 너에겐 상담할 것이 있긴 했다. 실은 마사유키 측과 회담을 할 예정이 잡히는 바람에, 어떻게 하는 게 좋을지 고민하고 있었지."

"과연, 제국의 처우에 관한 건이로군요."

얘기가 빨리 진행되어서 놀랐다.

"바로 그거다. 마사유키가 고민하는 것 같지만, 갑자기 그런 말을 들어도 대응하기 어렵다고 할까……."

시온은 거기까지는 생각하지 않았겠지만, 마사유키가 황제 루드라의 환생이라고 쳐도, 그렇다고 해서 황제가 될 수 있는지를 묻는다면 그건 간단한 문제가 아닐 것이다.

애초에 현황제인 루드라──를 대신하게 된 미카엘이 어디로 사라졌는지도 불명이다.

마사유키가 황제를 자칭한다고 해도── 아니, 그 녀석은 그걸 바라지 않겠지…….

우리나라가 뒤에서 밀어준다고 해도, 그건 그것대로 이상한 이야기이고.

그리고, 미카엘의 권능인 '캐슬 가드(왕궁성새)'는 루드라를 믿는 자가 있는 한 파괴되지 않는다. 즉, 제국의 신민을 어떻게 대할 것인지도 동시에 생각해야만 했다.

정말로, 더 많은 시간이 필요한 안건이었다.

가젤 왕에게 설명하는 것도 귀찮지만, 이건 그 이상으로 위험하다는 생각이 들었다.

몇 번이고 말하는데, 얽히고 싶진 않았지만 그렇게 말하고 넘길 수 있는 안건도 아니었다.

"그렇다면 저도 회담에 참여하겠습니다. 제국이 있는 동방은 원래는 제 지배영역이었으니까요. 외교무관으로 부임하는 것도 싫지는 않답니다."

오오, 그거 믿음직스럽군!

이런 안건은 시엘에게만 맡길 수 없는 것이다. 시엘의 해결책을 내 입으로 말할 수는 있어도, 그걸 실행하기 위해서 지도하는 것은 현지인에게 맡겨야만 한다.

애초에 그게 절대적으로 옳은 의견이었다고 해도, 제국 측이 받아들이지 못하는 경우엔 그 의견은 기각시킬 수밖에 없으니까 말이지.

제국을 속국으로 삼는 거라면 또 모를까, 그렇지 않다면 다른 나라의 국가운영에 참견해선 안 된다고 생각한다.

그런 점은, 테스타로사라면 임기응변으로 잘 대응해줄 것이다.

서방열국에서의 실적도 있으니까, 방침만 정해진 뒤에는 맡겨도 안심할 수 있을 것이다.

"그렇다면, 내일 아침에는 잘 부탁하겠다."

"잘 알겠습니다. 저에게 맡겨주십시오!"

테스타로사의 매력적인 미소가 믿음직스러웠기 때문에, 나는 아주 조금 마음이 편해졌다.

내 얘기는 그걸로 끝났으므로, 테스타로사를 배웅하려고 자리에서 일어났지만──.

"리무루 님, 저도 한 가지, 보고 드리고 싶은 것이 있습니다."

"응?"

"기억하고 계시리라 생각하지만, 리무루 님은 제국의 대장이었던 칼리굴리오로부터 구명탄원을──."

테스타로사의 얘기를 듣고, 나도 기억이 났다.

조금 귀찮긴 했지만, 불가능하진 않은 내용이었다.

"알았다. 그럼 지금부터——."

테스타로사가 기억해주고 있어서 다행이었다.

그런 세심한 배려를 할 수 있는 점도, 테스타로사가 믿음직스럽게 느껴지는 이유의 하나였다.

저녁식사 전에 작업을 끝낼 수 있도록, 나는 테스타로사를 데리고 연구시설로 향했다.

*

남은 자는 두 명이었다.

저녁을 먹은 뒤에 울티마를 불러들였다.

"으아아, 기다리다 지쳤어요."

그렇게 귀엽게 말하면서, 울티마가 새초롬하게 앉았다.

나도 이런 여동생이 있으면 귀엽겠다는 생각하고 마음이 훈훈해졌다.

내가 직접 차를 끓였고, 따로 간직하고 있던 구운 과자도 대접해주었다.

"와아, 와아! 리무루 님이 직접……?!"

"후후후, 나도 차 정도는 끓일 줄 알아. 뭐, 홍차는 무리지만, 커피 정도는 문제없지."

그래봤자 드립 커피지만 말이야.

본격적인 것은 시온보다도 못한 실력이었다.

분하지만, 그게 현실이었다.

뭐, 어디까지나 음료수, 그러니까 홍차와 커피에 한정되지만, 시온의 실력도 많이 숙달되어 있었다.

남의 요리에 불평만 늘어놓아선 안 된다고 생각해서 직접 만들어보기도 했지만…… 이게 의외로 어려웠다.

생전에는 외식만 했기 때문에, 자취 같은 걸 해본 일이 없었다. 일이 바쁘기도 했고, 뒷정리로 고생할 생각을 하면, 그게 더 비용 대비 효과도 높았던 거다…….

맨션의 시스템키친은 깨끗한 상태로 그냥 남아 있었다. 시간이 나면 시험 삼아 만들어보려고 요리책을 모아두고 있었다.

그 기억이 이제 와서 도움이 되고 있었으니까, 완전히 헛수고였다고 할 수는 없겠지만 말이지.

어쨌든 간 커피콩에 뜨거운 물을 붓기만 하면 되는 거니까, 커피라면 나도 문제없이 끓일 수 있었다.

"절대 그렇지 않아요! 이 차만으로도 저는 대만족이에요!"

그렇게 기뻐해주니, 나도 기뻤다.

"사양하지 않아도 돼. 커피는 시간이 조금 걸리니까, 얘기하다 보면 물이 끓을 거야."

나도 마시고 싶었기 때문에, 커피 서버에 필터를 세팅하고 뜨거운 물을 부었다.

이 도구 세트는 카이진이 직접 만든 것이다. 이걸 그대로 따라 만든 양산형도 시중에 나돌고 있어서, 카페도 나름대로 번성하고 있었다.

커피콩의 향기가 주변을 감돌았다.

그런 식으로 나는 댄디한 모습을 울티마에게 보여줬다.

이렇게 하면 틀림없이 내 평가가 올라가겠지.

이럴 때 점수를 버는 것이다. 그게 중요하다.

《쪼잔하다, 고 감히 생각합니다.》

감히 생각하지 마!

이건 고도의 전략이며, 전혀 쪼잔한 게 아니라고.

애초에 말이지, 배틀 마니아인 '태초의 악마'들을 상대할 때에 내 실력을 보여준들 의미가 없잖아?

이런 건 다른 장르로 승부하는 것이 좋은 방법이다.

《하아⋯⋯. 이미 충분히 위용을 보여줬으니까, 그런 걱정은 소용이 없다고 생각합니다만⋯⋯.》

괜찮아.

그 위용은 의도적으로 보여준 게 아니니까.

그런 얘기는 어찌 됐든 상관없으니까 본론으로 들어가기로 하자.

"그럼 보고를 들어보기로 할까."

"네, 우선 이걸⋯⋯."

내게 넘겨준 것은 권속에 관한 보고서였다.

이름 : 베이런 [E.P : 88만 2869]

종족 : 데몬 로드(악마공, 惡魔公)─── 공작급(公爵級)

가호 : 비올레(태초의 보라색)의 권속

칭호 : 독희(毒姬)의 집사

마법 : 〈암흑마법(暗黑魔法)〉, 〈원소마법(元素魔法)〉

능력 : 얼티밋 기프트(궁극증여) '아티스트(진안작가, 眞贋作家)'

내성 : 물리공격무효, 상태이상무효, 정신공격무효, 자연영향
       무효, 성마공격내성

이름 : 존다 [EP : 30만 1316]

종족 : 데몬 로드(악마공, 惡魔公)──자작급(子爵級)

가호 : 비올레(태초의 보라색)의 권속

칭호 : 독희(毒姬)의 요리사

마법 : 〈암흑마법(暗黑魔法)〉, 〈원소마법(元素魔法)〉

능력 : 유니크 스킬 '뒤섞는 자(조리인, 調理人)'

내성 : 물리공격무효, 상태이상무효, 정신공격무효, 자연영향
       무효, 성마공격내성

베이런의 실력도 눈길을 끌었지만, 한순간 가슴이 두근거린 것
은 존다의 '조리인'이라고 할 수 있겠다.

시온의 터무니없는 스킬과 같은 계열인 줄 알았는데, 그렇지는
않았다. 그 권능은 상태파악과 지원에 특화된 것이었다.

어떤 부상이라도 그걸 '조리'함으로써 회복시킬 수도 있다고 한
다. 인과율까지 영향을 미칠 수 있는 터무니없는 스킬은 아니라
서, 휴 하고 안도의 한숨을 쉬었다.

그다음은 정말 중요한 울티마 차례다.

이름 : 울티마 [EP : 266만 8816]

종족 : 마신(魔神). 태초의 7명의 악마──데빌 로드(악마왕, 惡魔王)

가호 : 리무루의 가호

칭호 : '베인 로드(잔학왕, 殘虐王)'

마법 : 〈암흑마법(暗黑魔法)〉, 〈원소마법(元素魔法)〉

능력 : 얼티밋 스킬(궁극능력) '사마엘(사독지왕, 死毒之王)'

내성 : 물리공격무효, 상태이상무효, 정신공격무효, 자연영향
　　　무효, 성마공격내성

울티마도 테스타로사와 마찬가지로 크게 성장해 있었다.

진화가 끝난 후부터 에너지(마력요소)양이 계속 늘어났다고 한다.

이미 밀리언 클래스(초급각성자)를 넘어선 수준이었으며, 얼마나
더 강해질지를 생각하니 믿음직스러우면서도 위협적으로 느껴지
기도 했다.

그리고 잊어선 안 되는 것이 울티마의 권능이었다.

얼티밋 스킬 '사마엘'──'사고가속, 만능감지, 마왕패기, 시공
간조작, 다차원결계, 약점간파, 사독생성(死毒生成), 사멸세계'──.

응.

죽이는 것에 특화된 권능이었다.

위험한 건 '사독생성'이다. 이것과 '약점간파'를 조합하여 적을
죽이기에 최적인 독을 만들어낼 수 있었다.

하지만 그보다도 더 마음에 걸리는 것이 '사멸세계'였다.

이건 얼티밋 스킬을 소유하지 않은 정신생명체 이외의 자들을

무조건으로 죽일 수 있다고 한다. 흉악하기 그지없는 세계 계열의 권능이었다.

내가 가지고 있었던 '무자비한 자(심무자)'의 초강화판이라는 느낌이 드는군. 진짜 강자에겐 통하지 않을 테니까 봉인시키는 게 좋을 것이다.

"울티마, 미안하지만……."

나는 기분을 진정시키기 위해 커피를 컵에 따르면서, 그렇게 얘기를 꺼냈다.

"뭔가요?"

"그, 너의 '사멸세계' 말인데——."

"네."

울티마가 기쁜 표정으로 내가 내민 컵을 받아들었다.

말하려면 이 타이밍밖에 없었다.

"앞으로는 사용을 금지하겠어."

"알겠습니다! 저도 이건 필요 없지 않나 하는 생각을 했거든요. 리무루 님은 제 마음마저 다 꿰뚫어 보시네요!"

"뭐?! 으, 응. 뭐, 그야 당연하잖아?"

하하하 하고 웃으며 얼버무리면서, 나는 다행이라고 생각하며 가슴을 쓸어내렸다.

왠지 모르겠지만, 울티마도 '사멸세계'를 쓸 생각이 없었던 것 같다.

아니, 생각해보면 당연할지도 모르겠다. 배틀 마니아라면 무조건적인 승리를 좋아하거나 하진 않을 테니까 말이지.

뭐, 울티마가 납득해준다면 그걸로 됐다. 나는 안심했고, 그 후로는 화기애애한 대화를 즐겼다.

*

　마지막 면담자는 카레라였다.

　"야아, 주군! 주군이 도와주지 않았으면 아마 콘도에게 이기지 못했을 것 같아. 그 남자는 인간이라는 생각이 들지 않을 정도로 정말 강했으니까 말이야."

　보고를 끝낸 카레라는 그렇게 말하면서 웃었다.

　시엘한테서 듣긴 했지만, 본인의 입을 통해 들으니 그 내용이 생생했다. 정말로 아슬아슬하게 이길 수 있었다고 하니까, 카레라가 콘도를 높게 평가하는 것도 진심이 담긴 행동일 것이다.

　확실히 콘도는 강했던 것 같다.

　베니마루도 그라니트라고 하는 서열 3위를 격파했다고 하는데, 콘도 쪽을 더 경계하고 있었다고 했으니까. 아니, 콘도 이외에는 전부 이길 수 있는 자신이 있었다고 했다.

　그 정도로 높은 평가를 받은 남자를 격파했으므로, 카레라가 예상외의 전과를 올렸다고 말해도 과언이 아니었다.

　나에게서 '힘'을 부여받은 덕분이라고, 카레라가 말했다.

　"육체를 얻고 한계돌파도 하게 되었고, 게다가 진화까지 했으니, 정말 받기만 했네. 이 은혜를 갚고 싶어. 내 충성은 영원히 주군의 것이라는 것을 이해해주면 좋겠어."

　평소에도 오만불손한 태도가 눈에 띄는 카레라였기 때문에, 나에게 이렇게 구는 것은 그나마 나은 축에 들겠지. 뭐, '격'을 따지

사먼 갓 태어난 '마왕'보다 오랜 옛날부터 살아온 '태초의 악마'들이 훨씬 더 높을 거라 생각하지만.

충성 운운하는 건 어찌 되었든 상관없이, 내 대답은 정해져 있었다.

"그렇다면, 앞으로도 잘 부탁하겠어. 지금은 네가 있어주지 않으면 재판이 성립되지 않으니까."

마물은 역시 강자를 따르는 경향이 있다.

체포는 누구라도 할 수 있다고 해도, 처벌하는 것은 강자가 적임이다.

장래에는 배심원제도 같은 것을 제정하여, 악질흉악범이 아닌 범죄자는 민중의 판단에 맡기려고 생각했지만, 그건 국가가 안정되고 나서 생각할 이야기다. 템페스트(마국연방)는 아직 발전도상국이므로, 카레라의 힘은 큰 도움이 되고 있었다.

"응, 기꺼이 그러겠어! 나도 그렇지만, 내 권속들도 리무루 님이 바라는 대로 일할 거야!!"

카레라는 그렇게 대꾸하면서 기쁜 표정으로 웃었다.

그리고 그런 카레라와 그녀의 권속들 상태를 말하자면.

우선은 내게 건네준 자료로 시선을 떨궜다.

카레라의 부하는 아게라와 에스프리다.

이름 : 아게라 [EP : 73만 3575]

종족 : 데몬 로드(악마공, 惡魔公)──후작급(侯爵級)

가호 : 존느(태초의 노란색)의 권속

칭호 : 폭군의 스승

마법 : 〈진 기투법(眞 氣鬪法)〉
능력 : 얼티밋 기프트(궁극증여) '도신변화(刀身變化)'
내성 : 물리공격무효, 상태이상무효, 정신공격무효, 자연영향
　　　무효, 성마공격내성

이름 : 에스프리 [EP : 55만 2137]
종족 : 데몬 로드(악마공, 惡魔公)──백작급(伯爵級)
가호 : 존느(태초의 노란색)의 권속
칭호 : 폭군의 영원한 친구
마법 : 〈암흑마법(暗黑魔法)〉, 〈원소마법(元素魔法)〉
능력 : 유니크 스킬 '꿰뚫어 보는 자(견식자, 見識者)'
내성 : 물리공격무효, 상태이상무효, 정신공격무효, 자연영향
　　　무효, 성마공격내성

역시 강했다.

아니, 이 정도면 구 마왕급의 수준이란 말이지.

아게라는 유사 각성했던 클레이만에게 필적할 정도이며, 어디까지나 가정이지만, 그때 아게라가 싸웠다면 이겼으리라 생각한다…….

구 마왕급인 부하를 몇 명이나 거느릴 수 있게 되다니, 이건 아무리 생각해도 잘못된 것 같단 말이지.

그보다도 영원한 친구라는 칭호가 마음에 걸렸다.

이건 카레라의 평가라는 뜻이니까, 뭐 그런 관계일 수도 있겠지.

확실히 에스프리는 불량한 여학생 같은 분위기가 있는 데다, 잘

노르넌 사이좋은 친구 관계로밖에 보이지 않으니까 말이다. 주종 관계라기보다 선배와 후배의 관계 같은 느낌이라 할 수 있겠다.

카레라의 계통도 꽤 많이 바뀐 것 같다고, 나는 솔직히 그렇게 생각했다.

그리고 놀라운 일은 이제부터다.

카레라는 정말로 위험했다.

이름 : 카레라 [EP : 701만 3351(+ '황금총' 337만)]

종족 : 마신(魔神). 태초의 7명의 악마──데빌 로드(악마왕, 惡魔王)

가호 : 리무루의 가호

칭호 : '메나스 로드(파멸왕, 破滅王)'

마법 : 〈암흑마법(暗黑魔法)〉, 〈원소마법(元素魔法)〉

능력 : 얼티밋 스킬(궁극능력) '아바돈(사멸지왕, 死滅之王)'

내성 : 물리공격무효, 상태이상무효, 정신공격무효, 자연영향
무효, 성마공격내성

디아블로를 넘어서는 에너지(마력요소)양도 그렇고, 나도 모르게 놀라서 눈을 크게 뜨고 말았지 뭐야. 역시 성장은 멈춰 있는 것 같았지만, 내 부하 중에선 단독 1위였다.

하지만 무엇보다 위험한 것은 '아바돈'이었다.

그 권능은 '사고가속, 만능감지, 마왕패기, 시공간조작, 다차원 결계, 한계돌파, 차원파단(次元破斷)'으로 이뤄져 있었으며, 세계 계열의 스킬은 없지만 공격력에 특화되어 있었다. 특히 '차원파 단' 같은 건 디스토션 필드(공간왜곡방어영역)을 관통하여 적을 소멸

시킬 수 있는 권능이라고 한다.

카레라의 파워를 파괴마법에 얹은 뒤에 그 권능까지 부여할 경우, 버텨낼 수 있는 자는 거의 없을 것이란 생각이 들었다. 라미리스의 미궁 안에 있는 계층도 파괴할 수도 있다고 하니, 이게 얼마나 위험한 것인지 이해할 수 있을 것이다.

솔직하게 말해서, 나조차도 상대하고 싶지 않은 레벨이었다.

"너, 강해졌구나……."

나도 모르게 진심이 불쑥 튀어나오고 말았다.

"응, 이건 다 주군 덕분이야. 그리고 이걸 맡겨준 콘도 덕분이기도 하고. 나는 그 남자의 기대에 부응하기 위해서라도 황제 루드라를 칠 생각이야."

그렇군, 이라고 말하려다가 나는 떠올렸다.

콘도도 또한 미카엘에게 조종을 받고 있었다.

"그 일 말인데, 진짜 루드라는 사라졌어. ……아니, 너희가 싸웠던 상대는 사실 복잡한 사정을 거치면서 스킬의 의지가 루드라의 육체를 차지한 존재였지."

나는 카레라에게 루드라의 정체가 마나스(신지핵)가 된 미카엘이었다는 것을 설명했다. 그러자 카레라는 놀라는 기색도 없이 고개를 끄덕였다.

"그랬구나. 그래서 펠드웨이 녀석이 루드라에게 미카엘이라고 불렀단 말인가. 이제 납득이 되었어, 주군."

그건 정말 다행이다.

비록 실수로라도 마사유키를 상대로 싸움을 걸지 않도록 할 것.

그런 내용의 주의를 준 뒤에, 카레라와의 면담을 끝냈다.

──그렇게 생각했는데, 방에서 나가려고 하던 카레라가 돌아
보면서 이렇게 말했다.

"아, 그렇지. 잊어버리고 있었네. 주군에게 한 가지 전해줘야
할 게 있었어."

"응? 뭐지?"

나는 그렇게 되물으면서, 커피를 입에 머금었다.

"실은 말할지 말지 고민했는데──."

카레라가 고민할 정도면 중요한 일이겠군.

그렇다면 다시 자리에 앉히고 진정시킨 뒤에──.

"──아게라 말인데, 하쿠로우 씨의 할아버지였던 것 같아."

푸흡?!

나도 모르게 커피를 뿜을 뻔했다.

아슬아슬하게 참아내긴 했지만, 나갈 때 그런 중요한 안건을
보고하지 않았으면 좋겠다.

"너, 그 얘기를……!"

"하하하, 중요한 얘기가 맞지? 나는 감당할 수가 없으니까, 판
단은 주군에게 맡기도록 할게."

그렇게 말하고 웃으면서, 카레라는 그대로 방을 나갔다.

완전히 다 떠넘기고 있었다.

그 웃음은 어깨의 짐을 내려놓은 해방감에서 나온 것임이 틀림
없었다.

어쨌든, 이건 무시할 수 없는 문제로군.

디아블로랑 악마 아가씨 3인방의 권속들은 면담하지 않아도 된

다는 말을 들었지만, 아게라만큼은 나중에 만나봐야겠다고 생각
했다.

*

나도 생각이 정리되질 않는지라, 아게라를 만나는 것은 일단
보류했다.

이것으로 일단 개인면담은 종료되었다.

내일은 마사유키 쪽과 회담 계획이 잡혀 있어, 오늘은 더 이상 일
을 하지 않을 것──이지만, 어차피 나에게 수면은 필요가 없다.

편하게 쉴 수 있는 슬라임 상태로 돌아가서 이불 속으로 들어
갔다.

이 어두운 공간이 왠지 너무나도 나를 안정시켜주었다.

《그럼 보고하겠습니다.》

저기, 일은 이제 끝났는데⋯⋯?

《이건 마스터(주인님)의 스킬에 관한 내용이므로, 결코 일이 아닙니다.》

그거 시엘의 입장에선 취미니까 상관없겠지만, 내 입장에선 일
과 큰 차이가 없단 말이지.

그렇게 말해봤자, 시엘은 들어주지 않으려나.

어차피 파악해둘 필요는 있으니까, 포기하자.

아니, 실은 조금 기대하기도 했다.

틀림없이 엄청난 결과가 나왔을 테니까, 마음의 준비도 완벽하게 해두었다.

이번 통합은 실로 쾌적하게, 슬리프 모드(저위활동상태)가 되는 일도 없이 끝났다. 완료될 때까지 하루 반 정도 걸렸지만, 나도 그동안에 아무런 문제도 없이 개인면담을 한 것이다.

그야 그렇겠지.

한창 실전을 벌이는 중에 '얼터레이션(능력개변)'을 허락해줄 걸 요구했으니까, 활동정지에 빠질 리가 없었다.

그렇게 되었다면 격노했을 것이다.

보고해달라고 속으로 부탁하자, 신속하게 정보가 보이기 시작했다.

어디, 얼마나 늘어났으려나?

이름 : 리무루 템페스트 [EP : 868만 1123(+ '용마도' 228만)]

종족 : 최상위성마령(最上位聖魔靈)──얼티밋 슬라임(용마점성성신체, 龍魔粘性星神體)

비호 : 우애의 은총

칭호 : '카오스 크리에이트(성마혼세황, 聖魔混世皇)'

마법 : 〈용종마법(龍種魔法)〉, 〈상위정령소환〉, 〈상위악마소환〉, 그 외

능력 : 마나스(신지핵) : 시엘

　　　고유능력 '만능감지, 용령패기, 만능변화'

　　　얼티밋 스킬(궁극능력) '아자토스(허공지신, 虛空之神)'

얼티밋 스킬(궁극능력) '슈브 니구라스(풍양지왕, 豊穣之王)'
내성 : 물리공격무효, 자연영향무효, 상태이상무효, 정신공격
　　무효, 성마공격내성

결과적으론 이렇게 늘어나 있었다.

실감이 되진 않았지만, 내 존재치도 엄청나군.

이 직도(直刀)의 증가분도 합쳐서 계산하면, 1천만에 도달할 것만 같은 기세였다.

지금은 나에게 완전히 길이 든 직도지만, 역시 갓즈급은 다르다. 내 종족특성에 영향을 받으면서 형상이 변화했으며, 편의상 '용마도'라고 부르기로 했다.

구멍도 두 개가 나 있었다. 순조롭게 칼도 변화한 것 같으니, 나도 만족한다.

만약 정식으로 이름을 붙이면 진화하기도 하려나?

설마, 아니겠지.

그건 아닐 거야.

시험해보고 싶다는 생각이 들지 않는 것도 아니지만, 대충 지은 이름은 붙이고 싶지 않으니까.

뭐, 나중에 멋진 이름이 생각나면, 이름을 바꿔보기로 하자.

존재치라고 할까, 에너지(마력요소)양이 제일 많다고 해서 안심할 수는 없다.

베니마루랑 디아블로, 그리고 제기온 등은 더 말할 것도 없으며, 테스타로사를 비롯한 악마 아가씨 3인방도 전투능력이 아주

높았다.

테스타로사는 아예 열 배 가까운 차이의 에너지양을 자랑하는 베루글린드를 상대로 선전했을 정도였다.

이 사례를 봐도 알 수 있듯이, 중요한 건 존재치의 크고 작음이 아니라 힘을 어떻게 잘 구사할 수 있는가 아닌가라고 할 수 있을 것이다.

그 힘이란 것은 에너지양, 레벨(기량), 권능, 이 세 가지의 종합력이다.

그들은 제국군과의 싸움에서, 그 힘을 완벽하게 구사하고 있었다.

앞으로 있을 싸움을 대비하여, 나도 지고 있을 수는 없다고 생각했다.

어쨌든 현 단계에선 내가 카레라도 넘어서면서 톱이 되었다.

내 지위에 맞게 체면은 지킬 수 있었다고 안도하면서, 다른 항목으로 눈길을 돌렸다.

내가 베루도라로부터 받고 있었던 가호도 사라지면서, 지금은 비호로 바뀌어 있었다. 가호를 받는 입장에서 비호하는 입장으로, 나도 성장한 것이다.

——그런 식으로 현실도피를 하고 있을 때가 아니었다.

깔끔해졌다고 할 수 있는 수준은 아니라고 생각하지만, 내 스킬이 단 두 개로 줄어들어 버린 것 같은데?

그런 내 의문에 대답하듯이, 시엘 선생님이 기쁜 말투로 해설을 시작했다.

《우선, 필요하지 않게 된 '라파엘(지혜지왕)'과 '벨제뷔트(폭식지왕)'을 통

합했으며——.》

　이봐—, 잠깐, 잠깐, 잠깐만!!
　지금 뭐라고 말했어?
　이 녀석, 별것 아니라는 투로 무슨 말을 한 거지?
　자신의 모체라고도 할 수 있는 '라파엘'을 필요 없으니까 통합
하는 데 써버렸다고?!

《무슨 문제가 있습니까?》

　내가 잘못 들은 건 아닌 것 같다.
　아니, 잘못 들을 리가 없다는 건 알고 있었지만…… 설마, 정말
로 실행했으리라고는 생각하지 못했다.
　하지만 '라파엘'이 없어지면, 시엘도 존재할 수 없는 것 아닌가?

《아뇨, 저는 이미 독립된 존재이므로, 그런 걱정은 할 필요가 없습니다.》

　내 의문에, 시엘은 차분한 말투로 대답했다.
　자신의 모체라고도 할 수 있는 '라파엘'조차도 간단히 소비해버
리는 시엘 선생님. 그 행동력에는 실로 놀랐지만, 빈껍데기 같은
존재였으니까 문제가 없다고 한다.
　중요한 것은 내용물이라고 한다.
　시엘은 아무런 감흥도 없이, 감상을 일절 개입하지 않은 채 그
런 작업을 한 것으로 보였다.

쓸모없는 능력을 마구 제거하고 있는 점을 보더라도, 그 철저한 성격을 엿볼 수 있었다.

그건 그렇고 문제가 없다면 다행이지만, '벨제뷔트'까지 소비할 필요가 있었을까?

《물론입니다!》

역시, 실행 전에 확인하는 게 좋지 않았을까. ──그런 약한 생각을 하면서 묻는 나에게, 마치 자신도 그렇게 생각했다는 듯이 시엘은 힘을 주어 대답했다. 그리고 그 기세를 그대로 살린 채, 해설을 강행하였다.

결론부터 말하자면, 내 스킬(능력)은 원형이 남아 있지 않을 정도로 변화되었다.

이건 이미 개변이라는 차원을 넘은 상태였다.

아니, 스킬을 통합하여 개변하긴 했지만, 왠지 납득이 되지 않는 기분이었다.

그건 그렇고, 그 중요한 스킬을 자세히 말하자면.

첫 번째인 '아자토스(허공지신)'는 '라파엘(지혜지왕)'과 '벨제뷔트(폭식지왕)'을 통합하여 탄생시킨 것이다.

그뿐만이 아니라, '베루도라(폭풍지왕)'와 획득한지 얼마 안 되는 '베루글린드(작열지왕)'까지 제물로 삼았다고 한다. 하지만 그 권능은 계승되어 있으니까 아무런 문제가 없다고 했다.

즉, '혼폭식(魂暴食), 허무붕괴, 허수공간, 용종해방 [작열, 폭풍], 용종핵화(龍種核化) [작열, 폭풍], 시공간지배, 다차원결계'라는 것이 '아자토스'의 권능이었다.

원래 있었던 '용종소환'이 사라졌지만, 해방해제와 재해방으로 인해 문제는 없다고 한다. 애초에 해방된 베루도라와 베루글린드의 의지에 따라서 내가 있는 곳까지 알아서 올 수도 있으니까. 사실상 필요가 없었다.

마음에 걸리는 것이 '용종핵화'라는 것인데, 이건 말 그대로 내가 지닌 직도에 뚫린 구멍에 끼우기 위한, 블레이드 코어(칼의 핵)로 바꿀 수 있는 권능이었다.

한 번 더 말하겠는데, 방대한 에너지체인 '용종'을 압축하여 블레이드 코어로 만드는 것이다. 그게 얼마나 엄청난 위력을 만들어낼지는 상상하는 것조차도 무시무시하다.

본인들의 승낙이 필요하겠지만…… 두려워서 사용할 만한 때가 생각이 나질 않았다.

이건 봉인해야겠다고, 사용하기 전부터 생각했다.

뭐, 걱정하지 않아도 베루글린드는 거부할 것이다. 하지만 베루도라는 신이 나서 해보자는 말을 꺼낼 것 같단 말이지.

조금 걱정이 되니까, 이건 비밀로 해두기로 했다.

그보다.

정말로 위험한 것은 통합되면서 최적화된 '아자토스' 원래의 권능이었다.

혼폭식(魂暴食)…포식, 폭식의 초강화판. 대상의 영혼을 통째로 집어삼킨다.

허무붕괴(虛無崩壞)…혼돈세계를 채우는 궁극적인 파괴 에너지. 마나스(신지핵)에 의해 처음으로 완전제어가 가능해졌다.

허수공간(虛數空間)…혼돈세계. '위장'+'격리'의 초강화판이며, 격리해야 할 대상을 가두는 감옥.

시공간지배(時空間支配)…시간과 공간을 파악하여, 의식하는 것만으로 순간이동이 가능하다. 시간조차도 영향을 미친다.

다차원결계(多次元結界)…상시발동형인 다중결계. 디멘션 필드(차원단층방어영역)에 의한 절대방어.

이상이 시엘의 설명이었다.

상당히 엄청난 결과가 되고 말았다.

이런 개변을 전투 중에 실행하려고 했다니 정말 무시무시하다.

하지만 한 가지, 디멘션 필드에 의한 절대방어, 이것만은 신용할 수 없다고 생각한다. 디스토션 필드(공간왜곡방어영역)보다 견고하고 안전하다고 선전했지만, 이 세상에 '절대적인 것'은 없으니까 말이지.

나는 속지 않을 것이다.

그리고…… '하스터(성풍지왕)'를 란가가 획득한 시점에서 내 권능이 위험해질 것은 자명한 이치였다.

그러므로 놀라기보다 '아자토스'가 있으면 다른 권능 같은 건 필요가 없는 것 아닌가, 하는 생각을 하면서 질렸던 것이다.

두 번째 권능은 말하지 않아도 다 아는 '슈브 니구라스(풍양지왕)'였다.

이번 '얼터레이션(능력개변)'으로 내 권능은 앞에서 말한 두 가지로 줄어들었다.

통합 전보다 강화된 것은 명백하지만, 문득 사라져버린 권능이 아직 남아 있는 것 같은 기분이 들었다. 예를 들자면 '사고가속'이 그런 경우인데, 지금도 문제없이 사용하고 있단 말이지.

이건 어떻게 된 걸까?

《그 권능들──'사고가속, 미래공격예측, 해석감정, 병렬연산, 통합, 분리, 영창파기, 삼라만상, 먹이사슬, 사념지배, 법칙지배, 속성변환'같은 연산 계통은 저 자신에게 통합되었습니다. 그러므로 더욱 빠른 반응 속도로 대응할 수 있게 되었습니다.》

훌륭하다고 칭찬해야겠지.

지나쳤다는 생각이 들지 않는 것도 아니지만, 앞으로 벌어질 싸움에는 필요하다고 다시 생각했다.

내가 약한 마음을 먹으면 그만큼 희생이 늘어나는 것이다.

확실하게 결판을 내고 평화로운 삶을 만끽하기 위해서라도, 사양하거나 힘 조절을 하는 행위는 아무 소용이 없는 것이다.

*

자, 이젠 자신의 힘도 확인할 수 있었으니까, 기왕 시작한 김에 베루도라와 비교해보기로 했다.

이름 : 베루도라 템페스트 [EP : 8812만 6579]

종족 : 최상위성마령(最上位聖魔靈)━━━용종(龍種)

비호 : 풍양의 은혜, 폭풍의 수호

칭호 : '폭풍룡(暴風龍)'

마법 : 〈용종마법(龍種魔法)〉

능력 : 고유능력 '만능감지, 용령패기(龍靈覇氣), 만능변화'

　　　　얼티밋 스킬(궁극능력) '니알라토텝(혼돈지왕, 混沌之王)'

내성 : 물리공격무효, 자연영향무효, 상태이상무효, 정신공격

　　　　무효, 성마공격내성

　이상이 베루도라의 현재 상태였다.

　내성이 완벽한 것은 말할 필요도 없었으며, 특필할 만한 점은
남들과는 자릿수 자체가 다른 그 존재치였다.

　하지만 이 수치를 보고 있으려니, 놀라기보다는 웃음이 나오고
말았다.

　그 녀석, 측정할 때에 일을 거하게 저질렀었다.

　……………….

　…………..

　…….

　그건 바로 조금 전, 저녁식사 시간에 일어난 일이다.

　나는 울티마와의 면담이 예정되어 있었기 때문에 바로 자리에
서 일어나려고 했다.

　하지만 베루도라의 방해를 받은 것이다.

　"크앗━━━핫핫하! 리무루, 너는 지금 베니마루를 비롯한 부
하들과 면담하는 것 같더구나. 나도 마침 지금 시간이 남아서 말

인데——."

"뭐? 난 지금 바빠. 미안하지만, 놀아주는 건 이번 일이 진정된 뒤에 해줄게."

"잠—깐, 잠깐, 잠깐, 잠깐! 그런 뜻이 아니라 말이지, 나와의 면담은 어떻게 할 거냐는 얘기를 하는 거다!"

뭐어?

베루도라와 면담이라니, 할 필요가 없잖아.

뭐랄까, 베루도라는 내 부하가 아니고, 애초에 그럴 생각이 있다면 시엘에게 물어보면 파악할 수 있으니까.

"아니, 평소에도 자주 대화를 나누고 있으니까, 굳이 자리를 따로 만들 필요는 없지 않아?"

"뭐라고?! 그렇게 섭섭한 말을 하면 안 되지!"

"그래! 넌 나랑 사부가 얼마나 섭섭하게 생각하고 있는지 알아야 해!"

라미리스까지 가세했군.

아니, 그렇게 말해도 정말로 자주 만나고 있잖아.

그야 나도 '아바타 코어(마흔핵)'을 사용해서 놀고 싶지만, 일이 더 중요하니까 말이지.

애초에 지금은 절찬리에 전쟁 중이다.

펠드웨이 일행의 행방을 알아낼 수 없으니까, 잠시 휴전 중이긴 하지만.

적어도 요격준비가 갖춰지기 전까진 놀고 있을 시간이 없는 것이다.

"이기적인 소리는 그만해. 이번 일이 진정되면 같이——."

"에잇, 그런 뜻이 아니란 말이다! 나도 강해졌으니까, 너에게 자랑하고 싶은 거다. 네가 바쁜 건 잘 알고 있으니까, 짧은 시간이라도 나랑 어울려달란 말이다!!"

"그래, 바로 그거야! 정확하게 존재치를 잴 수 있는 게 너뿐이니까, 조금이나마 같이 좀 어울려주길 바라는 거라고!"

"응?"

"그러니까 말이지, 나는 라미리스가 측정한 존재치를 속일 수 있지. 그걸 증명해주겠다고 말하는 거다."

흠.

"그런 건 절대 불가능하다고! 확실히 너희를 상대로 세세한 수치까지는 측정할 수 없지만, 결과를 속이는 건 절대 무리라고!!"

과연.

즉 나는 엄청 쓸데없는 말싸움에 휘말리고 말았다는 얘기로군.

이렇게 되면 이 녀석들은 남의 말을 듣지 않으니까 말이지. 설득하기보다 잠시 어울려주는 게 더 빨리 끝날 것이다.

"알았어, 알았어. 그럼 '관제실'로 갈까."

그런고로, 우리는 베루도라의 존재치를 계측하기로 한 것이다.

계측기기는 미궁 각지의 모니터와 연동되어 있지만, 그걸 관리하는 것이 '관제실'의 조작판이다. 시엘이라면 미궁 그 자체와 동조할 수 있으므로 어디 있든 계측할 수 있지만, 그건 비밀이다. 그런 이유로 우리는 '관제실'로 찾아갔다.

시간도 없으니까 바로 시작했다.

"사부의 존재치 말인데, 8800만이나 돼! 그것만으로도 엄청난데, 사부는 더 올릴 수 있다고 우긴다니까. 리무루도 허세를 부리지 말라고 한 소리 해줬으면 좋겠어!!"

확실히 상상을 초월하는 수치다.

평범한 인간은커녕, 밀리언 클래스(초급각성자)인 '성인'도 이기지 못하겠는데.

그건 그렇고 그 수치는 정확한 건가?

《네. 베루도라의 존재치는 8812만 6579가 틀림없습니다.》

거의 같군.

너무 큰 수치라면 기기의 정밀도가 떨어지지만, 미궁 도전자나 침입자의 위험도를 측정하기만 하는 거라면 지금 상태로도 충분하다.

그러나 정말로 베루도라가 수치를 속일 수 있다면, 그건 이 시스템에 결함이 있다는 것과 같은 뜻이다. 무시할 수 없는 문제이므로, 확실히 해두는 것이 정답이었다.

헛수고가 아니었다고, 아주 조금은 감탄했다. 남은 건 정말로 베루도라가 수치를 속일 수 있는가 아닌가, 그 결과에 달렸군.

"내 측정 결과로도 8812만이니까 거의 같은데. 그럼 여기서 수치가 더 올라간단 말이야? 그게 아니면, 너무 적게 계측되었다는 뜻이야?"

어느 쪽이든, 어떤 방법을 쓰는지 물어보고 대책을 생각할 필요가 있었다.

나는 베루도라에게 실제로 하는 모습을 보여달라고 재촉했다.

그러자 베루도라는 더 이상 자랑스러울 수 없을 것 같은 의기

양양한 표정으로 입고 있던 코트를 벗기 시작했다.

설마—— 하고, 나는 생각했다.

식은땀이 한 방울, 땀을 흘릴 리가 없는 내 몸의 표면을 타고 흘러내리는 것 같은 느낌이 들었다.

베루도라가 새된 목소리로 웃기 시작했다.

"크아——핫핫하! 눈을 크게 뜨고 보도록 해라. 나의 진정한 힘을——!!"

쿠웅 하는 소리를 내면서 코트가 떨어졌고, 쿠웅, 쾅, 콰지직 하고 땅을 뒤흔들면서, 베루도라의 손발에 차고 있던 밴드가 땅바닥에 굴러떨어졌다.

이봐, 잠깐…….

무거운 옷을 벗으면 수치가 올라간다——거나 하는 그런 일은 일어나지 않는다.

일어날 리가 있나.

이건 에너지양을 측정하는 것이라, 직접적인 전투력과는 관계가 없는 것이다.

그런데 베루도라는——.

"하아아압——!! 어떠냐! 그 측정기로 날 재보도록 해라. 부서져도 난 모른다아——!!"

으—음, 역시 보고 있기가 부끄러워!

뭘 하고 싶은 건지를 이해해버린 만큼, 베루도라가 불쌍해서 보고 있을 수가 없었다.

《계측했습니다만, 수치는 조금도 변동이 없었습니다.》

있을 리가 없지!!

"베, 베루도라, 저기⋯⋯."

"사부, 역시 8800만 그대로인데?"

아아, 라미리스가 심장을 파낼 수도 있을 만큼 날카롭게 진실을 고하고 말았어!

"마, 말도 안 되는 소리하지 마라! 리무루, 진짜 결과는 어떠냐? 내 수치가 두 배로 올라갔겠지?"

나는 동정하는 눈길로 베루도라를 봤다.

"오라(요기)라면 숨길 수 있겠지만, 존재치는 그 의미가 다르니까 말이지⋯⋯."

그리고 아주 간곡하게 이 수치가 만화에 나오는 전투력 같은 게 아니라, 에너지양을 측정한 것이라고 설명했다.

베루도라가 자신이 착각했다는 걸 깨닫고, 새빨갛게 얼굴을 붉힌 것은 굳이 말할 필요도 없었다.

⋯⋯⋯⋯⋯⋯.

⋯⋯⋯⋯⋯.

⋯⋯.

뭐, 지금 생각해봐도 쿡 하고 웃음이 터져 나올 것 같지만, 엄청난 에너지양이라는 것은 틀림없는 사실이다.

아주 진지하게 검증해도, 궁극 레벨 이외의 공격은 통하지 않을 것이다.

그리고 베루도라가 얻은 권능도 상대하려면 번거롭기 짝이 없는 수준이었다.

시엘 선생님의 개변으로 '니알라토텝(혼돈지왕)'으로 진화한 셈이지만, 이 안에 포함되는 것은 '사고가속, 해석감정, 삼라만상, 확률조작, 병렬존재, 진리지구명, 시공간조작, 다차원결계'라는 다채로운 권능이었다.

시엘 선생님이 통합하여 정리했기 때문이겠지만, 예전보다 훨씬 더 쓰기 쉽게 되었다.

베루도라마저 '병렬존재'를 획득했고 말이지.

이게 얼마나 상대하기 힘든지는 베루글린드와의 싸움을 통해서 이해하고 있었지만, 베루도라의 경우에는 '확률조작'도 가지고 있으므로, 정말로 불사신이 된 것 같은 느낌이었다.

애초에 내가 죽지 않는 한은 불멸이기도 하고.

내 안에 베루도라의 마음(심핵)이 남아 있으니까, 기억도 감정도 백업되는 거다. 이런 상태에서 '별신체'까지 만들어낼 수 있다면, 소멸시키는 건 불가능할지도 모르겠군.

존재치 소동 때문에 웃긴 했지만, 아군이라서 정말 다행이라고 생각하면서 그의 존재를 믿음직스럽게 느꼈다.

뭐, 베루도라의 존재치는 내 열 배 이상이므로, 싸워도 이길 수 없을 거라는 생각이 들었다. ──하지만, 약간의 의문이 있었다.

나도 베루글린드에게 승리했을 뿐만 아니라 '포식'까지 하였다. 그때 베루글린드의 존재치는 2687만이었다고 한다.

참고로, 내가 먹은 것이 50퍼센트 정도의 별신체였으며, 30퍼센트가 회복 중이었다. 그 30퍼센트가 어디에 속하는지를 시엘에게 물어보니, 내가 잡아먹은 쪽으로 돌아오게 했다고 한다.

역시 시엘이다. 빈틈이 없었다.

그러면 여기서부터가 진짜 문제인데, 그 정도로 큰 에너지를
잡아먹은 것치고는 내 존재치가 적은 것 같다는 생각이 들었다.

그야 이 정도로도 충분히 강하다고 생각하며, 중요한 것은 전
투센스라고도 생각하긴 하지만, 역시 조금은 마음에 걸렸다.

《그 의문에 관해서 말씀을 드리자면, 당연합니다. 포식한 에너지는
한 번 흡수했습니다만, 마스터(주인님)의 피와 살로 바뀐 상태에서 '용종
해방'을 했기 때문입니다.》

응, 그렇다면 즉……?

《──즉, 마스터의 최대 존재치는 베루도라와 베루글린드의 존재치
를 가산한 수치가 진정한 결과라는 뜻입니다.》

──?!

말문이 막힐 수밖에 없었다.

즉, '용종해방'을 해제했을 때야말로 내 최대파워가 발휘된다는
뜻이었다.

응?

하지만 말이지, 출력은 같으니까 에너지가 늘어나도 마찬가지
일 것 같은데.

베루글린드도 힘의 상한선에 막혔기 때문에 수를 늘리는 방향
으로 전환했을 것이다.

그야 위력의 상한선에 한계 같은 건 없겠지만, 공격을 맞추지 못하면 의미가 없으니까 말이지. 별을 박살 낼 수 있는 레벨이 되면, 힘을 조절하는 게 더 어려워질 테고.

최대파워 같은 건 의미가 없다는 걸, 나는 깊이 납득했다.

이쯤에서 어디까지나 참고로 얘기하자면.

내가 '포식'한 시점에서 베루글린드의 예상 존재치는 4982만 9987이었다.

시엘이 연산한 것이므로 거의 완벽한 결과이겠지만, 사실 지금 그녀의 존재치는 거기서 더 늘어나 있었다.

이름 : 베루글린드 [EP : 7435만 0087]

종족 : 최상위성마령(最上位聖魔靈)──용종(龍種)

비호 : 작열의 자애

칭호 : '작열룡(灼熱龍)'

마법 : 〈용종마법(龍種魔法)〉

능력 : 고유능력 '만능감지, 용령패기(龍靈覇氣), 만능변화'

　　　 얼티밋 스킬(궁극능력) '크투가(화신지왕, 火神之王)'

내성 : 물리공격무효, 자연영향무효, 상태이상무효, 정신공격

　　　 무효, 성마공격내성

이게 베루글린드의 현재 상태였다.

20퍼센트 줄어든 상태에서 시작했는데, 그걸 크게 상회할 정도로 성장해 있었다.

성장이라고 할까, 진화라고 해야 할까…….

권능은 시엘이 손을 대서 그대로 유지되었다고 하지만, 분명 제대로 구사할 수 있겠지. 그리고 '크투가'의 내역 말인데, '사고가속, 작열여기(灼熱勵氣), 병렬존재, 시공간조작, 차원도약, 다차원결계'이라니, 그야말로 압권이었다.

그리고──.

내 기준에선 헤어진 지 며칠밖에 지나지 않았지만, 베루글린드가 얼마나 많은 경험을 쌓았는지는 미지수였다.

내일 만나게 되겠지만, 어떻게 말을 걸어야 할지 고민이다.

화를 내게 했다간 어떻게 될지 몰라서 두려우니까, 두 번 다시 싸움을 거는 일은 하지 않도록 주의하자고 결심한 것이다.

이리하여, 개인면담이라는 이름의, 시엘 선생님의 상태확인도 무사히 종료되었다.

제3장

재건을 향하여

Regarding Reincarnated to Slime

가젤 왕에게 설명하는 일도 골치가 아팠지만, 오늘은 마사유키 일행과의 회담이 예정되어 있다.

그쪽으로 의식을 집중하면서, 나는 기합을 넣었다.

테스타로사와 합류했다.

조금은 진정이 되었다.

오늘은 정상회담이라는 형식으로 진행되기 때문에, 회의실에는 엄선한 멤버가 모일 예정이다.

우리 쪽에선 베니마루와 리그루도.

시온과 디아블로는 말할 것도 없으며, 거기에 테스타로사가 추가된 형식이었다.

마사유키 쪽은 베루글린드를 필두로 칼리굴리오와 미니츠, 거기에 버니와 지우가 추가로 참가한다고 한다.

우리 쪽 멤버는 라운지 형식의 대합실에 다들 모여 있었다.

급한 호출이었지만, 아무도 불만을 제기하진 않았다.

슈나도 급사를 자청하여 참가해주었으니까 준비는 완벽했다.

방침을 말하자면, 뭐…….

우리는 제국을 지배할 생각이 없었다.

주된 전범인 미카엘이랑 펠드웨이는 행방불명이며, 모든 계획을 입안했던 콘도 중위도 지금은 죽었다. 그 콘도도 미카엘의 지배로 사고유도를 당했다는 의혹이 있으므로, 죽은 후까지 책임을 추궁할 생각은 없었다.

제국기함에 제국의 주요요인이 타고 있었던 것 같으니, 지금 살아남은 제국의 최고책임자는 원수를 맡은 베루글린드가 된다. 그런 그녀 자신에게 영토적인 야심 같은 건 전혀 없었으니까, 회담의 내용은 종전과 전쟁배상, 그리고 전후부흥이 중심이 되지 않을까.

일단 노동력은 제국병사 70만을 할당한다고 쳐도, 어떻게 배분할 것인지가 고민이다. 숙련자를 감시 역할에 임명한다고 해도, 기술이 한쪽으로 편중되지 않도록 밸런스 좋게 작업 그룹을 편성할 필요가 있을 것 같았다.

그런 생각을 하면서 미리 고민하고 있으려니…….

푸른색의 머리카락을 나부끼면서, 눈이 번쩍 뜨일 만한 미녀가 날 찾아왔다.

베루글린드였다.

그녀의 시선은 똑바로 나를 꿰뚫어 봤다.

아야, 아야야야야.

나는 위장 같은 걸 가지고 있지 않은데, 위가 아팠다.

"나한테 무슨 볼일이라도 있나?"

모두가 보는 앞인지라, 나는 애써 위엄을 유지할 필요가 있었다. 목소리가 떨리지 않은 것을 칭찬받고 싶은 심정이었다.

"잠깐 시간을 좀 낼 수 있겠어?"

예정 시간까지는 아직 여유가 있었다.

나는 고개를 끄덕였고, 회담 전에 베루글린드와 둘이서 얘기를 나누기로 했다.

*

"베루도라는 잘 지내고 있어?"

"응, 아주 잘 지내."

"그렇군, 그럼 다행이야."

부드러운 미소를 지은 베루글린드가 베루도라의 안부를 물었다.

잘 지낸다고 대답해주자, 안심한 것 같았다.

그런 베루글린드의 미소를 보니, 아주 조금 마음이 아팠다.

왜냐하면 베루도라는 아직도 누나인 베루글린드를 부담스럽게 생각하고 있기 때문이다.

만나러 가지 않겠느냐고 물어봤지만, "나도 여러모로 할 일이 많아서 너무나 바쁘다……"라고 가느다란 목소리로 변명을 했었다.

참으로 한심한 모습이었지만, 나도 남을 비웃을 수 있는 입장이 아니었다.

실제로 너무나 어색하고 거북스러우니까 말이지…….

베루도라의 경우는 쑥스럽기도 해서 그럴 테니, 한동안 더 내버려 두자고 생각했다.

"그래서, 무슨 일로 날 보자고 한 거지?"

이번에는 내가 먼저 얘기를 꺼냈다.

가슴이 콩닥거렸다.

"감사 인사를 하려고."

감사 인사라는 이름의 앙갚음입니까?

그건 좀······.

"왜 안색이 창백해져 있는 걸까? 설마 내가 당신을 학교 뒤로 불러내기라도 할 거 같아?"

"어떻게 그런 시추에이션을 알고 있는 거야?!"

나도 모르게 그렇게 외치자, 베루글린드가 쿡 하고 웃었다.

"사랑하는 루드라를 찾는 여행은 예상 이상으로 두근거릴 일이 많은 여정이었거든."

얘기를 들어본 바로는 가혹했을 것 같지만, 확고한 목적이 있는 베루글린드의 입장에서 그 여행은 희망으로 가득 찬 것이었던 모양이다. 그러니까 즐거웠다고 웃으면서 말할 수 있는 거겠지.

"수많은 세계를 거치고, 시대를 넘어서, 그 사람을 쫓아다녔어. 그런 식으로 돌아다닌 세계 중의 한 곳이 당신이 있던 세계였지."

"어, 정말로?"

"정말이야."

그래서일까. 말투도 왠지 부드러워진 것 같다는 느낌이 드는 것은.

게다가 복장도, 지금은 제국의 군복을 입고 있지만, 미궁에 출현했던 당시에는 셔츠와 청바지를 입고 있었다.

그런 차림으로 적을 너무나도 쉽게 물리치는 모습은, 기록영상을 보는 것만으로도 말문이 막힐 정도였다. 현장에서 직접 본 사람이나 당한 당사자에겐 현실감이 전혀 느껴지지 않을 것 같다는 생각이 들 정도였다.

그건 그렇고 내가 살았던 세계에 있었다는 얘기는 이 세계에서 그쪽으로 돌아갈 수단이 있다——는 의미가 된다.

난 뭐, 죽었으니까 돌아가도 의미가——— 아니, 잠깐만?

애초에 베루글린드는 차원만이 아니라 시간까지 도약한 것 같았다. 이걸 해석하면 혹시…….

《알겠습니다. 해석행동에 들어가겠습니다.》

오오, 시엘이 너무나도 믿음직스러워!

새로운 관심거리를 찾은 건지도 모르지만, 이런 얘기는 시엘 선생님에게 맡기는 것이 최고다.

어찌 됐든 희망이 있는 것은 좋은 일이다.

여기 있는 '이세계인'에게도 돌아갈 수 있다면 돌아가고 싶어하는 사람이 있을 테니까. 가능하면 그런 미래를 실현하고 싶다.

뭐, 그건 나중에 노력해보기로 하고.

"마사유키가 루드라의 환생이었단 말이지?"

"응, 그래. 더구나 거의 완전한 '영혼'인 것이 틀림없어."

그렇게 단언한 베루글린드는 "이제 남은 건 기억뿐이야"라고 나지막이 중얼거렸다.

음, 역시 마사유키는 마사유키인가.

자신이 없어 보이는 분위기도 그대로였기 때문에, 나도 조금은 안심되었다. 베루글린드에겐 미안하지만, 내가 보기에 마사유키는 루드라가 아니었다.

"그건 뭐, 뭐라고 말해야 좋을까…….."

잘됐다고도, 유감이라고도 말할 수 없는 상황이므로 그렇게 말 끝을 얼버무렸다.

베루글린드는 화를 내지도 않고, 가볍게 고개를 끄덕이고 있었다.

생각했던 것보다 여유 있는 태도를 띠고 있는 것이 조금 의외였다.

"후후후, 신기한가 보네. 나도 많은 경험을 했어. 루드라의 곁에서 보낸 세월보다도 농후하고, 길면서도 짧은 몽환 같은, 그런 경험을 말이지. 그러니까 고맙게 생각하고 있어. 당신 덕분이야, 리무루."

가슴이 두근거릴 정도로 눈부신 미소를 지으면서, 베루글린드가 고맙다고 말했다.

예전에 느꼈던, 타인을 굴복시킬 것 같은 늠름한 패기 같은 건 지금은 눈곱만큼도 느껴지지 않았다. 이 사람이 같은 인물이라는 생각을 할 수가 없는, 그런 온화한 분위기였다.

"잘된, 거지?"

"응, 그러니까 말이지, 리무루. 나는 당신에게 맹세하겠어. 마사유키가 그걸 바라지 않는 한은, 내가 당신의 적이 되는 일은 없을 거라고. 그러니까 당신도 마사유키를 배신하지 말아주겠어?"

바라마지 않던 맹세였다.

그리고 마사유키에 관한 건 굳이 더 말할 필요도 없다. 배신할 생각 같은 건 털끝만큼도 없으니까.

"알았어. 나는 나 자신과 동료들의 이름을 걸고, 마사유키를 배신하지 않겠다고 맹세할게. 속이거나 싸움은 할지도 모르지만, 그런 점은——."

베루글린드의 시선이 차가워졌고, 그리고 무시무시해졌다.

"알겠습니다. 최대한 속이지 않고, 어지간한 일이 아니면 싸우지 않을 것을 맹세하겠습니다."

이해가 안 된다.

왜 내가 맹세를 하게 된 걸까…….

너무 솔직한 것도 생각해볼 필요가 있다고 생각하면서, 나는
아주 조금 반성했다.

*

베루글린드로부터 감사 인사를 받으면서, 내 긴장감은 풀렸다.

충분한 이유가 있었다고 해도 많은 짓을 저지른 것은 사실이므
로, 오히려 원한을 사지 않은 것을 안도하였다.

이제 기분 좋게 회담에 임할 수 있겠다고 생각하고 있으려니,
다급하게 대합실로 달려 들어온 자가 있었다.

베스터였다.

"어라, 그렇게 당황한 표정으로 들어오다니, 무슨 일이야?"

"그런 걸 묻고 계실 때가 아닙니다, 리무루 님! 조금 전에 제 식
구를 통해서 급한 연락이 왔습니다만, 가젤 폐하가 이쪽으로 출
발하셨다고 합니다!"

자신의 식구라고 말한 건 드워프 왕국에 놔두고 온 집안사람들
을 뜻하는 거겠지.

베스터는 이래 봬도 대국인 드워르곤에서 과거에 대신으로 일
했던 인물이었다. 공작이라고 하는 왕가에 버금가는 고위귀족이
며, 태어나면서부터 높은 사람이었다.

그렇기에 평민인 카이진에게 질투를 해버린 것이겠지만…….

베스터는 드워르곤에서 추방되었지만, 집안사람들과의 인연이 끊어지진 않은 모양이다. 공작가에도 자체적으로 거느린 암부가 있어서, 연락을 주고받고 있는 것 같았다.

왜냐하면, 베스터는 여전히 공작가의 당주이기 때문이다.

나도 그 말을 들었을 때는 놀랐다.

가젤 왕이 내린 벌에 작위를 빼앗기거나 강등되는 내용은 포함되어 있지 않았다. 베스터 본인에 대한 벌일 뿐이었으며, 가문에겐 아무런 징계도 내리지 않았다. 그리고 베스터의 계승자는 지명되지 않았으니, 당주가 교체되지도 않았다는 말이겠지.

현명한 가젤 왕이니까 장래에는 베스터를 대신으로 복권시킬 생각을 하고 있겠지. 그래서 지나친 벌을 주지 않고, 본인의 반성을 요구한 것이 틀림없다.

그리고 집안사람들의 반발을 두려워한 것도 이유 중의 하나인 것 같군.

베스터가 속한 공작가가 진지하게 나선다면 드워르곤에 내란을 일으키는 것도 가능한 것 같으니, 쓸데없는 분쟁은 피하고 싶었을 것이다.

무엇보다 질투라는 부분을 빼고 생각하면, 베스터는 우수했으며 식구나 동료에겐 인망도 있었다. 그의 영향력은 컸기 때문에, 불만을 잠재우기 위해 수위를 조절한 처벌로써, 우리나라에 임관시킨 셈이다.

그런 사정으로 인해, 베스터의 가문은 아직 건재하다고 한다. 그렇기 때문에 왕궁과도 연줄이 남아 있으며, 그쪽을 통해서 긴급연락이 왔다고 한다.

그건 그렇고, 이유를 모르겠군.

"어, 왜지? 나중에 설명하기로 했을 텐데?"

"네, 그 말씀이 옳습니다만, 아무래도 가젤 폐하는 절 신용해주시지 않는 것 같군요…….'

"아니, 아니, 그건 아니겠지."

"아니라고 단언할 수도 없습니다. 포션의 가격교섭이랑 약사가 아닌 다른 기술자를 빼돌린 건도 있고, 공작가의 힘을 총동원한 인재확보 등등, 저도 많은 짓을 저질렀으니까요. 제 입장에선 의심을 받아도 반론할 여지가 없습니다. 애초에 지금은 저도 이 나라에 뼈를 묻을 각오를 하고 있으니까요."

즉, 의혹이 아니라, 베스터도 꽤나 자기 하고 싶은 대로 굴었던 것이다.

성실한 남자라고 생각하고 있었는데, 역시 과거에 대신이었던 자는 달랐다. 정치가로서 밝은 면과 어두운 면을 다 알고 있는 모양이다.

이런, 감탄하고 있을 때가 아니지.

가젤 왕이 온다면, 제국 측과의 회담을 섣불리 시작할 수가 없다. 기다리게 하는 건 실례니까 말이지.

그렇다곤 해도 사전교섭도 없이 멋대로 찾아오는 쪽이 무례하다는 생각도 드는지라, 이런 경우엔 어떻게 해야 좋을지 모르겠다.

"가젤 왕 쪽이 실례한 것 맞지?"

베스터 건을 별개로 생각한다면, 역시 우리가 양보할 필요는 없겠다는 생각이 들었다.

"그 말씀이 옳기도 하고, 사전에 통지도 없이 다른 나라에 들어

가려고 하다니, 다짜고짜 공격을 받아도 할 말이 없습니다. 그러
므로 아마 국경쯤에서 연락이 올 겁니다."

가젤 왕이 예의 없는 행동을 할 리가 없다. 베스터는 그렇게 말
했다.

그 말을 증명하려는 듯이, 통신 계열 직원이 허둥지둥 달려 들
어왔다.

"긴급한 사안인지라, 실례를 무릅쓰고 보고 드립니다! 지금 막,
무장국가 드워르곤의 가젤 폐하가 입국허가를 요구하셨습니다.
인원은 다섯 명입니다. 어떻게 할까요?"

거절할 이유도 없지만, 쉽게 허가를 내릴 순 없다. ——그런 판
단을 내리고, 부장급의 직원이 나의 재가를 받기 위해서 이렇게
찾아왔단 말인가.

이런 긴급할 때 아주 적절한 처리를 했다고 생각했다.

나라도 동요했을 테고, 그렇게 하는 것이 정답이라고 생각했
다. 사실은 간부를 통해야 했을지도 모르지만, 이번 일은 불문에
부치자.

슈나가 눈치 빠르게 배려하면서 그에게 물을 건네주고 있었다.

감격하면서 물을 마시는 직원에게 나는 말했다.

"내가 얘기해보지,"

그리고 연락용 마도구를 준비하여 통신을 시작했다.

그 결과, 가젤 왕도 회담에 긴급참가하게 되었다.

그래서 내가 직접 이렇게 맞이하러 온 것이다.

디아블로와 시온이 호위로 따라왔지만, 이건 늘 있는 일이었다.

349

"후후후. 고맙다, 리무루어."

"이렇게 전개될 것까지 다 꿰뚫어 보고 있었으면서, 뻔뻔하게 잘도 말하네."

페가수스로 이동해도 드워르곤에서 수도 '리무루'까지는 하루가 걸린다. 그러나 지금은 양국의 수도에 마법진을 설치해두고 있기 때문에, 마법을 써서 순식간에 오갈 수 있게 되어 있었다.

그러므로 일부러 국경까지 온 이유는 나를 불러내기 위해서라고 추측한 것이다.

"핫핫하, 눈치챘느냐."

웃을 일이 아니지만, 이 정도는 딱히 대단한 일도 아니다.

"그래도 베루글린드가 허락해줘서 다행이야."

"그 얘기를 하러 왔다. 넌 제국과 손을 잡을 생각이냐?"

역시, 가젤이 걱정하고 있는 건 그건가.

"얘기하기에 따라 달라지겠지만, 그럴 생각이야."

"흠, 잠시 기다려라. 네 생각을 좀 들어두고 싶구나."

거절할 이유는 없으므로, 국경에 있는 카페에 들어갔다.

점원이 크게 당황해하면서 자리를 마련해주었다. 게다가 모험가로 보이는 손님들도 전부 분위기를 파악하고는 자리를 떠나주었다.

역시 미안했기 때문에 이 가게의 결제는 내가 전부 책임지겠다고 미리 선언했다. 크게 기뻐하고 있었으니, 이렇게 하면 괜찮겠지.

그렇게 되면서, 회담예정시간까지는 이제 30분 정도 남았다. 이동은 순식간에 할 수 있으니까, 아슬아슬한 시간까지 얘기를 듣기로 했다.

그 전에 나부터 할 말이 있었다.

"전후처리를 맡겨버린 건에 대해선——."

"그건 됐다. 병사들은 현재도 풀로 가동하여 분주한 상태이긴 하지만, 그것도 살아남았기 때문에 겪는 고역인 셈이니까. 감사는 못 할망정 너를 원망하는 자는 있을 리가 없을 것이다."

그건 다행이다.

바비큐 대회 같은 걸 벌일 때도, 뒤처리에 참여하지 않고 게으름을 부리는 녀석은 원망을 받는 법이니까, 조금은 걱정하고 있었다.

뭐, 정말 힘든 전쟁이었으니까 말이지. 극복해낸 기쁨 때문에 그만 잡무가 남았다는 사실을 머릿속에서 깡그리 잊어버리고 말았던 거다.

"그럼, 무슨 얘기를 들어두고 싶은 건데?"

회담이 흘러가는 분위기에 따라서 내 생각을 정리할 생각이었기 때문에, 지금 물어도 대답할 수 없는 내용도 있을 거라 생각하지만.

"네 입을 통해서 확실하게 들어두고 싶다. 제국과 손을 잡고, 우리 드워르곤을 공격할 야심은 없단 말이지?"

무슨 말을 하는 거야, 이 아저씨가.

할 리가 없잖아, 그런 귀찮은 짓을.

이유도 없고, 무엇보다 이점이 없다. 그뿐만 아니라, 그런 짓을 했다간 서방열국의 신용까지 덤으로 잃게 될 것이다. 절대 있을 수 없는 선택지였다.

"없어. 지금까지 고생해서 쌓아 올린 신용을 한순간에 잃어버리잖아. 더구나 믿을 수 있는 뒷배를 잃는 것도 모자라서, 쓸데없는 고생까지 짊어지게 된다고. 그런 질문을 하다니, 날 얼마나 멍청하게 생각하는 거냐고 반대로 묻고 싶어지는데?"

내가 발끈하면서 대답하자, 가젤은 진심으로 안도한 표정으로 웃기 시작했다.

이봐, 진심으로 그런 걱정을 하고 있었단 말이야?

"실례했습니다, 리무루 폐하. 이 의혹은 제가 제기한 것입니다. 그러므로 폐하를 불쾌하게 만든 책임은 전부 저에게 있습니다. 부디 그 관대한 마음으로 용서해주시길 바랍니다."

내가 기분이 상한 것을 눈치챈 것인지, 돌프 씨가 사과의 말을 입에 올렸다.

무슨 의도로 그렇게 물은 것인지 상세하게 설명해주었다.

쉽게 말해서, 제국과 템페스트(마국연방)이 손을 잡은 경우, 드워르곤은 양 대국 사이에 끼이는 꼴이 된다. 그렇게 되면, 무력행사가 자살행위가 되어버리기 때문에 외교력의 저하를 피할 수 없게 된다고 한다.

다른 나라가 두렵지 않은 상대의 말은 듣지 않겠다는 내용의 선언을 해버린다면, 앞으로의 교류에서 불리한 조건을 감수할 수밖에 없게 되는 것이다. 그걸 우려한 나머지, 미리 확인해두고 싶었다고 한다.

"응? 하지만 그건 어떻게 하든 드워르곤이 제지할 수 있는 이야기가 아니잖아? 전쟁을 벌일 생각은 없지만, 제국과 손을 잡을 수는 있다고 생각하니까."

"그 말대로다. 결국에는 네 생각 하나만으로 모든 게 정해지는 것이다. 우리 드워르곤은 대국이지만, 베루글린드나 베루도라 같은 '용종'과 맞붙어서 이길 만한 전력은 보유하고 있지 않으니까 말이지. 돌프의 우려는 해봤자 의미가 없다고 하겠다. 하지만, 왕의 입장에선 그 사실을 인정할 수 없는 것이다."

진지한 표정으로 가젤이 가르쳐주었다.

국민에 대해서 책임을 지니는 자가 왕이니, 만일에 대비하여 늘 생각을 해두고 있어야만 한다고.

이번 경우는 해봤자 의미가 없는 걱정이었다.

하지만 우리가 전쟁을 벌이지 않는다고는 절대적으로 보장할 수 없는 것이다.

우리가 벌이지 않더라도 제국이 행동으로 옮긴다면 마찬가지다.

제국과 우리가 동맹관계를 맺었다고 가정하고 제국이 드워르곤을 침공하려고 할 경우, 과연 템페스트는 어느 쪽의 편을 들 것인가?

그런 질문을 받는다면, 나도 대답하기가 곤란하다.

"리무루여, 이제 이해가 되었느냐? 너는 너희 나라가 침공을 받지 않기 위해서 제국과 손을 잡으려고 했다. 그건 좋은 일이지만, 그 구상에 우리 드워르곤의 사정은 고려하지 않은 것이다. 그게 잘못이라고 말하진 않겠다. 네가 책임을 져야 할 대상은 너의 백성뿐이니까 말이지. 하지만 나로서는 그걸 허용할 수 없다는 얘기다."

그렇군, 납득했다.

확실히 템페스트와 드워르곤, 템페스트와 동쪽 제국, 이 두 가지의 2개국 동맹이 성립된다고 해도, 드워르곤과 동쪽 제국 사이에는 아무런 관련성도 없다.

이 두 나라가 전쟁을 벌이게 될 경우, 우리의 움직임은 제한되어버릴 것이다.

하지만, 잠깐?

"그래도 말이지, '국가가 위기에 처했을 경우를 대비한 상호무력협력'이 있으니까——."

"그것도 기한이 정해져 있지 않을 텐데?"

"응?"

"항구적으로 효력을 발휘하는 협정 같은 건 없다. 모든 것은 단계적인 것이며, 일시적인 안심을 살 수 있는 장치에 불과하다. 오히려 기한을 정해둔 협정 쪽이 더 안전하다고 볼 수도 있지."

무슨 뜻인지 몰라서 끙끙거리는 나에게 시엘이 몰래 가르쳐주었다.

기한이 정해져 있지 않은 경우와 기한이 있는 경우.

한쪽이 협정을 파기하고 싶다고 생각한다면, 어느 쪽이 곤란해질까?

기한이 없으면, 언제든지 협정파기를 타진할 수 있다.

그에 반해 기한이 정해져 있는 경우엔, 그 협정이 맺어져 있는 동안에는 안전하다고 여길 수 있는 것이다.

협정을 종료시키고 나서 전쟁을 벌이는 것보다, 협정을 파기하고 침공하는 것이 더 신의가 어긋나는 행위임은 굳이 말할 필요도 없다.

애초에 이건 어디까지나 당사국 이외의 국가에 대한 어필에 지나지 않으므로, 제국처럼 영토적 야심을 지닌 국가라면, 전혀 신경을 쓰지 않는 풍문이겠지만.

당연하게도 기한이 정해진 협정을 멋대로 파기하는 짓은 논외다. 갱신된 시점에서, 그걸 준수할 의무가 있는 것은 더 말할 필요도 없을 것이다.

만약 그런 짓을 해버린다면, 서방열국의 신용도 잃어버리게 될 것이다. 내 전략에서 크게 벗어나는 짓이므로, 규칙을 제대로 정해두는 것이 무난할 것 같았다.

"과연. 우리가 제국과 동맹을 맺고, 협정을 파기할 가능성이 있다는 얘기인가. 그걸 우려해서 일부러 여기까지 찾아왔단 말이로군."

"이해해주셔서 정말 기쁩니다."

"응, 그건 확실히 걱정될 만한 일이야. 잘 알았어! 그럼 제국과 동맹을 맺게 되더라도, 그와 관련된 세세한 조건은 천천히 얘기해보기로 하지."

내가 그렇게 말하자, 돌프 씨를 비롯한 드워르곤의 신하들은 안도한 표정을 지었다.

"그것 봐라. 내가 지나친 걱정이라고 말하지 않았느냐!"

가젤 왕이 그렇게 말하면서 다그쳤지만, 왕의 책임은 어디로 가버린 거야.

"리무루 님, 슬슬 시간이 되었습니다!"

시온이 손목시계를 보면서, 그렇게 알려주었다.

내가 카이진 일행과 함께 취미로 제작한 것 중 하나다. 비서에겐 필요할 것 같아 선물했더니, 아주 기뻐하며 받아주었다.

시온의 일이 하나 늘어났기 때문에, 다들 기뻐했던 것도 좋은 추억이다.

"그럼 가볼까."

"쿠후후후후. 그러면 '전이문'을 열겠습니다."

이리하여 돌발적인 논의는 종료되었다.

우리는 가게를 나와서, 회의실로 돌아갔다.

*

오전 10시.

회의실에 양쪽 일동이 다 모여 있었다.

일부분의 이가 빠진 것처럼 생긴 원탁에 참가인원들이 앉았다.

일부분의 이가 빠졌다고 표현했지만, 더 정확하게 말하자면 시력검사를 할 때 보는 C자 같이 생긴 모양의 탁자였다.

《명칭은 란돌트환이며, 프랑스의 안과의사인 에드먼드 란돌트 씨가 1888년에 고안한——.》

자세하게 알고 있어서 대단하다고 생각하지만, 지금 그런 깊은 지식은 필요하지 않으니까 요점만 설명하고 싶다.

그 이가 빠진 부분으로 사람이 드나들면서 참가자에게 차나 자료를 나눠줄 수 있게 되어 있었다. 또한 그 부분 쪽에 거대한 스크린이 설치되어 있었으며, 어느 각도에서 봐도 시야를 가리는 일 없이 시청할 수 있도록 고려되어 있었다.

이번에는 세 세력이 참가하는 회담을 벌이게 되었으므로, 마주 보고 앉는 것보다는 이런 형태가 더 적합하겠다고 판단하였다.

이가 빠진 부분이 남쪽.

북쪽에 우리가 앉았다.

정북 방향에 위치한 자리에는 내가 앉았다. 북북동 방향의 자리에는 베니마루가, 북북서 방향의 자리에는 리그루도가 앉았다.

시온과 디아블로는 늘 그랬던 것처럼, 자리에는 앉지 않고 내 뒤에 서 있었다.

동쪽에는 제국 측 세력.

정동 방향에 마사유키가 앉았고, 그 오른쪽——동북동 방향의 자리에 베루글린드가 앉았다.

동남동 방향이 칼리굴리오 대장의 자리였고, 남동 방향은 미니츠 소장의 자리였다.

지우와 버니는 의자에 앉지 않고 마사유키의 뒤를 지키고 있었다. 이 두 사람이 호위를 맡고 있다는 건, 무사히 화해했다는 뜻인 것 같다. 정말 다행이었다.

그리고 서쪽이 갑작스럽게 참가하게 된 가젤 일행의 자리였다.

정서 방향의 자리에는 가젤.

서북서 방향의 자리에는 페가수스 나이츠(천상기사단)의 단장인 돌프가, 서남서 방향의 자리에는 아크 위저드(궁정마도사)인 젠이 앉았다.

나이트 어새신(암부의 수장)인 앙리에타와 어드미럴 팔라딘(군부 최고사령관)인 번도 또한 자리에는 앉지 않은 채, 호위를 담당하고 있었다.

뭐, 이런 형태로 세 세력이 마주 보고 앉아 있었던 것이다.

내가 문득 시선을 돌리다가, 두리번거리고 있던 마사유키와 눈이 마주쳤다.

그의 얼굴은 완전히 지친 표정을 짓고 있었으며, '왜 내가 이런 꼴이──'라고 얘기하고 있었다.

하지만 안심하면 좋겠다.

나도 같은 기분이니까.

친근감을 느꼈기 때문에, 무슨 일이 있으면 도와주자는 생각을 했다.

사회진행을 맡은 테스타로사가 일어서면서, 모두의 시선을 모았다.

중앙으로 나와서 개회사를 말하기 시작했다.

"자, 시간이 되었습니다. 다들 모이신 것 같으니, 회담을 시작하겠습니다."

한 번 고개를 숙인 뒤에, 테스타로사는 남쪽으로 돌아갔다.

의자가 준비된 건, 나설 차례가 없을 때 앉아서 쉴 수 있도록 배려한 것이다.

내가 곤란한 상황에 처하면 도와주도록, 사전에 부탁해놓았다. 테스타로사라면 그 기대에 부응해줄 것이다.

"그러면 우선은 제가 이 회담의 취지에 관해서 설명하도록 하겠습니다. 사전협의도 없이 바로 시작된 정상회담이므로, 본의 아닌 발언을 하실 경우도 있으리라 생각합니다. 그런 경우에는 싸우려는 투로 반박부터 하지 마시고 먼저 냉정하게, 상대 측의 주장에 귀를 기울여주실 것을 부탁드립니다."

여기서 테스타로사는 일단 말을 멈추더니, 참가자들의 반응을 살피고 있었다.

카운실 오브 웨스트(서방열국 평의회)에 우리나라의 대표로 참가했던 적이 있는 만큼, 이런 자리에 익숙해져 있었다.

그런 분위기로 마지막까지 무난하게 끝내주면 좋겠다. 그렇게 빌면서, 테스타로사를 주목했다.

"자, 그러면 맨 처음 확인해두고 싶은 것이 이 회담의 목표입니다. 제국 측과는 전쟁의 종결을 위해서 종전협정을 맺으려고 생각합니다. 그리고 드워르곤 측과는 앞으로 새로이 생기게 될 우리나라와 제국과의 관계를 감안한 상태에서, 새로운 조약을 체결하는 것으로 알고 있으면 될까요?"

"이의는 없어요."

마사유키가 뭔가 말하려고 했지만, 그보다 먼저 베루글린드가 대답했다.

"음, 이견은 없다."

동시에 가젤도 무겁게 고개를 끄덕이고 있었다.

두 사람에 비하면 조금 늦었지만, 나도 당황하지 않고 입을 열었다.

"그렇게 되었으니, 우선은 현재 상황을 확인하고 싶군. 그래도 될까?"

약간 말투가 희한하게 바뀌어버렸지만, 상관할 것 없겠지.

그게 당연하다는 표정을 유지하면서, 양쪽 진영의 반응을 확인했다.

마사유키가 나를 존경하는 눈빛으로 보고 있군.

후후, 귀여운 녀석이라니까.

그래, 나도 내가 대단하다고 생각해.

그도 그럴게, 여기 있는 인물들은 대국의 엄청 높은 분들뿐이니까. 예전의 인생에선 총리대신은커녕 국회의원과 만나는 이벤트조차 없었다.

수주를 주는 국토교통성의 관리가 현장에 시찰하러 온 것을 대접하는 정도가 다였다. 그것도 접대 같은 느낌으로 수행하는 것이 아니라, 현장안내를 하는 정도였고.

처음에는 업무에 관한 내용 이외에 가볍게 세상 돌아가는 얘기를 하는 것만으로도 긴장했었다.

그랬는데 지금은 나도 이렇게 왕 노릇을 하고 있단 말이지. 잘 생각해보면 감개무량한 일이다.

"이론은 없는 것 같으니, 테스타로사로부터 설명을 듣겠어. 발언은 나중에 하지. 의심이 가는 곳이 있으면 받아들일 것이고, 착오가 있으면 정정도 하자고. 그러면 설명을 부탁하겠어."

사전에 설명을 들은 대로 대화를 진행시켰다.

내 입으로 도중에 얘기를 차단하지 말라고 전한 뒤에, 테스타로사와 교대했다. 그렇게 하면 회담이 부드럽게 진행될 것이라고 했다.

나와 동격인 가젤 왕이나 임시 황제인 마사유키랑 전권대리자인 베루글린드라면, 발언해도 용서를 받을 것이다. 그러나 그 이외의 자는 왕의 말을 모욕한 자로서 처벌대상이 된다고 한다.

흐─응 하고 생각했지만, 그렇게 해서 편해진다면 불만은 없었다.

테스타로사가 설명을 시작했다.

약간 허언도 섞으면서, 가젤 일행이 모르고 있을 비공선 위의 싸움이 어떻게 끝났는지에 대해서.

그 뒤를 이어가듯이, 제국황제 루드라가 실은 스킬에 깃들어 있던 의지였다는 것을, 내가 얘기하려고 했다. 그리고 그에 앞서, 베루글린드와의 싸움에 승리했다고 말하려고 한 순간——.

"잠깐."

그렇게 말하면서 가젤이 끼어들었다.

"어라? 발언은 나중에……."

"그런 걸 따지고 있을 때가 아니다!!"

이상하네, 내가 꾸지람을 들었는데?

"저기, 가젤 왕, 무슨 이상한 점이 있었나요?"

나도 모르게 저자세로 그렇게 묻자, 가젤이 머리를 감싸 쥐면서 날 노려봤다. 그대로 아무 말도 하지 않았으며, 이번에는 베루글린드를 향해 시선을 돌리더니, 무겁게 입을 열었다.

"무례한 짓이라는 건 알고 있습니다. 하지만, 지금 리무루 왕이 한 발언을, 베루글린드 님은 허용하실 수 있겠습니까?"

드물게도 가젤이 존댓말을 했다.

더구나 베루글린드을 님으로 붙여서 부르고 있었다.

대국의 왕답지 않은 태도로 생각할 수 있겠는데, 이래도 되는 걸까?

그런 의문을 느끼면서 돌아가는 상황을 지켜보고 있으려니, 베루글린드는 화를 내지 않고 미소 지었다.

"문제없어요, 드워프의 왕. 당신은 아주 똑똑하고, 저기 있는 리무루보다도 왕의 자질이 뛰어나군요. 루드라는 당신을 아주 높게 평가하고 있었고, 당신이 검성이 된 무렵부터 부하로 받아들이고 싶다고 말했었죠. 그래서 나도 당신을 잘 알고 있었으며, 싫지 않았어요. 그렇게 딱딱하게 굴지 말고 편하게 대하세요."

"네, 네엣! 아니, 그래도 말입니다. 공적인 자리에서 최강인 '용종'의 한 명이자 제국의 수호신이신 당신을──."

"신경 쓰지 않아도 돼요. 당신은 리무루의 친구죠? 그렇다면 내가 참견할 일은 없어요. 지금 리무루가 말한 대로, 나는 리무루에게 패했으니까요."

이런, 의외로군.

베루글린드도 베루도라처럼 지지 않았다고 우길 줄 알았는데, 깔끔하게 바로 패배를 인정해주었다.

이런 반응에는 깜짝 놀랐지만, 다른 자들은 놀라는 것만으로 넘어가진 못하는 것 같았다.

"네에에엣?! 베, 베루글린드 님이 패배하셨다고요오?!"

"믿을 수가 없어. 불패신화가⋯⋯."

베루글린드의 지배영역에서 자란 제국의 사람들은 그때까지의 침묵을 모조리 내다 버리면서 동요하고 있었다.

"뭐────?!"

"이런, 이런, 그게 사실이란 말인가. 무슨 수를 써도 쓰러트릴 수 없다고 생각했던 저 신과 같은 존재에게 이겼다고 말하는 건가. 믿을 수가 없지만, 본인이 그렇게 인정한다면 거짓말은 아니겠지⋯⋯."

말문이 막혀 있는 돌프 씨와 현실을 인정하지 못하는 것처럼 보이는 번 씨.

그런 두 사람과 가젤 왕을 보고, 앙리에타 씨는 무슨 이유인지 방긋 미소를 짓고 있군.

"후후후, 이번에는 보고할 필요가 없으니까 아주 개운한 기분이군요. 이런 얘기를 보고했다면, 제 정신이 정상인지 의심을 받았을 겁니다."

그렇게 말하고 있는데, 그건 불경한 행동이지 않나?

뭐, 다른 나라의 일이고, 그런 걸 따지고 있을 때가 아닌 것 같아서 나도 말리진 않았지만.

그렇게 한발 물러서서 관찰하고 있으려니, 머리를 감싸 안은 채 생각에 잠겨 있는 가젤에게 젠 씨가 말했다.

"가젤 도련님, 그리고 자네들도 진정하는 게 좋겠구려. 난 이제 놀라지 않을 거요. '태초의 악마'들 건을 알았을 때 이미 놀라는 것도 지쳤고, 진화축제를 어쩔 수 없이 보게 되었을 때 깨달았으니까. 더 이상 놀라는 건 멍청한 짓이라고 말이오."

젠 할멈은 깨달음의 경지에 도달해 있었다.

그래서 이번에도 혼자 냉정하게 이 자리의 분위기에 휩쓸리지 않고 있는 것 같았다.

드워르곤 측의 사람들은 그 말을 듣고 제정신을 차렸다.

그리고 부끄러워하는 듯한 표정을 지으면서, 자신들의 자세를 바로잡았다.

참고로 우리 쪽의 반응은 어떤가 하면.

"세상에!! 리무루 님이 베루글린드 님에게 승리하셨다니. 오늘 밤에도 연회를 열어야 할까요?"

리그루도는 정말로 어떻게든 이유를 찾아내선 연회를 열려고 하는군.

내 승리를 처음부터 의심하지 않았으면서. 용케도 그런 말을 한다는 생각이 들었다.

"뭐, 그럴 줄 알고 있었습니다. 아니, 사실은 보고 있었지만 말이죠."

베니마루 녀석, 훔쳐보고 있었다니. 하지만, 그 말을 듣고 비난하는 자가 있는 것 같군.

"베니마루, 그게 무슨 말입니까? 설마…… 늠름하신 모습으로 싸우시는 리무루 님을, 당신 혼자만 보고 있었다는 뜻은 아니겠죠?"

"아, 아니, 그렇지 않아. 나는 전황을 확인할 의무가 있었으니까 말이지. 그러다 보니 잠깐……."

필사적으로 변명을 생각하고 있는 것 같았지만, 이런 점이 베니마루의 엉성한 부분이다.

그에 비해서 디아블로는──.

"쿠후후후후. 어라, 시온. 당신은 보고 있지 않았단 말입니까? 그거참 아쉽군요. 그 멋진 싸움을 보지 못했다니, 정말로 안됐습니다!"

자극하지 마, 자극하지 말라고!

상대를 일부러 괴롭히는 것을 놓고 따지자면, 이 녀석을 따라갈 자는 없지 않을까?

테스타로사도 어이가 없는 표정으로 한숨을 쉬고 있으니, 디아블로만큼 적으로 돌리면 골치가 아파질 인간도 없을 것이다.

"다들 조용히 해주십시오."

테스타로사는 어이가 없는 표정을 지었지만, 그래도 자신의 역할을 잊어버리진 않은 것 같다. 다들 진정할 때까지 기다렸다가, 목소리를 높여서 이 자리를 조용해지게 만들어주었다.

그녀의 말이 한발 늦었다면, 시온과 디아블로가 싸움을 시작했을 것이다.

아주 잘했다고, 말없이 속으로 칭찬했다.

참가자 일동이 냉정을 되찾았기 때문에 회담을 속행했다.

사회를 맡은 테스타로사의 신호를 받고, 나는 뒤이어서 계속 말했다.

"——뭐. 나는 베루글린드 씨를 쓰러트린 뒤에 그녀를 붙잡은 상태에서 자세하게 심문을 해봤어. 그랬더니, 이야기에 앞뒤가 맞지 않는 점이 있다는 걸 알아냈지. 아무래도 황제 루드라가 본인이 아닌 것 같다는 생각이 들었기 때문에, 베루글린드 씨의 상태를 관찰해본 거야. 그랬더니 무시무시한 사실이 판명되더군. 상세한 이야기는 생략하겠지만, 역시 생각이 '지배'를 당하고 있었어. 그리고 그런 짓을 한 범인은 바로 황제 루드라의 스킬에 깃든 의지—— 미카엘이었던 거야!!"

나는 마치 이때를 기다린 것처럼 최선을 다해서 자랑스러운 표정을 지었다.

지금부터가 정말 재미있는 부분이다.

씨익 웃으면서, 하던 이야기를 이어나가려고 했지만——.

"잠깐."

이런 또 누가 이의를 제기하는군.

게다가 이번에도 그 말을 한 사람은 가젤이었다.

"저기, 질문은 나중에——."

내 말을 가로막으려는 듯이, 혹은 자신의 마음을 진정시키려는 듯이, 가젤이 크게 한숨을 쉬었다.

그리고 나를 딱 바라보면서, 무겁게 입을 열었다.

"잘 들어라, 리무루여. 확실히 이런 나의 태도는 사실 바람직하지 못한 것이다. 그러나, 지금은 그렇게 말할 수 있는 상황이 아니다."

"――그게 무슨 뜻이지?"

"상세한 이야기를 생략해서 어쩌자는 것이냐!! 베루글린드 님을 '지배'하려고 드는 흉악한 스킬 같은 것이 있어서야 되겠느냐는 뜻이다!! 게다가 방금 뭐라고 말했느냐? 스킬에 깃든 의지? 그런 건 들어본 적도 없다. 젠이여, 뭔가 알고 있는 게 있는가?"

"……아니, 나도 들어본 적이 없소이다."

필사적으로 자중하려고 했지만, 그래도 흥분을 감추지 못하는 가젤. 그런 가젤의 질문을 받은 젠 씨는 나름 여러 가지 생각을 하고 있었는지 반응이 굼떴다.

그건 그렇다 쳐도, 가젤의 이의 제기에 불만을 말하는 자가 한 명도 없는 것이 신기했다.

베루글린드는 미소를 지으면서, 이 상황을 즐기고 있는 것 같았다. 마사유키만 있으면, 다른 것은 아무것도 필요 없고 흥미도 없다고 생각하는 것 같군.

그 마사유키는 이젠 아예 이해하는 것을 포기하고 있었다.

자신과는 관계가 없다는 듯이, 실로 당당한 태도로 의자에 앉아 있군. 그런 행동이 칼리굴리오를 비롯한 제국의 사람들을 착각하게 만들어서, 자신의 평가를 더욱 높이는 결과를 만들어내고 있는 것 같지만, 본인은 그걸 깨닫지 못하고 있겠지…….

뭐, 마사유키에 대해선 걱정할 필요가 없다고 말해두자.

베니마루를 비롯한 내 동료들도 흥미진진한 반응을 보였다.

내가 얘기하고 싶지 않은 이상, 따져 물으려고 하진 않겠지만, 그래도 듣고 싶은 마음이 있는 것 같았다.

그래서 테스타로사도 가젤을 제지하지 않은 것이겠지.

그러나 바로 자신의 실수를 깨달았는지, 아무 일도 없었던 것처럼 이 자리의 분위기를 이끌려하고 있었다.

"여러분, 조용히 해주십시오. 가젤 폐하가 지금 하신 질문 말입니다만——."

빠르게 대처하는 것은 훌륭했지만, 아무 일도 없었던 것처럼 넘기는 건 어렵겠군. 아니, 그냥 넘어가도 되는 이야기이긴 하지만, 기왕이면 미리 설명해두는 것도 나쁘지 않겠다는 생각이 들었다.

"알았어. 설명하지."

"리무루 님, 괜찮으시겠습니까?"

"그래. 어차피 이 자리에는 각국의 중진밖에 없으니까 말이지. 가볍게 비밀을 누설하리라는 생각도 들지 않으며, 설령 그렇게 된다고 해서 어떻게 되는 것도 아니고."

그렇다.

마나스(신지핵)라는 존재가 있다는 것을 밝혀도, 딱히 곤란해질 일은 없는 것이다. 내 입장에서도 절대 엄수해야만 하는 비밀은 시엘의 존재에 관한 것뿐이다.

"미안하구나, 리무루여. 그렇게 해주면 고맙겠다."

가젤이 나에게 머리를 숙이면서, 고맙다는 뜻을 보여주었다.

말투도 사형의 것으로 돌아가 있었으며, 괜한 위엄을 차리는 것도 중지한 것 같았다.

'그렇다면 나도……'라고 생각하니 마음이 편해졌으며, 그대로 설명을 시작했다.

그리하여 나는 황제 루드라가 피폐해진 결과, 그가 보유하고 있던 얼티밋 스킬(궁극능력) '미카엘(정의지왕)'에 자아가 싹트면서 '마나스' 미카엘이 되었다고 설명했다. 그리고 그 흉악한 권능을, 내가 아는 한에서 공개한 것이다.

"얼티밋 스킬이라고……? 그걸 소유한 자에겐 유니크 스킬은 통하지 않는단 말인가……."

"엄밀하게 말하자면 조금은 달라. 스킬은 의지의 힘에 따라서 강약이 바뀌니까, 유니크라도 궁극 레벨의 수준으로 강한 스킬은 있긴 해. 단, 거의 존재하지 않아. 그리고 의지의 강함이 그대로 반영되는 아츠(기술) 같은 것은 얼티밋 스킬에게도 통하는 공격을 날릴 수 있는 경우가 있어. 내가 보기엔, 가젤 왕이라면 충분히 가능할 거라 생각해."

"그렇단, 말인가……."

"그리고 마법도 그래. 마법이란 스킬이기도 하며 아츠이기도 하지, 그러니까 의지를 얼마나 강하게 가지고 있느냐에 따라선 얼티밋 스킬 보유자도 쓰러트릴 수 있어. 내가 하는 말을, 지우나 버니라면 이해할 수 있겠지?"

디아블로에게 패배한 두 사람이라면, 내 말의 의미를 이해할 수 있을 것이다. 그렇게 생각하여 물어보니, 두 사람은 동시에 힘없이 고개를 끄덕였다.

　디아블로는 아예 보고 있으면 기분이 나빠질 정도로 황홀한 표정을 지으면서, 뭔지 모를 생각에 잠겨 있었다.

　어차피 변변치 못한 내용일 테니, 너는 이제 아무런 생각도 하지 말라고 말해주고 싶었지만, 얌전히 하고 있다면 문제가 되지 않을 것 같아서, 그냥 보지 않은 것으로 치고 넘어갔다.

　시온은 아예 "그렇다면 역시 저도 얼티밋 스킬이라는 것을 획득해야만 할 것 같습니다……"라고 중얼거리고 있었다.

　저기 말이지, 그렇게 쉽게 획득할 수 없으니까 궁극인 거거든?

　하지만 왜일까. 시온이라면 결국 획득할 것 같다는, 그런 예감이 들었다.

　좀 두려우니까, 그 건에 대해서도 생각하지 않기로 했다.

　"뭐, 대충 말하자면 그렇게 돼. 미카엘은 특수한 권능을 가지고 있는데, 천사 계열로 분류되는 권능을 절대적으로 지배할 수 있어. 그러니까 베루글린드 씨도 저항하지 못하고, 스스로도 알아차리지 못한 사이에 시키는 대로 움직이게 된 거지. 그 외에 콘도 중위도 그 권능의 지배하에 있었던 것 같아. 마지막에는 속박에서 빠져나와서, 내 부하인 카레라에게 제 뜻을 맡겼다고 하더군."

　"세상에, 그 '정보 속에 둥지를 틀고 사는 괴인'까지도 말인가……."

　"믿어지질 않네. 하지만 나는 리무루 폐하를 의심하는 게 어리석다고 생각해."

　"그렇군. 그래서 다무라다 님은……."

　"응. 황제폐하가 이상하다는 것을 눈치채고 있었을 것 같군."

내 얘기를 가로막을 징도는 아니지만, 제국 측의 사람들이 술렁거리기 시작했다. 이것도 원래는 해서는 안 되는 행동이지만, 이미 늦은 뒤였다. 불문에 부치기 위해서라도 무시하고 계속 얘기했다.

"그 미카엘의 목적 말인데, 이것도 판명되었어. 자신을 탄생시켜준 부모이자 진정한 주인인 베루다나바의 부활이야."

"""말도 안 돼!!"""

놀라서 소리치는 소리가 겹쳤기 때문에 누가 한 말인지는 확실하지 않았다.

아니, 알고는 있었지만, 그걸 지적하는 것은 세련되지 못한 짓이었다.

"미카엘에게 지배를 받고 있었다고 판단한 이상, 나는 제국 측에 전쟁책임을 추궁할 생각은 없어. 앞으로도 우리와 전쟁을 계속하겠다면, 계속 그런 자세를 유지할 순 없겠지만——."

여기서 말을 한 번 끊고, 마사유키 일행을 한 번 바라봤다.

마사유키는 동요하는 기색이 없었다.

감탄이 나올 만큼 완전히 남의 일로 생각하는 모습이었다.

칼리굴리오랑 미니츠는 쓴웃음을 짓고 있었다.

이길 수 있을 리가 없다는 걸 알고 있는 데다, 싸울 이유도 없어졌다. 그 사실을 이해하고 있으니까 그런 반응이 나올 법도 하지.

보아하니 괜찮은 것 같았다.

"——여기 있는 분들은 그럴 마음이 없는 것 같고, 베루글린드 씨와는 화해했어. 그리고 루드라를 연기하고 있었던 미카엘이 자취를 감춰버린 지금, 새로운 지도자를 세울 필요가 있겠지? 오늘은 그 건에 관해 회담하는 걸로 알고 있는데, 어떻게 할 것인지 이 자리에서 설명해줄 수 있을까?"

그리고 다음은 마사유키의 차례라고 생각해서 그에게 공을 넘겨주기로 했다.

현재 상태에 대한 공통인식을 얻기 위해서라도, 앞으로 제국은 어떻게 되는지, 그걸 알아둘 필요가 있었다. 가젤 쪽이 가장 신경 쓰고 있는 것도 그 점일 테고, 숨기는 것 없이 이 자리에서 얘기해야 할 일이라고 생각한 것이다.

무엇보다 이건 도박이기도 했다.

보통, 이런 회담을 할 때는 자신들의 생각만이 아니라 상대측의 의견도 사전에 확인해두는 것이라고 한다.

그런 과정을 통하지 않은 채 바로 이야기를 시작해버렸으니, 어떤 결론에 이르게 될지는 예상이 되지 않았다. 나라끼리 논의를 하는 자리에서 이런 짓은 해선 안 되는 일이라고 한다.

하지만 테스타로사도 나를 말리지는 않았으며, 어디까지나 일반론이라고 말했다. 그리고 '문제없을 겁니다'라고 말하면서 웃고 있었기 때문에, 나도 마음에 두지 않고 속마음을 다 터놓는 토크를 실행한 셈이다.

과연 그 결과는──.

"미니츠."

"넷! 이 자리는 저 미니츠가 부족하나마 설명하도록 하겠습니다. 제국의 현재 상황을 말씀드리자면, 모든 전력의 2/3 이상을 잃었으며, 더 이상 전쟁을 계속하는 것은 불가능합니다. 전면적인 무조건항복을 받아들여야 한다고 생각합니다만, 여기에 문제가 하나 있습니다. 그게 무엇이냐면, 최고책임자가 부재중이라는 것입니다. 바로 지금 막 리무루 폐하께서 지적하신 점입니다만, 새로운 지도자의 옹립이 무엇보다 우선되어야 할 것입니다. 마침 오늘은 좋은 기회이니, 부디 여러분도 저희의 새로운 황제를 승인해주시길 바랍니다."

미니츠는 막힘없이 그렇게 말한 뒤에 인사했고, 나와 가젤을 번갈아 봤다.

"흠, 그렇단 말인가. 리무루여, 오늘 내가 온 것도 네가 예상한 것이라는 말이렷다?"

뭐어?

그럴 리가 없잖아.

"당했군요. 이곳은 제국과 템페스트(마국연방)가 손을 잡는 것을 논의하는 자리가 아니라, 템페스트가 새로운 황제의 뒷배가 되어서, 제국에 탄탄한 체제를 세우는 것을 논의하는 자리였을 줄이야. 그렇다면 물론──."

"음. 굳이 말로 할 필요도 없겠지만, 우리 드워르곤도 그에 가담하도록 하지. 그 대가는 기대해도 되겠지?"

이봐, 잠깐?

새로운 황제를 인정할 것인가 아닌가에 관한 얘기에서 왜 갑자기 뒷배가 어쩌고 하는 의미 불명의 얘기로 진행되는 건데?

"가젤 폐하의 말씀은 실로 든든하게 느껴질 뿐입니다. 당연히 그 대가는 양국이 납득할 수 있는 범위에서 허용되는 한, 기대에 부응해드리고 싶다고 생각하오니, 부디 안심하십시오."

미니츠──아니, 미니츠 씨라고 부르기로 하자. 이 사람은 싸우고 있을 때와는 다르게 완전히 유능한 정치가처럼 행세하는군. 우아한 분위기는 다를 게 없지만, 이 사람은 실수 없이 잘 대처할 것 같다.

그에 비해서 나 같은 건, 상황을 이해하는 것만으로 필사적인 상태였다. 땀을 흘리지 않으니까 들키진 않았지만, 속으로는 엄청나게 당황하고 있었다.

일단 가젤은 승인한 것 같으니, 다음은 내 차례로군. 베니마루와 리그루도가 내 쪽으로 힐끗 시선을 돌렸다. 그 시선에 가볍게 고개를 끄덕여서 답한 뒤에, 나는 입을 열었다.

"나도 인정하겠다. 그리고 조건에 따라선 최선을 다해서 지원하겠다고 약속하지."

나도 그 흐름에 올라탔다.

겨우 돌아가는 상황을 이해할 수 있었다.

나는 처음부터 마사유키를 도와줄 생각을 하고 있었지만, 잘 생각해보면 그건 확실히 국가 차원에서 지원하는 것으로 이어진다. 여기서 빚을 지게 만들어서, 차후에 더 좋은 관계를 구축해둔다면, 두 번 다시 전쟁은 일어나지 않을 것이 틀림없다.

뭐, 그렇게까지 잘 풀리진 않는다고 해도 당분간은 괜찮을 것이다. 뒷일은 후세의 사람들에게 맡기기로 하고, 중요한 것은 '지금'인 것이다.

"감사합니다. 저희 황제폐하도 그 말씀을 기쁘게 생각하실 것입니다."

한 번 더 인사하는 미니츠 씨.

그런 딱딱한 형식은 이제 됐으니까, 어서 얘기를 진행했으면 좋겠다.

"그럼 새로운 황제가 될 사람은 마사유키 군이 틀림없다는 말이겠지? 아, 군으로 부르는 것도 안 되려나?"

"리무루 왕──."

"아, 전 전혀 신경 쓰지 않습니다. 아니, 저도 지금까지 그랬던 것처럼 리무루 씨라고 불러도 될까요?"

아아, 마사유키, 내 마음의 벗이여!

"물론이고말고, 마사유키 군! 역시 잘 모르겠지? 이런 자리에선 어떤 말투를 써야 하는지!"

"리무루 씨! 지금처럼 리무루 씨를 든든하게 생각해본 적이 없습니다!! 최근 며칠 동안 숨이 막히는 것 같았어요…….."

응, 나도 이해해.

같은 편이 없어서 고군분투하고 있었지?

베루글린드는 아랫사람의 기분 따위는 염두에 두지도 않았을 테니까. 왜 그런 사사로운 일로 불안하거나 고민하는 건지, 그녀는 이해하지 못했을 것이다.

제국의 높은 사람들도 자신들의 문제로 인해 머릿속이 꽉 차 있었을 것이다. 마사유키의 사정까지 배려할 여유도 없었을 테니, 마사유키는 혼자서 골치를 썩히고 있었을 것이 틀림없다.

그래서 나에게 의논하고 싶었겠지만, 시온에게 그 말을 전해달라고 부탁한 것이 실수였군.

사실은 개인면담을 해서 어떻게 할지를 생각하고 싶었던 거다. 나는 그렇게 생각했고, 마사유키도 같은 심정이었을 것이다.

하지만 이렇게 된 이상은 어쩔 수 없다.

예절이나 에티켓 같은 건 모르니까, 하고 싶은 대로 할 수밖에 없는 것이다.

"여러분, 잠시 괜찮을까요?"

다른 누군가가 무슨 말을 하기 전에 먼저 입을 연 것은 테스타로사였다.

"저희의 왕인 리무루 님께서는 좀 더 편하게 격식이 없는 분위기에서 회담하시길 바라십니다. 서로의 입장도 물론 있겠습니다만, 지금은 저희 방식에 맞춰주시길 부탁드려도 되겠습니까?"

미소 지으면서 모두를 둘러본 뒤에, 테스타로사가 그렇게 말해준 것이다.

정말 더할 나위 없이 믿음직스럽다니까!

마사유키도 기뻐하는 것 같았다.

가젤은 쓴웃음을 지었지만, 반론은 하지 않았다.

그리고 왕이 인정한 이상, 부하들이 반대의견을 제시하는 일은 없었다. 딱딱한 분위기의 회담은 이 타이밍에서 끝났으며, 지금부터는 속마음을 털어놓는 토크가 시작되었다.

*

"야아, 덕분에 살았습니다. 전 그냥 계속 입을 다물고 있을까 생각했어요."

"그랬겠지. 나도 그러고 싶었어."

"멍청한 놈들. 일국의 왕이 그래서 어떡하느냐!"

"힛힛히, 지금은 그런 말을 하고 있지만, 가젤 도련님도 옛날에는 저들과 마찬가지였다오. 관록이나 위엄 같은 건 경험을 통해 익숙해지면 어떻게든 생기는 법이외다."

"젠, 여기서 꼭 그런 말을 할 필요는 없다."

순식간에 긴장감이 사라지면서, 분위기가 풀렸다.

마사유키의 황제취임이 결정되고, 우리가 뒷배가 되기로 한 방침이 정해졌기 때문이겠지. 남은 건 이제 세부적인 사항을 정하기만 하면 되니까 딱딱한 대화는 필요가 없는 것이다.

그래서 나는 가장 궁금했던 것을 가볍게 물어봤다.

"그건 그렇고 말이지, 마사유키가 황제가 되는 건 좋지만, 그걸 제국의 백성들이 납득할까? 우리는 상관없지만, 국민? 아니 신민이었나? 어쨌든 민중이 납득하지 않으면 소용이 없는 것 아냐?"

그 질문을 받자마자, 마사유키가 자신도 그렇게 생각했다는 듯이 고개를 크게 끄덕였다.

"그렇죠?! 아무리 생각해도 이상하죠?!"

"어흠! 폐하, 좀 진정하십시오."

칼리굴리오가 그렇게 간언하면서 달래려 했지만, 마사유키도 이 의문을 흐지부지 넘길 생각은 없는 것 같았다.

그때 도움의 손길을 내밀어준 자는 가젤이었다.

"애초에 핏줄과 관련된 문제는 어떻게 할 생각인가? 황제 루드라의 피를 한 방울도 이어받지 않은 몸일 텐데? 황통을 지키지 않는다면, 귀족들도 납득하지 않을 것이다."

그 의문에는 베루글린드가 대답했다.

"문제없어요. 황실전범에는 이렇게 기록되어 있으니까. '황제의 수호용인 베루글린드가 인정하는 자야말로 루드라이자 황제이다'라고 말이죠. 이젠 유명무실한 것이 되었다고 생각하는 자도 많겠지만, 그게 바로 진실이자 가장 중요한 문구예요."

그 말을 인정한 자는 미니츠였다.

"그렇습니다. 루드라 폐하는 늘 왕비의 적자로 다시 태어나셨습니다. 하지만 제국의 오랜 역사 속에선 다른 자를 황제로 모시려는 발칙한 자들도 있었죠. 그런 자들을 발본색원하여 처벌하신 분이 바로 여기 계시는 '원수' 각하—— 베루글린드 님이었습니다."

그런 시도는 반드시 들키는 것이 당연하지.

루드라의 전생이 어떤 구조인지 아는 자라면, 진짜와 가짜를 잘못 구별할 리가 없으니까 말이야.

어떤 처벌이었는지 상상하고 싶지도 않다. 굳이 듣지 않아도 분명 무시무시한 것이었겠지.

"뭐, 루드라 폐하는 자아를 계승하셨으니까 말이죠. 베루글린드 님이 지적하시지 않아도 성장하시면 저절로 정체가 판명되었습니다만……."

그렇군. 자아가 깃들 때까지 성장한다면, 본인을 확인하는 건 쉽겠군.

"그럼 마사유키가 숨겨진 자식이라고 할 건가?"

"그건 무리입니다, 리무루 폐하. 원로원에는 루드라 폐하의 기록이 남아 있으니까요. 혈액형은 물론이고, DNA 정보까지 말이죠. 모체는 속일 수 있겠지만, 마사유키 님을 루드라 폐하의 자식으로 주장하는 건 불가능할 겁니다."

이런, 제국의 기술력은 그 정도로까지 발전해 있었던 건가. 좋은 아이디어라고 생각했는데, 미니츠가 기각하고 말았다.

"그건 그렇고, 이 세계에도 DNA 검사가 있었을 줄이야……."

"DNA라는 건 뭐냐?"

"그건 말이지──."

가젤이 물었기 때문에 내가 설명했다.

그 옆에선 칼리굴리오 일행이 잡담을 나누고 있었다.

"옛날에는 정밀한 검사방법이 없었기 때문에 아주 힘들었다고 들었습니다."

"그러네. 매번 나에게 판단을 맡기는지라 골치가 아팠어."

저기, 그게 더 위험한 것 아냐?

지금에 와선 진짜는 사라지고, 기억을 잃은 전생체인 마사유키만 남아 있었다. 그 '영혼'이 진짜라는 것을 증명하는 것은 어려우니, 쉽게 말해서 마사유키가 황제가 되는 것을 인정하도록 만들 방법이 없었다.

"그렇다면, 얼굴이 똑같이 생겼으니까 마사유키가 루드라인 척하는 게 더 쉽지 않겠어?"

검사 같은 건 황제의 특권으로 얼버무리고 넘기면 된다.

그리고 틈을 봤다가 루드라의 기록을 바꿔치면 임무완료가 되겠지.

"그건 안 돼요."

이것도 좋은 아이디어라고 생각했지만, 베루글린드가 거절했다.

"이유를 물어봐도 될까?"

"당신, 미카엘의 권능을 잊어버린 건 아니죠? 신민이랑 부하들이 루드라에게 바치는 충성심이 미카엘의 에너지원이라고요. 그렇다면 황제 루드라가 죽은 것으로 만들어서, 그걸 뺏는 것이 당연하지 않겠어요?"

어라?

물론, 기억하곤 있었습니다만······,

《정론입니다. 그냥 죽은 것으로 만드는 것은 무의미합니다만, 새로운 충성심의 대상을 옹립하면, 미카엘의 권능을 막을 수 있을 겁니다. 단, 마키엘도 그걸 예상하고 권능의 대상을 루드라에서 다른 자로 변경해 놓았을 것으로 생각합니다.》

뭐, 제국의 신민을 전부 죽여버리면 그만이라고, 나도 말한 적이 있으니까 말이지.

대책을 세우려면, 내가 손을 댈 수 없을 인물을 에너지원으로 삼았을 것이다.

어쩌면 너무나도 강한 자를 골랐거나.

"미카엘도 대책을 세웠겠지만, 아무것도 하지 않는 것보단 그렇게라도 해두는 게 무난하겠지. 그렇게 하면, 내가 제국의 신민에게 손을 댈 이유도 없어지니까 말이야."

"그렇겠죠. 그러니까 세세한 것은 신경 쓰지 않고, 내 이름으로 마사유키가 루드라라는 것을 선언하겠어요. 그렇게 하면 거역하는 자도 나오지 않을 테니까."

베루글린드도 엄청난 자신감을 보였다.

하지만 그것도 당연하려나.

그녀는 제국의 수호자인 '작열용'이니까.

그리고 '베루글린드가 인정한 자가 루드라(황제)가 된다'는 황실

전범의 내용에 비춰봐도, 이치에 맞긴 했다.

꽤나 억지로 밀어붙이는 강행돌파이긴 하지만, 베루글린드의 발언이라면 무시는 할 수 없겠지.

"마사유키 군은 그걸로 납득할 수 있겠어?"

"있을 거라고 생각합니까?"

"······으—음, 글쎄."

이건 좀 아니지 않나 싶은 게 내 본심이지만, 지금은 분위기에 동참할 수밖에 없었다.

"마사유키가 싫다면, 무리할 필요는 없거든요?"

우와, 베루글린드가 소름이 오싹 끼칠 정도로 부드러운 미소를 짓고 있어. 어쨌든 모순된 표현이지만, 그게 나의 거짓 없는 진짜 감상이었다.

"······하겠습니다. 어차피 지금까지도 용사니 뭐니 하면서 떠받들면서 대접을 받았으니, 칭호가 하나 더 늘어난다고 해서 어떻게 되는 것도 아니니까요."

깨달음을 얻은 것처럼 마사유키는 초점 없는 눈으로 그렇게 선언했다.

그 말을 듣고 기뻐한 자들은 미니츠 씨랑 칼리굴리오 일행이었다. 향후 제국존속을 위해서라도 새로운 상징이 될 지도자가 절대적으로 필요하다고 생각하고 있는 것 같았다.

확실히 나도 마사유키가 적임자라고는 생각한다. 스킬의 효과도 더해지면서, 민중으로부터 절대적인 지지를 얻을 수 있을 것 같으니까.

"그러면 앞으로의 방침으로써, 제국은 마사유키를 새로운 황제로 옹립하고, 지반을 다지기 위해서 움직이는 거로 이해하면 되겠지?"

내가 확인하기 위해서 묻자, 마사유키를 제외한 자들이 크게 고개를 끄덕였다.

그들을 따라 하는 것처럼, 마사유키도 씁쓸한 표정으로 고개를 끄덕였다.

마사유키는 이렇게 보여도 책임감이 있다. 한 번 받아들인 이상, 마지막까지 완수할 것이란 생각이 들었다.

"알았어. 우리는 그걸 승인하겠다고 발표하겠어. 그러는 김에 현재 포로 자격으로 우리나라에 머무르고 있던 제국장병들도 즉시 해방하겠다고 약속하지. 책임은 추궁하지 않겠지만, 배상에 관한 것은 보류하기로 하자. 나중에 마사유키가 새로운 황제로 즉위한 뒤에, 정식으로 정하기로 하면 될까?"

"잘 부탁드립니다."

"관대한 말씀에 실로 감사할 따름입니다."

이것으로 모두가 납득하리라 생각했는데, 가젤은 아직 하고 싶은 말이 있었던 모양이다.

"나도 그 방침에 이견은 없다면, 하나 묻고 싶은 것이 있다. 마사유키 공, 귀공은 '용사'이면서도 황제가 되려고 하고 있다. 그래서 묻는 것이다만, 어떤 가치관에 따라서 백성을—— 신민을 통합해나갈 생각인가?"

모든 것을 꿰뚫어 보려는 듯한 날카로운 시선으로 가젤은 마사유키를 노려봤다.

마사유키는 그 기백에 주춤거렸지만, 난감한 표정으로 나를 봤고, 그런 뒤에 입을 열었다.

"……저기, 모두가 웃으면서 살아갈 수 있는 세상을 목표로 한다고 하면 될까요?"

그 말을 듣고 나는 후훗 하고 웃었다.

내 생각과 같았기 때문이다.

"그래야지, 그게 가장 중요하겠지!"

"그렇죠?! 리무루 씨라면 그렇게 말해줄 거라 생각했어요!!"

"당연하지, 마사유키 군. 야아, 나도 말이지, 그게 옳은 생각이라고 루드라에게 말해주었지만, 어리다느니 안일하다느니 하면서 업신여기지 뭐야. 내가 잘못 생각한 건가 싶어서 불안해지더라고. 하지만 이제 안심했어. 역시 나는 옳았다고 생각해."

"다행이다! 저도 정치는 잘 몰라서 좀 자신이 없었거든요. 하지만 이제 가슴을 당당히 펴고 황제가 될 수 있을 것 같습니다."

"음. 서로 잘해보자고!"

"네, 앞으로도 잘 부탁드립니다!!"

그렇게 말하고, 나와 마사유키는 서로를 보면서 목소리를 드높이며 웃었다.

그런 우리를 보는 눈은 세 세력의 입장에 따라서 각각 달랐다.

디아블로랑 시온은 황홀한 표정으로.

베루글린드는 따뜻한 미소를 지으면서.

칼리굴리오랑 미니츠는 반쯤 포기한 듯이 쓴웃음을 지었으며.

그리고 가젤은 어이가 없다는 표정으로 하늘을 쳐다보고 있었다.

"이제 됐다!"

"힛힛히, 가젤 도련님의 걱정도 이해는 되지만, 이자들에게는 야심이랄 게 없소이다. 하지만 초보자인 것도 분명하지. 올바른 길을 벗어나지 않고 걸어갈 수 있도록 잘 이끌어줘야 하겠구려."

"알고 있다. 이런 풋내 나는 이상론으로 정치를 언급하는 자들을 이끄는 것이 얼마나 힘들 것인지를 생각하면 골치가 아플 지경이로구나."

가젤은 그렇게 말한 뒤에, 크게 한숨을 쉬었다. 이러니저러니 해도 가젤은 늘 이렇게 우리를 걱정해주고 있었다.

"자자, 그렇게 걱정하지 않아도 돼. 나도 공부할 테니까 괜찮다니까!"

가젤뿐만 아니라, 베스터랑 에르땅한테서도 지도를 받을 테니까, 아마 괜찮을 것이다.

"……진심이냐?"

시간이 날 때만 그렇게 할 생각이지만, 일단은 진심이다.

이래도 불안하다면, 조금 더 안심을 시켜주도록 하자.

"애초에 나는 그렇게 정치에 관여하지 않을 예정이야. 마사유키도 말이지, 실무는 미니츠 같은 부하들에게 그냥 떠넘기면 돼."

"역시 그런 방법이……! 그렇게 할까 하고 생각했지만, 그래도 되는 건지 불안했거든요. 하지만 이걸로 저도 마음이 편해졌습니다."

또 서로를 보고 웃은 나와 마사유키.

"……뭐, 좋을 대로 해봐라. 너희들은 혼자가 아니니까. 동료와 함께 책임을 지고, 성장하면 된다. 가능하면 나도 도와주도록 하마."

가젤은 아직 머리를 감싸 안고 있었지만, 납득은 해주었다. 아니, 납득은 하지 못하고 있겠지만, 멀리 보고 응원해주겠다는 마음은 먹었을 것이다.

그리고 그 흐름대로.

"나도 지금 회의로 정해진 방침에는 이견이 없다. 동쪽 땅이 안정된다면, 우리나라도 평화로워질 테니까 말이지. 국경선 부근의 부흥에 관해서도 최대한 도와주기로 하마."

"정말 감사합니다!"

"가젤 폐하께 감사드립니다."

그런 식으로 깔끔하게 얘기가 정리되었다.

——후세의 역사서에는 이날부터 구세황제(救世皇帝) 마사유키 루드라 나무 우르 나스카가 등장하게 된다——.

*

이리하여 방침은 정해졌다.

이쯤에서 일단 점심식사 모임을 가졌다.

이미 분위기는 편하게 풀려 있었기 때문에, 화기애애한 상태에서 식사했다.

오늘 요리는 카이세키요리(懷石. 일본 다도에서 차를 마시기 전에 다회의 주최자가 손님들에게 내놓는 요리)였다.

휴식시간이긴 하지만 회담 도중이기도 했기 때문에, 높은 사람들을 대접하는 메뉴를 선택했다. 슈나가 솜씨를 발휘하여 준비해준 것이다.

젓가락을 쓰지 못하는 자는 없었다.

가젤은 이미 능숙하게 쓸 수 있었으며, 제국에는 젓가락 문화가 널리 퍼져 있었기 때문이다. 그런 이유도 있어서, 안심하고 일본풍의 요리를 선택한 것이다.

"여전히 여기 요리는 맛있구나."

"술을 마시고 싶어지는군요."

"말조심해라, 번! 진심으로 한 말이 아니더라도, 지금은 아직 중요한 회담이 끝나지 않았어!"

"넌 정말 지나치게 성실하다니까, 돌프. 안 그렇습니까, 리무루 폐하?"

"그렇긴 하지. 나도 일본주를 마시고 싶긴 해, 하지만──."

나는 고개를 끄덕이면서, 슈나를 힐끗 봤다.

방긋 하고 미소를 지었다.

응, 무리입니다.

"그런 충동을 꾹 참고, 이다음에 있을 회담에서 노력해야겠지. 번 씨도 돌프 씨를 본받으라고. 더 성실해져야 하지 않겠어?!"

"하하하, 이것 참, 엄격하게 나오시는군요. 그럼 밤에는 기대해도 되겠습니까?"

"이봐──."

"물론이고말고. 그렇지, 베니마루?"

"네. 비장의 마흑주(魔黑酒)를 꺼내서 한껏 취해봐야 하지 않겠습니까!"

"오, 그거 좋군요! 베니마루 공도 술을 마실 줄 알았소이까."

"하하하, 오니는 술을 좋아하는 걸로 유명하니까 말이오. 그렇지, 슈나?"

"어?! 슈나도 술을 마셨어?"

가볍게 흘려듣고 있었더니, 베니마루가 놀랄 만한 말을 입에 올렸다. 놀랍게도, 슈나가 술을 마신다는 내용이었다.

그 진상은 과연——.

"오라버니, 저는 그냥 즐기는 정도로 마실 뿐이에요. 시온과 같이 취급하지 말아주세요."

아, 마시기는 한다는 거구나.

잠깐, 슈나는 미성년이지 않았—— 아니, 마물에게 나이는 관계가 없나.

"하하하, 미안, 미안."

"아이참, 슈나 님! 저도 그렇게 많이 마시진 않습니다!"

그건 거짓말이지.

내가 아는 한, 알비스와 누가 더 센지 겨루는 수준으로 주당이었다.

베니마루도 그걸 알고 있었기 때문에 쓴웃음을 짓고 있었다.

그렇군, 베니마루가 술을 많이 마신다는 이미지는 없었지만 알비스도 부인이었지. 그럼 같이 앉아서 술을 마시기도 할 것 같고, 그러다 보니 술이 강해진 것일지도 모르겠다.

익숙해지면 맛있게 느껴지는 것이 술이니까 말이지.

적당히 마시면 좋겠다.

술은 많이 마시다 보면 자기가 먹히는 것이니까.

적당히 즐길 수 있도록, 나를 포함해서 내심 경계하자는 생각을 했다.

자, 그런 분위기 속에서 즐겁게 점심식사를 마쳤지만, 갑자기 울음을 터트린 자가 있었다.

무슨 일인지 몰라서, 모두의 시선이 그자에게 집중되었다.

누군가 했더니 칼리굴리오였다.

"저기, 왜 그러시죠? 식사가 입에 안 맞으셨나요?"

황급히 달려온 슈나가 칼리굴리오를 달래면서 그렇게 물었다.

그 질문에 대답하기 위해서, 칼리굴리오가 입을 열었다.

"아니, 실례했습니다. 저도 모르게 그만 생각이 나고 말았습니다. 군인인 제가 이런 말을 하는 건 우스꽝스럽겠습니다만, 제 어리석은 작전을 따른 것 때문에 많은 부하가 희생되고 말았습니다. 이렇게 맛있는 식사를 하고 있으면, 그자들은 두 번 다시 돌아오지 못한다는 생각이 자꾸 들어서……. 미안하다, 모든 게 내 탓이다……. 팔라가, 가스터, 그리고 자무드…………."

이 사람은 술에 취하면 눈물을 흘리는 사람이었군.

술 같은 건 내놓지 않았지만, 아무래도 분위기만으로 취해버린 것 같다.

하지만 마침 좋은 기회이기도 하려나.

"테스타로사."

"네, 이미 모스에게 전달하여, 그자들을 불러왔습니다."

역시 대단하다.

내가 명령하기도 전에, 테스타로사가 내 의도를 파악하고 행동해준 것이다.

그리고 5분도 되지 않아서, 수십 명의 남자들이 식사 중인 이곳에 모습을 드러냈다.

"리무루 폐하, 소집명령을 받고 이 자무드, 이 자리로 찾아뵈었습니다!!"

이 남자들은 조금 전에 칼리굴리오가 이름을 열거했던 자무드 소장과 그 부하들이었다.

전력질주로 달려왔는지, 얼굴은 새빨갛고 땀도 잔뜩 흘리고 있었다. 그런데도 필사적으로 말을 가다듬으면서 내게 인사를 했다.

이 자무드와 부하들은 실은 한 번 죽었다.

황제기함인 비공선에 탑승하고 있었으며, 테스타로사의 핵격마법 : 데스 스트릭(죽음의 축복)에 휘말리면서 육체와 함께 소멸된 것이다.

하지만 지금부터 얘기하려는 것이 테스타로사의 대단한 점인데, 그녀는 내가 칼리굴리오로부터 자무드와 부하들의 구명탄원을 받았던 것을 기억하고 있었기 때문에, 마법이 발동되기 전에 '영혼'만 회수해두었다고 한다.

그것도 전부, 리무루 님 덕분에 진화했기 때문에 가능했던 것입니다——라고 겸손하게 말하긴 했지만, 내 입장에선 그런 배려야말로 실로 고마운 일이었다.

그런고로, 테스타로사로부터 자무드와 부하들의 '영혼'을 받아서 '의사혼(擬似魂)'에 깃들인 뒤에, 그걸 호문클루스(인조인간)에게 정착시킨 것이다.

"너, 너는 자무드 아니냐! 다들 죽었다고 베루글린드 님이 말씀하셨는데, 살아 있었구나!!"

"어머나, 정말이네. 데스 스트릭을 맞고 버텨낼 수 있었을 것 같진 않으니, 테스타로사가 구해준 거려나?"

"바로 그렇습니다, 베루글린드 님. 리무루 님은 참으로 자비로우신 분이니까요."

"그러네. 그 점에 대해선 이젠 나도 의심하지 않아."

"현명하십니다."

우후후, 오호호—— 두 사람은 웃는 얼굴로 대화를 나누고 있었다.

왠지 무서워서 슬쩍 시선을 돌렸다.

자무드와 부하들은 칼리굴리오와 합류했고, 서로 무사한 것을 축하하고 있었다.

팔라가 씨를 되살리지 못한 것은 아쉬웠지만, 나도 만능은 아니니까 그건 용서해주면 좋겠다. 그리고 친한 자의 죽음을 추도하는 마음이 있다면, 두 번 다시 전쟁이라는 어리석은 행위로 손을 물들이지 않기를 바란다.

방위를 위한 전쟁이라면 어쩔 수 없다고 해도, 침략전쟁 같은 건 어리석기 짝이 없는 짓이다. 세상이 도덕적인 것들로만 이뤄지지 않는다는 것은 이해하고 있지만, 그래도 그런 생각을 하지 않을 수가 없었다.

위정자라면 전쟁이 정말로 필요한 행위인지 아닌지, 자신의 가족을 천칭에 놓고 생각해봤으면 좋겠다. 그리고 가능한 한 대화를 통해서 쓸데없는 전쟁을 근절시키기 위한 노력을 해주길 바란다.

말로 하진 않았지만, 나는 그렇게 빌었다.

*

점심시간 후, 오후 3시부터 회담이 재개되었다.

오전 회의에선 어느 정도 방침이 정해졌다. 오후부터는 그 내용을 재확인하는 것과 각각의 역할에 대한 논의가 예정되어 있었다.

"그러면 제가 한 번 더 확인하도록 하겠습니다. 우선은 무장국가 드워르곤부터."

테스타로사가 그렇게 얘기를 꺼냈다.

그리고 확인사항을 열거하기 시작했다.

템페스트(마국연방)와 드워르곤이 나란히 새로운 황제의 즉위를 승인하는 것이 첫 과정이다. 그 후에 새로운 황제인 마사유키의 이름하에 종전과 삼국동맹 성립을 선언할 것이다.

이로 인해, 카운실 오브 웨스트(서방열국 평의회)와는 다른 구조의 연합체가 탄생하는 것이다.

드워르곤의 역할은 제국과 인접한 국경선 부근을 부흥시키는 것이다. 교역용 도로 및 그 근처의 건조물. 그렇게 많지는 않지만, 휩쓸린 피해자들의 구제도 이에 포함된다.

그렇게 해서 신용을 얻으면, 그 후의 과정이 진짜 중요하다.

그 기세를 살려서, 제국수도와 이어지는 철도부설을 착공하는 순서로 이어질 것이다. 제국의 '마도전차사단'이 카나트 산맥의 기슭에 뚫은 길을 재정비하는 김에, 이 어려운 사업을 완수하자는 생각을 했다.

우리나라도 기술지도반을 보낼 것이고, 드워프의 공병단과 공동 작업을 하면서, 공사의 완성을 목표로 삼게 되겠지.

'마도열차'가 다니게 되면 물류가 정비될 것이고, 오가는 사람들의 흐름도 활발해질 것이므로, 새로운 발전의 시대를 맞이하게 될 것이다.

그날을 꿈꾸고 있으면, 두근거리는 기분이 멈추지 않게 된다. 역시 나는 건설적인 계획을 세우는 것을 더 좋아한다는 걸 지금 막 재확인했다.

그리고 우리 템페스트의 역할을 말하자면.

마사유키의 전면적인 지원이 주된 임무가 될 것이다.

테스타로사를 파견하여, 제국 안에 대사관을 마련할 것이다. 제국의 낡은 사고방식을 불식시키고, 새로운 시대가 도래했음을 느끼게 만드는 것이 목적이다.

제국신민은 지금까지 전쟁에 패배한 기억이 없다. 베루도라에게 뼈아픈 꼴을 당한 실패는 겪었지만, 다른 나라에게 사죄를 해본 경험이 없는 것이다.

그만큼 루드라가 위대했다는 얘기가 되겠지만, 그렇다고 해서 제국신민은 이번의 패배를 받아들이지 못할 가능성이 있었다.

가족을 잃어버린 자라면, 그 고통을 이해할 수 있겠지. 그러나 본국에서 편안하게 지내고 있던 자들은 안전한 위치에서 다시 싸울 것을 요구할 것이란 예상이 되었다.

자신이 얻게 될 이익만 바라보면서, 타인의 고통에는 둔감한 것이다.

그런 자들이라면, 전쟁을 반대하는 입장에 있는 마사유키를 탐탁지 않게 생각할 가능성이 크다. 베루글린드가 있으니까 직접적으로 손을 대는 짓은 의미가 없지만…… 순순히 따르는 것처럼 보이면서 뒤에선 방해하는, 아주 귀찮은 짓을 하지 않을까라는 생각이 들었다.

귀족들은 미니츠가 설득하고, 군부의 통괄은 칼리굴리오가 맡을 것이다. 그러나 산전수전을 다 겪은 속이 검은 자들을 상대하기에는, 이 두 사람만으론 역부족인 것 같아서 영 불안했다.

베루글린드는 아예 "전부 다 죽여버리면 되잖아요"라고 대수롭지 않게 말했다고 하는데, 아무리 그래도 그런 짓은 역시 할 수가 없다. 쓸 만한 인재가 줄어든 제국에서 주요한 관료를 더 이상 줄일 수는 없기 때문이다.

그런 귀찮은 상대도 잘 이용해서 써먹어야 한다. 고난이 예상되는 가시밭길이지만, 나아갈 수밖에 없다는 것이 최근 며칠 동안 생각하다 내린 결론이라고 한다.

그래서 테스타로사를 보내기로 한 것이다.

모스라는 귀가 밝은 첩보원을 활용하면, 속이 검은 자들의 꿍꿍이쯤은 일망타진할 수 있다. 모이면 귀찮아지는 상대라고 해도, 개개인의 약점을 잡고 협박——이 아니라 설득하면, 협조적인 자세를 보여주지 않을까.

카운실 오브 웨스트 쪽은 어느 정도 진정되었으니까, 시엔 혼자서 맡아도 괜찮을 것이라고 한다. 그런고로, 테스타로사를 보내는 것이 결정되었다.

마사유키의 호위로는 그대로 베놈에게 수행시키기로 정해졌다.

"당신의 권속을 빌리는 결과가 되겠는데, 그래도 될까?"

"쿠후후후후, 문제없습니다. 그게 바로 리무루 님을 위한 일이 된다면, 사양하지 말고 혹사시켜도 됩니다."

그런 대화를 나눴지만, 나는 노코멘트의 입장을 유지했다. 디아블로에 관해선 지적을 하는 만큼 더 피곤해질 뿐이었다.

*

오전의 논의와는 다르게, 오후는 활기에 찬 내용으로 진행되었다.

제국 측이 정리했던 문제점도 제시되었고, 그에 관해서도 모두 함께 의논하면서 대응책을 생각했다.

실로 의의가 있는 시간이었다고 할 수 있을 것이다.

"이렇게까지 큰 은혜를 베풀어주시다니, 저희 제국의 백성들은 평생 잊지 않을 것입니다."

"이봐, 이봐, 아직 계획단계일 뿐이야. 지금부터 실현을 위해서 움직일 거잖아? 감사 인사를 하려면, 사업이 다 성취된 뒤에 하라고."

"하하하, 사업, 이란 말입니까. 대적할 수가 없군요, 리무루 폐하에겐. 이 국가적 규모로 어려운 일을 그 말 한마디로 표현하실 정도니까."

미니츠 씨가 쓴웃음을 짓고 있었다.

그러나 그 눈빛은 빛나고 있었으며, 내 말을 듣고 투지에 불이 붙은 것 같았다.

의욕을 보이게 된 것이 무엇보다 다행이었다.

이리하여 전체적인 방침이 정리되었지만, 잊어선 안 되는 문제가 남겨져 있었다.

그걸 언급한 자는 가젤이었다.

"그건 그렇고, 리무루여. 가장 중요한 걸 묻겠다만, 이길 수 있겠느냐?"

그렇다. 미카엘과 펠드웨이, 그리고 그의 부하들도. 위협이 될 적이 호시탐탐 우리를 노리고 있는 거다.

"솔직히 말해서 이길 수 있다고 단언하진 못하겠어. 하지만 질 생각은 없어."

"그런가. 너라면 무슨 수를 써서라도 그 말을 현실로 바꾸겠지."

"지나친 평가야."

"흥! 솔직히 말해서 나는 베루글린드 님의 힘을 직접 눈으로 봤을 때, 패배와 죽음을 각오했다. 강할 것이라고는 생각했지만, 설마 그 정도일 줄은 몰랐으니까 말이지."

가젤의 고백을 듣고, 번이랑 돌프를 비롯한 부하들도 고개를 끄덕이고 있었다.

뭐, 나도 악마 아가씨 3인방이 쓰러져 있는 걸 봤을 때는 끝이라고 생각했으니까.

그 후에 조금 발끈하는 바람에 공포를 극복할 수 있었다. ──아니, 정신을 차려보니 이미 끝이 나 있었지만, 지금 생각해 봐도 용케 이길 수 있었다는 생각이 들면서 신기하기만 했다.

하지만 뭐, 지금의 나에겐 시엘이 있다.

그리고 베루도라랑 디아블로를 비롯한 동료들도.

혼자가 아니라는 것은, 그 사실만으로도 마음이 든든해지는 법이다.

"나도 말이죠, 설마 슬라임 따위에게 질 거란 생각은 못 했어요. 하지만── 이제 와선 감사하고 있으며, 베루자도 언니라도 리무루에겐 이기지 못할 거라고 생각해요."

가젤의 말에 화를 내지도 않고, 베루글린드가 실로 태연하게 그런 말을 했다.

베루도라를 일방적으로 두들겨 팬 베루자도 씨를 내가 이길 수 있을지 없을지 의심스럽지만, 그게 베루글린드가 진심으로 한 말이라는 것은 틀림이 없을 것 같았다.

"이것 참, 높은 평가를 받으니 부끄럽군."

"겸손은 그만 떨어요. 나에게 이긴 건 운이 아니라, 완전히 실력이었으면서. 더구나 압도적으로 승리해놓고선 무슨 말을 하는 건가요."

진 것을 부끄럽게 여기지 않는 것은 베루글린드에겐 그게 과거의 일이기 때문일 것이다. 지금은 극복하면서 순순히 받아들이고 있는 것 같군.

그런 사람이 오히려 더 무섭다. 나는 속으로 몰래 베루글린드에 대한 경계 레벨을 한 단계 더 높여두었다.

그리고 지금부터는 진지하게 내 생각을 얘기했다.

"실제로 적의 전력이 분명하지 않은 데다, 어떻게 나올지 예측도 할 수가 없어. 그 목적은 물론이고, 노리는 게 뭔지도―― 아니, 어떤 수단을 동원해서 쳐들어올지도 마음에 걸리는군."

그렇게 말하면서, 거대 스크린에 여러 명의 인물을 비췄다.

"이 녀석들이 이번에 미궁으로 침입해온 '적'이야. 대강의 실력을 측정할 수 있는 존재치라는 게 있는데, 대부분 300만 수준으로 비슷비슷하고, 우리나라의 간부와 비교해도 상위에 분류될 만큼 강해. 일대일로 싸우는 것은 피하는 게 무난하겠다는 생각이 들 정도로 번거로운 상대야."

내가 그렇게 말한 뒤에, 알고 있는 모든 정보를 공개해서 보여

쒔다.

그러자 내 말을 보충하려는 듯이 베루글린드가 발언했다.

"이자는 내가 처리했지만, 하나 충고해둘게요. 이자들은 베루다 나바 오라버니를 도와주던 오래된 자들이며, '태초의 악마들'에 필적할 만큼 귀찮은 상대에요. 그 본체는 여전히 봉인된 상태이며, 이 미궁에 출현한 것은 약해진 '별신체'에 지나지 않았죠. 일반적인 공격방법으론 쓰러트릴 수 없으니까, 경계해두는 게 좋아요."

그 말을 들어도 반응하기가 난감했다.

왜냐하면 그런 말을 한 장본인인 베루글린드가 너무나도 쉽게 소멸시켜버렸으니까 말이지.

《베루글린드의 권능에 의한 '차원도약'의 효과로군요. 베루글린드 본인은 루드라의 '영혼'의 조각이라는 표식을 향해서만 날아갈 수 있는 능력이긴 합니다만. 그 기술을 표식을 향해 날려 보내는 건 아무런 문제도 되지 않을 겁니다.》

그렇군…….

즉 베루글린드는 코르느의 '별신체'와 본체의 본체까지 소멸시켰다는 말인가.

《그렇다고 생각합니다. 이 시간과 공간을 초월하여 공격을 가할 수가 있는 '시공연속공격'이라면, 비록 '병렬존재'라고 해고 도망칠 방법이 없습니다.》

정말이야? 터무니없는 공격이로군.

아니, 베루글린드가 너무 대단한 것이다. 얼마나 많은 경험을 쌓았는지는 모르겠지만, 자신의 권능을 완벽하게 구사할 수 있게 된 것이다.

원래 대단했는데, 더욱 강해져 있었다.

베루도라도 '병렬존재'를 익히면서 기뻐하고 있었지만, 이래선 전혀 의미가 없을 것 같다. 이걸 베루도라가 알게 되면…… 나는 아주 조금 그를 동정했다.

반응하기가 난감한 사람은 나뿐만이 아니었다.

제국 측 사람들도, 가젤 일행도, 베루글린드의 말을 곱씹는 것처럼 생각에 잠겨 있었다.

제국에겐 아직 베루글린드라는 비장의 수단이 있었다. 그녀에게 의지하면 어떻게 된다고 쳐도, 문제는 드워르곤이었다.

"우리 힘으론 이기지 못한다는 말인가."

"그렇군요. 아쉽게도 방법이 없겠습니다."

"번!"

"하지만 사실인걸. 허세를 부려봤자 의미가 없는 데다, 지금은 속마음을 터놓고 얘기하면서 대책을 생각해둬야 하지 않을까?"

"으음, 경의 말도 옳긴 하지만……."

"번 도련님의 말이 옳소이다. 어차피 이기지 못할 상대지만, 만났을 때의 대책은 생각해둬야지. 그건 그렇고, 리무루 폐하, 미카엘이랑 요마왕의 목적을 통해서 추측해볼 때 우리 드워르곤도 휘말릴 것이라 생각하오?"

으—음, 가능성은 낮지 않으려나?

"아마 괜찮을 거라 생각하는데. 애초에 완전하게 안전할 리는 없겠지만, 최우선순위가 낮다는 의미에서 한 말이지만."

"흠. 적의 목적이 베루다나바 신의 부활이면, 우리 드워르곤 따위는 안중에도 없단 뜻인가."

"실례되는 말이 되겠지만, 그렇게 되지 않을까."

"상관없다. 무인으로선 한심한 생각이겠지만, 왕으로선 안도하고 있다."

가젤은 그렇게 말하면서 쓴웃음을 지었다.

"그리고 목적을 이루려고 하는 방법 말인데, 적은 진심으로 그 방법을 이용하려는 건가?"

"쿠후후후후. 베루도라 님과 베루글린드 님의 힘을 흡수하면, 베루다나바 님의 부활을 이룰 수 있다, 이런 얘기입니까? 어리석다고밖에 말할 수가 없군요."

"애초에 베루다나바 님은 불멸의 존재입니다. 인간의 손으로 부활시키려 들겠다니, 주제넘은 짓을 하는 것도 정도가 있는 법입니다."

디아블로가 그렇게 말하면서 비웃었고, 베니마루가 분개했다.

베루다나바가 어째서 부활하지 않은 건지는 수수께끼였지만, 확실히 '용종'은 불멸이다. 말이 되지 않으니, 내버려 두면 그만이라는 의견에 나도 찬성했다.

"하지만 그렇게 되면 용황녀도 노리지 않겠습니까?"

칼리굴리오가 날카로운 지적을 했다.

그 말대로 밀림은 베루다나바의 힘을 이어받았으니까, 적이 노려도 이상하진 않으려나.

이 의문에 대답한 자는 베루글린드였다.

"그럴 가능성은 부정할 수 없겠군요. 하지만 우리 오라버니가 가장 사랑하는 존재에 손을 댔다간, 그건 바로 본말이 전도되는 꼴이에요. 그냥 힘만 뺏고 싶은 것뿐이라면 또 몰라도, 그의 부활을 진심으로 바란다면 역린을 건드리는 짓은 하지 않을 거라고 생각하고 싶군요."

뭐, 밀림은 강하고, 천사 계열의 얼티밋 스킬(궁극능력)은 가지고 있지 않을 것 같은 데다, 칼리온이랑 프레이도 각성했으니, 그렇게 걱정하지 않아도 괜찮을 것 같지만.

베루글린드도 괜찮다고 생각하고 있다면, 경고만 해둬도 충분할 것 같군.

그건 그렇고 조금 마음에 걸리는 게 있었다.

"말하는 걸 들어보고 든 의문인데, 그럼 베루다나바는 자신의 형제랑 남매는 대수롭지 않게 생각했다는 거야?"

"당신, 꽤나 무례한 인간이네."

발끈했다기보다, 어이가 없다는 듯한 표정으로 베루글린드가 날 봤다.

"어, 죄송합니다. 솔직하게 말하다 보니 그만……."

"이제 됐어요."

다행이다.

베루글린드의 관대함이 날 구해줬다.

반성하면서, 섣부른 발언에는 주의하기로 하자.

"대수롭지 않게 생각했다고 할까, '용종'은 끝이 있는 자들과는 사고방식이 달라요. 베루자도 언니도 그랬지만, 베루도라의 교육이라는 명목으로 몇 번이고 몇 번이고 그 존재를 죽여버렸죠. 그러니까 말이죠, 베루다나바 오라버니가 부활한 뒤에 우리 힘을 해방해줄 거라 생각하고 있을 거예요."

아아, 납득했다.

내가 선택한 방법과 마찬가지로, 잡아먹은 뒤에 부활시킬 수 있다고 생각하는 거다.

그럴 경우에도 기억은 계승되므로, 인격이 바뀌더라도 상관없단 얘기로군.

"즉, 밀림 님은 '용종'과는 다르니까 불멸이 아니란 말이군요. 그런 밀림 님을 죽여버렸다간 부활한 베루다나바 님의 분노를 사버리게 되겠네요."

테스타로사가 베루글린드의 발언을 정리해주었다. 어디까지나 내 예상이지만, 나도 그렇게 생각하는 것이 정답일 것 같았다.

"좋아, 그럼 역시 밀림에게도 경고만은 해두도록 하자."

내가 그렇게 말하자, 베루글린드도 고개를 끄덕였다.

그리고 옆에 앉은 마사유키 쪽으로 시선을 돌리더니,

"마치 남의 일인 것 같은 표정을 짓고 있는데…… 마사유키, 적은 틀림없이 당신을 노릴 테니까 가장 조심하지 않으면 안 돼요. 알았죠?"

"어?! 아직 날 포기하지 않았단 말이야?"

"폐하…… 이곳 미궁 안과는 달리, 제국 본국에선 죽어도 되살아나실 수 없습니다! 그 사실을 좀 더 자각하셔서, 옥체를 소중히 여기셔야 합니다."

"저희도 사력을 다하여 폐하를 지킬 생각입니다만, 상대가 상대이니 매우 어려울 것입니다. 폐하 자신께서도 자각을 가지고 행동해주시기 바랍니다."

"네──가 아니라, 알았다."

마사유키의 얼빠진 듯한 대답을 마지막으로, 오후부터 시작된 논의도 종료되었다.

＊

저녁식사는 호화로웠다.

이탈리아 요리의 풀코스였던 것이다.

비트──와 아주 비슷한 야채──수프부터 시작하여 새의 모래주머니로 만든 콩피로 이어졌다.

제폴리네를 즐긴 뒤에는 다양한 야채로 만든 쿠스쿠스와 가볍게 그을린 스피어 참치의 중뱃살이 나왔다.

모두 훌륭한 요리였지만, 아직 그걸로 끝난 것이 아니었다.

전차 새우로 만든 판나코타, 전함 물고기로 만든 인볼티니, 요새 게로 만든 스파게티 등, 최고의 메뉴가 식탁을 장식해주었다.

버섯 리소토로 입가심을 하고 있자, 해물 수프가 앞에 놓였다.

오늘 요리에 쓰인 모든 해산물의 엑기스가 담긴 그 수프는 한 입 먹을 때마다 그 맛이 바뀌는 훌륭한 요리였다. 반나절 이상 각종 수프를 끓인 것을 섞어 완성한 것이므로, 만드는 데 품이 장난 아니게 들어가는 요리였다.

요리사들의 정성으로 만들어진 것이라고 해도 과언이 아니었으며, 1년에 한 번 먹을 수 있을까 말까 할 정도로 숨겨진 명품이다.

그리고 미지막으로 오늘의 메인디시.

소사슴 새끼의 등심으로 만든 스테이크였다.

나이프로 가볍게 잘라서 입에 넣으니, 씹지도 않았는데 고기가 녹았다.

맛있었다.

정말로 맛있어!!

다 먹자마자, 나와 베니마루는 하이파이브를 했다.

말을 나누지 않아도, 그것만으로도 충분했던 거다.

평소라면 식사 중이라고 해도 대화의 꽃을 피우기 마련인데, 오늘은 다들 말이 없다. 그런 반응이야말로 요리에 만족했다는 증거라는 생각이 들었다.

디저트로 화이트 와인 요구르트가 각자의 앞에 놓였을 때 비로소, 다들 감상을 말하기 시작했다.

"대체 뭡니까, 이 맛있는 요리들은! 저도 제국귀족으로서 맛있는 요리를 다 헤아릴 수 없이 맛봤다고 자부합니다만, 이건 정말로 격이 다르군요!!"

"이해해, 포로가 된 몸이면서도 이곳의 식사를 늘 기대하고 있었지만, 오늘만큼 행복하다고 느낀 적은 없어. 정말 감사드립니다, 리무루 폐하!"

"대놓고 말해서 이런 걸 먹을 수 있다면, 나도 황제가 되고 싶다는 생각이 들었어."

"나도 요리를 배웠지만 이건 무리군요. 무엇 하나 쓸데없는 것이 없는 데다, 먹는 사람을 한없이 배려하고 있으니까."

제국 측 사람들이 그렇게 말하면서 대절찬했다.

드워르곤 측 사람들도 지고 있지 않았다.

"리무루여, 너의 나라는 요리기술도 발전한 것 같구나. 슈나 공이라고 했던가? 나중에 우리나라에 초대할 테니 조리법을 좀 전수해주면 좋겠다."

"정말 그렇군. 나는 식사보다 술을 더 좋아하지만, 이건 달라. 양이 적은 것이 좀 안타깝지만, 그게 오히려 계속 더 먹고 싶다는 생각을 들게 만들어. 철저하게 계산된 연출이로군."

"야아, 그런 계산을 하고 만드는 건 아닌 것 같습니다만, 모든 요리를 더 먹고 싶다는 의견에는 찬성하겠습니다."

"헉?! 너무 맛있다 보니 내가 그만 저세상으로 갈 뻔했구먼, 그래."

"무슨 말씀을 하시는 겁니까, 젠 공. 남김없이 다 드셔놓고선."

"무슨 말을 하는 거냐, 앙리에타. 그런 너야말로 나랑 같은 양을 단숨에 비우지 않았느냐?!"

"무슨 말씀을……?! 그런 건 알고 있어도 지적하지 않는 게 매너입니다!"

기본적으로 술이 맛있으면 만족하는 분위기인지라, 식사로 감탄을 하게 만들고 싶다는 생각을 하고 있었다. 이번에는 슈나와 그녀의 제자들 덕분에 그 목표를 달성할 수 있었다.

참고로, 이런 때에도 시온과 디아블로는 평상시와 다를 게 없었다.

디아블로는 철저하게 급사 역할을 맡으면서 술을 따라주거나 했으며, 시온은 호위 자격으로 차렷 자세를 유지한 채 서 있었다.

하지만 나는 알고 있었다.

몰래 슈나가 가르쳐준 사실이지만, 시온은 늘 독이 있는지 검사한다는 명분을 내세워서, 음식을 집어 먹는다고 한다. 이번에는 아예 독을 검사하겠답시고 먹기 시작한 음식을 추가로 먹기까지 했다니까, '배가 고프지 않을까'라는 걱정을 할 필요는 없었다.

*

식후에 잠깐 휴식을 취했다.

담화실로 장소를 옮긴 뒤에, 커피를 마시면서 잡담을 즐겼다.

오늘 식사에 대한 것과 세상 돌아가는 얘기로 꽃을 피우고 있으려니, 가젤이 갑자기 내게 말을 걸었다.

"그건 그렇고 리무루여, 나는 지금 고민하는 게 있다."

"응, 뭐지?"

"네가 저지른 일이다."

"응......?"

"저기 있는 베니마루 공을 필두로, 간부들을 진화시킨 것 같다만?"

"아, 네."

아, 이건 꾸지람을 듣게 될 흐름인데.

갑자기 그런 얘기를 꺼내진 말아주면 좋겠네.

사전에 변명을 생각할 시간을 주어도 벌은 받지 않으리라 생각한다.

나는 그런 생각을 하면서 마음속으로 대비하고 있었지만, 가젤은 쓴웃음을 지으면서 얘기를 계속했다.

"그렇게 긴장하지 않아도 된다. 꾸짖진 않을 테니까. 젠으로부터 얘기를 들었을 때는 나도 창백해지고 말았지만, 이제 와선 그게 필요한 일이었다는 것을 이해하고 있다."

"그, 그렇겠죠."

휴우ㅡ.

아무래도 화는 나지 않은 것 같으니, 일단 안심했다.

"하지만 다른 나라에게 설명하는 건 꽤나 골치가 아파질 것 같구나."

"그게 무슨 말인지?"

"뭐냐, 생각하고 있지 않았던 거냐? 서방열국, 서방성교회, 살리온, 이런 인류권의 나라들도 이번 싸움에 주목을 하고 있었을 것이다. 종전선언은 물론이고 경위를 설명하는 절차도 필요하겠지."

"적당히 얼버무리고 넘어가려고 생각하고 있었는데……."

진지하게 설명해도 믿지 않을 테니까, 내 동료들이 각성마왕 급으로 진화했다는 건 입을 다물고 있으면 모를 것이다.

그 부분은 적당히 얼버무리면, 어떻게든 될 거라고 생각했었는데.

"뭐, 서방열국은 그렇게 넘어갈 수 있을 것이다. 블루문드 같은 곳은 의심하겠지만, 그 외의 나라들은 평화에 찌들어 있으니까 말이지. 의심하는 자도 있겠지만, 동맹국가인 템페스트(마국연방)를 상대로 강하게 나올 수는 없을 테니까 말이다."

그렇지?

"그럼 아무런 문제도ㅡㅡ."

"하지만! 그 여자(대요괴)는 속일 수 없을 것이다. 정식으로 설명을 요구할 텐데, 어떻게 대처할 생각이냐?"

저기―, 그 여자라니?

아, 혹시!

"뭐야, 에르땅을 말하는 거였어? 그거라면 괜찮아. 이미 얘기 했으니까."

에르메시아 씨도 이번 싸움에 대해서 걱정해주었으며, 묘르마일 군과 셋이서 얘기를 나눴다. 최악의 경우, 난민을 받아들여 주는 것도 검토해주었다.

나와 묘르마일, 그리고 에르메시아 씨, 이렇게 세 명은 '계략 3인방'의 멤버로서 긴급연락수단을 갖추고 있었다.

고성능의 마도구이며, 콤팩트하게 접을 수 있는 방식이다. 그 이름도 바로 '휴대전화'였다.

클레이만의 스킬에서 아이디어를 얻었으며, 전파신호와 지자기를 이용한 암호화통신으로 마법의 방해를 받지 않고 통화할 수 있는 우수한 물건이었다.

단, 쓰이고 있는 소재가 희귀한 것들뿐인지라, 한 개당 가격은 깜짝 놀랄 정도로 높았다. 간부들에게도 배부할 수 없는 수준이니까, 그 가치가 얼마나 높은지는 이해할 수 있을 것이다.

이걸 사용하면, 에르메시아 씨와 직접 대화도 할 수 있었다. 그러므로 나는 연회가 시작되기 전에 한 번 연락해서 "이겼어"라고 전승보고를 했던 것이다.

에르땅으로부터는 "오케이, 안심했어. 나중에 차근차근히 얘기를 들을 테니까, 또 놀러갈게"라는 말을 들었다. 그러니까 가젤이 걱정할 만한 일은 없는 것이다.

그런데——.

"에르땅이라고?!"

가젤이 큰소리로 외쳤다.

그리고 나를, 믿을 수 없다는 표정으로 응시하고 있었다.

어라?

"방금 한 얘기에, 뭔가 놀랄 말한 요소가 있었어?"

"멍청한 소리 하지 마라! 그 천제와 어떻게 하면 그렇게까지 친해질 수 있단 말이냐?!"

아, 그거 말이구나.

그건 뭐, 난 그런 걸 잘 하니까.

아무리 다루기 어려운 상대라도, 우선은 대화부터. 그리고 중요한 건 상대가 무슨 말을 하고 싶은 건지를 제대로 이해하는 것이다.

공사현장에서 감독으로 일하고 있었던 때도, 불평과 함께 무리인 대책을 요구하는 근처 주민들이 있었다. 하지만, 차분하게 얘기를 들어보면, 의외로 쉽게 문제가 해결되기도 했다.

뭐, 아무런 방법이 없을 때도 있었다.

그런 경우에는 일단 얘기를 듣는다.

계속 듣는다.

그렇게 하면 상대가 나에게 친근감을 느끼게 되며, '너는 얘기를 알아듣는 사람'이라고 납득해주곤 했다.

혹은 시간을 벌면서 문제가 해결되기를 기다리기도 했지.

이런 경우에는 딱히 뭘 하지도 않고, 불평을 들으면서 얘기를 맞춰주기만 하면 된다. 그렇게 하면 상대가 친근감을—— 아니,

방금 말했던 것과 비슷한 흐름이 되는 것이다.

이런 식으로, 내 인생관에서 정말 중요한 것은 다른 사람을 대하는 법, 커뮤니케이션인 거다.

에르메시아 씨를 대할 때도 같은 방법을 동원했고, 정신을 차려보니 친해져 있었다.

술 때문이었을 거라고?

잊어버렸는데, 그런 건.

자신에게 불리한 걸 망각하는 것도 훌륭한 처세술이거든. 무엇보다 제대로 반성해서 다음에는 같은 실수를 하지 않도록 하는 것도 아주 중요한 일이지만 말이지.

이게 어려운 일인지라, 나도 아직은 수행 중인 몸이었다.

"뭐, 어떻게 했는지는 비밀이지만, 사이좋게 지내고 있어."

멍청할 정도로 솔직하게 술자리에서 실수한 얘기를 해줄 생각은 없다.

나는 그렇게 말하면서 얼버무렸지만, 가젤은 그걸로 납득하지 않았다.

"그러니까 말이다, 리무루여. 살리온의 천제는 만나는 것만으로도 힘든 과정을 거쳐야 한다. 몇 개월 동안 기다리는 것은 그나마 나은 편이며, 우리 드워르곤이 신청해도 반년은 걸린다. 그자는 수명이 길어서, 한 달을 하루와 비슷하게 느끼고 있단 말이다. 그런데도 너는 쉽게 연락을 취할 수 있단 말이냐?!"

"윽."

"그, 그 말이 맞습니다, 리무루 폐하! 살리온은 저희 제국도 중요시하던 곳입니다. 설마 그런 연줄을 가지고 계셨을 줄은……."

칼리굴리오를 비롯한 제국 측 사람들까지 이 화제에 참전하기 시작했다.

자세하게 얘기를 들어보니, 제국은 살리온을 최대의 위협으로 인식하고 있었다고 한다. 아직 보지 못한 마도병기를 무수히 보유하고 있을 것으로 추측되어, 공격하려면 가장 나중에 하기로 계획하고 있었다고 한다.

칼리굴리오랑 미니츠 씨의 설명을 듣고, 가젤도 고개를 끄덕이고 있었다.

서방열국에서도 살리온의 눈치를 살피는 국가가 많았지만, 일개 국가임에도 불구하고 서방의 경제권을 통째로 집어삼킬 수 있을 정도의 군사대국이니까, 그렇게 반응하는 것도 당연했다.

그런 초대국의 국가원수와 사전연락도 없이 직접 대화할 수 있는 사이. 몰랐다곤 하지만, 확실히 그건 믿기 어려운 이야기일지도 모르겠다.

그렇게 말해도 사실은 사실이란 말이지.

"아하, 아하하하하. 뭐, 뭐어, 운이 좋았다고 할까?"

"훗, 리무루 님이라면 당연한 겁니다."

"그렇고말고요! 오히려 상대가 그 행운에 감사해야 할 겁니다!!"

디아블로와 시온이 나를 칭송하고 있었지만, 이런 때에는 입을 다물고 있었으면 좋겠군.

가젤이 크게 한숨을 쉬는 걸 보면서, 나는 그런 식으로 생각하였다.

그건 그렇고 미니츠 씨 말인데, 의외로 시온과 디아블로의 의견에 찬성하고 있는 것 같았다.

"뭐, 확실히 리무루 폐하의 진가를 꿰뚫어 보고 있었다면, 천제의 그런 반응도 납득이 되긴 합니다."

그 말에 칼리굴리오도 고개를 끄덕였다.

"그렇지. 그 무시무시한 천제라면, 그 정도 일은 아무렇지 않게 해냈을 거다. 우리 제국은 그 나라의 메이거스(마법사단)는 움직이지 않을 거라고 생각했었지. 그게 바로 천제가 의도한 바였다면, 리무루 폐하 쪽의 형세가 불리해진 시점에서 본국을 노렸을 것이야. 위험할 뻔했다."

그렇게 말하면서, 내가 생각한 것 이상으로 살리온을 경계하고 있었다.

그런 위험한 나라라고 생각하지 않았던 만큼, 사이좋게 지내길 잘했다고 생각하면서 안도했다.

에르땅으로부터 '나중에 놀러 와'라는 초대를 받았으니, 반드시 견학하러 들러보기로 하자.

"그건 그렇고, 이 정보도 숨겨져 있었다니, 정보국은 대체 얼마나 우리를──."

"아뇨, 아쉽지만 나도 듣지 못한 거예요. 뭐, 나에겐 먼 옛날의 일이니까 그냥 잊어버린 것일지도 모르지만."

미니츠 씨의 발언을, 베루글린드가 즐거워하는 듯한 표정으로 부정하고 있었다. 이 사람은 집념이 강할 것 같으니, 먼 옛날의 일이라고 해도 절대 기억하고 있을 거라 생각한다.

"어머나, 나에게 무슨 할 말이라도 있나요?"

"아뇨, 아무것도 아닙니다……."

무서워. 내 마음을 읽은 것 같다.

이런 타입의 사람은 위험하니까 화를 내게 만들지 말자.

그렇다곤 해도, 나와 에르메시아와의 관계를 그렇게까지 놀라워할 줄이야. 이런 반응이라면…… 묘르마일 군도 동지라는 사실은 우리만의 비밀로 남겨놓는 게 더 좋을 것 같군.

'리에가(삼현취)'의 건도 있으니까, 섣불리 입을 놀리지 않도록 주의하자.

그런 맹세를 속으로 하면서, 그날은 밤새도록 술을 마시면서 즐겼다.

✳

다음 날 아침, 가젤 일행은 돌아갔다.

칼리굴리오 일행도 정해진 방침에 따라서, 귀국준비를 진행하게 되었다.

공사도중이긴 했지만, 그건 아다루만의 부하들에게 계속 맡겨서 속행할 것이다. 이 나라에 남고 싶다는 자도 있었지만, 일단은 제국을 우선적으로 안정시키고, 그 후에 이민을 오라고 설득했다.

1주일도 되지 않아서 준비를 끝냈고, 출발할 예정이 잡혔다.

이런 식으로 남은 문제점을 먼저 해결하고, 대책을 생각하며, 실행상황을 확인해나갔다.

제국 측은 문제가 없었다.

테스타로사의 연락을 기다리면서, 상황이 변할 때까지는 지켜보기로 했다.

드워프 왕국은 약간 긴장이 되었다.

만약 세라핌(치천사) 급의 적이 출현했을 경우, 가젤 일행의 힘만으론 고전할 것 같았다.

하지만 천연요새가 되어 있는 드워르곤의 도시에는 마법을 이용한 다중방위기구가 갖춰져 있다. 이걸 돌파하는 건 쉬운 일이 아니므로, 그 틈에 연락을 받으면 된다.

가젤에게도 '휴대전화'를 하나 선물해두었으니까, 여차할 때 활용해주면 좋겠다.

그리고 또 하나.

가젤이 있는 곳에도 한 명, 아게라를 파견하기로 했다.

가젤은 자신을 다시 단련시키고 싶다고 말하면서 나와 의논을 했다.

그리고 아게라도 잠깐 방랑하면서 머리를 식히고 싶다는 바람을 밝혔다.

여러 가지로 고민하는 일이 있다고 한다.

카레라는 주저하지 않고, 아게라가 하고 싶은 대로 해도 된다는 태도를 보였다.

내 입장에선 아게라의 사정을 아는 만큼 어떻게 대답할지가 난감했다. 지금은 시간이 필요하겠다고 생각하여, 그 제안을 받아들인 것이다.

그렇게 되면서, 드워르곤도 내구전은 버틸 수 있게 되었다.

아무런 문제도 일어나지 않는 것이 제일 좋지만, 만약의 경우엔 그때 임시응변으로 대처하기로 하자.

요움 일행이 있는 파르메나스 왕국 쪽은 대처를 끝내놓았다.

디아블로가 가드라를 파견하여, 이번 일의 상황설명을 하도록 시켰다. 나와의 개인면담 예정도 없었기 때문에 이틀 전에 출발했다고 한다.

가드라에겐 미궁수호자의 역할도 있지만, 정작 중요한 데몬 콜로서스(마왕의 수호거상)가 없었다.

잔해조차 남지 않았기 때문에 처음부터 새로 만들어야 했다.

새로운 기체를 만드는 김에 시험해보고 싶은 기능이 있다면서, 연구원들은 크게 기뻐하는 반응이었다.

자재를 내놓아야 하는 내 지갑의 상황은 우울해졌지만, 이번에는 국고에서도 부담하기로 했으니까, 만족할 수 있는 퀄리티로 만들어달라는 뜻을 전달했다.

완성까지 시간도 걸릴 테니까, 당분간은 파르메나스에 머무르도록 시킨다는 결론을 내렸다.

블루문드 왕국 및 서방열국 쪽은――.

이쪽에는 시엔이 있었다. 존다도 대응을 위해서 보냈으며, 악마들은 기본적으로 '공간전이'가 가능하여, 웬만한 사태에는 대응할 수 있을 것이다.

대놓고 말해서, 이 땅에서 적들이 노릴 만한 것은 전략적으로도 의미가 없다고 생각하기 때문에 더 이상의 조치는 하지 않을 생각이다.

없다고 생각하지만, 만약 적이 인류학살 같은 행위를 시작한다면, 기이가 잠자코 있지 않을 것이다.

기이는 인간이 멸망하는 것을 좋게 생각하지 않으므로, 반드시 움직여줄 것이다.

그리고 루미너스도 있다.

기이가 움직일 정도는 아닌, 약간 간섭하는 수준으로 공격해온다면 루미너스랑 크루세이더즈(성기사단)가 대처해줄 것이다.

'리에가'에게도 현재의 사정은 전해놓았으므로, 그렌다를 비롯한 멤버들도 뒤에서 움직였다. 상황에 따라선 철저하게 시간벌이에 치중해준다면 어떻게든 버텨낼 수 있을 것이라 생각했다.

참고로, 그렌다에게도 '휴대전화'를 전달해두었다.

개인 소유물이 아니라, '리에가'와 우리의 연락수단으로써 준 것이었다.

이게 있으면 즉시 대응할 수도 있으므로, 서방열국에 대한 대처도 연락을 기다리는 것으로 결론을 내렸다.

어디 보자, 그렇게 되면.

남은 문제는 의도하지 않은 배신자가 나오지 않을까 하는 점인데.

《그 건에 대해서 말씀을 드리자면, 아마 걱정하셔도 헛수고일 것이라 생각합니다만——.》

아니, 아니, 헛수고는 아니겠지.

마음의 대비를 하느냐 아니냐는, 여차할 때 그 차이가 생기는 법이니까 말이야.

그런고로, 나는 집무실에서 각 지구의 피해상황이 기록된 보고

서를 읽으면서 가장 마음에 걸리는 중요사항에 대해서 생각하기 시작했다.

천사 계열의 얼티밋 스킬(궁극능력)에 각성한 자가 있으면 주의하도록, 가젤 일행에게도 일던 전해놓긴 했지만…… 표정이 사라진 듯한 얼굴로 날 바라봤다.

그리고 조용히 알려주었다.

'잘 들어라, 리무루여. 애초에 얼티밋 스킬이란 것은 극비 중의 극비다. 드워프의 초대 영웅왕 그란 드워그 님이 획득하셨다는 전승이 전해질 뿐이며, 그 진위가 밝혀지지 않았을 정도로 중요사항이란 말이다. 그게 진실이라는 것을 아는 자는 적으며, 번이나 돌프조차도 모를 정도다! 그런데 너는…… 보유하고 있는 게 당연하다는 전제로 그런 말을 하지 마라!!'

──라고 말이지.

마지막에는 단단히 꾸지람을 들었지만, 그게 세상의 상식이라고 한다.

즉, 얼티밋 스킬의 존재를 아는 자 자체가 극소수였다. 그중에서 천사 계열을 보유한 자로 범위를 줄인다면, 찾아내는 방법 자체가 없다는 것이 현실이었다.

걱정하는 만큼 손해일 수준인지라, 나도 그만 걱정하기로 했다.

그때는 그랬다.

하지만 냉정하게 다시 생각해보면, 의외로 가까운 곳에 있을 것 같다는 생각이 들었다.

적어도 기이랑 루미너스는 확실하다.

레온의 실력도 비정상적인 수준이니까, 보유하고 있을 것 같았다.

다구류루는 확실하지 않지만, 그 디노조차도 보유하고 있었으니까, 있다고 생각하고 행동하는 게 실수를 하지 않을 것이란 생각이 드는군.

그렇지, 다구류루 얘기가 나와서 말인데.

루미너스는 분명 클로에로부터 들은 미래의 얘기에선 다구류루가 제국의 편을 들면서 전쟁을 일으켰다고 말한 적이 있었다. 그러나 이번에는 그런 일은 일어나지 않은 것 같다.

무슨 이유가 있었던 걸까. 그렇지 않으면 누군가에게 놀아나고 있었던 걸까.

만약 그게 미카엘의 짓이었다면, 대책도 세울 수 있을 것이다. 이건에 대해서도 한 번 제대로 얘기를 나눠볼 필요가 있을 것 같다.

밀림은 어떨까?

내가 모를 뿐이지, 있어도 신기하지 않다.

밀림이라면 사정을 말하면 알려줄 것 같은 데다, 칼리온이랑 프레이 쪽의 용태도 걱정이 된다. 잠깐 찾아가서 얘기해볼까.

내가 그런 생각을 하고 있을 때였다.

『다들 들리나? 지금부터 발푸르기스(마왕들의 연회)를 개최하겠다. 갑작스럽긴 하지만, 전원 참가하도록. 이상이다.』

──갑자기 머릿속에서 그렇게 말하는 목소리가 울려 퍼진 것이다.

아니, 그 전에 이건──.

시선을 손가락 쪽으로 돌려보니, 오른손 새끼손가락에 끼고 있다는 것조차 잊어버리고 있던 반지가 빛을 내고 있었다.

마왕이 되었을 때에 받은 데몬즈 링(마왕의 반지)였다.

그렇다면, 이 목소리의 주인은 기이로군.

지금까지 전혀 써본 적이 없었으니까, 이런 기능이 있는 것도 잊어버리고 있었네.

아니, 그렇게 느긋한 생각을 하고 있을 때가 아니로군.

"시온, 슈나를 불러다오."

"네!"

기쁜 표정으로 재빨리 달려 나가는 시온의 뒷모습을 보면서, 나는 디아블로를 봤다.

"기이가 연락을 했다. 지금부터 발푸르기스를 개최하겠다고 하는군."

"호오, 사전연락도 없다니, 기이답지 않군요. 애초에 기이 자신이 먼저 연락을 해왔다는 것이 이해되질 않는군요."

나도 그 부분이 마음에 걸렸다.

기이는 자존심이 강하며, 늘 태연자약한 태도를 유지하고 있었다.

부하들조차도 기이에게 말을 거는 것이 허용되지 않는다고 들었으니…… 아주 불길한 예감이 드는군.

"부르셨다는 연락을 받고 달려왔습니다."

"잠깐, 리무루, 큰일이야! 그 기이가 스스로 우리를 호출하다니, 이건 틀림없이 중대사라고!!"

슈나가 방에 들어왔는데, 부르지도 않은 라미리스까지 찾아왔다. 베레타뿐만 아니라, 트레이니 씨까지 데려왔다.

그리고 보니, 이 녀석도 마왕이었지. 잘 생각해보면 당연히 라미리스도 데몬즈 링을 가지고 있었다.

라미리스의 말에 따르면, 기이가 발푸르기스를 주최하는 건 드문 일이라고 한다.

라미리스와 밀림과 기이, 그 세 명이 유일한 마왕이었던 시대에는 그런 일도 있었다고 하지만, 최근 1,000년 이상은 그런 일이 없었다고 한다.

뭐, 지금 당장이라는 말을 할 정도였으니까, 긴급사태인 건 틀림이 없을 것 같다.

"그렇게 되었다, 슈나. 자세하게 설명할 시간은 없지만, 나는 시온과 디아블로를 데리고 발푸르기스에 참가하러 가게 되었어. 내가 없는 동안 이곳을 부탁한다고 베니마루에게 전해다오."

내가 그렇게 말하자, 슈나가 빠르게 상황을 이해하고 고개를 끄덕였다.

"알겠습니다. 무운을 빌겠습니다, 리무루 님!"

나는 고개를 끄덕인 뒤에, 준비를 끝냈다.

그리고 마중할 자가 오는 것을 조용히 기다렸다.

얼마 지나지 않아서 암홍색의 메이드복을 잘 소화하고 있는 푸른 머리의 레인이 공간을 뛰어넘어서 모습을 드러냈다.

라미리스가 미궁으로 들어오도록 허가를 해줬기 때문이겠지만, 갑자기 출현하는 건 역시 심장에 안 좋다.

하지만 지금은 그런 걸 신경 쓰고 있을 때가 아니었다.

왜냐하면 레인이 상처투성이였기 때문이다.

이 시점에서 나는 불길한 예감이 적중했다는 걸 깨달았다.

"레인, 괜찮아?!"

"대체 무슨 일이——?"

라미리스와 내가 놀라면서 물어도, 레인은 조용히 고개를 가로
저었다.

"제 걱정은 하실 필요 없습니다. 설명은 여러분이 다 모인 뒤에
드리겠으니, 지금은 이동해주시길 부탁드립니다."

그렇게 말하면, 우리가 할 말은 없다.

그녀의 말대로 레인의 안내를 받아서 이동했다.

그리고 도착한 곳에서, 우리는 새로운 문제에 직면하게 되었다.

기이 크림존

Regarding Reincarnated to Slime

그가 탄생(발생)한 것은 아득히 먼 옛날, 천지가 창조되기 전이였다.

그건 우연이었다.

창조신 베루다나바가 '빛'의 대성령(大聖靈)에서 일곱 명의 세라핌(치천사)를 창조하면서, 그림자가 되는 자들이 태어난 것이다.

그게 바로 '어둠'의 대성령에서 파생된 태초의 일곱 명―― 데빌 로드(악마왕)들이었다.

그중에서 최초의 한 명이 그였으며, 근원인 어둠의 세계―― 명계를 다스리는 왕이었다.

그는 태어나면서부터 절대강자였으며, 어둠의 화신이었다.

데몬(악마족)을 제 뜻대로 부릴 수 있는 오만한 왕.

일곱으로 나눠진 어둠의 형제들조차도, 그에겐 수많은 권속과 같은 반열의 존재일 뿐이었다.

패권을 경쟁하고 서로 다투다가, 두 명이 손을 잡고 그에게 도전했을 때도 상처를 입거나 고통을 느끼는 일도 없이 굴복시켰다.

그에게는 어린아이의 장난과도 같은 행위였지만, 그때 하나 판명된 것이 있었다.

그건―― '태초의 존재'는 불멸. 단, 마음(심핵)까지 파괴된 경우에는 승자에게 종속하는 형태로 부활한다――는 사실이었다.

정신생명체인 그들은 패배하면 상대에 예속되고 마는 것이다.

이 사실이 판명되면서, 남은 네 명은 교착상태에 들어갔다.

아니.

단 한 명, 그를 끈질기게 골치 아프게 만드는 자가 있었지만, 그가 지상으로 불려가는 바람에 그들의 운명도 갈라지고 말았다.

과연 그가 지상으로 불려간 것은 우연이었을까…….

이제 와서 그걸 확인할 방법은 없다.

그러나 그게 그의 운명을 크게 바꾼 것은 사실이었다.

불려온 그는 주위를 둘러봤다.

명계에서 편안히 세월을 보내던 그는 지상에서 흘러가는 시간과는 인연이 없는 존재였다.

이제 갓 태어난 것으로 여기고 있었던 세계는 이미 문명이 발달하고 있었다.

그는 순간적으로 자신이 소환되었다는 것을 이해했다.

그건 세계의 법칙을 덧씌울 수 있는 기술—— 마법이었다.

명계에 있었을 때의 힘은 제한을 받았고, 갓 태어난 아크 데몬(상위마장) 정도의 힘밖에 발휘할 수 없었다. 그래도 그에겐 충분했지만, 육체도 없는 것은 불편했다.

왜 이렇게 되었는지를 생각했고, 바로 이해했다.

이곳은 반물질세계이며, 정신생명체의 활동영역이 아니라는 것을. 그리고 마력요소로 채워져 있지 않은 공간에선 거기에 있는 것만으로도 힘의 소모가 격심하다는 것을.

창조신과도 인연이 없었던 그는 세계가 어떻게 변혁을 이룬 것인지도 이해하지 못하고 있었던 서다.

실로 흥미진진하다고, 그는 생각했다.

단, 눈앞에서 무슨 말인지 알아듣지 못할 소리를 지르고 있는 존재에 대해선 불쾌한 기분을 느꼈다.

명계에서 최강이었던 그를 앞에 두고, 그런 무모하고 어리석은 짓을 하는 자는 존재하지 않았다.

그렇기 때문에 그는 아주 조금 참고 어울려주리라 마음을 먹었다.

그를 불러낸 마법사는 아주 건방진 말투로 얘기하고 있었다.

이 말은 최초의 말이자, 마법언어였다. 따라서 큰 고생 없이 이해할 수 있었다.

참고 얘기를 들어보니, 꽤나 재미있는 내용을 입에 올리고 있었다.

이 세계에는 나라가 있으며, 패권을 놓고 경쟁하고 있었다.

엘프, 드워프, 수인, 뱀파이어(흡혈귀족), 그리고 휴먼. 다양한 종족이 탄생했으며, 생존경쟁을 벌이고 있다고 했다.

그 마법사는 하이 휴먼(진정한 인류)이었다.

'네놈은 나의 하인이 되었다. 세계의 섭리에 따라, 내 명령을 수행하도록 해라.'

그 남자는 오만하게 말했다.

초마도제국이라는 국가가 세계를 통일하기 위해서, 패권을 놓고 경쟁하던 전쟁 상대국을 멸망시키라고, 그에게 명령한 것이다.

그건 그에겐 너무나도 쉬운 일이었다.

100년 동안 이어졌다는 그 전쟁도, 그의 등장에 의해 끝을 맞은 것이다.

그의 행동은 단 하나의 마법을 구사한 것뿐이었다.

그게 바로 금단의 마법── 핵격마법 : 데스 스트릭(죽음의 축복)
이었다.

'영혼'조차도 파멸시키는 대규모 파괴마법의 폭위에 의해 100만
이 넘는 인구를 품고 있던 최대 규모의 국가가 죽음의 도시로 변
모했다.

그에겐 당연한 일이었으며, 이렇다 할 영향도 주지 않았다.

하지만 한 가지, 재미있는 변화가 있었다.

대량의 인간의 '영혼'을 획득함으로써, 그는 자신이 각성했다는
것을 깨달았다. 그 결과로써, 100만 명의 시체를 이용하여 육체
를 얻는 데 성공했다.

처음 느끼는 졸음도 기분이 좋았으며, 그에 저항하는 것은 유
쾌했다.

이 현상 자체가, 이 세계에서 처음으로 '진정한 마왕'이 탄생하
는 결과가 된 것이다.

힘을 얻으면서, 그는 자신을 속박하는 마법에서 풀려났음을 깨
달았다.

처음부터 파괴하기 쉬운 속박이었지만, 아무것도 하지 않았는데
자신의 힘을 버티지 못하고 사라져버려서 흥이 깨졌다.

보아하니 인간의 '영혼'을 1만 명 정도 거둬들인 단계에서, 그
의 각성이 시작된 것 같았다. 종족제한도 해제되면서, 데몬 로드
(악마공)의 단계까지 이르고 말았다.

그래도 아직은 그가 명계에서 구사할 수 있었던 힘의 10퍼센트

에도 미치지 못했지만, 이 지상에서 누구와도 비교할 수 없이 강한 존재가 되어 있었다.

그럼 더 많은 '영혼'을 모으면 어떻게 될까——. 그는 흥미진진하게 그런 생각을 했다.

실험하기에 딱 좋은 자가 있었다.

그에게 잡일을 떠넘긴 자에겐 그에 상응하는 인사가 필요할 것이다.

최초의 도시로 돌아가서, 눈에 띄는 자를 닥치는 대로 차례로 죽였다. 자신의 목표인 남자가 휩쓸리지 않도록, 대규모 파괴마법의 사용은 자제하고 있었다.

그러자, 죽어가는 자들의 절규가 '영혼'에 새겨지는 것을 느꼈다.

기이야악————!!

그렇게 외치는 비명.

그 소리를 듣고, 그는 문득 생각했다.

(그렇군. 그게 내 '이름'에 어울릴지도 모르겠어.)

——그때.

변화는 극적으로 일어났다.

그—— 기이는 다시 진화한 것이다.

'데빌 로드(악마왕)'의 단계에 이르렀으며, 명계에서의 힘을 완전히 되찾았다.

획득하고 있었던 '영혼'이 기이에게 힘을 주었다.

극대화된 그릇이 채워지면서, 그의 에너지(마력요소)양이 완전히 회복했다.

그러나 변화는 거기서 끝났다.

그렇다면, 더 이상 기이가 움직일 의미는 없었다.

자신을 따르며 복종하는 두 명을 소환해서 명령했다.

지금 당장 이 나라(초마도제국)를 지상에서 소멸시키라고.

기이는 마왕으로 각성하고 이름을 얻으면서, 아주 관대한 마음을 가지게 되었다.

변변치 않은 마법사 한 마리쯤은 괴롭힐 가치도 없다고 생각하면서 기억에서 말소해버릴 정도로.

'마, 말도 안 돼! 내 비오(秘奧)에서 어떻게 벗어날 수 있었단 말이냐아──!!'

그렇게 소리를 치는 어리석은 자가 있었지만, 기이의 의식이 그쪽으로 향하는 일은 없었다. 그건 그 마법사에게 있어선 행운이었지만, 그는 그 사실을 이해하지도 못한 채 악마들에게 살해되었다.

수만 년 전 그날, 분열하여 서로 다투고 있던 인류의 사상 최대이자 최강인 규모의 국가가 너무도 간단하게 지상에서 소멸되었다.

기이가 소환한 두 명은 역시 아크 데몬(상위마장) 레벨로 열화되었다.

그게 바로 이 세계의 법칙이며, 명계에서 반물질세계로 넘어올 때 힘의 대부분을 잃어버렸다.

한 세계를 건너오는 것뿐이라면 정신생명체에겐 그리 어려운 일도 아니지만, 이 세계에선 존재를 유지하는 것만으로도 소모가 심했다.

따라서, 육체가 필요하게 되었다.

육체를 얻어서 진화해야 비로소 이 세계에 정착할 수 있는 것이다.

그걸 이해하고 있던 기이는 자신의 종자들이 진화하기를 기다렸다.

그러나 신기하게도 아무리 인간의 '영혼'을 대량으로 모아도, 그 두 명이 진화하는 일은 없었다.

그래서 시체를—— 육체를 얻게 되는 영예를 부여해주었다.

그 사실이야말로 기이가 아주 기분이 좋았다는 것을 보여주는 가장 확실한 증거일 것이다.

그 두 명은 베일(태초의 녹색)과 블루(태초의 푸른색)였다.

모방할 때 참조한 인간의 모습은 아름다운 여성형이었다.

자신 앞에 무릎을 꿇은 그녀들을 보고, 기이는 흠 하고 생각했다.

더 이상의 강화가 없다면, 육체를 얻은들 의미가 없다고.

잡일 정도라면 맡길 수 있겠지만, 그녀들의 힘은 너무나도 약하다고 생각한 것이다.

그래서 기이는 관대한 마음으로 '이름'을 지어주기로 했다.

자신도 이름을 얻어서 진화한 것을 떠올리면서, 그 두 명도 같은 식으로 진화하지 않겠느냐는 생각을 한 것이다.

"내가 너희에게 이름을 지어주마. 내게 예속된 존재인 너희가 약하다는 건 내 긍지가 허용할 수 없으니까."

그렇게 선언한 뒤에, 기이가 말했다.

베일에게는 탄식하고 슬퍼하는 자들의 비통한 절규에서 따온 '미저리'라는 이름을 주겠다고.

그리고 블루에게는 그날 비가 내렸으니까 '레인'이라는 이름을 주겠다고.

두 명은 기이의 의도대로 데몬 로드(악마공)로 진화했다.

이게 시작이었다.

기이 일행이 인류의 역사에 발자취를 남긴, 최초의 날에 일어난 일이었다.

*

즐거우면서도 지루한 나날이 이어졌다.

각지를 떠돌면서, 이 세계를 즐기는 기이.

나름 고생도 했었지만, 기이는 대수롭지 않게 여겼다.

미저리와 레인도 늘 기이를 따르면서, 그를 돌봐줬다.

"너희도 마음대로 살아도 괜찮은데?"

기이가 그렇게 말했지만, 그녀들의 대답은 늘 변함이 없었다.

"아뇨. 제 사명은 당신에게 도움을 드리는 것이니까요."

"그 말이 맞습니다. 당신은 왕. 저희는 신하. 그게 영원불멸의 진리입니다."

그리하여 세 명의 여행은 계속된 것이다.

동시에, 미저리와 레인은 자신의 권속을 소환하여 몰래 세력권을 구축하고 있었다.

이 세상의 지배자인 기이에게 수많은 부와 쾌락을 제공하기 위해서.

싸움으로 세월을 보내면서 자신의 '영혼'의 강도를 다듬는 것에만 소비하고 있었던 명계의 생활과는 달리, 이 세계는 자극으로 가득 차 있었다.

정체하지 않고, 늘 발전을 계속하고 있었다.

요리, 음악, 연예, 무용, 미술, 그 외에도 다양한 것을 즐겼으며, 기이 일행의 흥미가 사라질 일은 없었다.

"이것 봐, 이런 것도 제법 즐겁잖아."

소수민족의 집락에서 벌어지고 있던 축제에 참가하여 춤을 추고 있던 기이가 미저리와 레인에게 웃어 보였다.

좀처럼 볼 수 없는 주인의 미소를 보면서, 미저리와 레인의 환희도 절정에 달했다.

"훌륭하군요. 인간은 나약하고 가치가 없다고 생각하고 있었습니다만, 이용가치가 있었군요."

"이 세계의 모든 것은 기이 님의 소유물. 도구라면 제대로 활용해야만 의미가 있겠죠."

그녀들도 그렇게 인식을 바꿔나갔다.

미저리와 레인은 기이가 기뻐할 수 있도록, 여행지에서 다양한 것들을 습득해나갔다. 그때의 경험을 살려서 취사세탁, 노래와 춤, 악기의 연주까지, 만능 메이드의 기초로 삼은 것이다.

그것도 또한 성장이었다.

명계에선 약한 자는 도태되었다. 데몬(악마족) 이외의 종족은 구축되었으며, 이용가치가 있다고 판단을 받은 노예만이 사역되었다.

그러나 이 세계에선 약한 자에게도 가치가 있었던 거다.

그 사실을 이해하자, 세계를 멸망시키는 것은 아깝다는 생각이 들었다.

기이는 말했다.

"귀여운 존재로군, 인간은. 어리석지만 싫지는 않아."

어리석은 자도 있지만, 훌륭한 자도 있었다.

추한 감정은 혐오를 불러일으켰지만, 아름다운 감정은 너무나 맛있어서, 기이 일행에겐 극상의 식사가 되었다.

개인차가 너무 커서 '인간'이라는 하나의 항목으로 묶는 것은 조금 난폭한 것 같다고, 기이는 그렇게 생각했다.

이 무렵의 기이는 인간에 대해서 너무나 자상했다.

각지의 집락을 위협하는 공마수(恐魔獸)를 물리치기도 했고, 초마도제국의 생존자로 보이는 사악한 마야(요술사)를 죽이기도 했으며, 그런 다양한 행동이 칭송을 받고 후세에 전승되면서, 신화나 전설이 되었다.

그리고 만났다——.

이 세상의 창조주, 지고이자 최강인 존재를.

기이는 평화로운 나날을 만끽하고 있었지만, 그 감각은 늘 날카롭게 유지해두고 있었다.

그래서 알아볼 수 있었다.

그 존재가 이 세계를 만들어낸 '성왕룡' 베루다나바라는 것을.

"네가 진짜 신이라면, 그 힘을 증명해봐라!!"

기이는 대담하게 웃었다.

자신이 최강이라는 것을 의심하지 않고, 당연하다는 듯이 베루다나바에게 도전하여 덤볐다.

결과는 참패.

한 번의 공격도 성공시키지 못한 채, 기이는 땅바닥에 쓰러지게 되었다.

자신이 최강임을 의심도 하지 않았던 그의 긍지는 이때 산산조각으로 파괴된 것이다.

패배는 예속이라는 법칙에 따라서, 기이는 베루다나바의 하인이 되었어야 했다.

하지만 기이의 긍지가 그걸 받아들일 수 없었다.

"죽여라. 나는 만족했다. 이 세상에는 위에는 위가 있다는 걸 이해할 수 있었다. 그런 관계에는 끝이란 게 없으며, 끝없이 이어지는 섭리 속에서, 내 존재도 또한 한 축에 속해 있다는 것을. 위대한 자여, 너에게 진 것을 자랑스럽게 생각하겠다."

패배한 기이가 자랑스러운 표정으로 그렇게 말했다.

베루다나바는 쓴웃음을 지었다.

"조그만 자여. 난 내가 만들어낸 존재를 사랑하고 있다. 지루했던 이 세계가 점점 풍요롭게 발전하고 있지. 지혜 있는 자가 태어나면서, 나와 의사소통을 할 수 있을 정도로까지 진화했다. 지금은 나와 싸움이라고 부를 수 있는 수준의 공방을 버텨낼 수 있는, 너 같은 강자까지 태어난 것이다."

"하핫, 잘도 말하는군! 내 공격은 한 번도 맞지 않았고, 네 공격 한 방에 이런 꼴이 되었는데 말이지."

"후홋. 하지만 너는 버텨냈지 않았나. 아무도 나에게 도전조차 해보지 못했건만, 너는 도전했다. 그것만으로도 나에겐 넘칠 만큼 충분히 기쁜 일이다."

"뭐, 그렇다면 그렇게 받아들이기로 하지."

"음, 그렇게 해다오. 얘기하는 김에 너에게 한 가지 부탁이 있다."

"부탁?"

기분 좋은 만족감이 기이의 마음을 채우고 있었다.

그렇기에 베루다나바의 목소리에 귀를 기울였다.

"그래. 이런 성장속도로 계속 발전할 경우, 몇 천 년도 되지 않아서 세계는 파멸하고 말 것이다. 인간은 잘못을 저지르는 생물이니까 말이지. 올바른 행동이 정의이지 않으며, 악한 행동이 세계를 구하는 일도 있다. 그런 불완전한 존재이기 때문에 더더욱 사랑스러운 것이지만…… 그런 이유로 세계가 멸망하는 것은 내 본의가 아니야."

그러니까 세계가 멸망하지 않도록 도와달라고, 베루다나바는 그렇게 말했다.

기이가 떠올린 것은 자신이 멸망시킨 초마도제국의 모습이었다.

지배욕이랑 권력욕에 사로잡혀서, 동족임에도 불구하고 서로 싸우던 어리석은 모습.

(그래, 확실히 그건 추한 몰골이었지. 그대로 그 상태를 방치하고 있었다면 세계는 멸망했을지도 몰라.)

기이는 그렇게 생각하며 납득했지만, 한 가지 의문이 남았다.

"흐—응. 그 예상은 내 생각과 같긴 하지만, 이해가 되질 않는군."

"뭐가 말이지?"

"너는 창조주잖아? 우리를 만들어낸 신이라면, 이 세계조차도 자신이 바라는 결과로 인도할 수 있을 거야. 왜 나 같은 녀석에게 부탁할 필요가 있는 거지?"

"하하하, 그건 말이지, 내가 전지전능이 아니기 때문이야. 태어났을 때는 내 의지만이 있었지. 그때는 모든 것이 채워져 있었고, 모자라는 것은 아무것도 없었어. 완전무결, '완전한 하나'—— 즉, 나밖에 없는 세계였거든. 그런 건 아무런 재미가 없잖아?"

과연. 기이는 그렇게 생각했다.

기이니까 이해할 수 있었다.

즉 베루다나바는 자신의 의지로 '전지전능'을 저버린 것이라는 것을.

(그야 그렇겠지. 모든 결과를 미리 다 볼 수 있다면 정말 지루할 뿐이니까.)

자신의 경험에 비춰보더라도, 이길 수 있는 싸움만 하는 것은 재미가 없었다.

명계에선 유일하게 한 명을 제외하고, 모든 자가 기이를 두려워하고 있었다.

승부를 겨뤄보려고 하는 악마는 이미 예전에 모조리 사라지고 말았던 거다.

베루다나바의 실력에 미치지 못하는 기이조차도 그랬으니, 신이 '전지전능'을 저버린 것도 무리는 아니라는 생각이 들었다.

"나도 싫어하지 않아, 이 세계를. 그러니까 도와주지."

망설일 것도 없었다.

기이도 또한 이 세계를 마음에 들어 했으니까.

예속과는 관계없이, 기이는 진심으로 협력할 마음을 먹고 있었다.

베루다나바가 기쁜 표정으로 고개를 끄덕였다.

"고마워. 너는 내 대리인에 해당하는 '조정자'가 되어서, 이 세계를 지켜봐 주면 좋겠다."

"뭐? 대리인라고? 내게 명령하지 않아도 되겠어?"

"물론이지. 말했을 텐데? 무슨 일이 있어도 강제로 시키는 건 본의가 아니라고."

"그런가. 그럼 나는 뭘 하면 되겠어?"

"그대로, 지금 그대로 이 세계를 방랑하는 것도 좋고, 거점을 만들어서 군림하는 것도 좋겠지. 인류가 오만해지지 않도록, 이 세상에 위협적인 존재가 있다는 걸 알려주기만 한다면 뭘 해도 좋아."

오만.

그 말을 듣고, 기이는 자신에게 어울리는 역할이 있다는 것을 깨달았다.

"그렇군. 그렇다면 나는 인간이 두려워하는 '마왕'으로서 군림해주겠어. 절대적인 '적'이 있으면 인류끼리 싸우고 있을 틈은 없을 테니까 말이야."

"재미있는 생각인데, 그거! 그러면 내키지 않을 역할을 떠넘기게 되었지만, 잘 부탁하겠어."

"그래, 내게 맡겨."

그때였다.

기이의 마음의 형태가 구체적인 모습을 띠면서 유니크 스킬 '프라이드(오만자)'를 획득한 것은.

기이가 선언했다.

"내가 이 세상의 '마왕'으로서, 인간이 '오만'해지면, 널 대신하여 심판을 내려주겠어."

기이는 자신의 긍지가 박살 나면서, 더 깊은 경지에 올라섰다. 그 결과, 신에게 필적하는 힘을 지닌 '마왕'이 탄생한 것이다.

베루다나바가 웃었다.

"믿음직스러운걸. 앞으로도 내 친구로서, 함께 노력해보자고!"

"그래. 나도 마음껏 즐기겠어."

이리하여 기이와 베루다나바는 서로를 인정했고, 입장을 넘어서 대등한 친구가 되었다.

*

기이는 약속대로 마왕으로서의 나날을 보내기 시작했다.

지루함을 잊기 위해서라도, 각지에 대두되기 시작한 대규모 집락을 감시했다. 이윽고 마을이 되었으며, 마을들은 집결하여 나라로 성장해나갔다.

과거의 초문명에 비하면 조잡한 수준이었지만, 조용히 계승되고 있었던 마법이나 기술도 재현되면서, 나름 빠른 속도로 발전을 이뤄나갔다.

인간의 생활상을 보는 것은 재미있었다.

어느새 수많은 국가가 탄생했고, 또 소규모의 분쟁이 일어나게 되었다…….

손을 대야 할까——. 그렇게 생각한 기이는 고민하기보다 먼저 실행하는 성격이었다.

경고의 의미를 담아서, 눈에 띄는 나라를 멸망시키고 말았다.

인간은 눈에 보이는 위협—— 마왕으로서의 기이를 두려워했다.

그 위협에 맞서기 위해서, 단결하는 마음을 키워나갔다.

　(그러면 돼. 내 역린을 건드리지만 않는다면, 너희를 멸망시키진 않을 거야.)

　'조정자'로서, 기이는 나름 자신의 역할에 만족하고 있었다.

　그러는 사이에 미저리와 레인이 부하들을 부려서, 하나의 큰 세력을 자신의 지배하에 두었다. 토착신이랑 악귀, 마인들을 토벌하면서 착실하게 지명도를 높여나갔다.

　미저리는 인류사회에까지 부하들을 잠입시켜서 첩보활동도 하게 되었다. 그렇게 해서 얻은 정보를 정밀하게 조사해서 숙청해야 할 자들을 차례로 골라냈다.

　적당한 공포를 줌으로써, 인류사회가 긴장감을 가지도록 하는 것이 목적이었다.

　'마왕'이 시스템으로서 완성되었다.

　이렇게 되자, 기이는 딱히 할 일이 없게 되었다.

　세계를 방랑했고, 마음 내키는 대로 싸움을 즐겼다.

　베루다나바의 종자――'칠천사'조차도 애를 먹을 만한 수준인 거인군단을 겨우 혼자서 유린하여 굴복시켜보기도 했고.

　베루다나바로부터 의뢰를 받은 '멸계룡' 이바라제와의 싸움은 즐거웠다. 그 투쟁본능은 실로 엄청났으며, 기이는 그런 모습이 마음이 들었다.

　하지만 문제도 있었다.

　실력이 너무 비슷했기 때문에 3개월이나 계속 싸우게 된 것이다. 더구나 이계로 도망치는 것을 허용하고 말았다.

또한 기이가 마음껏 날뛴 결과로 대지가 황폐해지는 바람에, 눈에 보이는 모든 곳이 황야가 되고 말았다.

앞으로 진심으로 싸울 때는 싸울 장소를 고려할 필요가 있겠다——는, 아주 도움이 되는 교훈을 얻었다.

기이는 상공에서 그 대륙을 둘러봤다.

그러자, 낯익은 성이 남아 있는 것을 발견했다.

그곳은 기이가 이 세계로 소환된 장소—— 초마도제국의 황제가 살았던 성이었다.

이것도 인연이라고 생각하여, 기이는 자신이 그곳을 머무를 성으로 삼기로 했다.

레인이 재빨리 부하들을 부려서 살 수 있는 환경을 갖춰나갔다. 마법도 활용하면서, 눈 깜짝할 사이에 성이 재건되었다.

마침 그때였다.

흰 용이 기이에게 도전한 것은.

블루 다이아몬드(심해색)의 눈을 가진 아름다운 용이었다.

무슨 착각을 한 건지는 모르겠지만, 맨 처음 한 말부터 싸움을 거는 투였다.

"오빠가 인정해도 나는 인정할 수 없어!"

그렇게 씩씩거리면서 기이를 공격했던 거다.

예전에 싸움에서 얻은 교훈을 통해 기이는 상대의 역량에 따라선 싸울 장소를 고르자고 생각을 했다. 그랬는데, 그 용은 성의 상공에서 빙설을 마구 쏟아냈다.

이렇게 되면 피해를 신경 쓸 수도 없다.

애초에 살아남았던 자들은 이미 다 대피한 뒤였고, 성은 재건하면 그만이다. 레인이랑 그녀의 부하들이 고생하겠지만, 그런 건 기이에겐 어찌 되든 상관없는 얘기였다.

'멸계룡' 이바라제라는 강적을 놓치면서 욕구불만에 빠졌던 기이. 새로운 강적의 출현을 겪으면서 기분이 고양되었다.

기왕이면 즐기자고 생각하면서, 기이는 진심으로 상대해주었다.

하지만——.

서로 전력을 다해서 맞서 싸워도 싸움은 결말이 나지 않았다.

그 용은 바로 '성왕룡' 베루다나바의 여동생이자 '용종'의 큰 누나이자 큰 언니인 '백빙룡' 베루자도였다.

당시에 베루다나바에 버금가는 에너지(마력요소)양을 자랑하고 있었던 그녀를 상대로는, 기이조차도 완전하게 쓰러트릴 수 없었다.

그러나 베루자도의 말에 따르면, 기이야말로 말이 안 되는 존재였다.

무엇보다 당시의 기이는 유니크 스킬밖에 소유하고 있지 않았다. 베루다나바로부터 천사 계열의 얼티밋 스킬(궁극능력) '가브리엘(인내지왕)'을 양도받은 베루자도의 입장에선 비긴다는 것은 절대 있을 수 없는 결과였다.

"어떻게 유니크 스킬로, 나와 호각으로 싸울 수 있는 거지?"

"하핫! 그건 내가 강하기 때문이지."

"웃기지 마! 오라버니는 네가 아니라, 나에게 이 힘을 주었어. 그건 내가 너보다 더 도움이 된다는 걸 인정해준 증거가 되는 거라고!!"

"그건 아닌데. 그 녀석은 힘을 주겠다고 말했지만, 내가 거절했어. 예속되는 관계라면 받았겠지만, 그 녀석과 대등한 관계로 남아 있고 싶었으니까. 그래서 나는——."

오빠에게 인정을 받고 싶어서, 기이에게 질투한 나머지 그에게 도전한 베루자도. 그런 그녀를 앞에 두고, 기이는 자신의 힘을 변혁시키는 모습을 보여주었다.

베루다나바의 힘을 본 것으로 계기는 얻은 상태였다. 그리고 지금, 베루자도와의 싸움을 통해서 얼티밋 스킬이란 무엇인지를 이해한 것이다.

"——이렇게 자신의 힘만으로 궁극의 단계에 도달하자고 생각한 거야."

그리고 다음 순간.

유니크 스킬 '프라이드(오만자)'가 얼티밋 스킬 '루시퍼(오만지왕)'로 진화했다.

그 모습을 보고, 베루자도는 말문이 막혔다.

"그렇군……. 그런 당신이었기 때문에 오라버니도 널 마음에 들어 한 거구나. 그렇다면 나도 당신이 어디까지 자신의 의지를 관철하는지 마지막까지 지켜봐 주겠어."

베루자도의 진정한 목적은 기이를 시험하는 것이었다고 한다. 그 결과가 합격인지 아닌지는 모르겠지만, 그 후로 두 사람은 함께 걷게 되었다.

그게 기이와 베루자도의 첫 만남이었다.

3일 밤낮을 싸우면서 지축까지 변동되었다.

그러나 이번에는 기이가 절묘하게 손을 대서 마무리를 했다. 지금까지 사람이 살 수 없었던 영구동토는 늘 봄이 머무는 대지로 바뀌었다. 그 대신 기이가 거점으로 정했던 대륙이 인간이 살 수 없는 동토로 변모한 것이다.

"뭐, 이 정도면 허용범위겠지."

"훌륭하십니다. 역시 기이 님이시군요!"

"문제는 없을 것 같습니다. 인간들에게도 어느 정도의 피해는 발생한 것 같습니다만, 각국이 힘을 합쳐 이 천재지변에 대응하면서, 희생을 최소한도로 줄였습니다."

살고 있었던 자들에겐 큰 재해였다. 그렇지만, 기이에게는 그냥 웃고 넘길 얘기였다.

레인이랑 미저리의 입장에서도 기이가 기뻐한다면 그걸로 만족이었다.

기이가 머무르는 성은 이번 싸움의 여파로 얼음에 뒤덮이는 바람에 오히려 예쁘게 변모되어 있었다.

"이것도 괜찮겠는데. 이건 기념으로 이대로 보존해두자고."

"그러면 그 일은 제가 맡죠. 이 정도는 협조하겠어요."

굳이 협조할 것도 없는 것이, 베루자도에게서 흘러나온 요기로 인해, 주위의 기온은 극한까지 내려가 있었다. 그 이후, 그 성은 약한 자의 침입을 거부하게 되었다.

베루자도가 성에서 생활하게 된 이상, 용의 모습으로는 머무르기 불편했다.

기이가 그렇게 지적하자, 베루자도는 곧바로 인간의 모습으로 변화했다.

베루자도는 어른의 모습이 되면, 완벽하게 오라(요기)를 제어해 냈다. 그래서 조금 더 어린 상태를 유지하도록 시켰다.

그렇게 하면 새어 나온 요기가 냉기로 바뀌면서, 성의 방어가 완벽해지기 때문이었다.

애초에 인간은 물론이고 마물조차도 생존할 수 없는 극한의 땅에 쳐들어올 자는 아무도 없었지만…….

"이 정도면 될까요?"

"뭐, 괜찮긴 한데, 내 취향은 아니로군."

"나 참! 정말 심술궂군요. 당신이란 사람은."

베루자도는 그렇게 투덜댔지만, 그녀의 본심은 기이를 마음에 들어 하고 있었다.

언젠가 자신의 매력으로 기이를 돌아보게 만들겠다고, 마음속으로 몰래 맹세하였다.

*

수백 년 이상의 시간이 흘렀다.

그저 그런 나날이 이어졌지만, 그날은 평소와는 달랐다.

지루함을 감당하지 못하고 있던 기이를 찾아온 손님이 있었다.

그건 3인조의 파티였다.

아무도 들어올 수 없는 극한의 땅으로 아무렇지 않게 침입해온 것이다.

기이는 흥미를 느끼면서 찬찬히 관찰했다.

그러자, 선두에 서 있던 금발벽안의 청년이 외쳤다.

"이 몸은 루드라. 나스카 왕국의 왕태자이자, 사람들의 희망을 한 몸에 진 '용사'—— 루드라 나스카다! 사악한 마왕아, 이 루드라 님이 검으로 널 죽여주마! 네가 모아두고 있다는 소문이 도는 보물을 전부 내놓아라!!"

고결함과는 거리가 먼 선언이었다.

하지만 오히려 산뜻한 느낌이 들 만큼 노골적으로 드러낸 그 욕망이 기이에겐 호감을 품게 했다.

"루드라 오라버니, 그렇게 말하면 누가 마왕인지 모르겠거든요?!"

"아아, 루드라는 정말 안 되겠다니까. 욕심에 눈이 멀었어. 돈을 원한다면 내가 얼마든지 벌어줄 수 있는데."

"아이참! 글린 언니도 루드라 오라버니의 응석을 이젠 그만 받아주세요. 자꾸 그러다간 분명 지고나서 뼈저린 경험을 하게 될 거라고요!!"

기이의 눈앞에서 세 명이 그런 식으로 다투고 있었다.

호기로운 건지, 어리석은 건지.

딱 하나 확실한 건 있었다.

기이의 앞에 서 있다는 것은 미저리와 레인을 쓰러트렸다는 거다.

그렇다면 저 우스꽝스러운 3인조는 상당한 수준을 넘은 실력자라는 얘기가 된다.

그리고 기이는 저 세 명 중의 한 명이 자신의 친구랑 파트너와 같은 존재라는 것을 꿰뚫어 보고 있었다. 그래서 미저리랑 레인이 패배했다고 해도 꾸짖을 생각은 들지 않았다.

그건 자연의 섭리와 마찬가지로, 타당한 결말이었기 때문이다.

지금은 그것보다——.

('용사'라고? 뭐야, 그건?)

처음 들어보는 말이었지만, 그건 너무나도 감미롭게 들렸다.

기이의 지루함을 날려 보내줄 것 같은, 그런 예감이 들게 하는 말이었다.

기이는 즐거운 기분으로, 루드라라고 자신을 밝힌 청년과 마주 보며 섰다.

"재미있군. '용사'라는 자의 힘이 어느 정도인지 한 번 보도록 할까!"

그렇게 말하면서 기이는 그 청년—— 루드라의 도전을 받아들이기로 했다.

"흐흥! 이 루드라 님은 최강이니까 도와줄 필요 없어! 마왕이여, 일대일로 정정당당하게 싸우자!"

루드라는 아름다웠지만, 그 웃음은 아주 조금 천박했다.

그의 목적은 기이를 쓰러트리는 것보다, 굳이 말하자면 보물을 모조리 차지하는 쪽에 더 비중을 두고 있는 것 같은 느낌을 받을 수 있었다.

하지만 그것도, 그렇게 인간답다고 기이는 생각했다.

욕망이 없으면, 인간은 움직이지 않는다.

더욱 좋은 삶을 바라기 때문에 근면하게 노력하는 것이다.

루드라는 그야말로 인간이었다.

기이가 사랑하는 감미로운 감정을 지닌 인간.

"하핫! 어디 끝까지 반항해봐라!"

그리고 싸움이 시작되었다.

기이는 자신을 향해 칼을 휘두르는 루드라를 관찰했다.

날카롭고 빠른 일격이었지만, 그 공격에는 전혀 진심이 담겨 있지 않았다. 그걸 꿰뚫어 본 기이는 자신을 상대로 실력을 살펴보려 하는 루드라에게 짜증을 느꼈다.

루드라는 정교하게 만들어진 전신마법갑옷으로 보호를 받고 있었다.

제법 비싼 물건으로 보였기 때문에, 우선은 그걸 파괴하기로 했다.

돈에 집착하는 성격인 것 같으니, 자신의 소유물이 파괴당하는 걸 싫어하리라 생각한 것이다.

쉽게 말해서 심술을 부려서 괴롭히려는 것이었다.

여유를 가지고 루드라의 검을 회피한 뒤에, 자연스럽게 무릎차기를 시도──하는 것처럼 보여주면서 옆차기를 날렸다.

루드라는 아슬아슬하게 피하려고 했기 때문에, 그 변화에 대응하지 못했다. 그대로 발차기를 맞았고, 갑옷이 산산이 부서지는 결과가 나오고 말았다.

"아아아아앗?! 국가예산 1년분의 돈을 들여 만든 갑옷이이──!!"

"괜찮아요, 오라버니?!"

"루드라는 정말로 바보라니까. 처음부터 함께 싸웠으면 그게 부서지는 일도 없었을 텐데."

"시끄러워! 이. 이 정도는 필요경비야!"

루드라가 눈물을 글썽이고 있는 걸 보니, 예상보다 효과가 있었던 것 같다. 기이는 그걸 깨달으면서 씨익 웃었다.

(다음에는 검을 부숴서 울려줄까.)

그렇게 생각하면서, 기이는 세 사람을 관찰했다.

하지만 그때.

"오라버니! 적어도 지원마법만큼은 받으세요———. 홀리 블레이드(성검발동)———!!"

가장 해가 없으리라 판단했던 플래티넘 핑크색의 머리를 가진 소녀가 터무니없는 마법을 구사한 것이다.

루드라가 든 검이 빛을 띠었다.

놀라서 눈을 크게 뜨고 볼 정도로 신성하며, 사악함을 소멸시키는 파마의 빛을.

(이거 위험하군. 저 빛은 내 '결계'를 벨 수 있는 힘이 있는 것 같아.)

발동 전에 중지시켜야 했지만, 기이도 이 싸움을 즐기고 있었다. 그렇다면 방해를 하는 것은 세련되지 못한 짓이었다.

"훗, 여동생의 응원이라고 생각하면, 이 정도는 허용범위에 들어가려나. 하지만 루시아, 더 이상은 손을 댈 필요 없어!"

루드라는 긍지보다 결과를 중시하는 성격이었다.

여동생의 도움이라고 해도, 전혀 부끄러워하지 않고 받아들이고 있었다.

(이 녀석, 꽤 괜찮은 성격을 가지고 있는걸.)

위기라고 할 정도는 아니지만, 상황은 악화되었다.

그런데도 기이는 무슨 이유인지 즐거워졌다.

"그 정도는 핸디캡에도 들어가지 않거든. 정 뭣 하면 셋이 동시에 덤벼도 괜찮은데?"

"헛소리 하지 마! 지금부턴 진심으로 싸우겠어. 각오하라고!!"

우직할 정도로 솔직하게 밝힌 루드라는 그 말대로 실력을 숨기고 있었다. 검의 속도가 상승하면서 기이에게 닥쳐왔다.

기이는 이걸 예측하고 있었다.

그렇게 나와야 재미있다는 듯이 웃으면서 자신의 애검인 '천마'를 손에 쥔 것이다.

"뭐야! 마왕이 무기를 쓴다니 비겁하잖아?!"

"아앙? 너의 가치관 따위는 내 알 바가 아니지만, 내가 검을 뽑게 만든 것은 칭찬해주겠어."

실제로 루드라의 검기는 훌륭했다. 더구나 칼을 맞으면 기이라고 해도 다칠 수 있으니까, 그도 검을 쓰는 것은 당연하였다.

기이는 긍지 높은 성격이긴 했지만, 봐주다가 지는 취미는 가지고 있지 않았다.

"흥! 마왕한테서 칭찬을 받아봤자 기쁘지 않아!"

"그런가. 그럼 칭찬은 취소하겠어."

"……잠깐. 칭찬한다면 들어는 주겠어."

실은 루드라는 칭찬을 받아서 기뻤던 거다.

"내가 검을 뽑게 만든 것뿐만 아니라, 맞싸울 수 있는 녀석은 한 손가락으로 충분히 꼽을 수 있을 만큼 적어. 루드라라고 했던가? 내가 이름을 기억해주었으니까 자랑스럽게 여겨도 돼."

기이는 기분이 좋았기 때문에, 루드라의 요청에 응했다.

그 말을 들은 루드라도 기쁜 표정으로 웃으면서 기이에게 말했다.

"너도 대단한걸. 사악함을 멸하는 이 루드라 님의 파사(破邪)의 검을, 설마 마왕이 받아낼 줄은 예상하지 못했어. 내 이름을 기억해준 것에 대한 답례야. 죽이기 전에 네 이름을 들어주지."

"인간 주제에 건방진 녀석이로군. 하지만 마음에 들었으니까 가르쳐주지. 명계에 가면 내 이름을 밝히도록 해. 내 이름은 기이다. 내 앞에 서 있던 녀석이 '기이야악————!!'이라고 절규했거든. 그 소리를 따와 줄여서 내 이름으로 삼았지."

기이가 그렇게 대꾸하자, 루드라는 어리둥절한 표정을 지었다. 그런 뒤에 감정이 그대로 드러난 표정으로 돌아오더니, 당황하면서 소리쳤다.

"……잠깐만! 그건 이름이 아니야. 이름이 아니거든?! 그런 이상한 이름을 지닌 마왕을 쓰러트려도 멋있지 않으니까, 이 루드라 님의 무용담에 실릴 거라면, 좀 더 그럴듯한 이름이 좋겠어!!"

"아앙? 이름 같은 건 어떻게 짓든 상관없잖아?"

"좋을 리가 없잖아! 좋아, 알았어. 잠깐 기다려. 싸움은 중지야. 이 루드라 님이 더 괜찮은 이름을 생각해줄 테니까."

그렇게 말하면서, 루드라는 멋대로 싸움을 중단했다.

기이의 입장에선 그 말을 따를 이유도 없었지만, 모처럼 생긴 심심풀이의 대상을 기습으로 죽이는 건 말이 안 되는 일이었다. 기왕이면 제대로 즐기자고 생각했기 때문에, 루드라의 제안을 받아들이기로 했다.

그리고 아주 조금 흥미도 있었던 것이다.

원형으로 둘러서서 논의를 시작하는 루드라 일행.

"저 녀석의 머리카락 색이 아름다운 진홍색이니까——."

"잠깐만요. 카디널(심홍색)은 바로 나의 색이에요. 이건 양보할 수 없거든요?"

"나도 알아! 그건 그렇고 이상한 부분에서 집착하네. 네 머리카락 색은 푸른색인데 말이지."

"당신이 그렇게 불러줬기 때문이잖아요."

"으, 응. 그건 잊지 않고 있어."

"오라버니는 여자의 마음을 모른다니까요. 계속 그렇게 굴다간 나중에 글린 언니에게 버림받을 거예요."

"뭐, 농담이지?!"

"우후후, 괜찮아요. 루드라. 제가 당신을 버릴 일은 절대 없으니까 안심해요."

"그렇지? 안심했어. 그럼 저 녀석에겐 다른 색을── 크림존(진홍색)! 어때, 이거면 불만이 없겠지?"

"네, 저도 좋다고 생각해요."

"저도 불만은 없지만, 그래도 괜찮을까요? 마왕에게 이름을 지어주는 용사라니, 이렇게 친한 관계가 되어버리면 백성들이 불안하게 생각하지 않을까요?"

"괜찮아! 아무도 못 봤고, 우리가 말하지 않으면 이 얘기는 전해지지 않을 테니까 말이야!"

기이가 끼어들 만한 입장은 아니었지만, 루드라라는 청년은 그다지 꼼꼼하지 않은 성격인 모양이다.

그 사실을 알기에 충분한 대화 내용이었으며, 듣고 있던 기이가 오히려 걱정될 정도였다.

"결론이 났어?"

"그래, 오래 기다리게 해서 미안해! 네 이름은 오늘부터 기이 크림존이야!"

이리하여 '마왕' 기이 크림존이 탄생한 것이다.

여담이지만, 이름을 지어준 시점에서 루드라는 의식을 잃었다. 마물에게 이름을 지어주는 건 금기로 여겨지고 있는데도, 상대가 마왕이니까 괜찮다고 멋대로 판단한 결과였다.

루드라는 마력요소 대신에 신령력(神靈力)을 크게 소모하면서 생사의 경계를 떠돌게 되고 말았다.

눈을 뜬 뒤에, 동행자였던 여동생 루시아와 연인인 '작열룡' 베루글린드로부터 죽을 만큼 온갖 잔소리와 꾸지람을 들은 것은 굳이 말할 필요도 없었다.

그런 일들을 겪으면서, 기이와의 승부는 그냥 넘어가게 되고 말았지만…… 떠올려보면 이때부터 기이와 루드라의 기묘한 인연이 탄생했던 거다.

✳

루드라의 회복을 기다렸다가, 약속한 대로 승부를 겨뤘다.

그러나 승부의 결말은 나지 않았다.

그래서 그 후로도 기이와 루드라는 몇 번이나 싸웠다.

용사를 자칭하는 만큼, 루드라는 강했다.

각성한 용사인 루드라와 각성한 마왕인 기이.

기술이 극한의 경지에 다다른 루드라와 힘과 재능만으로 싸우고 있었던 기이.

둘의 승부는 처음엔 막상막하였지만, 조금씩 기이가 우세해지는 되는 것은 자연의 섭리라고 할 수 있었다.

그런 두 영웅을 어이없는 표정으로 바라보던 자들은 세 명이 여성이었다.

루시아와 베루글린드, 그리고 '백빙룡' 베루자도였다.

베루자도는 처음엔 흥미가 없는 반응을 보였지만, 싸움이 점점 열기를 띠게 되자 어느새 그 승부를 즐기게 되고 말았다.

"어머나, 기이는 또 강해졌네."

"네, 언니. 하지만 루드라도 밀리고 있진 않아요."

"그러네, 정말로 인간인지 의심스러울 정도야."

"인간이에요. 하지만 강한 게 당연하죠. 왜냐하면 루드라는 오라버니의 제자이거든요. 궁극의 힘까지 받았으니까 아직 더 강해질 거예요."

"어머나, 그러니? 그렇다면 납득이 되네."

"제 입장에선 아무도 다치지 않는 것이 제일 좋은 결과라고 생각하지만…….."

그런 식으로 관전자들도 화기애애한 분위기를 띠고 있었다.

"차가 준비되었습니다."

"이제 곧 승부가 끝날 때가 되었으니, 기이 님과 루드라 님이 드실 차도 준비해두었습니다."

그들에게 급사로서 서비스하는 건 미저리와 레인의 역할이었다.

어느새 그게 일상적인 광경이 되어 있었다.

또 다른 날에는 승부할 마음이 생기지 않을 정도로 격렬한 자매싸움이 발발하기도 했다.

베루자도와 베루글린드는 사이가 좋았지만, 가끔 교육의 방향성 차이로 의견이 서로 달랐던 거다.

그녀들의 갓 태어난 동생——'폭풍룡' 베루도라가 제멋대로인 성격에 마구잡이로 날뛰고 있다고 한다.

그 원인에 대해서——.

"언니가 너무 엄하게 대해서 그래요! 왜 좀 더 귀여워해주지 않는 거죠?"

"멍청한 소리는 그만 좀 할래? 나는 베루도라를 소중하게 생각하고 있고, 제대로 귀여워해주고 있거든! 그래서 몇 번이고 그 아이의 마음을 교체해주고 있는 거잖아."

베루자도가 뱉은 '마음을 교체한다'는 말은 사실은 물리적으로 베루도라를 죽이고 전생시키는 폭력적인 방법을 뜻하는 것이다.

베루글린드는 그 방법이 마음에 들지 않았다.

"그래선 안 된다고 말하고 있는 거예요. 폭력이 아니라, 말로 알아듣게 타일러야죠. 아무런 방법이 없을 때는 그럴 수도 있겠지만, 알아듣게 말하면 그 아이도 분명 이해해줄 거라고요."

"너도 참! 베루글린드는 여전히 마음이 무르구나. 그러면 이번엔 죽지 않을 정도로만 때려준 뒤에 말을 잘 듣도록 길들여줄까?"

"그런 뜻으로 하는 얘기가 아니라, 좀 더 보듬어준다거나, 인간으로 변해서 도시에 사는 방법이나 적과 싸우는 방법을 성심성의껏 가르쳐주자——. 그런 얘기를 하고 있는 거예요."

"베루글린드…… 이건 내 생각인데, 너는 그 아이에게 그냥 무른 게 아니라 너무하다 싶을 정도로 물러. 사사건건 간섭하다 애를 망칠 타입이라고. 그렇게 대하다간 저 루드라라는 청년도 장래를 망치게 될걸?"

"그렇게는 안 돼요! 루드라와 저는 최고의 파트너라고요. 그러니까 제가 베루노라를 교육하면, 언니를 존경하는 훌륭한 동생으로 성장시킬 수 있다고 생각해요. 그러니까 이번에는 저에게 맡겨보세요."

"아니, 그건 싫어. 내가 더 잘 길들일 수 있으니까. 아니, 내가 계속 그 아이를 돌봐줄 거야."

"웃기지 마세요, 언니야말로 그 아이를 너무 감싸고 있다고요! 다음은 제 차례예요!"

그런 식으로 두 사람은 '베루자도가 너무 엄하게 대한다', '베루글린드가 너무 응석을 받아준다'고 주장하면서 서로에게 책임을 떠넘기고 있었다.

도긴개긴이라고 기이는 생각했다.

(적당한 게 제일 좋은 거지. '용종' 자매는 그런 절 전혀 이해하지 못하고 있군.)

그런 생각을 말로는 하지 않은 채, 기이는 어이없게 생각할 뿐이었다.

"이것 참, 우리가 승부를 겨룰 때가 아닌 것 같네."

"그래. 장난감(베루도라)을 놓고 다투고 있는 저 녀석들을 건드리지 않는 게 좋겠어."

기이와 루드라는 그 싸움에 휩쓸리지 않도록 피신했다.

기이와 루드라가 승부를 겨룰 때에는 베루자도와 베루글린드가 '결계'를 유지해주고 있기 때문에 그녀들이 싸움할 때엔 그들이 '결계'를 유지하고 있어야 했다.

그러지 않으면 대륙이 침몰한다.

이젠 익숙해졌지만, 자신들에게 폐를 끼치지 않는 장소에서 싸웠으면 좋겠다고 기이와 루드라는 생각했다.

일본의 속담 중에는 '남의 행동을 보고 자신의 행동을 고쳐라'──라는 말이 있지만, 기이와 루드라에겐 완전히 남의 일이었던 거다.

그런 어느 날.

"또 왔냐, 이 자식!"

"시끄러워! 이 루드라 님이 이길 때까지 승부는 끝나지 않은 거야!!"

이제 두 사람의 싸움은 인사 대신이라고 해도 될 정도였다.

평소에 하던 것처럼 싸우기 시작했고, 두 사람이 지치면서 싸움이 끝났다.

무승부로 끝났기 때문에, 늘 그랬던 대로 말싸움이 시작되었는데…….

"너, 늘 정정당당하게 싸우겠다고 말하면서, 하는 짓은 치사한 거 아니냐?!"

기이가 그렇게 말할 정도로, 루드라는 치사하게 싸웠다.

눈을 쓰지 못하게 공격하는 것은 당연한 절차였다.

자신이 공격을 시도하는 순간에 상태 이상으로 기이의 힘이 줄어들도록 '성결계(聖結界)'를 펼쳐두는 것은 이젠 흔한 수법이었다.

기이는 승부가 시작되기 전에 덫이나 함정 같은 걸 굳이 확인하진 않는데, 루드라는 그런 기이의 성격을 완벽하게 파악해둔 상태에서 집요하고 철저하게 이용하고 있었던 거다.

게다가 주장하는 내용도 정말로 지저분했다.

"이기면 정의야! 아니, 이기지 못하면 그건 정의가 아니게 되는 거라고! 그러니까 이 몸은 무슨 일이 있어도 이길 거다!"

어떤 식으로 싸우든 이기면 그만이라고, 그렇게 큰소리를 쳤다.

"웃기지 마! 치사하게 싸우는 건 좋지만, 적어도 정정당당이란 소리는 입에 올리지 말라고!!"

기이의 말은 지당한 것이었다.

하지만 루드라는 콧방귀를 끼면서 대꾸했다.

"웃기지 말라고? 그건 네가 할 말이 아니지! 방금 네가 쓴 기술은 이 루드라 님이 얼마 전에 쓴 거잖아. 그걸 습득하기 위해서 얼마나 오랜 세월이 걸렸는지 알기나 해?!"

비기, 화제전환이었다.

이런 식으로 미묘하게 화제를 바꾸는 방법으로, 추궁에서 벗어나는 루드라의 필살기 중의 하나였다.

루드라는 왕족으로 교육을 받았기 때문에, 이런 교묘한 화술에도 능했다.

"3주일이었던가요?"

"네. 베루다나바 님도 칭찬해주셨어요."

외야에서 들려오는 그 대화를 듣고, 기이는 정말로 어이가 없었다. 엄청 큰 고생을 한 것처럼 말했던 기술도 의외로 쉽게 습득했던 모양이다.

기이는 눈만 옆으로 슬쩍 돌려 루드라를 보면서, 크게 한숨을 쉬었다.

남의 기술을 베껴서 쓰다니, 치사한 건 너야——. 루드라는 아직도 그런 불평을 계속 늘어놓고 있었지만, 그 행동에는 그럴 만한 사정이 있었다.

그 언동은 사실 루드라의 초조함 때문에 나온 것이었다.

아직 실력은 백중세지만, 최근에는 약간 밀리는 기미가 느껴지고 있었다. 그걸 누구보다도 실감하고 있는 자는 루드라였으며, 이대로 가면 위험하다고 생각한 것이다.

(정정당당하게 싸워서 이길 수 있었으면, 나도 그렇게 했다고!)

루드라는 그렇게 큰 소리로 말하고 싶었다.

처음 만났을 때 큰소리를 쳤던 것과는 상관없이, 온갖 수단을 동원해서 승리를 거둘 수밖에 없는 것이 현재의 상황이었다.

기이는 어이가 없었지만, 그런 루드라의 심정을 꿰뚫어 보고 있었다. 더구나 속으로는 루드라와의 말싸움조차도 즐기고 있었다.

그래서 기이는 루드라가 어떤 수단을 동원하더라도 그걸 허용했다.

이기면 정의라는 루드라의 신념에 기이도 동의하고 있었기 때문이다.

이미 한참 전에 기이는 루드라를 인정하고 있었다.

자신과 호각으로 싸울 수 있는 자가 있다는 것만으로 기이는 기뻤던 거다.

그리고──.

루드라의 말대로, 싸우면 싸울수록 기이의 실력은 늘어나고 있었다. 얼티밋 스킬(궁극능력)은 획득하는 것으로 끝나는 게 아니라, 그걸 구사할 수 있어야 진가를 발휘했다.

기이는 루드라와의 싸움을 통해서, 그걸 배웠다.

지금은 루드라에게 맞춰서 검만으로 싸우고 있지만, 그래도 기이가 루드라를 압도하기 시작하고 있었다. 여기서 그치지 않고 스킬이나 마법까지 구사하면, 기이의 승리는 거의 확실했다.

그런데도 기이는 그렇게 하지 않았다.

어느새 승패를 가리는 것보다 비기는 것을 바라게 되었다.

그래서 기이는 더더욱 루드라가 꼼수를 쓰는 것을 환영했다.

그러나 그것도 시간문제가 되고 말았다.

그래서 지금, 기이는 그 질문을 입에 올렸다.

"이봐…… 넌 나와 처음 싸웠을 때, 왜 숨통을 끊으려고 하지 않은 거야? 그때 나에게 이름을 지어주지 않고 진심으로 죽이려고 했으면, 네가 이길 가능성도 있었는데?"

그게 바로 기이에겐 도저히 납득이 되지 않는 의문이었다.

기이는 긍지 높은 성격이었기에, 평소에는 패배했을 가능성을 절대 인정하지 않는다. 그걸 인정한 시점에서 정신생명체는 이미 패배했다는 걸 의미하기 때문이다.

그렇기 때문에 기이는 줄곧 그런 생각을 안 하려고 했었다.

동정을 받았다는 생각은 하지 않았고, 하고 싶지 않았다.

만약 그게 답이라면, 기이는 분노하면서 루드라를 죽여 버릴 것 같았다.

기이가 '루시퍼(오만지왕)'를 보유하고 있는 것과 마찬가지로, 루드라도 또한 '미카엘(정의지왕)'을 가지고 있었다. 만약 루드라가 처음부터 그 권능을 아낌없이 쓰면서 진심으로 싸웠다면, 승부의 행방은 알 수가 없었다.

적이도 확실하게 상처를 입었을 것이고, 기이기 폐배했을 가능성도 있었을 것이다.

진지하게 묻는 기이를 보면서, 루드라는 "난 또, 그걸 묻는 거야?"라고 말하더니, 웃으면서 대답했다.

"넌 정말 바보구나. 쓰러트리기만 하면 의미가 없다고! 이 루드라 님의 위대함을 인정하게 만들어서, 개심시킨 뒤에 동료로 삼아야만 싸운 보람이 있지."

"뭐어?"

이해가 되지 않아서, 기이는 자신도 모르게 되물었다.

"후훗, 이 몸은 언젠간 세계를 정복할 남자야. 그게 바로 친구이자 내 스승이기도 한 '성왕룡' 베루다나바와의 약속이라고."

기이도 루드라가 베루다나바의 제자라는 것은 알고 있었다. 본인도 그렇게 말하고 있었으니, 그걸 의심할 생각은 털끝만큼도 없었다.

하지만, 설마 세계정복이라는 야망을 품고 있을 줄은 몰랐다.

"저기 말이다. 너 같은 바보가 세계정복 같은 짓을 하려는 걸 방해하는 것이, 내가 베루다나바로부터 부탁받은 일이거든?"

"알고 있어. 그래서 베루다나바가 너한테서 인정을 받으라고 말하더군."

그 말을 듣고 기이는 생각했다.

(망할 베루다나바 자식, 자신이 맡기는 귀찮으니까 나한테 떠넘겼겠다!)

그게 정답이었다.

현실을 가르쳐줘라──고 말하는 베루다나바의 목소리가 들리는 것 같았다.

기이를 굴복시키겠다고 호언장담하는 루드라를 귀찮게 여긴 베루다나바는 그를 여기로 보낸 것이다.

그러나 기이는 이미 베루다나바의 계책에서 벗어날 수 없는 상태였다.

자신이 루드라를 마음에 들어 하고 있다는 것을 자각하고 있는 이상, 기이는 마지막까지 어울려줄 수밖에 없었다.

마음에 들지 않는 상대라면 처음부터 죽였을 테니까, 이제 와선 돌이킬 수 없는 이야기다.

(나 참, 역시 이 녀석은 바보였군.)

그런 생각을 하면서 유쾌해진 기이에게 루드라가 말했다.

"그리고 사실을 말하자면―― 처음 너와 싸웠을 때 이 몸은 '미카엘'을 완벽하게 제어할 수 없었어. 지금도 실제로는 수 십초 정도밖에 구사하지 못하고."

그건 의외의 고백이었기 때문에 기이도 놀라움을 감출 수 없었다.

"뭐? 너 정도의 실력이라면 그럴 리가 없는데?"

"아니, 그게 사실이야. 왜냐하면 이 권능은 베루다나바에게서 빌린 것이거든."

그렇게 말하면서 어깨를 으쓱한 뒤에, 루드라가 얘기하기 시작했다.

기이는 그 얘기를 듣고, 어찌 됐든 상관없다고 생각한 것과 동시에 루드라의 실력에 납득하기도 했다.

베루다나바의 권능의 일부라면, 자신을 쓰러트릴 만한 성능을 가지고 있어도 이상할 게 없다고.

그러나 루드라의 얘기를 들으면서, 자신은 아무래도 뭔가를 착각하고 있었다는 것을 깨닫게 되었다.

"이건 비밀인데, 너에게만 가르쳐줄게. 이 루드라 님이 실력으로 획득한 것은 '우리엘(서약지왕)'이라는 건데, 이 몸의 신념이랑 세계를 통일하겠다는 맹세, 그리고 그에 호응하는 동료들의 마음의 결정이 궁극의 힘으로 바뀌면서 발현한 거야."

실력이라고 말하면서도, 실제로는 베루다나바의 도움을 받긴 한 것 같았다. 그래도 충분히 대단한 결과였으며, 루드라의 마음의 형태가 구현된 '우리엘'은 천사 계열 중에서도 상위의 권능이었다.

"그래서, 그거랑 교환하는 식으로 '미카엘'을 빌렸는데, 이게 참 다루기가 번거롭더란 말이지. 이 몸의 '우리엘'은 단순명쾌하게 '파사'와 '수호'의 권능이라 사용하기도 편했거든. 그런데 이 '미카엘'은 '지배'라는 잘 이해가 안 되는 권능을 가지고 있어."

지배하에 둔 권능을 잠시 빌릴 수 있는 데다, 그 보유자를 부릴 수 있다고 하는, 그야말로 왕자(王者)로서 군림하기에 적합한 권능이었다.

하지만 지배하에 둔 자가 없는 현재 상태에선, 그렇게까지 위협이 될 만한 권능은 아니었다. 그런 상태에서 기이와 호각으로 싸울 수 있었으니, 루드라의 실력은 진짜였던 거다.

"대단하잖아."

기이는 그렇게 말했다.

이대로 지배하는 자가 늘어난다면, 사용할 수 있는 권능도 늘어날 것이다. 그렇게 되면, 루드라는 더욱 강해질 것이다.

(뭐야. 이대로 실력이 뚜렷하게 차이가 나면 내 승리가 확정될 거라 생각했는데—— 아직 더 즐길 수 있을 것 같잖아!)

아직 즐거운 시간은 더 이어질 것이다.

그걸 깨달으면서, 기이는 기뻐하게 되었다.

하지만 루드라가 말했다.

"이 몸은 말이지, 다른 사람을 지배하는 건 취향이 아냐. 남자라면 자신의 힘만으로 승부하고 싶으니까 말이지. 하지만 그런 말만 할 수 없는 사정이 있어……."

"사정이라고?"

"그래. 너도 베루다나바의 친구니까, 알 권리가 있겠지."

그런 말을 듣자, 기이는 불안해졌다.

장명종, 오랜 수명을 지닌 종족이라서 딱히 신경을 쓰고 있지 않았지만, 최근에는 베루다나바와 만난 적이 없었다.

"그 녀석에게 무슨 일이 있었어?"

"뭐, 그런 셈이지. 원래는 축하해야 할 일이야."

"응?"

"그 녀석은 말이지, 내 여동생인 루시아와 맺어졌어. 결혼이라고 말하기도 하는데, 루시아가 베루다나바의 아이를 잉태하게 되면서, 진짜 가족이 된 거야."

"아이, 라고? '용종'이 말이야?!"

그건 확실히 놀랄 만한 얘기였다.

하지만 '완전한 하나'에서 불완전함을 추구하는 베루다나바(미치광이 같은 존재)라면, 그것도 있을 수 있는 얘기라고 생각하면서 기이는 납득했다.

"뭐, 그런 일도 있을 수 있겠지."

"그래. 그것만이라면 축복만 하고 넘어갈 수 있겠지. 하지만 문제는 지금부터야."

그렇게 서론을 말한 뒤에 루드라가 밝힌 내용은 경악하는 것만으로는 넘어갈 수 없는 중요사항이었다. 기이가 자신도 모르게 일어서면서 "그게 사실이야?"라고 루드라에게 따져 물을 정도로.

지금의 베루다나바는 거의 인간과 다름없는 상태가 되었다고 한다.

지금까지는 인연이 없었던 '수명'이라는 것에 속박된 몸이 되었다고, 웃으면서 루드라에게 가르쳐주었다고 한다.

그 진실은 너무 무거워서, 루드라 혼자가 담아두고 감당하긴 어려웠다.

그래서 지금, 이렇게 기이에게 밝힌 것이다.

"그 녀석이 할 법한 짓이긴 하지만, 대체 무슨 생각이야……?"

"모르겠어. 그래서 이 몸도 고민하고 있었지만, 이렇게 너와 놀고만 있을 수 없는 상황인 건 분명하다고 생각해."

"그렇겠지……."

자신들도 모르게 서로의 얼굴을 바라보면서, 두 사람은 동시에 한숨을 쉬었다.

*

"됐어, 이제 그만하자! 나는 네가 마음에 들어. 그러니까 어차피 널 죽일 생각은 들지 않을 것이고, 이제 와서 새삼스레 진심으로 싸울 생각도 없어. 하지만 세계의 붕괴를 막기 위해서라도 나는 계속 '마왕'으로 있을 거야. 그게 그 녀석과의 약속이었으니까 말이지."

애초에 기이는 루드라를 마음에 들어 하고 있었다. 베루다나바의 친구라면, 자신과도 친구라고 생각하면서.

처음부터 진심으로 싸울 마음이 들지 않은 것은 어쩔 수 없는 일이었다.

하지만 '마왕'으로서 할 일은 해야만 한다. 그건 베루다나바로부터 부탁받은 역할이기도 했기 때문이다.

'조정자'로서 세계의 천칭이 기울게 놔둘 수는 없는 것이다.

기이가 루드라의 눈을 보면서 그렇게 말하자, 루드라도 또한 기이를 똑바로 바라보면서 말했다.

"그럼, 다른 승부를 해보지 않겠어?"

"다른 승부, 라고?"

늘 그랬듯이 쑥스러운 미소를 짓지 않고, 진지한 표정으로 얘기하기 시작했다.

"그래. 이 몸과 네가 직접 싸우는 것은 그만두고, 앞으로는 서로의 장기말만 써서 세계의 패권을 놓고 겨루는 거야."

"흐음."

"솔직히 말해서 이 몸은 이 '미카엘'을 쓰고 싶진 않지만, 그런 말만 하고 있을 순 없어. 내가 세계를 통일하겠다는 꿈을 응원하면서, 베루다나바가 내게 준 권능이니까 말이지. 그러니까 앞으로 부하들을 늘릴 것이고, 그에 따라서 이 루드라 님도 분명 강해질 거야."

"그렇겠지."

그 인식은 틀리지 않았다고 생각하면서, 기이도 고개를 끄덕였다.

"이 몸도 사실은 널 죽이고 싶진 않아. 말했잖아? 이 루드라 님을 인정하게 만들겠다고. 이 몸은—— 아니, 나는 인류는 하나로 뭉쳐야 한다고 믿고 있어. 베루다나바는 다양성을 추구했지만, 그게 굳이 서로 반목하라는 뜻은 아닐 거야. 생각이 다른 사람들끼리 상대를 서로 존중하면서 살아가면 되는 거라고. 상대의 의견을 받아들이지 못하는 경우엔 말이지, 그냥 거리를 두면 돼. 다른 종족, 다른 국가끼리 애매한 무력이 있으니까 전쟁이 벌어지지만, 통일국가가 되면 그다음은 대화로 해결할 수 있겠지?"

"글쎄, 과연 그럴까? 내가 알고 있는 한, 인간은 어리석은 존재거든?"

"알고 있어. 하지만 말이지, 너와는 친해질 수 있었잖아? 원래는 적이 되어야 할 사이인 '마왕'과 '용사'조차도 이렇게 친해질 수 있었어. 동족이라면 더 쉽게 서로를 이해할 수 있을 거야!"

'조정자'도 필요가 없어질 것이라고, 루드라는 역설했다.

하지만 기이는 찬동할 수 없었다.

"그건 너무 안일한 생각인데. 인간이란 존재는 욕심이 많은 생물이야. 그건 '악하다'는 뜻이 아니라, 커다란 가능성을 추구하기 위해선 욕구가 필요하다는 뜻이지. 그러니까 이해관계가 얽히면, 가족끼리도 아무렇지 않게 싸우기 시작하기도 한다고. 그런 점에서 보면, 지혜가 없는 마물 쪽이 제 분수를 더 잘 알고 있다고 할 수 있을걸?"

동물에서 마수가 된 마물은 식욕만 채우게 되면 그 이상의 살생을 하지 않는다. 교활하지 않기 때문이다.

내일 먹을 식량을 확보할 생각 같은 건 하지 않고, 향락적으로 그날그날을 살아가고 있다.

하지만 인간은 그렇지 않다.

늘 미래의 일을 생각하면서 불안해하고, 어떤 사태가 일어나도 대비할 수 있도록 부를 축적하려고 한다. 그게 본능이므로, 루드라가 목표로 하는 세상은 꿈만 같은 얘기인 거다.

대화만으로 사람들을 이끌겠다니, 실로 난감하기 짝이 없는 생각이다.

애초에 자신의 진의를 말로 표현하여 오해 없이 타인에게 전한다는 것이 얼마나 어려운 일인가…….

기이는 그걸 이해하고 있는 만큼, 루드라의 꿈은 이뤄지지 않을 거라고 생각했다.

"그렇겠지. 나도 이해는 하고 있고, 베루다나바로부터 이상론이라고 비웃음을 샀지만…… 그래도 설득해서, 지금은 응원도 받고 있어. '한없이 제로에 가까운 확률이지만, 네가 원하는 대로 한번 해봐라'고 말이지. 여기서만 하는 얘기지만 '미카엘(정의지왕)'에겐 '하르마게돈(천사지군세)'이라는 권능이 있는데, 모든 것을 멸망시키는 천사군단을 소환할 수 있는 거야. 나는 이걸 써서 사람들을 구제해낼 거야. 군사력이나 문명만을 파괴해서, 거만해진 인간의 욕망을 제어해낼 거라고. 그와 동시에 세계를 통일해서 반드시 이상적인 세계를 구축해내고 말겠어!!"

그러니까 너도 날 응원해줘――. 루드라는 기이에게 그렇게 부탁했다.

인간을 미구 죽이는 것을 중단하고, 가능성을 소중하게 생각해 주면 좋겠다고.

"핫! 나는 딱히 학살이 취미가 아니거든? 마음에 들지 않는 녀석을 처리할 뿐이야. 그 녀석이 선인이건 악인이건, 나에겐 관계가 없어. 내가 마음에 들면 살려주고, 마음에 들지 않으면 죽여. 단지 그뿐이야."

"그러니까, 그걸 좀 참고 기다려달라고 말하고 있는 거야!"

"흥! 세상에 해악을 끼치는 녀석들이 스스로 잘못을 깨닫기를 기다리고 있을 정도로, 나는 참을성이 많지 않아. '죄는 미워해도 인간을 미워하지 마라'는 건가? 멍청한 녀석, 죄에는 벌이 필요해. 본인이 저지른 행동의 책임은 본인이 지는 게 당연하잖아!"

"그건 그렇다고 나도 생각해! 하지만 말이지, 개심할 기회는 주면 좋겠어."

"하항! 그거라면 안심해. 죄인의 '영혼'은 명계로 보내서 제대로 책임질 수 있게 고통을 주고 있으니까."

"그런 뜻이 아니라고!"

그때 루드라는 말을 끊고, 한 번 더 진중하게 자신의 속마음을 얘기하기 시작했다.

"난 말이지, 잘난 체를 하고 싶어서 왕이 되려는 게 아니라, 모두가 웃게 해주고 싶은 것뿐이야. 안심하고 살 수 있는 장소가 있고, 얘기를 나눌 수 있는 동료가 있으면, 죄를 저지르는 자도 줄어들겠지? 빈곤이나 불평등을 사라지게 만들어서, 모두가 웃고 살아갈 수 있는 세상을 만들고 싶어. 그렇게 바라고 있다고! 그야, 어떻게 할 수도 없는 어리석은 자는 있겠지만, 희생은 최대한 줄일 생각이야."

언젠가 먼 미래에, 자신이 적대하게 될 자의 입에서 비슷한 말이 나올 것이라고는 생각도 하지 못한 채, 루드라는 그렇게 자신의 이상을 얘기했다.

그 말을 들은 기이는 어이가 없다는 듯이 고개를 가로저었다.

"베루다나바가 웃을 만도 하군. 네가 그렇게까지 세상 물정 모르는 도련님이었을 줄이야. 하지만 뭐—— 좋아. 그 승부의 내용을 자세하게 들려줘 봐."

"그럼?!"

"어차피 지루하던 차였으니까 말이지. 그런 게임을 해보는 것도 재미있을 것 같아."

기이는 딱히 납득한 것은 아니었다.

하지만 루드라의 이상을 부정하는 것이 아니라, 그 결말을 끝까지 지켜보자는 생각을 했을 뿐이다. 완고한 친구는 말만으로는 절대 설득되지 않을 테니까.

자기 자신이 그런 타입인데도, 루드라는 말만으로 타인을 설득하려 하고 있었다. 그건 어떤 의미로는 모순이며, 실패하는 것이 당연했다.

그렇게 되면 루드라도 눈을 뜨겠지.

만약 성공한다면—— 그러면 그런대로 기이의 일이 줄어들 뿐이다.

어떤 결과가 되든 손해는 없다, 고 판단한 것이다.

딱히 이점도 없지만, 루드라가 무모한 계획을 포기한다면, 기이에겐 그것만으로 충분했다.

"내 야망도 너에겐 게임일 뿐이란 말이지?"

그렇게 말하면서, 루드라는 웃었다.

그런 뒤에 친절하게 성의껏 규칙을 설명한 것이다.

규칙은 간단했다.

'플레이어가 서로에게 직접 손을 대지 않고, 부하를 시켜 경쟁한다.'

이것뿐이었다.

즉, 기이와 루드라의 직접대결은 금지였다.

기이의 동료가 전부 쓰러지면 루드라의 승리. 그렇게 될 경우엔 기이가 루드라를 따를 것이다.

하지만 그 조건이 달성될 때까지는, 기이는 하고 싶은 대로 활동해도 된다. 베루다나바의 협정에 따라서, '조정자'로서의 역할을 다하는 것도 자유였다.

기이에게 주어지는 제약은 거의 없지만, 루드라에겐 이것만으로도 유용했다.

'용사'로서 원래 맡아야 할 역할은 인류의 위협이자 조정자인 '마왕'이 폭주하는 것을 방지하는 것에 있었다.

기이의 머릿속은 냉정해도 그 힘은 너무 강대했다. 한 번 움직이면 피해가 막대할 정도로.

그걸 막기 위해서 루드라가 붙어 있었던 것이지만, 그래선 루드라의 꿈이 이뤄지지 않는다. 세계통일을 향해 움직이기 위해서라도, 기이의 움직임을 봉인할 필요가 있었던 거다.

그런 루드라의 의도를 완전히 파악한 상태에서 기이는 말했다.

"좋아. 나는 손을 대지 않겠다고 약속하지. 날 대신할 마왕을 모아서, 인류에게 직접 징벌을 내리는 건 그 녀석들에게 맡기겠어."

"그건 내가 막아내겠어. 그리고 '마왕'에 의해 관리되는 사회가 만들어지기 전에 내 손으로 세계를 통일하고 말 거야!"

"하지만 그건 정말 어려운 여정일 텐데? 그 사람 좋은 베루다나바조차 포기했을 정도로. 어떻게 보면 그저 이상이니까 말이지."

베루다나바는 로맨티스트(몽상주의자)지만, 완벽주의자이기도 했다. 이상은 이상으로써, 실현 불가능한 것은 바로 받아들여 포기할 줄 아는 냉정함도 갖추고 있었다.

베루다나바는 변화를 추구하면서 전지전능을 버린 결과, 자신이 생각하는 이상사회를 실현하는 게 불가능해졌다.

하지만 베루다나바에겐 그게 정답이었다. 제 뜻대로 되는 세계 따위는 아무런 재미도 없다고 생각한 것이다.

그런 베루다나바의 심정을 이해하고 있기 때문에 루드라는 소리쳤다.

"하지만 그래도! 나는 그 녀석을 안심시켜주고 싶어. 그 녀석은 수명에 얽매이게 되었을 뿐만 아니라, 평범한 인간 수준의 힘밖에 남지 않았어. 그런데도 그 녀석은 루시아와 함께 죽을 수 있다고 기뻐했지만…… 사실은 이 세계의 앞날에 대해 걱정도 하고 있었다고! 무엇보다 자신들의 아이의 장래를 염려하고 있었어……."

"으음."

"그러니까 내가 그 녀석을 안심시켜줄 필요가 있는 거야. 누구라도 행복하게 살아갈 수 있는 세상 속에서, 그 녀석이 수명을 다해 죽을 때에 불안을 느끼지 않고 갈 수 있도록 말이지. 그리고── 그 녀석이 만드는 세계가 훌륭하게 성숙되어, 소화가 갖춰진 멋진 세계가 되었다고── 그렇게 만족할 수 있게 만들어주고 싶어!!"

루드라는 베루다나바를 상대로 '통일국가를 수립할 것'을 맹세했다.

여동생인 루시아가 행복하게 살았으면 좋겠다는 바람도 담아서, 이 세계에서 온갖 불행을 사라지게 만들겠다고 결심한 것이다.

"인간 세상의 일은 당사자인 우리 자신의 손으로 정하고 싶으니까 말이지. 수명이 없는 너희는 조정자로서 결말만 지켜봐 주면 돼."

"그런가……."

루드라의 말을 듣고, 기이는 반박할 말이 떠오르지 않았다.

머릿속에선 그건 무리라고 결론을 내리고 있었다. 그러나 루드라의 기분도 이해해버린 만큼, 부정하는 말을 하는 것이 망설여졌다.

(그게 뭐야, 멍청한 녀석. 그렇게 되면, 네가 전부 짊어지는 꼴이 되는 것뿐이거든……?)

쓸데없이 감정에 예민해지면서, 자신의 똑똑한 머리가 원망스럽기도 했다.

기이는 오만하면서도, 마음에 든 자에겐 자상하게 대했다. 그 자상함이 화근이 되면서, 무모하기까지 한 루드라의 도전을 말릴 수 없었던 것이다.

자신이 사랑해야 할 친구라고도 느껴지는 이 어리석은 남자에게, 기이는 해줄 말을 쉽게 찾을 수 없었다.

(네 도전은 반드시 실패할 거야.)

기이의 머릿속은 냉철하게 계산 결과를 산출했다.

확률이라는 말로 표현하는 게 멍청하게 느껴질 정도로 성공률은 낮았다. 그럼에도 기이가 친구라고 생각하는 루드라는 절대 포기하지 않을 것이다.

용사라는 존재는 꺾이지 않는 마음을 지닌 존재다. 모든 고난을 짊어지고, 이상세계의 실현을 목표로 삼은 루드라는 틀림없이 진정한 '용사'였다.

그래서 기이도 '이 녀석이라면 어쩌면——'이라는 생각을 하고 말았다.

그런 생각이 들게 만드는 뭔가가 루드라에겐 있었으며, 기이도 또한 그 희미한 가능성에 걸었다.

하지만 결과는——.

*

기이와 루드라의 게임(승부)이 시작된 이후, 수많은 비극이 반복되었다.

베루다나바와 루시아의 사이에 아이(밀림)가 태어난 직후, 최초의 불행이 일어났다.

루드라가 원정을 떠난 때를 노리고, 나스카 왕국 내에서 테러가 발생한 것이다. 전쟁 중인 적국의 짓이었지만, 그 끔찍한 행위로 인해 루시아와 베루다나바가 불귀의 객이 되었다.

그 시점에서, 루드라의 꿈이 소리를 내면서 무너져 내렸다.

'나는, 나는 단지, 베루다나바가 안심하고, 우리를 인정해주길

바랐는데——.'

우는 소리는 이제 전해지지 않는다고 생각하면서, 루드라는 마음을 죽였다.

그리고 남은 것은 목적을 잃은 이상뿐이었다.

'아직 계속할 거야?'

'그래, 나에게 남은 것은 너와의 승부뿐이야. 너에게 인정을 받는 것만이 나에게 남은 마지막 목적이라고.'

'——좋아. 상대해주지.'

게임은 계속되었다——.

다음 불행은 베루다나바의 아이인 밀림에게 일어났다.

밀림은 부모의 얼굴도 모른 채로 자랐다.

그리고 루드라의 혈연이라는 것도 몰랐다.

그런 밀림의 유일한 가족이자 호위였던 애완동물이 어떤 나라의 계략에 의해 살해되었다.

밀림은 탄식하고 슬퍼하면서 격노했다. 그런 밀림을 달래기 위해서, 기이가 전력을 다해 움직였다.

만약 저지하지 못했다면, 수많은 나라가 멸망했을 것이다.

'이래도 계속하겠어? 더 빠른 단계에서 내가 움직였다면, 밀림이 슬퍼하게 되는 일은 없었을걸?'

'내 책임이야. 하지만 그래도 여기서 멈추면 지금까지의 희생이 무로 돌아가게 돼, 황제인 나에게 책임이 있으니까 여기서 포기하는 일은 허용되지 않을 거야.'

'그렇지는 않을 거라 생각하지만, 뭐, 좋아. 네가 납득할 수 있

을 때까지 내가 같이 어울려주겠어.'

여기서 멈췄다간 루드라가 망가져버릴 것 같았다.

그래서 기이는 결론을 뒤로 미룰 수밖에 없었다.

불행한 미래가 약속되어 있었다. 그런 생각이 들긴 했지만, 아직 확정되지는 않았으니까.

그렇게 게임은 계속되었다——.

반복되는 고난.

수시로 드러나는 인간 세계의 추악함.

전생을 반복할 때마다 성스러운 힘은 소모되었고, 루드라는 '용사'로서의 자격을 잃어갔다.

그래도 루드라가 '성인'으로 계속 존재할 수 있었던 것은 그의 이상을 추구하는 마음, 집념이 있기 때문이라고 할 수 있을 것이다.

하지만 그것도 한계가 찾아왔다.

어느새 루드라의 마음은 갉아 먹혔고, 당초의 이념은 사라졌다.

목적을 잃은 자의 운명이라고 할까, 기이에게 승리하기 위해서라면 어떤 수단이든 가리지 않게 되었다…….

냉혹하고 잔혹한 존재.

기이에게 이기는 것만이 모든 것이 되었으며, 그리고 결국, 더욱 많은 피가 흐르는 결과가 된 것이다.

그건 기이가 예상했던 대로의 결말이었다.

그리고 드디어 그날이 찾아왔다.

기이는 규칙에 따라서, 최후의 가능성에 걸었다.

자신의 장기말 중에서도 가장 미지수이자 희망이 있는 존재(리무루)에게, 최후의 심판을 맡긴 것이다.

원래는 자기 자신이 움직이고 싶었다.

하지만 기이는 마지막까지 규칙을 준수한 것이다.

그 결과——.

멀리서 친구의 기척이 사라졌다.

역시 리무루 녀석의 힘으로도 무리였나——. 기이는 그렇게 생각하며 탄식했다.

거기에 원망이나 분한 감정은 존재하지 않았다.

있는 것은 단지, 친구였던 남자를 애도하는 감정뿐이었다.

"——그래서 내가 말했잖아, 멍청한 자식. 그런 건 악마인 우리들, 감정에 흔들리는 일이 없는 우리들이야말로 어울리는 거라고……."

그렇게 중얼거린 기이는 자신의 볼을 타고 흐르는 것을 알아차리지 못했다.

그저 조용히, 루드라의 명복을 빌 뿐이었다.

이리하며 수천 년에 걸친 기이와 루드라의 게임은 종말을 고했다.

평소와 다르지 않은 대담한 미소를 지으면서, 기이의 마음은 슬픔에 잠겼다.

그런 기이를, 블루 다이아몬드(심해색)의 눈이 차갑게 응시하고 있었다.

그녀의 입가에는 살짝 일그러진 미소가…….

게임은 끝났어도, 싸움의 불씨는 아직 연기를 내고 있었다.

그리고 그것이, 세계규모의 대전쟁——'천마대전'의 시작을 알리는 봉화가 되었다.

PRESENT
STATUS

스테이터스

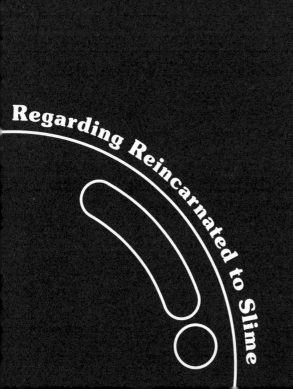

Regarding Reincarnated to Slime

※ 참고수치

클레이만

EP	36만 1423
	〈유사각성시 : 78만 8842〉

종족	데스맨(요사족)	칭호	마리오네트 마스터(인형피뢰사)

마법	환각마법	암흑마법	정신마법	주요술(呪妖術)	그 외

능력	유니크 스킬 '조종하는 자(조연자)'

내성	물리공격내성	정신공격내성	상태이상내성

리무루
템페스트

EP	868만 1123 (+ 용마도 228만)

종족	최상위성마령 ——얼티밋 슬라임(용마혼성성신체)

비호	리무루의 자애

칭호	카오스 크리에이트(성마혼세황)

마법	용종마법 상위정령소환 상위악마소환 그 외

마나스(신지핵)	시엘

고유능력	만능감지 용령패기 만능변화

얼티밋 스킬(궁극능력)	아자토스(허공지신)……혼폭식, 허무붕괴, 허수공간, 용종해방 [작열, 폭풍], 용종핵화 [작열, 폭풍], 시공간지배, 다차원결계
	슈브 니구라스(풍양지왕)……능력창조, 능력복제, 능력증여, 능력보존

내성	물리공격무효 자연영향무효 상태이상무효
	정신공격무효 성마공격내성

베니마루

| EP | 439만 7778
(+ 홍련 114만) | 종족 | 키신=상위성마령
——염령귀 |

| 가호 | 리무루의 가호 | 칭호 | 플레어 로드(혁노왕) |

| 마법 | 염령마법 |

| 얼티밋 스킬(궁극능력) | 아마테라스(양염지왕)……사고가속, 만능감지, 마왕패기, 의사통제,
광열지배, 공간지배, 다중결계 |

| 내성 | 물리공격무효 자연영향무효 상태이상무효
정신공격내성 성마공격내성 |

소우에이

EP	128만 1162

종족	키신=중위성마령 ──암령귀

가호	'플레어 로드'의 그림자

칭호	다크니스(어둠의 맹주)

마법	암령마법

얼티밋 기프트(궁극증예)	츠쿠요미(월영지왕)······사고가속, 만능감지, 달의 눈, 일격필살, 초속행동, 정신조작, 병렬존재, 공간조작, 다중결계

내성	물리공격무효 자연영향무효 상태이상무효 정신공격무효

시온

EP	442만 9140 (+신(神) 고리키 마루 108만)	**종족**	투신=상위성마령 ——투령귀
가호	리무루의 가호	**칭호**	워 로드(투신왕)
기술	신기투법		
유니크 스킬	잘 처리하는 자(요리인)……확정결과, 최적행동, ???		
내성	물리공격무효 상태이상무효 정신공격무효 자연영향무효 성마공격내성		

가비루

EP	126만 3824

종족	드라고 뉴트(진 용인족)=중위성마령 ──수령용

가호	리무루의 가호	칭호	드라구 로드(천룡왕)

얼티밋 기프트(궁극증예)	무드메이커(심리지왕)……사고가속, 운명개변, 불측조작, 공간조작, 다중결계

고유스킬	마력감지 초감각 드래곤 스킨(용린개화) 플레임 브레스(흑염토식) 선더 브레스(흑뢰토식)

내성	통각무효 상태이상내성 자연영향내성 물리공격내성 정신공격내성 성마공격내성

게루도

EP	237만 8749
종족	시시가미=상위성마령 ——지령저
가호	리무루의 가호
칭호	배리어 로드(수정왕)
마법	회복마법
얼티밋 기프트(궁극증여)	벨제부브(미식지왕)⋯⋯사고가속, 마력감지, 마왕패기, 초속재생, 포식, 위장, 격리, 수요, 공급, 부식, 철벽, 수호부여, 대역, 공간조작, 다중결계, 초후각, 전신개화
내성	통각무효 상태이상무효 자연영향내성 물리공격내성 정신공격내성 성마공격내성

란가

EP	434만 0084
종족	신랑=상위성마령 ——풍령랑
가호	리무루의 가호
칭호	스타 로드(성랑왕)
마법	풍령마법
얼티밋 스킬(궁극능력)	하스터(성풍지왕)……사고가속, 만능감지, 마왕패기, 천후지배, 음풍지배, 공간지배, 다중결계
내성	물리공격무효 자연영향무효 상태이상무효 정신공격내성 성마공격내성

쿠마라

EP	189만 9944

종족	나인테일(천성구미)=상위성마령 ──지령수

가호	리무루의 가호	칭호	키메라 로드(환수왕)

마법	지령마법

얼티밋 기프트(궁극증여)	바하무트(환수지왕)……사고가속, 만능감지, 마왕패기, 중력지배, 공간지배, 다중결계

고유스킬	수마지배 　수마합일

내성	물리공격무효 　상태이상무효 　자연영향내성 정신공격내성 　성마공격내성

제기온

| EP | 498만 8856 |

| 종족 | 코가미(충신)=상위성마령
——수령충 |

| 가호 | 리무루의 가호 | 칭호 | 미스트 로드(유환왕) |

| 마법 | 수령마법 |

| 얼티밋 스킬(궁극능력) | 메피스토(환상지왕)······사고가속, 만능감지, 마왕패기, 수뢰지배, 시공간조작,
다차원결계, 삼라만상, 정신지배, 환상세계 |

| 내성 | 물리공격무효　상태이상무효　정신공격무효
자연영향무효　성마공격내성 |

아다루만

EP	87만 7333

종족	사령=중위성마령──광령골

가호	리무루의 가호	칭호	게헤나 로드(명령왕)

마법	사령마법　신성마법

얼티밋 기프트(궁극증여)	네크로노미콘(마도지서)……사고가속, 만능감지, 마왕패기, 영창파기, 해석감정, 삼라만상, 정신파괴, 성마반전, 사자지배

내성	물리공격무효　정신공격무효　상태이상무효
	자연영향무효　성마공격내성

테스타로사

EP	333만 3124

종족	마신=태초의 7명의 악마 ——데빌 로드(악마왕)

가호	리무루의 가호	칭호	킬러 로드(학살왕)

마법	암흑마법 원소마법

얼티밋 스킬(궁극능력)	벨리알(사계지왕)……사고가속, 만능감지, 마왕패기, 시공간조작, 다차원결계, 삼라만상, 생명지배, 사후세계

내성	물리공격무효 상태이상무효 정신공격무효 자연영향무효 성마공격내성

울티마

| EP | 226만 8816 |

| 종족 | 마신=태초의 7명의 악마──데빌 로드(악마왕) |

| 가호 | 리무루의 가호 | 칭호 | 베인 로드(잔학왕) |

| 마법 | 암흑마법 원소마법 |

| 얼티밋 스킬(궁극능력) | 사마엘(사독지왕)······사고가속, 만능감지, 마왕패기, 시공간조작,
다차원결계, 약점간파, 사독생성, 사멸세계 |

| 내성 | 물리공격무효 상태이상무효 정신공격무효
자연영향무효 성마공격내성 |

카레라

EP	701만 3351(+ 황금총 337만)

종족	마신=태초의 7명의 악마——데빌 로드(악마왕)

가호	리무루의 가호	칭호	메나스 로드(파멸왕)

마법	암흑마법 원소마법

얼티밋 스킬(궁극능력)	아바돈(사멸지왕)······사고가속, 만능감지, 마왕패기, 시공간조작, 다차원결계, 한계돌파, 차원파단

내성	물리공격무효 상태이상무효 정신공격무효
	자연영향무효 성마공격내성

디아블로

EP	666만 6666
종족	마신=태초의 7명의 악마——데빌 로드(악마왕)
가호	리무루의 가호 **칭호** 데몬 로드(마신왕)
마법	암흑마법 원소마법
얼티밋 스킬(궁극능력)	아자젤(유혹지왕)……사고가속, 만능감지, 마왕패기, 시공간조작, 다차원결계, 삼라만상, 징벌지배, 매료지배, 유혹세계
내성	물리공격무효 상태이상무효 정신공격무효 자연영향무효 성마공격내성

베루도라
템페스트

EP	8812만 6579
종족	최상위성마령——용종
비호	폭풍의 비호
칭호	폭풍룡
마법	용종마법
고유능력	만능감지 용령패기 만능변화
얼티밋 스킬(궁극능력)	니알라토텝(혼돈지왕)……사고가속, 해석감정, 삼라만상, 확률조작, 병렬존재, 진리지구명, 시공간조작, 다차원결계
내성	물리공격무효 자연영향무효 상태이상무효 정신공격무효 성마공격내성

후기

이 졸작도 드디어 16권이 발매되었습니다.

생각해보니 정말 긴 세월이었군요.

초기에는 5개월에 한 권인 페이스였습니다만, 지금은 6개월에 한 권으로 늘어나고 말았습니다. 그래도 정기적으로 계속해올 수 있었던 것은 응원해주시고 있는 여러분이 계신 덕분이라고 생각합니다.

정말로 세월이 흘러가는 속도는 빠르군요.

앞으로도 이 페이스로, 1년에 두 권은 낼 수 있도록 노력하고 싶습니다.

지금부터는 이번 권의 내용해설을 조금 하겠습니다.

※스포일러가 포함되어 있습니다.

....

....

....

이번 권에선 드디어 금단의 영역이었던 전투력의 수치화를 실제로 적용하고 말았습니다.

저는 좀 더 빨리 수치화를 적용하고 싶었지만, 담당 편집자인 I 씨가 강경하게 반대하고 있었습니다. I 씨의 주장도 이해가 되었기 때문에 지금까지는 수치로는 보이지 않으려 했습니다만……역시 클레이만 씨를 기준으로 설명하는 것은 이제 무리가 있겠다는 생각이 들더군요.

야아, 클레이만 씨는 정말 많이 애써주었습니다. 게르뮈드 씨나 칼리온 씨와도 협력해주면서, 지금까지 캐릭터가 얼마나 강한지를 설명하는데 도움이 되어주었습니다.

퇴장했음에도 불구하고, 이름이 등장하는 횟수가 상당히 많았으니까요.

하지만 슬슬, 그 척도에도 한계가 찾아왔습니다.

클레이만 100명분이라고 말해도, 얼마나 대단한지 전혀 전해지지 않는다면 말이죠.

수고하셨습니다! 그런고로 이제 클레이만의 등장 회수도 격감하게 되겠군요.

그건 그렇고, 이번 권부터 채용하게 된 존재치에 대해서 말씀드리자면, 인터넷 연재판에서도 EP라는 명칭으로 등장했습니다.

이그지스턴스 포인트(EXISTENCE POINT)라고 작품 속에선 소개했습니다만, 실제로는 에너지 포인트로 생각해도 틀리지 않습니다. 그러므로 전투력과는 직결되지 않지만 참고는 된다는 정도로 인식해주시길 부탁드립니다.

자, 여담은 여기까지 하고 앞으로의 예정에 대해서 조금 말씀을 드리겠습니다.

이번 권은 제국편의 뒤처리만을 얘기하는 것으로 끝나고 말았기 때문에, 다음 권부터 최종장에 들어가기 전에 리무루가 아닌 다른 자의 시점에서 보는 단편을 끼워 넣으려고 합니다. 쓰고 싶은 얘기는 많이 있지만, 일단은 본편과 연결되는 비화를 몇 편, 수록할 생각을 하고 있습니다.

페이지 배분이나 기분에 따라서, 가벼운 얘기를 쓸지도 모르겠습니다. 구체적인 부분은 늘 하던 대로, 제 기분이 내키는 대로 진행될 것 같군요!

넘버링은 그대로 17권이 될 예정입니다.

그리고 18권부터는 최종장을 예정하고 있으니 기대해주십시오.

천마대전——태동편, 격돌편, 완결편——이라는 구성으로 써나갈 예정입니다만, 이것도 또한 제 기분에 따라서 변경될 가능성이 있습니다. 참고밖에 되지 않겠지만, 그런 방향으로 진행할 생각하고 있다는 것으로 이해해주시기 바랍니다!

그리고 일단 완결된 후에는 번외편을 적을 생각을 하고 있습니다. 인터넷 연재판에서도 두 작품이 있습니다만, 그 외에도 적고 싶은 얘기는 더 있으니까요.

그러므로 그때까지 '전생했더니 슬라임이었던 건에 대하여'를 계속 이어나갈 수 있도록, 앞으로도 응원해주시길 부탁드리겠습니다!!

마지막으로, 이 작품에 관여해주신 모든 분께 고맙다는 인사를 드립니다.

그리고 응원해주신 팬 여러분에게 최대의 감사를!

앞으로도 여러분이 재미있게 즐기실 수 있도록, 최선을 다해 노력하고 싶습니다.

그럼 나중에 또 뵙죠~.

[끝]

TENSEI SITARA SURAIMU DATTA KEN Vol. 16
©2020 by Fuse / Mitz Vah
All rights reserved.
First published in Japan in 2020 by MICRO MAGAZINE, INC.
Korean translation rights reserved by Somy Media, Inc.

전생했더니 슬라임이었던 건에 대하여 16

2020년 7월 15일 1판 1쇄 발행
2023년 5월 14일 1판 4쇄 발행

저　　자 후세
일 러 스 트 밋츠바
옮 긴 이 도영명
발 행 인 유재옥
본 부 장 조병권
담당편집 정영길
편 집 1 팀 김준균 김혜연
편 집 2 팀 정영길 조찬희 박치우 정지원
편 집 3 팀 오준영 이해빈 이소의
편 집 3 팀 전태영 박소연
미　　술 김보라 박민솔
라이츠담당 김정미 맹미영 이윤서
디 지 털 박상섭 김지연
발 행 처 ㈜소미미디어
인쇄제작처 코리아피앤피
등　　록 제2015-000008호
주　　소 서울 마포구 토정로 222, 403호(신수동, 한국출판콘텐츠센터)
판　　매 ㈜소미미디어
마 케 팅 한민지 최정연 박종욱 최원석
물　　류 허석용
전　　화 편집부 (070)4164-3962, 3963 기획실 (02)567-3388
　　　　　 판매 및 마케팅 (02)567-3388　Fax (02)322-7665

ISBN 979-11-6507-851-5 04830
ISBN 979-11-5710-126-9 (세트)